Karen Dionne
Die Moortochter

GOLDMANN
Lesen erleben

KAREN DIONNE

DIE MOOR TOCHTER

PSYCHOTHRILLER

Deutsch von
Andreas Jäger

GOLDMANN

Die Originalausgabe erschien 2017 unter dem Titel
»The Marsh King's Daughter« bei G.P. Putnam's Sons, New York.

Der Abdruck der Zitate aus den Gedichten von Robert Frost erfolgt mit freundlicher Genehmigung des C. H. Beck Verlags: Robert Frost, Promises to keep. Poems/Gedichte, in der Übersetzung von Lars Vollert, C.H. Beck, 9. Aufl. 2016, S. 69, 109 und 117.

Es war dem Verlag leider nicht möglich, die Quellen sämtlicher Zitate zu ermitteln. Eventuelle Rechteinhaber wenden sich bitte an den Verlag.

Sollte diese Publikation Links auf Webseiten Dritter enthalten, so übernehmen wir für deren Inhalte keine Haftung, da wir uns diese nicht zu eigen machen, sondern lediglich auf deren Stand zum Zeitpunkt der Erstveröffentlichung verweisen.

 Dieses Buch ist auch als E-Book erhältlich.

Verlagsgruppe Random House FSC® N001967

1. Auflage
Taschenbuchausgabe Dezember 2018
Copyright © der Originalausgabe 2017 by Karen Dionne
Copyright © der deutschsprachigen Ausgabe 2017
by Wilhelm Goldmann Verlag, München,
in der Verlagsgruppe Random House GmbH,
Neumarkter Str. 28, 81673 München
Dieses Werk wurde vermittelt durch die
Literarische Agentur Thomas Schlück GmbH, 30161 Hannover.
Umschlaggestaltung: UNO Werbeagentur München
Umschlagfoto: Design by Hannah Wood © LBBG | Images
from Arcangel and Trevillion'
Sandra Cunningham / Trevillion Images
Redaktion: Eva Wagner
Satz: KompetenzCenter, Mönchengladbach
Druck und Bindung: GGP Media GmbH, Pößneck
Printed in Germany
ISBN: 978-3-442-48818-6
www.goldmann-verlag.de

Besuchen Sie den Goldmann Verlag im Netz

Für Roger – für alles

»Selbst fruchtbar sein heißt sich selber zerstören, denn mit dem Entstehen der folgenden Generation hat die vorausgehende ihren Höhepunkt überschritten; so werden unsere Nachkommen unsere gefährlichsten Feinde, mit denen wir nicht fertigwerden, denn sie werden überleben und darum unfehlbar uns die Macht aus den entkräfteten Händen nehmen.«

C. G. Jung, *Wandlungen und Symbole der Libido*

Von seinem Nest hoch oben auf dem Dach der Wikingerburg konnte der Storch einen kleinen See erblicken, und dicht beim Schilf und dem grünen Ufer lag der Stamm einer Erle. Darauf setzten sich drei Schwäne, schlugen mit den Flügeln und schauten sich um.

Einer davon warf sein Schwanengefieder ab, und der Storch erkannte in ihr eine ägyptische Prinzessin. Sie saß da und hatte keinen anderen Mantel um als ihr langes, schwarzes Haar. Er hörte, wie sie die beiden anderen bat, gut auf das Gefieder achtzugeben, wenn sie unter Wasser tauchte, um die Blumen zu pflücken, die sie zu sehen meinte.

Sie nickten und flogen auf, hoben das lose Federkleid hoch und flogen mit ihrem Schwanengefieder davon. »Tauche nur!«, riefen sie, »nie mehr sollst du im Schwanenkleide fliegen, nie sollst du Ägypten wiedersehen! Hier im Moor wirst du bleiben!« Und dann rissen sie ihr Federkleid in hundert Fetzen, sodass die Federn überall herumflogen wie Schneegestöber, und die beiden bösen Prinzessinnen flogen davon.

Die Prinzessin weinte und jammerte laut, die Tränen rollten auf den Erlenstamm hinunter, und da bewegte dieser sich, denn es war der Moorkönig selber, der im sumpfigen Grunde lebt und herrscht. Der Stamm drehte sich um, und dann war es kein Baum mehr, lange, klamme Äste reckten sich empor wie Arme. Da erschrak das arme Kind fürchterlich und rannte davon, über den grünen, schleimigen Boden, doch sie sank sofort ein, und der Erlenstamm ging mit ihr in die Tiefe. Große schwarze Blasen stiegen aus dem Schlick, und die Prinzessin verschwand spurlos.

Hans Christian Andersen, *Die Tochter des Moorkönigs*

Helena

Wenn ich Ihnen den Namen meiner Mutter sagte, würden Sie ihn sofort wiedererkennen. Meine Mutter war berühmt, auch wenn sie das nie gewollt hat. Ihre Bekanntheit war von der Sorte, die niemand sich wünschen kann: Jaycee Dugard, Amanda Berry, Elizabeth Smart, Fälle wie diese. Meine Mutter war aber keine von den dreien.

Sie würden den Namen meiner Mutter wiedererkennen, wenn Sie ihn hörten, und dann würden Sie ein wenig grübeln – nicht lange, denn die Zeiten, als die Leute sich für meine Mutter interessierten, gehören längst der Vergangenheit an, wie sie selbst auch –, und Sie würden sich fragen, wo sie jetzt ist. Und hatte sie nicht eine Tochter bekommen in der Zeit, als sie verschollen war? Und was ist eigentlich aus dem kleinen Mädchen geworden?

Ich könnte Ihnen erzählen, dass ich zwölf war und meine Mutter achtundzwanzig, als wir aus der Gewalt ihres Entführers gerettet wurden; dass ich diese Jahre in einer, wie die Zeitungen damals schrieben, »baufälligen Blockhütte« mitten im Moor im Inneren der Upper Peninsula von Michigan verbracht habe. Dass ich dort zwar lesen lernte, dank eines Stapels *National-Geographic*-Zeitschriften aus den 1950er Jahren und einer vergilbten Ausgabe der gesammelten Gedichte von Robert Frost, aber nie zur Schule ging und nie Fahrrad fuhr, weder Strom noch fließendes Wasser kannte. Dass die einzigen Menschen, mit denen ich in diesen zwölf Jahren sprach, meine Mutter und mein Vater waren. Dass ich nicht wusste, dass wir Gefangene waren, bis wir es dann nicht mehr waren.

Ich könnte Ihnen erzählen, dass meine Mutter vor zwei Jahren gestorben ist und dass Sie es vermutlich nicht mitbekommen haben, obwohl die Medien darüber berichteten, denn sie starb zu einer Zeit, als andere, wichtigere Themen die Nachrichten beherrschten. Ich kann Ihnen sagen, was nicht in den Zeitungen stand: Sie ist nie über die Jahre ihrer Gefangenschaft hinweggekommen; sie war keine attraktive, redegewandte, mutige Verfechterin ihrer Sache; es gab keine Buchverträge für das scheue, schattenhafte Wrack, das meine Mutter war, kein Foto auf dem Cover der *TIME*. Meine Mutter schreckte vor der öffentlichen Aufmerksamkeit zurück, so wie die Blätter des Pfeilkrauts sich einrollen, wenn der Frost sie erwischt hat.

Aber ich werde Ihnen den Namen meiner Mutter nicht sagen. Denn dies ist nicht ihre Geschichte. Es ist meine.

1

»Warte hier«, sage ich zu meiner dreijährigen Tochter. Ich beuge mich zum offenen Fenster des Pick-ups hinein, um den Plastik-Trinklernbecher mit lauwarmem Orangensaft, den sie in einem Frustanfall von sich geschleudert hat, aus der Lücke zwischen dem Kindersitz und der Beifahrertür zu fischen. »Mommy ist gleich wieder da.«

Mari greift nach dem Becher wie ein Pawlow'sches Hündchen. Sie schiebt die Unterlippe vor, und die Tränen fließen. Ich habe verstanden: Sie ist müde. Das bin ich auch.

»Äh, äh, äh«, ächzt Mari, als ich losgehen will. Sie biegt den Rücken durch und zerrt am Sicherheitsgurt, als wäre es eine Zwangsjacke.

»Schön sitzen bleiben, ich bin gleich zurück.« Ich kneife die Augen zusammen und drohe mit dem Finger, um ihr klarzumachen, dass ich es ernst meine. Dann gehe ich zum Heck des Pick-ups und winke dabei dem jungen Burschen zu, der am Lieferanteneingang von Markham's Kisten auf der Laderampe stapelt – Jason, so heißt er, glaube ich. Ich öffne die Heckklappe und nehme die ersten zwei von meinen eigenen Kisten heraus.

»Hi, Mrs Pelletier!« Jason erwidert mein Winken mit doppeltem Eifer, und ich hebe noch einmal die Hand, sodass wir quitt sind. Ich habe es aufgegeben, ihm immer wieder zu sagen, dass er mich Helena nennen soll.

Bäng-bäng-bäng tönt es aus der Fahrerkabine. Mari haut mit ihrem Saftbecher auf die Fensterkante. Ich vermute mal, dass er leer ist, und antworte, indem ich selbst dreimal mit der flachen Hand auf die Ladefläche schlage – *bäng, bäng, bäng*. Mari erschrickt und dreht sich um, ihre babyfeinen Haare fallen ihr dabei ins Gesicht wie Maisseide. Ich setze meinen strengsten Blick auf – *Lass das, ich warne dich!* – und hebe die Kartons auf die Schulter. Stephen und ich haben beide braunes Haar und braune Augen, wie auch unsere fünfjährige Iris, deshalb wunderte er sich über diesen außergewöhnlichen Goldschopf, den wir hervorgebracht haben, bis ich ihm erklärte, dass meine Mutter blond war. Das ist alles, was er weiß.

Markham's ist die vorletzte meiner vier Lieferungen und die Hauptverkaufsstelle für meine Marmeladen und Gelees, abgesehen von den Onlinebestellungen. Den Touristen, die in Markham's Lebensmittelladen einkaufen, gefällt die Vorstellung, dass meine Produkte regional erzeugt sind. Ich habe gehört, dass viele Kunden gleich mehrere Gläser kaufen, um sie als Geschenke oder Souvenirs mit nach Hause zu nehmen. Ich binde Deckchen aus kariertem Baumwollstoff mit Küchengarn über die Deckel, in verschiedenen Farben je nach Inhalt: Rot für Himbeermarmelade, Lila für Holunder, Blau für Heidelbeere, Grün für Rohrkolben-Heidelbeer-Gelee, Gelb für Löwenzahn, Rosa für Holzapfel-Traubenkirsche und so weiter. Eigentlich finde ich, dass die Deckchen albern aussehen, aber die Leute mögen sie offenbar. Und wenn ich mich in einer wirtschaftlich so schwachen Region wie der Upper Peninsula über Wasser halten will, muss ich den Leuten geben, was sie verlangen. Man muss kein Genie sein, um das zu begreifen.

Es gibt jede Menge wildwachsende Nahrungspflanzen, die ich benutzen könnte, und jede Menge Arten, sie zuzubereiten, aber fürs Erste bleibe ich bei Marmeladen und Gelees. Jedes Geschäft muss einen Schwerpunkt haben. Mein Markenzeichen ist die Zeichnung eines Rohrkolbens, die ich auf jedes Etikett drucke. Ich bin mir ziemlich sicher, dass ich die Einzige bin, die gemahlene Rohrkolbenwurzeln mit Heidelbeeren mischt, um daraus ein Gelee zu machen. Ich nehme nicht viel davon, nur eben genug, um die Verwendung von »Rohrkolben« im Namen zu rechtfertigen. Als ich klein war, waren junge Rohrkolbentriebe mein Lieblingsgemüse. Das sind sie übrigens immer noch. Jedes Frühjahr werfe ich meine Wathose und einen Weidenkorb in meinen Pick-up und mache mich auf den Weg ins Moor südlich von unserem Haus. Stephen und die Mädchen rühren das Rohrkolbengemüse nicht an, aber er hat nichts dagegen, dass ich welches koche, solange ich nur so viel mache, wie ich selbst esse. Man kocht die Spitzen ein paar Minuten in Salzwasser, und schon hat man eines der feinsten Gemüse, die man sich vorstellen kann. Die Konsistenz ist ein bisschen trocken und mehlig, deshalb esse ich es heutzutage mit Butter, aber als Kind wusste ich natürlich nicht, wie Butter überhaupt schmeckt.

Die Heidelbeeren pflücke ich auf den abgeholzten Flächen südlich von unserem Haus. In manchen Jahren ist die Heidelbeerernte besser als in anderen. Heidelbeeren brauchen viel Sonne. Die Indianer haben früher das Unterholz in Brand gesetzt, um den Ertrag zu steigern, und ich gebe zu, dass ich auch mit dem Gedanken gespielt habe. Ich bin nicht die Einzige, die in der Heidelbeersaison in den Ebenen unterwegs ist, und so sind die Sträucher in der Nähe der alten Forstwege immer recht schnell abgeerntet. Aber ich habe kein Problem damit, die ausgetretenen Wege zu verlassen, und ich verirre mich niemals. Einmal war ich so tief ins unwegsame Gelände vorgedrungen, dass die Besatzung eines Hubschraubers von der Naturschutzbehörde mich bemerkte und zu mir herunterrief. Aber nachdem ich die Officers davon überzeugt hatte, dass ich wusste, wo ich war und was ich tat, ließen sie mich in Ruhe.

»Na, ist das heute heiß genug für Ihren Geschmack?«, fragt Jason, während er sich herabbeugt und mir die erste Kiste von der Schulter nimmt.

Ich quittiere seine Bemerkung mit einem Schnauben. Es gab eine Zeit, da hätte ich nicht gewusst, wie ich eine solche Frage beantworten sollte. Meine Meinung zum Wetter würde nichts daran ändern, warum also sollte es irgendjemanden interessieren, was ich darüber dachte? Heute weiß ich, dass ich gar nicht antworten muss, weil es ein Beispiel für das ist, was Stephen »Smalltalk« nennt – Unterhaltung um der Unterhaltung willen, ein Lückenfüller, der gar nichts von Bedeutung oder Wert kommunizieren soll. Eine Unterhaltung, wie man sie mit Menschen führt, die man nicht gut kennt. Ich frage mich noch immer, was daran besser sein soll als Schweigen.

Jason lacht, als ob ich ihm den besten Witz erzählt hätte, den er seit Langem gehört hat – auch das eine angemessene Reaktion, wie Stephen mir versichert, dabei habe ich doch gar nichts Witziges gesagt. Nach meiner Zeit im Moor hatte ich anfangs meine liebe Mühe mit den gesellschaftlichen Konventionen. Hände schütteln, wenn man jemanden kennenlernt. Nicht in der Nase bohren. Sich am Ende der Schlange anstellen. Warten, bis man an der Reihe ist. Die Hand heben, wenn man im Unterricht eine Frage hat, und dann warten, bis die Lehrerin einen aufruft, ehe man die Frage stellt. Nicht in Gegenwart von anderen rülpsen oder pupsen. Zuerst um Erlaubnis fragen, wenn man bei Leuten zu Gast ist und die Toilette benutzen möchte. Und hinterher nicht vergessen, zu spülen und sich die Hände zu waschen. Ich kann Ihnen gar nicht sagen, wie oft ich das Gefühl hatte, dass alle genau wüssten, wie man es richtig macht, nur ich nicht. Wer macht überhaupt diese Regeln? Und warum muss ich mich daran halten? Und was sind die Konsequenzen, wenn ich es nicht tue?

Ich lasse die zweite Kiste neben der ersten stehen und gehe zurück zum Pick-up, um die dritte zu holen. Drei Kisten mit je vierundzwanzig Gläsern, zweiundsiebzig Gläser insgesamt, ausgeliefert alle zwei Wochen in den Monaten Juni, Juli und August. Mit jeder Kiste mache ich 59,88 Dollar Gewinn, was bedeutet, dass ich allein mit Markham's im Lauf eines Sommers über tausend Dollar verdiene. Gar nicht so übel.

Und was Mari betrifft – mir ist schon klar, was die Leute denken würden, wenn sie wüssten, dass ich sie allein im Wagen zurücklasse, während ich meine Waren ausliefere. Zumal mit heruntergelassenen Scheiben. Aber ich denke nicht daran, die Fenster geschlossen zu lassen. Ich habe unter einer Kiefer geparkt, und von der Bucht her weht eine Brise, aber wir hatten den ganzen Tag über Temperaturen um die dreißig Grad, und ich weiß, wie schnell ein geschlossenes Auto sich in einen Backofen verwandeln kann.

Mir ist auch klar, dass jemand ganz leicht durch das offene Fenster greifen und sich Mari schnappen könnte, um sie zu entführen. Aber ich habe schon vor Jahren beschlossen, meine Töchter nicht in der Angst aufwachsen zu lassen, dass ihnen das Gleiche zustoßen könnte wie meiner Mutter.

Noch ein letztes Wort zu diesem Thema, dann bin ich fertig. Ich versichere Ihnen, wenn jemand ein Problem damit hat, wie ich meine Töchter erziehe, dann hat er oder sie garantiert nie auf der Upper Peninsula von Michigan gelebt. Das ist alles.

Als ich zum Pick-up zurückkomme, ist meine kleine Entfesselungskünstlerin nirgends zu sehen. Ich trete ans Beifahrerfenster und spähe hinein. Mari hockt auf dem Boden und kaut auf einem Bonbonpapierchen herum, das sie unter dem Sitz gefunden hat, als ob es ein Kaugummi wäre. Ich öffne die Tür, pfriemele ihr das Papierchen aus dem Mund und stecke es in meine Tasche. Dann trockne ich mir die Finger an meiner Jeans ab und verfrachte Mari in ihren Kindersitz. Ein Schmetterling flattert zum Fenster herein und landet auf einem klebrigen Fleck am Armaturenbrett. Mari klatscht in die Hände und lacht. Ich grinse. Es ist unmöglich, sich davon nicht anstecken zu lassen. Maris Lachen ist eine Wonne – ein fröhliches, vollkommen unbefangenes Glucksen, von dem ich nie genug bekommen kann. Wie in diesen Filmchen, die die Leute auf YouTube posten, von Babys, die sich nicht mehr einkriegen vor

Lachen über ganz banale Dinge wie einen herumhüpfenden Hund oder einen Menschen, der Papier in Streifen reißt – so ist Maris Lachen. Mari ist sprudelndes Wasser, goldener Sonnenschein, das Schnattern der Brautenten am Himmel.

Ich scheuche den Schmetterling zum Fenster hinaus und lasse den Motor an. Der Schulbus lässt Iris um 16.45 Uhr an unserem Haus aussteigen. Normalerweise passt Stephen während meiner Lieferfahrten auf die Mädchen auf, aber er kommt heute erst spätabends zurück, weil er dem Galeriebesitzer im Soo, der seine Fotos verkauft, eine neue Serie von Leuchtturmaufnahmen präsentiert. Sault Ste. Marie, ausgesprochen »Soo« und nicht »Salt«, wie man es oft von Leuten hört, die keine Ahnung haben, ist die zweitgrößte Stadt der Upper Peninsula. Aber das will nicht viel heißen. Die gleichnamige Schwesterstadt auf der kanadischen Seite ist viel größer. Die Einheimischen an beiden Ufern des St. Marys River nennen ihre Stadt »The Soo«. Aus der ganzen Welt kommen Leute her, um die Soo Locks zu besuchen und zu sehen, wie die riesigen Eisenerzfrachter die Schleusen passieren. Ein richtiger Touristenmagnet ist das.

Ich liefere die letzte Kiste mit verschiedenen Marmeladen im Souvenirshop des *Gitche Gumee Agate and History Museum* ab, dann fahre ich zum See und parke dort. Sobald Mari das Wasser erblickt, beginnt sie mit den Armen zu flattern. »Wa-wa, wa-wa.« Ich weiß, in ihrem Alter sollte sie eigentlich schon in ganzen Sätzen sprechen. Im letzten Jahr waren wir jeden Monat mit ihr bei einem Spezialisten für frühkindliche Entwicklung in Marquette, aber mehr bringt sie bis heute nicht zustande.

Die nächste Stunde verbringen wir am Strand. Mari sitzt

neben mir auf dem warmen Kies und kaut auf einem Stück Treibholz herum, das ich für sie im Wasser abgewaschen habe, um die Beschwerden zu lindern, die ihr ein durchbrechender Backenzahn bereitet. Es ist heiß und windstill, der See ist ruhig, das Plätschern der Wellen sanft wie das Wasser in einer Badewanne. Nach einer Weile ziehen wir unsere Sandalen aus, waten ins Wasser und spritzen einander nass, um uns abzukühlen. Der Lake Superior ist der größte und tiefste der Großen Seen, deswegen wird das Wasser nie warm. Aber wer würde das schon wollen, an einem Tag wie diesem?

Ich lehne mich zurück auf die Ellbogen. Die Felsen sind warm. Bei der Hitze heute kann man sich kaum vorstellen, dass wir noch vor ein paar Wochen Schlafsäcke und Jacken gebraucht haben, als Stephen und ich mit den Mädchen genau zu dieser Stelle gefahren sind, um den Meteorstrom der Perseiden zu beobachten. Stephen fand, dass ich übertreibe, als ich die Sachen in den Kofferraum des Cherokee gepackt habe, aber er hatte natürlich keine Ahnung, wie kalt es am Strand wird, sobald die Sonne untergegangen ist. Wir haben uns zu viert in einen Doppelschlafsack gequetscht, und dann haben wir auf dem Rücken im Sand gelegen und in den Himmel geschaut. Iris hat dreiundzwanzig Sternschnuppen gezählt und sich bei jeder etwas gewünscht, während Mari fast das ganze Spektakel verschlafen hat. In ein paar Wochen kommen wir wieder her, um nach Polarlichtern Ausschau zu halten.

Ich setze mich auf und sehe auf meine Uhr. Pünktlich zu sein fällt mir immer noch schwer. Wenn man wie ich auf dem Land aufwächst, bestimmt das Land, was man tut und wann man es tut. Wir hatten nie eine Uhr. Wozu auch? Wir waren so im Einklang mit unserer Umgebung wie die Vögel, Insekten und anderen Tiere, den gleichen natürlichen Rhythmen unterworfen. Meine Erinnerungen sind an die Jahreszeiten geknüpft. Ich kann mich nicht immer erinnern, wie alt ich war, als ein bestimmtes Ereignis stattfand, aber ich weiß genau, zu welcher Jahreszeit es passierte.

Mir ist jetzt klar, dass für die meisten Menschen das Kalenderjahr am 1. Januar beginnt. Aber der Januar im Moor unterschied sich in nichts vom Dezember oder Februar oder März. Unser Jahr begann im Frühling, mit dem ersten Tag, an dem die Sumpfdotterblumen blühten. Sumpfdotterblumen sind große, buschige Pflanzen mit einem Durchmesser von einem halben Meter oder mehr, besetzt mit Hunderten von leuchtend gelben Blüten, jede zwei bis drei Zentimeter im Durchmesser. Auch andere Pflanzen blühen im Frühling, wie die Schillernde Schwertlilie oder die verschiedenen Gräser, aber die Sumpfdotterblumen vermehren sich so üppig, dass nichts an diesen eindrucksvollen goldgelben Blütenteppich heranreicht. Jedes Jahr im Frühling zog mein Vater seine Wathose an und ging hinaus ins Moor, um eine auszugraben. Er setzte sie in eine alte verzinkte Wanne, die halb mit Wasser gefüllt war, und dort leuchtete sie dann, als ob er uns die Sonne nach Hause gebracht hätte.

Ich habe mir immer gewünscht, mein Name wäre Marigold, wie bei uns die Sumpfdotterblumen heißen. Aber jetzt muss ich mit »Helena« leben, betont auf der zweiten Silbe, wie ich immer wieder erklären muss. Wie so vieles war auch das die Entscheidung meines Vaters.

Ein Blick in den Spätnachmittagshimmel sagt mir, dass es Zeit ist, aufzubrechen. Ich sehe auf meine Armbanduhr und stelle zu meinem Entsetzen fest, dass meine innere Uhr nicht mit der tatsächlich verstrichenen Zeit Schritt gehalten hat. Ich hebe Mari hoch, schnappe mir unsere Sandalen und renne zum Pick-up zurück. Mari schreit, als ich sie festschnalle. Ich kann sie gut verstehen – ich wäre auch gerne noch länger geblieben. Rasch laufe ich um den Wagen herum, schwinge mich hinters Steuer und drehe den Zündschlüssel um. Die Uhr am Armaturenbrett steht auf 16:37. Ich könnte es noch schaffen. Gerade so.

Ich manövriere den Wagen aus dem Parkplatz heraus und fahre so schnell, wie ich es eben wage, auf der M-77 in Richtung Süden. In dieser Gegend sind nicht viele Polizeiautos unterwegs, aber für die Beamten, die auf dieser Strecke Streife fahren, gibt es nicht viel zu tun außer Strafzettel an Temposünder zu verteilen. Mir ist die Ironie meiner Situation durchaus bewusst. Ich fahre zu schnell, weil ich spät dran bin. Wenn sie mich wegen Geschwindigkeitsüberschreitung anhalten, werde ich noch später ankommen.

Mari steigert sich während der Fahrt in einen ausgewachsenen Wutanfall hinein. Sie strampelt mit den Füßen, dass der Sand nur so durch die Gegend fliegt, der Trinkbecher knallt gegen die Windschutzscheibe, der Rotz rinnt ihr aus der Nase. Miss Marigold Pelletier ist ganz eindeutig *not amused*. Und ich bin es in diesem Moment auch nicht.

Ich schalte das Radio ein und wähle den öffentlichen Sender der Northern Michigan University in Marquette in der Hoffnung, dass die Musik sie ablenkt – oder wenigstens übertönt. Ich bin kein Fan von Klassik, aber dieser Sender ist der einzige, den ich klar reinbekomme.

Doch statt der Musik höre ich eine Warnmeldung: – *Häftling entflohen … Kindesentführer … Marquette …*

»Sei mal still«, rufe ich und drehe den Ton lauter. *Seney-Wildreservat … bewaffnet und gefährlich … nicht nähern.* Das ist alles, was ich im ersten Moment mitbekomme.

Ich muss das hören. Das Reservat ist keine dreißig Meilen von unserem Haus entfernt. »Mari, hör auf!«

Mari blinzelt und verstummt. Der Sprecher wiederholt:

»*Noch einmal der Hinweis: Die Polizei des Staates Michigan meldet, dass ein Gefangener, der eine lebenslange Haftstrafe wegen Kindesentführung, Vergewaltigung und Mordes verbüßt, aus dem Hochsicherheitsgefängnis in Marquette entkommen ist. Es wird vermutet, dass der Mann während einer Verlegungsfahrt zwei Aufseher getötet und sich in das Seney-Wildreservat südlich der M-28 geflüchtet hat. Gehen Sie bitte davon aus, dass er bewaffnet und gefährlich ist. Es wird dringend davor gewarnt, sich dem Flüchtigen zu nähern. Ich wiederhole: Kommen Sie dem Flüchtigen* keinesfalls *zu nahe. Wenn Sie irgendetwas Verdächtiges bemerken, rufen Sie bitte sofort die Polizei an. Der Entflohene, Jacob Holbrook, war in einem aufsehenerregenden Prozess, der landesweit Schlagzeilen machte, für schuldig befunden worden, ein junges Mädchen entführt und vierzehn Jahre lang gefangen gehalten zu haben …*«

Mir bleibt das Herz stehen. Ich kann nichts mehr sehen, bekomme keine Luft, höre nur noch das Rauschen des Bluts in meinen Ohren. Ich nehme den Fuß vom Gas und lasse den Wagen vorsichtig auf dem Randstreifen ausrollen. Meine Hand zittert, als ich sie ausstrecke, um das Radio auszuschalten.

Jacob Holbrook ist aus dem Gefängnis ausgebrochen. Der Moorkönig. Mein Vater.

Und ich war es, die ihn damals hinter Gitter gebracht hat.

2

Der Schotter spritzt unter den Reifen weg, als ich wieder anfahre. Angesichts der Geschehnisse dreißig Meilen weiter südlich bezweifle ich, dass auf diesem Abschnitt des Highways irgendwelche Polizeistreifen unterwegs sind, und selbst wenn es so wäre – die Gefahr, wegen Geschwindigkeitsüberschreitung angehalten zu werden, ist im Moment meine geringste Sorge. Ich muss so schnell wie möglich nach Hause, ich muss meine beiden Töchter im Auge haben, muss wissen, dass sie bei mir und in Sicherheit sind. Laut der Warnmeldung müsste mein Vater sich von meinem Haus weg in Richtung des Wildreservats bewegen. Aber ich weiß, dass er das nicht tut. Der Jacob Holbrook, den ich kenne, würde nie etwas so Naheliegendes tun. Ich wette jede beliebige Summe, dass der Suchtrupp nach ein paar Meilen seine Spur verlieren wird, wenn er sie nicht schon verloren hat. Mein Vater bewegt sich im Moor wie ein Geist, wie ein schamanischer Spiritwalker. Wenn der Suchtrupp eine Fährte von ihm findet, dann nur, weil mein Vater will, dass sie ihr folgen. Wenn er will, dass sie ihn im Wildreservat vermuten, dann werden sie ihn im Moor nicht finden.

Ich umklammere das Lenkrad. Vor meinem inneren Auge sehe ich meinen Vater zwischen den Bäumen lauern, als Iris aus dem Bus aussteigt und unsere Zufahrt hinaufgeht, und ich gebe noch mehr Gas. Ich sehe ihn aus seinem Versteck springen und sie schnappen, in dem Moment, als der Bus wieder losfährt, so wie er immer aus dem Gebüsch platzte, um mich zu erschrecken, wenn ich aus dem Häuschen kam. Doch meine Angst um Iris ist nicht begründet. Laut der Warnmeldung ist mein Vater zwischen vier und Viertel nach vier entflohen, und jetzt ist es Viertel vor fünf – er kann unmöglich in einer halben Stunde dreißig Meilen zu Fuß zurückgelegt haben. Doch das macht meine Angst nicht weniger real.

Mein Vater und ich haben seit fünfzehn Jahren nicht mehr miteinander gesprochen. Höchstwahrscheinlich weiß er nicht, dass ich meinen Nachnamen geändert habe, als ich achtzehn wurde, weil ich es gründlich satt hatte, nur für die Umstände bekannt zu sein, unter denen ich aufgewachsen war. Und er weiß wohl auch nicht, dass seine Eltern, als sie vor acht Jahren starben, mir dieses Anwesen vermacht haben. Oder dass ich den Großteil des Erbes darauf verwendet habe, das Haus, in dem er aufgewachsen ist, abreißen zu lassen und stattdessen das Doppel-Mobilheim daraufzustellen. Oder dass ich jetzt mit meinem Mann und zwei kleinen Töchtern hier wohne. Mit den Enkelinnen meines Vaters.

Aber vielleicht weiß er es doch. Nach dem heutigen Tag ist alles möglich. Denn heute ist mein Vater aus dem Gefängnis entkommen.

Ich bin eine Minute zu spät. Ganz bestimmt nicht mehr als zwei. Mit der immer noch kreischenden Mari hänge ich hinter Iris' Schulbus fest. Mari hat sich derart in ihren Schreianfall hineingesteigert, dass sie wahrscheinlich längst vergessen hat, was der Auslöser war. Ich kann den Bus nicht überholen, um in unsere Auffahrt einzubiegen, weil er das Stoppschild ausgeklappt hat und die roten Lichter blinken. Da ist es egal, dass außer meinem weit und breit kein Auto zu sehen ist und dass es meine Tochter ist, die der Fahrer hier absetzt. Als ob ich aus Versehen mein eigenes Kind überfahren könnte.

Iris steigt aus dem Bus. Die Art, wie sie den Kopf hängen lässt, als sie sich unsere leere Auffahrt hinaufschleppt, verrät mir, dass sie glaubt, ich hätte wieder einmal vergessen, rechtzeitig für sie zurück zu sein. »Schau mal, Mari.« Ich zeige es ihr. »Da ist unser Haus. Und da ist Sissy. Schsch. Wir sind fast da.«

Mari folgt der Richtung, in die mein Finger weist, und als sie ihre Schwester erblickt, ist sie schlagartig still. Sie hickst, dann lächelt sie. »Iris!« Nicht »I-I« oder »Isis« oder »Sissy«, oder auch nur »I-wis«, sondern »Iris« – ganz klar und deutlich. Das soll noch einer verstehen.

Endlich findet der Fahrer, dass Iris weit genug von der Straße weg ist. Er schaltet die Warnblinkanlage aus, und die Tür schließt sich zischend. Sobald der Bus sich in Bewegung setzt, gebe ich Gas und biege mit Schwung in unsere Auffahrt ein. Iris' Schultern straffen sich. Sie strahlt und winkt mir zu. Mommy ist zu Hause, und ihre Welt ist wieder im Lot. Ich wünschte, ich könnte das Gleiche von mir behaupten.

Ich stelle den Motor ab und gehe um den Wagen herum zur Beifahrerseite, um Mari die Sandalen anzuziehen. Kaum haben ihre Füße den Boden berührt, da rennt sie auch schon los, quer über den Hof.

»Mommy!« Iris kommt auf mich zugelaufen und schlingt die Arme um meine Beine. »Ich hab gedacht, du bist nicht da.« Sie sagt es nicht als Vorwurf, sondern als Feststellung. Es ist nicht das erste Mal, dass ich meine Tochter im Stich gelassen habe. Ich wünschte, ich könnte ihr versprechen, dass es das letzte Mal war.

»Es ist alles gut.« Ich drücke ihre Schulter und tätschele ihr den Kopf. Stephen sagt mir immer, dass ich unsere Töchter öfter in den Arm nehmen soll, aber Körperkontakt ist schwierig für mich. Die Psychiaterin, die mir nach unserer Rettung aus dem Moor vom Gericht zugewiesen wurde, meinte, ich hätte Probleme damit, Menschen zu vertrauen, und sie machte entsprechende Übungen mit mir, bei denen ich zum Beispiel die Augen schließen, die Arme vor der Brust verschränken und mich nach hinten fallen lassen musste, mit ihrem Versprechen, mich aufzufangen, als einziger Sicherheit. Als ich mich ihren Anordnungen widersetzte, nannte sie mich aggressiv. Aber ich hatte keine Probleme mit dem Vertrauen. Ich fand ihre Übungen einfach nur albern.

Iris lässt mich los und läuft ihrer Schwester hinterher ins Haus. Die Haustür ist nicht verschlossen. Das ist sie nie. Die Downstaters aus dem Süden, denen die großen Sommerhäuser an der Steilküste mit Blick über die Bucht gehören, verriegeln und verrammeln immer alle Türen und Fenster, aber wir Einheimischen machen uns nie die Mühe. Wenn ein Dieb die Wahl hätte zwischen einer unbewohnten, freistehenden Villa, voll mit teurer Elektronik, und einem Doppel-Mobilheim, das in Sichtweite des Highways steht, ist doch wohl klar, wofür er sich entscheiden würde.

Aber jetzt schließe ich die Tür ab und gehe ums Haus herum, um mich zu vergewissern, dass Rambo genug Futter und Wasser hat. Rambo läuft an der Leine entlang, die wir für ihn zwischen zwei Banks-Kiefern gespannt haben, und wedelt mit dem Schwanz, als er mich sieht. Er bellt nicht, weil ich ihm das abtrainiert habe. Rambo ist ein Plotthound, mit schwarz-braun gestromtem Fell, Schlappohren und einem Schwanz wie eine Peitsche. Früher habe ich Rambo jeden Herbst zusammen mit ein paar anderen Jägern und deren Hunden auf die Bärenjagd mitgenommen, aber vor zwei Wintern musste ich ihn aus dem Verkehr ziehen, nachdem ein Bär sich auf unser Grundstück verirrt hatte und Rambo sich einbildete, es alleine mit ihm aufnehmen zu können. Ein Zwanzig-Kilo-Hund und ein Fünf-Zentner-Bär, das ist ein ziemlich ungleicher Kampf, ganz egal, was der Hund denkt. Den meisten Leuten fällt gar nicht gleich auf, dass Rambo nur drei Beine hat, aber mit seiner fünfundzwanzigprozentigen Behinderung werde ich ihn bestimmt nicht mehr in die Schlacht schicken. Nachdem er letzten Winter aus Langeweile angefangen hatte, Hirsche zu jagen, waren wir gezwungen, ihn anzuleinen. In dieser Gegend kann ein Hund, der im Ruf steht, Rotwild anzugreifen, ohne Vorwarnung erschossen werden.

»Haben wir Kekse da?«, ruft Iris aus der Küche. Sie wartet geduldig am Tisch, mit geradem Rücken und gefalteten Händen, während ihre Schwester Krümel vom Boden aufliest. Die Lehrerin muss Iris lieben – aber wehe, wenn sie erst mal Mari kennenlernt. Nicht zum ersten Mal frage ich mich, wie zwei so völlig verschiedene Menschen von den gleichen Eltern abstammen können. Wenn Mari Feuer ist,

ist Iris Wasser. Eine Mitläuferin, keine Anführerin; ein stilles, hochsensibles Kind, das lieber liest als draußen herumtollt, das seine imaginären Freunde genauso liebt wie ich früher meine und das sich die kleinste Rüge viel zu sehr zu Herzen nimmt. Ich ärgere mich so, dass ich ihr diesen Moment der Panik verursacht habe. Iris, die Großherzige, hat alles längst vergeben und vergessen, aber ich nicht. Ich vergesse nie.

Ich gehe in die Speisekammer und nehme eine Tüte Kekse aus dem obersten Fach. Zweifellos wird mein kleines plünderndes Wikingermädchen irgendwann versuchen, am Regal hochzuklettern, aber Iris, die Gehorsame, würde nie auf eine solche Idee kommen. Ich lege vier Kekse auf einen Teller, gieße zwei Gläser Milch ein und gehe dann erst einmal ins Bad. Dort drehe ich den Hahn auf und spritze mir eine Handvoll Wasser ins Gesicht. Als ich meinen Gesichtsausdruck im Spiegel sehe, wird mir klar, dass ich mich zusammenreißen muss. Wenn Stephen nach Hause kommt, werde ich sofort alles gestehen. Aber bis dahin darf ich meine Mädchen nicht sehen lassen, dass irgendetwas nicht stimmt.

Nachdem die zwei ihre Milch getrunken und ihre Kekse gegessen haben, schicke ich sie auf ihr Zimmer, damit ich die Nachrichten verfolgen kann, ohne dass sie mithören. Mari ist noch zu klein, um die Bedeutung von Ausdrücken wie »Gefängnisausbruch«, »Fahndung« oder »bewaffnet und gefährlich« zu erfassen, aber Iris könnte schon etwas verstehen.

CNN zeigt eine lange Aufnahme eines Hubschraubers, der dicht über die Baumwipfel hinwegfliegt. Wir sind so nahe an dem Suchgebiet, dass ich praktisch auf die Veranda hinaustreten und denselben Hubschrauber am Himmel sehen könnte. Eine Warnung der State Police, die am unteren Bildrand durchläuft, ermahnt alle Anwohner, in ihren Häusern zu bleiben. Bilder der ermordeten Aufseher, Bilder des leeren Gefängnistransporters, Interviews mit den trauernden Angehörigen. Ein neueres Foto meines Vaters. Das Leben im Gefängnis hat es nicht gut mit ihm gemeint. Fotos meiner Mutter als Mädchen und als hohlwangige erwachsene Frau. Bilder von unserer Hütte. Bilder von mir als Zwölfjährige. Noch keine Erwähnung von Helena Pelletier, aber das ist nur eine Frage der Zeit.

Ich höre Iris' und Maris trippelnde Schritte auf dem Flur und stelle den Ton ab.

»Wir wollen draußen spielen«, verkündet Iris.

»'pielen«, echot Mari. »Raussen.«

Ich überlege. Es gibt keinen vernünftigen Grund, den Kindern Hausarrest zu verordnen. Ihr Spielplatz ist mit einem mannshohen Maschendrahtzaun umschlossen, und vom Küchenfenster aus habe ich die ganze Fläche im Blick. Stephen hat den Zaun nach dem Zwischenfall mit dem Bären errichten lassen. »Mädchen drinnen, Tiere draußen«, erklärte er befriedigt, als die Handwerker fertig waren, und klopfte sich die Hände am Hosenboden ab, als ob er selbst die Pfosten gesetzt hätte. Als ob es so einfach wäre, unsere Kinder vor Gefahren zu schützen.

»Okay«, sage ich. »Aber nur für ein paar Minuten.«

Ich öffne die Hintertür und lasse sie raus, dann nehme ich eine Packung Käsemakkaroni aus dem Küchenschrank und einen Kopfsalat und eine Gurke aus dem Kühlschrank.

Stephen hat vor einer Stunde gesimst, dass es später wird und dass er unterwegs einen Happen essen wird, also gibt es fertige Käsemakkaroni für die Mädchen und einen Salat für mich. Ich koche wirklich nicht gerne. Man mag das seltsam finden angesichts der Tätigkeit, mit der ich meinen Lebensunterhalt verdiene, aber man kann nun einmal nur mit dem arbeiten, was man hat. Heidelbeeren und Erdbeeren wuchsen auf unserer Anhöhe, und ich habe gelernt, wie man Gelee und Marmelade macht. Punkt, aus. Es gibt nicht viele Jobs, die Eisfischen oder Biberhäuten als Qualifikation voraussetzen. Ich würde sogar so weit gehen, zu sagen, dass ich Kochen hasse, aber ich habe immer noch die sanfte Mahnung meines Vaters im Ohr: »*Hass* ist ein starkes Wort, Helena.«

Ich schütte die Nudeln aus der Packung in das kochende Salzwasser auf dem Herd und trete ans Fenster, um nach den Mädchen zu sehen. Beim Anblick der Unmengen von Barbies und My-Little-Pony-Figuren und Disney-Prinzessinnen, die im Hof herumliegen, wird mir ganz schlecht. Wie sollen Iris und Mari Eigenschaften wie Geduld und Selbstbeherrschung entwickeln, wenn Stephen ihnen alles gibt, was sie sich wünschen? Als ich klein war, hatte ich nicht einmal einen Ball. Ich habe mir meine Spielsachen selbst gebastelt. Schachtelhalme zu zerpflücken und die Teile wieder zusammenzusetzen war mindestens so lehrreich wie diese Spielzeuge für Babys, wo man verschieden geformte Klötzchen in die passenden Löcher stecken muss. Und wenn es junge Rohrkolben zum Essen gab, hatten wir hinterher immer einen Haufen Reste auf dem Teller, von denen meine Mutter sagte, dass sie wie Plastik-Stricknadeln aussähen. Aber in meinen Augen sahen sie aus wie Schwerter. Ich steckte sie in den Sand vor unserer Hintertür wie die Palisaden eines Forts, wo meine Kiefernzapfen-Krieger so manche heroische Schlacht schlugen.

Bevor ich durch das Raster der Boulevardpresse fiel, wurde ich oft von Leuten gefragt, was meine unglaublichste, verblüffendste oder überraschendste Entdeckung gewesen sei, nachdem ich mit der Zivilisation Bekanntschaft gemacht hatte. Als ob ihre Welt so viel besser wäre als meine. Oder überhaupt zivilisiert. Ich könnte einige triftige Gründe anführen gegen die Angemessenheit dieses Worts zur Beschreibung der Welt, die ich als Zwölfjährige kennenlernte: Krieg, Umweltverschmutzung, Gier, Verbrechen, verhungernde Kinder, Rassenhass, ethnische Unruhen – und das ist erst der Anfang. Ist es das Internet? (Ein Buch mit sieben Siegeln.) Fastfood? (Ein Geschmack, an den man sich schnell gewöhnt.) Flugzeuge? (Also bitte – ich hatte ein solides technisches Wissen auf dem Stand der späten Fünfzigerjahre, und glauben die Leute wirklich, dass nie Flugzeuge über unsere Hütte geflogen wären? Oder dass wir, wenn wir eines sahen, es für einen silbernen Riesenvogel gehalten hätten?) Raumfahrt? (Ich muss zugeben, dass ich damit immer noch meine Probleme habe. Dass schon zwölf Menschen auf dem Mond herumspaziert sein sollen, will mir einfach nicht in den Kopf, obwohl ich die Filmaufnahmen gesehen habe.)

Ich wollte immer den Spieß umdrehen und fragen: Kennen Sie den Unterschied zwischen Süßgräsern, Binsen und Simsen? Wissen Sie, welche Wildpflanzen man ohne Bedenken verzehren kann und wie man sie zubereitet? Können Sie einen Hirsch genau an der dunklen Stelle hinter der Schulter treffen, sodass er auf der Stelle zusammenbricht und Sie nicht den Rest des Tages damit zubringen müssen, seiner Fährte zu folgen? Können Sie eine Kaninchenfalle aufstellen? Können Sie das Kaninchen häuten und ausnehmen, nachdem Sie es gefangen haben? Können Sie es über einem offenen Feuer rösten, und zwar so, dass das Fleisch in der Mitte durch ist und außen schön schwarz und knusprig? Und können Sie überhaupt ohne Streichhölzer ein Feuer machen?

Aber ich lerne schnell. Ich habe nicht lange gebraucht, um zu erkennen, dass in den Augen der meisten Menschen meine Fertigkeiten keinen sehr hohen Stellenwert hatten. Und wenn ich ganz ehrlich bin, muss ich gestehen, dass ihre Welt einige ziemlich verblüffende technologische Wunder zu bieten hatte. Die modernen sanitären Einrichtungen stehen ganz oben auf der Liste. Noch heute halte ich gerne meine Hände unter das fließende Wasser, wenn ich abspüle oder ein Bad für die Kinder einlasse, allerdings achte ich darauf, es nur zu tun, wenn Stephen nicht in der Nähe ist. Es gibt nicht viele Männer, die es klaglos hinnehmen würden, dass ich bei meinen Sammelexpeditionen allein in der Wildnis übernachte, dass ich auf Bärenjagd gehe oder Rohrkolben esse. Ich will es nicht zu weit treiben.

Hier ist die ehrliche Antwort: Die erstaunlichste Entdeckung, die ich gemacht habe, nachdem meine Mutter und ich befreit worden waren, ist Elektrizität. Im Nachhinein ist es schwer zu begreifen, wie wir all die Jahre ohne Strom ausgekommen sind. Ich sehe die Leute munter ihre Tablets und Handys aufladen und Brot toasten und Popcorn in der Mikrowelle machen und fernsehen und bis spät in die Nacht E-Books lesen, und ein Teil von mir staunt immer noch darüber. Kein Mensch, der mit Elektrizität aufgewachsen ist, verschwendet auch nur einen Gedanken daran, wie er ohne sie zurechtkommen würde, bis auf die seltenen Fälle, wenn ein Gewitter die Stromversorgung kappt und man sich hektisch auf die Suche nach Taschenlampen und Kerzen macht.

Stellen Sie sich vor, wie es wäre, nie Strom zu haben. Keinerlei Elektrokleingeräte. Keinen Kühlschrank, weder Waschmaschine noch Trockner. Keine Elektrowerkzeuge. Wir standen auf, wenn es hell wurde, und gingen zu Bett, wenn es dunkel wurde. Sechzehnstundentage im Sommer, Achtstundentage im Winter. Mit Strom hätten wir Musik hören, uns mit Ventilatoren kühlen, die kältesten Ecken der Zimmer heizen und Wasser aus dem Moor pumpen können. Ich könnte leicht ohne Fernsehen und Computer leben. Ich würde sogar mein Handy aufgeben. Aber wenn es eines gibt, was ich vermissen würde, wenn ich wieder darauf verzichten müsste, dann wäre es zweifellos Elektrizität.

Vom Spielplatz kommt ein schriller Schrei. Ich recke den Hals. Nicht immer kann ich an der Tonhöhe des Kreischens meiner Töchter erkennen, ob der Anlass trivial oder wirklich ernst ist. Ernst wäre es, wenn eines der Mädchen oder beide literweise Blut verlören oder wenn ein Schwarzbär draußen am Zaun herumschnüffelte. Trivial ist es, wenn Iris mit den Händen wedelt und schreit, als ob sie Rattengift verschluckt hätte, während Mari in die Hände klatscht und lachend »Biene! Biene!« ruft. Noch ein Wort, das sie mühelos aussprechen kann.

Ich weiß, es ist schwer zu glauben, dass eine Frau, die unter extremsten Survival-Bedingungen in der Wildnis aufgewachsen ist, eine Tochter hervorgebracht hat, die sich vor Insekten fürchtet, aber so ist es nun mal. Ich habe es aufgegeben, Iris ins Feld mitnehmen zu wollen. Sie klagt doch die ganze Zeit nur über den Dreck und die Gerüche. Mit Mari habe ich da bis jetzt weit weniger Probleme. Eltern sollten nicht ein Kind dem anderen vorziehen, aber manchmal fällt es schwer, sich daran zu halten.

Ich bleibe am Fenster stehen, bis die Biene sich klugerweise in ruhigere Lufträume zurückzieht und die Mädchen sich beruhigen. Und ich stelle mir vor, wie ihr Großvater sie aus seinem Versteck hinter dem Waldsaum beobachtet. Ein Mädchen blond, das andere dunkelhaarig. Ich weiß, welches er wählen würde.

Ich öffne das Fenster und rufe die Mädchen herein.

3

Sobald der Tisch abgeräumt ist, bade ich Mari und Iris und stecke sie ihren Protesten zum Trotz ins Bett. Wir wissen alle, dass es noch zu früh ist. Zweifellos werden sie noch stundenlang kichern und reden, bevor sie einschlafen, aber das ist mir egal, solange sie nur im Bett bleiben und nicht zu mir ins Wohnzimmer kommen.

Ich bin gerade rechtzeitig für die Sechs-Uhr-Nachrichten zurück. Zwei Stunden sind vergangen, seit mein Vater entkommen ist, und noch ist er nicht gesichtet worden, was mich nicht wirklich überrascht. Ich glaube ja immer noch nicht, dass er überhaupt in der Nähe des Wildreservats ist. Das Terrain dort macht eine Suche schwierig, aber aus dem gleichen Grund ist es auch schwierig für denjenigen, der auf der Flucht ist. Andererseits tut mein Vater nie irgendetwas ohne eine bestimmte Absicht. Es hat seinen Grund, warum er sich diesen Ort für seine Flucht ausgesucht hat. Ich muss nur herausfinden, welcher es ist.

Bevor ich das Haus meiner Großeltern abreißen ließ, bin ich immer wieder durch die Zimmer gegangen auf der Suche nach Erkenntnissen über meinen Vater. Ich wollte wissen, wie ein Mensch vom Kind zum Kinderschänder wird. Die Gerichtsprotokolle liefern einige Details: Mein Großvater Holbrook war Ojibwe, seinen europäischen Namen bekam er, als er als Kind auf ein indianisches Internat geschickt wurde. Die Familie meiner Großmutter stammte aus Finnland; sie lebten im Nordwesten der Upper Peninsula, wo sie in den Kupferminen arbeiteten. Als meine Großeltern sich kennenlernten und heirateten, waren sie Ende dreißig, und fünf Jahre später kam mein Vater zur Welt. Die Verteidigung stellte die Eltern meines Vaters als Perfektionisten dar, die zu alt und zu verknöchert waren, um auf die Bedürfnisse ihres kleinen Wildfangs einzugehen, und die ihn für die geringsten Regelverstöße bestraften. Im Holzschuppen fand ich einen abgegriffenen Rohrstock, daher weiß ich, dass dieser Teil der Wahrheit entspricht. In einem Versteck unter einem losen Brett in seinem Schlafzimmerschrank entdeckte ich einen Schuhkarton mit Handschellen und einem Nest aus blonden Haaren – wahrscheinlich aus der Bürste seiner Mutter –, in dem wie zwei Vogeleier ein Lippenstift und ein Perlenohrring ruhten, und daneben einen weißen Baumwollslip, der vermutlich auch ihr gehört hatte. Ich kann mir vorstellen, was die Staatsanwaltschaft daraus gemacht hätte.

Der Rest der Protokolle gibt nicht viel her. Die Eltern meines Vaters setzten ihn vor die Tür, nachdem er in der zehnten Klasse die Schule abgebrochen hatte. Er arbeitete eine Zeitlang als Holzfäller, dann ging er zur Army, wurde aber nach etwas über einem Jahr unehrenhaft entlassen, weil er mit den anderen Soldaten nicht zurechtkam und nicht auf seine Vorgesetzten hörte. Die Verteidigung behauptete, dass nichts von alldem seine Schuld sei. Er sei ein intelligenter junger Mann gewesen, der nur deshalb über die Stränge geschlagen habe, weil er nach der Liebe und Anerkennung suchte, die er von seinen Eltern nie bekommen hatte. Ich bin mir da nicht so sicher. Mein Vater war gewiss sehr erfahren in allem, was das Leben in der Wildnis betraf, aber ich kann mich beim besten Willen nicht erinnern, dass er sich auch nur ein einziges Mal hingesetzt hätte, um eine der *National Geographics* zu lesen. Manchmal habe ich mich gefragt, ob er überhaupt lesen konnte. Nicht einmal für die Bilder hat er sich interessiert.

Nichts in diesem Haus deutete auf den Vater hin, den ich gekannt hatte, bis ich dann in einem Jutesack, der im Keller an den Deckenbalken aufgehängt war, seine Forellenfangausrüstung fand. Mein Vater hat oft erzählt, wie er als Junge im Fox River geangelt hat. Er kannte die besten Stellen, und einmal machte er sogar für ein Fernsehteam des Senders *Michigan Out of Doors* den Führer. Seit ich seine Ausrüstung gefunden habe, bin ich oft im Fox angeln gegangen, sowohl im Ostarm als auch im Hauptarm. Die Angelrute meines Vaters hat eine angenehme, schnelle Aktion. Mit einer Vierer- oder Fünfer-Schwimmschnur, manchmal auch einer Sechser fürs Nymphen- oder Streamerfischen, bringe ich gewöhnlich einen vollen Korb mit nach Hause. Ich weiß nicht, ob ich ebenso gut im Forellenfischen bin wie mein Vater, aber ich bilde es mir gerne ein.

Ich denke an die Angelgeschichten meines Vaters, während der schier endlose Nachrichtenbeitrag läuft. Wenn ich zwei Männer ermordet hätte, um aus dem Gefängnis zu entkommen, und wüsste, dass meine Flucht eine der größten Fahndungen in der Geschichte Michigans auslösen wird, würde ich nicht blindlings im Moor umherirren. Ich würde einen der wenigen Orte auf Erden aufsuchen, an denen ich glücklich war.

Es ist Viertel vor neun. Ich sitze auf unserer Veranda vor dem Haus und schlage nach Stechmücken, während ich auf Stephen warte. Ich habe keine Ahnung, wie er auf die Neuigkeit reagieren wird, dass der entflohene Häftling mein Vater ist, aber ich weiß, dass es nicht angenehm werden wird. Mein Mann ist Naturfotograf, ein sanftmütiger Typ, der nur ganz selten die Beherrschung verliert, was zu den Eigenschaften gehört, die mich an ihm zuerst angezogen haben. Aber jeder Mensch hat seine Grenzen.

Rambo hat sich neben mir auf den Verandabrettern ausgestreckt. Vor acht Jahren habe ich ihn als Welpen bei einer Familie in North Carolina abgeholt, die Plotts züchtet. Das war lange vor Stephen und den Mädchen. Er ist eindeutig auf mich fixiert. Nicht dass er Stephen und die Mädchen nicht beschützen würde, wenn die Situation es erforderte. Plotthounds sind absolut furchtlos, so sehr, dass die Fans der Rasse sie »die Ninja-Krieger der Hundewelt« nennen, die mutigsten und zähesten Hunde der Welt. Aber wenn es hart auf hart käme und meine ganze Familie in Gefahr wäre, würde Rambo sich zuerst um mich kümmern. Leute, die Tiere gern durch die sentimentale Brille sehen, würden von Liebe oder Treue oder Aufopferung sprechen, aber es ist einfach nur sein Wesen. Plotts sind darauf gezüchtet, tagelang an einem Wild dranzubleiben und sich eher selbst zu opfern, als einem Kampf auszuweichen. Er kann eben nicht aus seiner Haut.

Rambo bellt einmal und spitzt die Ohren. Ich lege den Kopf schief. Ich kann Grillen und Zikaden hören, das sanfte Rauschen des Winds in den Strauchkiefern, ein Rascheln in den Nadeln darunter, wahrscheinlich eine Feldmaus oder eine Spitzmaus, das *Who cooks for you, who cooks for you* eines Streifenkauzes, der von jenseits der Wiese zwischen unserem Grundstück und dem der nächsten Nachbarn ruft, das Keckern und Quaken des Nachtreiher-Pärchens, das in den Feuchtwiesen hinter unserem Haus nistet, und das vom Dopplereffekt verzerrte Geräusch eines Autos, das auf dem Highway an unserem Haus vorbeizischt. Aber für Rambos extrem feine Hundesinne ist die Nacht übervoll mit Geräuschen und Gerüchen. Er winselt halblaut, und seine Vorderpfoten zucken, doch ansonsten verharrt er reglos. Er wird sich auch nicht von der Stelle bewegen, solange ich es ihm nicht befehle. Ich habe ihn sowohl auf Kommandos als auch auf Handsignale abgerichtet. Jetzt lege ich ihm die Hand auf den Kopf, worauf er seine Schnauze wieder auf mein Knie bettet. Nicht alles, was im Dunkeln umherstreift, muss erforscht und gejagt werden.

Ich rede natürlich von meinem Vater. Ich weiß, dass das, was er meiner Mutter angetan hat, falsch war. Und zwei Aufseher zu töten, um aus dem Gefängnis zu entkommen, ist unverzeihlich. Aber ein Teil von mir, nicht größer als ein einzelnes Pollenkorn oder eine einzelne Blüte an einem einzelnen Binsenstängel – der Teil von mir, der immer das kleine Mädchen mit Zöpfen sein wird, das seinen Vater vergötterte –, dieser Teil ist froh, dass mein Vater frei ist. Er hat die letzten dreizehn Jahre seines Lebens im Gefängnis verbracht. Er war fünfunddreißig, als er meine Mutter holte, fünfzig, als wir das Moor verließen, zweiundfünfzig, als er zwei Jahre darauf gefasst und verurteilt wurde. Diesen November wird er sechsundsechzig. In Michigan gibt es keine Todesstrafe, aber wenn ich mir überlege, dass mein

Vater die nächsten zehn, zwanzig oder womöglich dreißig Jahre im Gefängnis verbringen wird, falls er so alt werden sollte wie sein Vater, dann denke ich, es sollte sie vielleicht geben.

Nach unserer Rettung aus dem Moor erwarteten alle von mir, dass ich meinen Vater hassen würde für das, was er meiner Mutter angetan hatte, und das tat ich auch. Ich tue es immer noch. Aber er tat mir auch leid. Er wollte eine Frau. Und keine halbwegs vernünftige Frau wäre freiwillig zu ihm in seine Hütte auf der Anhöhe gezogen. Wenn man die Situation aus seiner Perspektive betrachtet – was hätte er denn sonst tun sollen? Er war psychisch krank, schwer geschädigt, so durchdrungen von seiner Rolle des wilden Naturmenschen mit Indianerblut, dass er der Versuchung, meine Mutter zu sich zu holen, gar nicht hätte widerstehen können, selbst wenn er es gewollt hätte. Die Psychiater sowohl der Verteidigung als auch der Staatsanwaltschaft waren sich sogar einig, was seine Diagnose betraf – dissoziale Persönlichkeitsstörung –, wenngleich die Verteidigung noch weitere mildernde Umstände ins Feld führte, etwa das Schädel-Hirn-Trauma als Folge der wiederholten Schläge auf den Kopf, die er als Junge hatte einstecken müssen.

Aber ich war ein Kind. Ich liebte meinen Vater. Der Jacob Holbrook, den ich kannte, war klug, witzig, geduldig und gütig. Er sorgte für mich, er gab mir zu essen und kleidete mich, er brachte mir alles bei, was ich wissen musste, um im Moor nicht nur zu überleben, sondern gut zu leben. Im Übrigen sprechen wir hier von den Ereignissen, denen ich meine Existenz verdanke, da kann ich doch schlecht sagen, dass es mir leidtut, oder?

Als ich meinen Vater das letzte Mal sah, schlurfte er in Handschellen und Fußeisen aus dem Gerichtssaal von Marquette County, um mit Tausenden anderen Männern eingesperrt zu werden. Ich war bei seinem Prozess nicht dabei – meine Aussage wurde wegen meines Alters und der Umstände, unter denen ich aufgewachsen war, als unzuverlässig erachtet und zudem als verzichtbar, da meine Mutter der Staatsanwaltschaft mehr als genug Beweismaterial liefern konnte, um meinen Vater ein Dutzend Mal lebenslänglich hinter Gitter zu bringen. Aber an dem Tag, als mein Vater verurteilt wurde, fuhren die Eltern meiner Mutter mich aus Newberry zum Gericht. Ich glaube, sie haben gehofft, wenn ich sähe, wie mein Vater seine gerechte Strafe erhielt für das, was er ihrer Tochter angetan hatte, würde ich ihn schließlich ebenso hassen, wie sie es taten. Das war auch der Tag, an dem ich meine Großeltern väterlicherseits kennenlernte. Man stelle sich meine Verblüffung vor, als ich entdeckte, dass die Mutter des Mannes, der für mich immer ein Ojibwe gewesen war, blond und weiß war.

Seit jenem Tag bin ich mindestens hundertmal am Marquette Branch Prison vorbeigefahren – jedes Mal wenn wir Mari zu einem Termin bei ihrem Spezialisten bringen oder mit den Mädchen zum Einkaufen fahren oder wenn wir in Marquette ins Kino gehen wollen. Das Gefängnis selbst ist vom Highway aus nicht zu sehen. Das Einzige, was man im Vorbeifahren sieht, ist eine gewundene, von alten Steinmauern gesäumte Zufahrtsstraße; es wirkt wie der Eingang zu einem Anwesen von altem Geldadel, das versteckt hinter Bäumen an einer felsigen Steilküste mit Blick über die Bucht liegt. Die Verwaltungsgebäude aus Sandstein stehen unter Denkmalschutz, sie stammen aus der Zeit der Eröffnung des Gefängnisses im Jahr 1889. Der Hochsicherheitsbereich, in dem mein Vater untergebracht war, besteht aus sechs Einzelzellentrakten, umschlossen von einer sechs Meter dicken Mauer, die von einem drei Meter hohen Maschendrahtzaun gekrönt wird. Der Trakt ist durch acht Schießtürme gesichert, fünf der Türme sind zudem mit Überwachungskameras ausgestattet, die auch das Geschehen innerhalb der Zellentrakte erfassen. So steht es jedenfalls in Wikipedia. Ich bin selbst nie drin gewesen. Einmal habe ich mir das Gefängnis auf dem Satellitenbild von Google Earth angeschaut. Es waren keine Gefangenen im Hof.

Und jetzt hat das Gefängnis einen Insassen weniger. Was bedeutet, dass ich in wenigen Minuten gezwungen sein werde, meinem Mann die Wahrheit, die ganze Wahrheit und nichts als die Wahrheit zu sagen über mich, meine Herkunft und die Umstände meiner Geburt, so wahr mir Gott helfe.

Wie aufs Stichwort schlägt Rambo an. Sekunden später streichen Scheinwerfer über den Hof. Die Außenbeleuchtung geht an, als ein Geländewagen in die Auffahrt einbiegt. Es ist nicht Stephens Cherokee – dieser Wagen hat eine Blaulichtleiste auf dem Dach und das Emblem der State Police auf der Tür. Einen Sekundenbruchteil lang wiege ich mich in der Illusion, ich könnte die Fragen der Polizisten beantworten und sie wieder loswerden, bevor Stephen nach Hause kommt. Dann biegt der Cherokee unmittelbar nach dem Polizeiauto ein. Bei beiden Fahrzeugen geht gleichzeitig die Innenbeleuchtung an. Ich beobachte, wie Stephens Verwirrung in Panik umschlägt, als er die Uniformen der Polizisten sieht. Er rennt über den Hof auf mich zu.

»Helena! Ist alles in Ordnung? Was ist mit den Mädchen? Was ist passiert? Geht es dir gut?«

»Uns fehlt nichts.« Ich bedeute Rambo, dass er dableiben soll, und steige die Verandastufen hinunter, um ihm entgegenzugehen, während die Polizisten schon auf uns zusteuern.

»Helena Pelletier?«, fragt der erste, der offenbar das Kommando hat. Er ist jung, ungefähr in meinem Alter. Sein Partner sieht sogar noch jünger aus. Ich frage mich, wie viele Menschen die beiden schon vernommen haben. Wie viele Leben sie mit ihren Fragen ruiniert haben. Ich nicke und taste blind nach Stephens Hand. »Wir möchten Ihnen einige Fragen zu Ihrem Vater Jacob Holbrook stellen.«

Stephens Kopf schnellt zu mir herum. »Dein Va-... Helena, was geht hier vor? Ich verstehe nicht. Der entflohene Gefangene ist dein *Vater*?«

Ich nicke erneut. Eine Geste, von der ich hoffe, dass Stephen sie als Entschuldigung und Geständnis zugleich auffassen wird. *Ja, Jacob Holbrook ist mein Vater. Ja, ich habe dich belogen von dem Tag an, als wir uns kennenlernten. Ja, das Blut dieses bösen Mannes fließt in den Adern unserer gemeinsamen Töchter. Es tut mir leid. Es tut mir leid, dass du es auf diese Weise erfahren musstest. Es tut mir leid, dass ich es dir nicht eher gesagt habe. Es tut mir leid, leid, leid.*

Es ist dunkel. Stephens Gesicht ist verschattet. Ich kann nicht erraten, was er denkt, als sein Blick langsam von mir zu den Polizisten und zurück zu mir wandert, dann wieder zu den Polizisten.

»Wir gehen am besten rein«, sagt er schließlich. Nicht zu mir, sondern zu ihnen. Er lässt meine Hand los und führt die Beamten über unsere vordere Veranda ins Haus. Und die Mauern meines so sorgsam aufgebauten zweiten Lebens stürzen einfach so ein.

4

Die Beamten der Michigan State Police sitzen auf dem Sofa in unserem Wohnzimmer, einer links und einer rechts, wie zwei blaue Buchstützen: gleiche Uniform, gleiche Größe, gleiche Frisur, die Mützen respektvoll auf dem Kissen in der Mitte abgelegt, die Knie gespreizt, denn Stephen ist kein besonders großer Mann, und das Sofa hat eine niedrige Sitzfläche. Sie wirken größer als zuvor in unserem Hof, einschüchternder, als ob die Autorität, die ihre Uniformen ausstrahlen, sie irgendwie auch körperlich größer macht. Oder vielleicht kommt mir das Zimmer mit ihnen auch kleiner vor, weil wir so selten Besuch haben. Stephen hat ihnen Kaffee angeboten, als er sie in unser Haus einlud, aber die Polizisten haben abgelehnt – zu meiner Erleichterung, denn ich will auf keinen Fall, dass sie länger bleiben als unbedingt nötig.

Stephen hockt auf der Kante des Sessels neben dem Sofa, wie ein Vogel, der jeden Moment auffliegen wird. Sein rechtes Bein wackelt nervös, und seine Miene verrät deutlich, dass er am liebsten ganz woanders wäre. Ich sitze auf dem einzigen verbliebenen Stuhl am anderen Ende des Zimmers. Dass die räumliche Distanz zwischen mir und meinem Mann so groß ist, wie das Zimmer es eben zulässt, ist mir nicht entgangen. Ebenso wenig wie die Tatsache, dass Stephen, seit er die Polizisten in unser Haus gebeten hat, sich sichtlich größte Mühe gibt, jeglichen Blickkontakt mit mir zu vermeiden.

»Wann haben Sie Ihren Vater das letzte Mal gesehen?«, fragt der Polizist, der das Kommando hat, sobald wir Platz genommen haben.

»Ich habe meinen Vater nicht mehr gesehen oder gesprochen seit dem Tag, an dem ich das Moor verließ.«

Der Officer zieht eine Braue hoch. Ich kann mir vorstellen, was er jetzt denkt. Ich wohne fünfzig Meilen von dem Gefängnis entfernt, in dem mein Vater dreizehn Jahre lang inhaftiert war, und ich habe ihn kein einziges Mal besucht?

»Also dreizehn Jahre.« Er zieht einen Stift und einen Notizblock aus seiner Hemdtasche und schickt sich an, die Zahl aufzuschreiben.

»Fünfzehn«, korrigiere ich ihn. Nachdem meine Mutter und ich das Moor verlassen hatten, streifte mein Vater noch zwei Jahre durch die Wildnis der Upper Peninsula, ehe er gefasst wurde. Der Polizist weiß das genauso gut wie ich. Er bereitet den Boden, indem er eine Frage stellt, auf die er die Antwort bereits kennt, damit er im weiteren Verlauf erkennen kann, wann ich lüge und wann ich die Wahrheit sage. Nicht dass ich irgendeinen Grund hätte zu lügen, aber das weiß er noch nicht. Ich verstehe, dass er mich bis zum Beweis des Gegenteils als verdächtig betrachten muss. Aus einem Hochsicherheitsgefängnis bricht normalerweise niemand aus, es sei denn, er hat einen Helfer, entweder drinnen oder draußen. Zum Beispiel jemanden wie mich.

»Okay. Sie haben also seit fünfzehn Jahren nicht mehr mit Ihrem Vater gesprochen.«

»Sie können die Besucherprotokolle überprüfen, wenn

Sie mir nicht glauben«, erwidere ich, obwohl ich mir sicher bin, dass sie das schon getan haben. »Die Anruflisten, oder was auch immer. Ich sage die Wahrheit.«

Das soll nicht heißen, dass ich nicht oft darüber nachgedacht hätte, meinen Vater im Gefängnis zu besuchen. Als die Polizei ihn damals fasste, wollte ich ihn unbedingt sehen. Newberry ist eine kleine Stadt, und das Gefängnis, in dem er bis zur Anklageerhebung untergebracht war, lag nur ein paar Häuserblocks von meiner Schule entfernt; ich hätte jederzeit nach dem Unterricht zu Fuß hingehen oder das Rad nehmen können. Ich glaube nicht, dass irgendjemand mir ein paar Minuten mit meinem Vater verwehrt hätte. Aber ich hatte Angst. Ich war vierzehn. Es war zwei Jahre her. Ich hatte mich verändert und er sich vielleicht auch. Ich befürchtete, dass mein Vater sich weigern würde, mich zu sehen. Dass er wütend auf mich wäre, weil es meine Schuld war, dass er gefasst worden war.

Nach seiner Verurteilung wäre niemand bereit gewesen, mich die hundert Meilen von Newberry nach Marquette und wieder zurück zu fahren, nur damit ich meinen Vater besuchen konnte, selbst wenn ich den Mut gehabt hätte zu fragen. Später, nachdem ich meinen Nachnamen geändert hatte und ein eigenes Auto besaß, konnte ich ihn immer noch nicht besuchen, denn ich hätte mich ausweisen und meinen Namen in die Besucherliste eintragen müssen, und ich konnte nicht zulassen, dass mein neues Leben sich mit dem alten überschnitt. Es war auch nicht so, als ob ich ständig das Bedürfnis gehabt hätte, ihn zu sehen. Die Idee, ihn zu besuchen, tauchte nur dann und wann einmal auf, meist, wenn Stephen mit den Mädchen spielte und etwas an der

Art, wie sie miteinander umgingen, mich an jene längst vergangenen Tage erinnerte, als wir zusammen waren.

Das letzte Mal, dass ich ernsthaft darüber nachdachte, den Kontakt zu suchen, war nach dem Tod meiner Mutter vor zwei Jahren. Es war eine schwere Zeit. Ich konnte nicht offen auf den Tod meiner Mutter reagieren, ohne zu riskieren, dass irgendjemand eins und eins zusammenzählte und dahinterkam, wer ich war. Ich war in einer Art selbst verordnetem Zeugenschutzprogramm – wenn ich mit meinem neuen Leben durchkommen wollte, musste ich alle Verbindungen zu dem alten kappen. Und dennoch – ich war das einzige Kind meiner Mutter, und ihrer Beerdigung fernzubleiben kam mir vor wie Verrat. Und der Gedanke, sie nie wiederzusehen, nie wieder mit ihr sprechen zu können, schmerzte mich. Ich wollte nicht, dass das Gleiche mit meinem Vater passierte. Vielleicht hätte ich mich als Gefängnis-Groupie oder als Journalistin ausgeben können, falls jemand sich darüber gewundert hätte, dass ich plötzlich auftauchte und ihn sehen wollte. Aber damit der Plan funktionierte, hätte mein Vater mitspielen müssen, und ich konnte unmöglich im Voraus wissen, ob er darauf eingehen oder sich weigern würde.

»Haben Sie irgendeine Idee, wohin er sich gewendet haben könnte?«, fragt der Officer. »Was er vorhat?«

»Nein, keine Ahnung.« *Abgesehen von dem offensichtlichen Wunsch, seine Verfolger möglichst weit hinter sich zu lassen,* hätte ich beinahe hinzugefügt; aber mir ist durchaus klar, dass man einen Mann mit Pistole besser nicht provoziert. Einen Moment lang spiele ich mit dem Gedanken, sie nach dem Stand der Fahndung zu fragen, aber die Tatsache, dass sie mich um Hilfe bitten, verrät mir alles, was ich wissen muss.

»Glauben Sie, dass er versuchen wird, mit Helena Kontakt aufzunehmen?«, fragt Stephen. »Ist meine Familie in Gefahr?«

»Wenn Sie für ein paar Tage woanders unterkommen könnten, wäre das wohl ganz ratsam.«

Stephen wird kreidebleich im Gesicht.

»Ich glaube nicht, dass er hierherkommen wird«, werfe ich rasch ein. »Mein Vater hat seine Eltern gehasst. Er hat keinen Grund, an den Ort zurückzukehren, wo er aufgewachsen ist. Er wird einfach nur wegwollen.«

»Moment mal – soll das heißen, dein Vater hat hier *gewohnt*? In unserem Haus?«

»Nein, nein. Nicht in diesem Haus. Dieses Grundstück hat seinen Eltern gehört, aber nachdem ich es geerbt hatte, habe ich das ursprüngliche Haus abreißen lassen.«

»Das Grundstück seiner Eltern ...« Stephen schüttelt den Kopf. Die Polizisten sehen ihn mitleidig an, als ob sie so etwas immer wieder zu sehen bekommen. *Frauen*, scheinen ihre Mienen zu sagen. *Man kann ihnen einfach nicht trauen.* Mir tut Stephen auch leid. Das muss er erst einmal verdauen. Ich wünschte, ich hätte es ihm unter vier Augen beibringen können, in aller Ruhe und auf meine Art und Weise, anstatt gezwungen zu sein, ihn in seiner Ahnungslosigkeit und Verwirrung bloßzustellen.

Stephen sieht mich unverwandt an, als weitere Fragen auf mich einprasseln – zweifellos rechnet er mit noch weiteren Hiobsbotschaften. Wo war ich, als mein Vater entkam? War irgendjemand bei mir? Habe ich meinem Vater nie

Pakete geschickt, als er im Gefängnis war? Nicht einmal ein Glas Gelee oder eine Geburtstagskarte?

Während das Verhör endlos weitergeht, durchbohren mich Stephens Blicke. Klagen mich an, verurteilen mich. Meine Hände schwitzen. Mein Mund formt die passenden Antworten auf die Fragen der Polizisten, aber ich kann nur daran denken, wie das hier Stephen treffen muss und wie mein Schweigen ihn und meine Töchter in Gefahr bringt. Und dass die ganzen Opfer, die ich gebracht habe, um mein Geheimnis zu wahren, nichts mehr wert sind, jetzt, da es gelüftet ist.

Schließlich höre ich Schritte draußen auf dem Flur. Iris lugt um die Ecke. Sie bekommt große Augen, als sie die Polizisten in unserem Wohnzimmer erblickt. »Daddy?«, sagt sie unsicher. »Kommst du mir einen Gutenachtkuss geben?«

»Aber klar doch, Schnuckelchen«, antwortet Stephen, ohne sich im Geringsten die Anspannung anmerken zu lassen, die wir beide empfinden. »Geh wieder ins Bett, ich komme gleich.« Er wendet sich an die Polizisten. »Sind wir fertig?«

»Fürs Erste.« Der Officer, der das Kommando hat, sieht mich an, als ob er glaubte, ich wüsste mehr, als ich sage, ehe er mir mit großer Geste seine Karte überreicht. »Wenn Ihnen noch irgendetwas einfallen sollte, was uns helfen könnte, Ihren Vater zu finden, ganz egal, was – rufen Sie mich an.«

»Ich wollte es dir sagen«, beginne ich, kaum dass die Tür sich hinter den Polizisten geschlossen hat.

Stephen sieht mich lange schweigend an, dann schüttelt er langsam den Kopf. »Und warum hast du es nicht getan?«

Eine absolut berechtigte Frage – wenn ich nur wüsste, wie ich sie beantworten soll. Ganz bestimmt hatte ich ursprünglich nicht die Absicht, ihn zu belügen. Als wir uns vor sieben Jahren beim Blueberry Festival in Paradise kennenlernten und Stephen mich zu einem Burger einlud, nachdem er meine ganzen Restbestände aufgekauft hatte, konnte ich ja schlecht sagen: »Ich würde gerne mit dir ausgehen. Ich bin Helena Eriksson, und übrigens, erinnerst du dich an diesen Kerl, der damals Ende der Achtziger ein Mädchen aus Newberry entführt und vierzehn Jahre lang im Moor gefangen gehalten hat? Der, den sie den ›Moorkönig‹ nannten? Tja – der Typ ist mein Vater.« Ich war einundzwanzig. Zu diesem Zeitpunkt hatte ich schon drei Jahre selige Anonymität genossen. Kein Flüstern hinter meinem Rücken, kein Tratsch, keine Leute, die mit dem Finger auf mich zeigten – nur ich und mein Hund. Wir lebten friedlich vor uns hin, gingen auf die Jagd und zum Angeln oder Beerensammeln. Ich hatte nicht vor, für einen dunkelhaarigen, dunkeläugigen Fremden mit einer verdächtigen Vorliebe für Rohrkolben-Heidelbeer-Marmelade mein Schweigen zu brechen.

Aber es gab andere Gelegenheiten, bei denen ich das Thema hätte anschneiden können. Vielleicht nicht bei unserem ersten Date, oder beim zweiten oder dritten, aber irgendwann, nachdem wir die Kennenlern-Phase hinter uns hatten, aber noch bevor wir bei der Pictured-Rocks-Bootsfahrt an der Reling standen und, ohne es aussprechen zu müssen, wussten, dass wir jetzt ein Paar waren. Und ganz bestimmt, bevor Stephen an einem felsigen Strand des Lake Superior vor mir niederkniete und mir einen Heiratsantrag machte. Aber zu der Zeit hatte ich schon so viel zu verlieren, und ich konnte nicht mehr erkennen, was ich zu gewinnen hatte.

Stephen schüttelt wieder den Kopf. »Ich lasse dir allen Freiraum, den man sich vorstellen kann, und so dankst du es … Sage ich irgendetwas, wenn du auf Bärenjagd gehst? Wenn du allein im Wald übernachtest? Habe ich irgendetwas gesagt, damals, als Mari ein Baby war und du für zwei Wochen verschwunden bist, weil du Zeit für dich brauchtest? Ich meine, wessen Ehefrau geht denn auf *Bärenjagd*? Ich hätte mit dir daran *gearbeitet*, Helena. Warum konntest du mir nicht vertrauen?«

Es wären tausend Worte nötig, um ihm eine annähernd erschöpfende Antwort darauf zu geben, aber mir fallen nur vier ein. »Es tut mir leid.« Und selbst in meinen Ohren klingen die Worte schwach. Aber es ist wahr. Es tut mir ehrlich leid. Ich würde mich den Rest meines Lebens jeden Tag aufs Neue entschuldigen, wenn das helfen würde.

»Du hast mich belogen. Und jetzt hast du unsere Familie in Gefahr gebracht.« Stephen schiebt sich an mir vorbei und geht in die Küche. Die Seitentür knallt. Ich kann hören, wie er in der Garage Sachen hin und her räumt. Dann kommt er zurück, einen Koffer in jeder Hand.

»Pack ein, was du für dich und die Mädchen brauchst. Wir fahren zu meinen Eltern.«

»Jetzt?«

Stephens Eltern leben in Green Bay. Die Fahrt dauert vier Stunden, die vielen Pinkelpausen nicht eingerechnet, die man einlegen muss, wenn man mit zwei kleinen Kindern unterwegs ist. Wenn wir jetzt losfahren, sind wir frühestens um drei Uhr morgens bei seinen Eltern.

»Was sollen wir denn sonst machen? Hier können wir nicht bleiben. Nicht, solange dieser mörderische Psychopath auf freiem Fuß ist.« Er sagt nicht »Dieser mörderische Psychopath, der zufällig auch dein *Vater* ist«, aber er hätte es genauso gut sagen können.

»Er kommt nicht hierher«, wiederhole ich – nicht so sehr, weil ich es glaube, sondern weil Stephen es glauben muss. Ich kann die Vorstellung nicht ertragen, dass er denken könnte, ich würde vorsätzlich und wissentlich irgendetwas tun, was meine Familie in Gefahr bringt.

»*Weißt* du das? Kannst du versprechen, dass dein Vater nicht hinter dir oder den Mädchen her ist?«

Ich mache den Mund auf und gleich wieder zu. Natürlich kann ich das nicht versprechen. Ich mag noch so überzeugt sein, dass ich weiß, was mein Vater tun oder lassen wird, aber die Wahrheit ist, dass ich es nicht weiß. Er hat zwei Männer ermordet, um aus dem Gefängnis zu entkommen, und damit hätte ich nie gerechnet.

Stephens Hände ballen sich zu Fäusten. Ich wappne mich. Stephen hat mich noch nie geschlagen, aber es gibt immer ein erstes Mal. Mein Vater hat jedenfalls nie gezögert, meine Mutter wegen geringerer Anlässe zu schlagen. Stephens Brust schwillt. Er holt tief Luft, dann atmet er aus. Holt wieder Luft, atmet wieder aus. Schließlich nimmt er den rosa Prinzessinnenkoffer der Mädchen, macht auf dem Absatz kehrt und stampft über den Flur davon. Ich höre, wie er Schubladen herauszieht und zuknallt. »Daddy?«, höre ich Iris mit weinerlicher Stimme sagen. »Bist du böse auf Mommy?«

Ich schnappe mir den anderen Koffer und gehe damit in unser Schlafzimmer. Dort packe ich alles ein, was Stephen brauchen wird, um so lange wie nötig bei seinen Eltern zu bleiben, dann trage ich den Koffer ins Wohnzimmer und stelle ihn neben die Tür. Ich will ihm sagen, dass ich verstehe, wie ihm zumute ist. Dass ich wünschte, es wäre anders gelaufen. Dass es mich erschüttert, zu sehen, wie er sich von mir zurückzieht. Doch als er mit dem Gepäck der Mädchen zurückkommt und an mir vorbeigeht, um beide Koffer zum Auto zu tragen, als ob wir Fremde wären, sage ich nichts.

Schweigend ziehen wir den Mädchen ihre Strickjäckchen über die Schlafanzüge und knöpfen sie zu. Stephen legt sich Mari über die Schulter und trägt sie zum Auto. Ich nehme Iris an der Hand und folge ihm. »Sei ein braves Mädchen«, ermahne ich sie, während ich sie in den Kindersitz hebe und anschnalle. »Hör auf deinen Vater und tu, was er sagt.« Iris blinzelt und reibt sich die Augen, als ob sie mit den Tränen kämpft. Ich tätschle ihr den Kopf und setze ihr heißgeliebtes Stofftier, das sie »Lila Bär« nennt, neben sie, dann gehe ich ums Auto herum und bleibe neben der Fahrertür stehen.

Stephen zieht die Brauen hoch, als er mich sieht. Er lässt die Scheibe herunter.

»Holst du Rambo?«, fragt er.

»Ich komme nicht mit«, sage ich.

»Helena. Lass das jetzt.«

Ich weiß, was er denkt. Es ist kein Geheimnis, dass mir selbst unter den günstigsten Umständen vor einem Besuch bei seinen Eltern graut – ganz zu schweigen davon, mitten in der Nacht mit den Mädchen aufzukreuzen, weil der entflohene Gefangene mein Vater ist. Es ist nicht nur die Anstrengung, Interesse zu heucheln an den Dingen, die sie interessieren, obwohl wir rein gar nichts gemeinsam haben; es ist der Spießrutenlauf aus Regeln und Umgangsformen, den ich jedes Mal absolvieren muss. Ich habe kaum noch etwas gemein mit der sozial unbeholfenen Zwölfjährigen, die ich einmal war, aber wann immer ich mit Stephens Eltern zusammen bin, fühle ich mich wieder wie damals.

»Das ist es nicht. Ich muss hierbleiben. Die Polizei braucht meine Hilfe.«

Das stimmt nur zum Teil. Stephen würde den wahren Grund, warum ich bleibe, niemals akzeptieren. Die Wahrheit ist, dass mir irgendwann zwischen der ersten Frage der Polizisten und dem Moment, als die Tür hinter ihnen ins Schloss fiel, eines klar geworden ist: Wenn irgendjemand meinen Vater fassen und ins Gefängnis zurückbringen kann, dann bin ich es. Niemand kann meinem Vater das Wasser reichen, wenn es darum geht, sich in der Wildnis zurechtzufinden, aber ich bin nahe dran. Ich habe zwölf Jahre mit ihm zusammengelebt. Er hat mich ausgebildet, er hat mir alles beigebracht, was er weiß. Ich weiß, wie er denkt. Was er tun wird. Wohin er gehen wird.

Wenn Stephen wüsste, was ich vorhabe, würde er mich daran erinnern, dass mein Vater bewaffnet und gefährlich ist. Mein Vater hat zwei Gefängnisaufseher getötet, und die Polizei ist davon überzeugt, dass er nicht zögern wird, wieder zu töten. Aber wenn es einen Menschen gibt, der von meinem Vater nichts zu befürchten hat, dann bin ich es.

Stephens Augen verengen sich. Ich kann nicht erkennen, ob er merkt, dass ich nicht ganz ehrlich bin. Ich bin mir auch nicht sicher, ob es einen Unterschied machen würde, wenn er es merkte.

Schließlich zuckt er mit den Schultern. »Ruf mich an«, sagt er resigniert. Die Scheibe fährt hoch.

Das Außenlicht geht an, als Stephen auf die Wendefläche zurücksetzt und die Auffahrt hinunterfährt. Iris reckt den Hals, um aus dem Heckfenster zu schauen. Ich hebe die Hand. Iris winkt mir zurück. Stephen nicht.

Ich bleibe im Hof stehen, bis die Rücklichter des Cherokee in der Ferne verschwinden, dann gehe ich ins Haus zurück und setze mich auf die Verandastufen. Die Nacht fühlt sich leer und kalt an, und plötzlich wird mir bewusst, dass ich in den sechs Jahren meiner Ehe noch nie eine Nacht allein in meinem Haus verbracht habe. Ich spüre, wie sich ein Kloß in meinem Hals bildet, und schlucke ihn herunter. Ich habe kein Recht, mich selbst zu bemitleiden. Ich habe mir das selbst zuzuschreiben. Ich habe gerade meine Familie verloren, und es ist meine Schuld.

Ich weiß genau, was mir blüht. Ich habe das schon einmal erlebt, nachdem meine Mutter in eine so tiefe Depression versunken war, dass sie tage- und manchmal wochenlang ihr Zimmer nicht mehr verließ, worauf meine Großeltern auf Entziehung des Sorgerechts für mich klagten. Wenn Stephen nicht mehr zurückkommt, wenn er zu dem Schluss kommt, dass er mir meine Unterlassungssünde nicht verzeihen kann und dass er die Scheidung will, dann werde ich meine Mädchen nie wiedersehen. Man muss nur meine problematische Kindheit, meine Eigenarten und meine

Marotten mit Stephens hundert Prozent normaler Mittelschicht-Erziehung und seinen konventionellen Vorstellungen von Ehe und Familie vergleichen, um zu sehen, dass ich nicht die geringste Chance habe. Ich habe so viele Minuspunkte auf meinem Konto, dass ich es gar nicht erst versuchen muss. Kein Richter der Welt würde zu meinen Gunsten entscheiden. Nicht einmal ich selbst würde mir das Sorgerecht zusprechen.

Rambo lässt sich neben mir auf sein Hinterteil plumpsen und legt mir den Kopf in den Schoß. Ich schließe ihn in die Arme und vergrabe mein Gesicht in seinem Fell. Ich denke an all die Jahre, all die Gelegenheiten, die ich hatte, reinen Tisch zu machen und zu sagen, wer ich wirklich bin. Im Nachhinein denke ich, dass ich mir wohl eingeredet habe, wenn ich den Namen meines Vaters nicht ausspräche, könnte ich so tun, als existierte er nicht. Aber das tut er. Und jetzt wird mir klar, was ich im Grunde meines Herzens immer schon gewusst habe: dass ich eines Tages zur Rechenschaft gezogen würde.

Rambo winselt und löst sich von mir. Ich lasse ihn in die Nacht davonlaufen, stehe auf und gehe ins Haus, um mich fertig zu machen. Es gibt nur einen Weg, diese Sache in Ordnung zu bringen. Einen Weg, meine Familie zurückzugewinnen. Ich *muss* meinen Vater stellen. Es ist der einzige Weg, Stephen zu beweisen, dass nichts und niemand mir wichtiger ist als meine Familie.

5

Die Hütte

*E*s verging eine lange Zeit, nachdem der Moorkönig die zu Tode er-
schrockene Prinzessin in die schlammige Tiefe gezerrt hatte. Endlich
sah der Storch, wie tief aus dem Grunde des Moors ein grüner Stängel
hervorspross, und als er die Wasserfläche erreicht hatte, wuchs ein Blatt
darauf, das immer breiter und breiter wurde, und gleich daneben wuchs
eine Knospe.

Als der Storch eines Morgens darüber hinwegflog, sah er, dass die
Knospe sich durch die Wärme der Sonne geöffnet hatte, und in der Mitte
des Blütenkelchs lag ein reizendes Kind, ein kleines Mädchen, das aussah, als sei es gerade aus dem Bad gestiegen.

»Die Wikingerfrau hat keine Kinder, und wie oft hat sie sich schon
etwas Kleines gewünscht«, dachte der Storch. »Es heißt doch immer,
dass der Storch die Kinder bringe, nun will ich es doch einmal wirklich
tun!«

Und der Storch ergriff das kleine Mädchen, flog zur Burg, stach mit
dem Schnabel ein Loch in die Blasenhaut, die als Fensterscheibe diente,
und legte der Wikingerfrau das wunderschöne Kind an die Brust.

Hans Christian Andersen, *Die Tochter des Moorkönigs*

Als Kind wäre ich nie auf die Idee gekommen, dass mit
meiner Familie irgendetwas nicht stimmte. Wie die meisten

Kinder empfand ich meine eigene Situation als völlig normal. So lassen sich auch die Töchter von Missbrauchern als erwachsene Frauen wieder mit Missbrauchern ein, weil es das ist, was sie kennen. Es fühlt sich vertraut und natürlich an, auch wenn sie die Umstände, unter denen sie aufgewachsen sind, in schlechter Erinnerung haben.

Aber ich habe mein Leben im Moor geliebt, und ich war am Boden zerstört, als alles zusammenbrach. Ich war natürlich der *Grund*, warum alles zusammenbrach, aber ich begriff erst viel später, welche Rolle ich dabei gespielt hatte. Und hätte ich damals gewusst, was ich heute weiß, wäre alles ganz anders gelaufen. Ich hätte meinen Vater nicht vergöttert. Ich hätte mehr Verständnis für meine Mutter gehabt. Aber ich wäre wohl trotzdem eine begeisterte Jägerin und Anglerin gewesen.

Die Zeitungen nannten meinen Vater den »Moorkönig«, nach dem Ungeheuer im Märchen. Ich verstehe, warum sie ihm diesen Namen gaben – jeder, der das Märchen kennt, wird das verstehen. Aber mein Vater war kein Ungeheuer, das möchte ich in aller Deutlichkeit feststellen. Mir ist bewusst, dass vieles von dem, was er sagte und tat, falsch war. Aber letzten Endes tat er doch nur sein Bestes mit den Mitteln, die ihm zur Verfügung standen, genau wie alle Eltern. Und er hat mich niemals missbraucht, zumindest nicht sexuell, obwohl viele Leute das annehmen.

Ich verstehe auch, warum die Zeitungen schrieben, wir hätten in einem Bauernhaus gewohnt. Auf den Fotos sieht es aus wie ein altes Bauernhaus: zweigeschossig, verwitterte Schindelfassade, die zweiflügeligen Fenster so dreckverkrustet, dass man weder hinein- noch herausschauen konnte, das Dach mit Holzschindeln gedeckt. Die Nebengebäude tragen zu der Illusion bei: ein dreiseitiger Lattenschuppen für Geräte, ein Holzschuppen, ein Klohäuschen.

Wir nannten unser Wohnhaus die Hütte. Ich kann Ihnen nicht sagen, wer unsere Hütte gebaut hat oder wann und warum, aber ich kann Ihnen garantieren, dass es keine Bauern waren. Die Hütte steht auf einer schmalen, dicht mit Ahornen, Buchen und Erlen bestandenen Anhöhe, die aus dem Moor ragt wie eine übergewichtige Frau, die auf der Seite liegt: eine kleine Erhebung für den Kopf, eine etwas größere für ihre Schultern und eine dritte für ihre massigen Hüften und Oberschenkel. Unsere Anhöhe gehörte zum Tahquamenon-Becken, einem 335 Quadratkilometer großen Feuchtgebiet, das vom Tahquamenon River entwässert wird, was ich allerdings erst später erfahren habe. Die Ojibwe nennen den Fluss *Adikamegong-ziibi*, das heißt »Fluss, in dem man Maränen findet«, aber wir haben immer nur Muskellungen, Zander, Barsche und Hechte gefangen.

Unsere Anhöhe war weit genug vom Hauptarm des Tahquamenon entfernt, um von Anglern oder Kanuten nicht gesehen zu werden. Dank der Rotahorne, die um die Hütte herum wuchsen, war sie auch aus der Luft kaum zu erkennen. Sie denken vielleicht, der Rauch aus unserem Holzofen hätte uns verraten können, aber das ist nie passiert. Falls doch einmal jemand den Rauch bemerkt hat in den Jahren, als wir dort lebten, wird er angenommen haben, dass er von der Feuerstelle eines Anglers oder aus einer Jagdhütte käme. Wie dem auch sei, mein Vater war immer schon alles andere als unvorsichtig. Ich bin sicher, dass er nach der Entführung meiner Mutter monatelang gewartet hat, ehe er es wagte, ein Feuer zu machen.

Meine Mutter hat mir erzählt, dass mein Vater sie in den ersten vierzehn Monaten ihrer Gefangenschaft immer an den schweren Eisenring gekettet habe, der in einen Eckpfosten des Holzschuppens eingelassen war. Ich bin mir nicht sicher, ob ich ihr glauben soll. Ich habe natürlich die Handschellen gesehen, und ich habe sie selbst benutzt, als sich die Notwendigkeit ergab. Aber warum sollte sich mein Vater die Mühe machen, sie immer wieder im Holzschuppen anzuketten, wo sie doch nirgendwohin fliehen konnte? Ringsum nur Gras, so weit das Auge reichte, unterbrochen nur durch den einen oder anderen Biber- oder Bisamrattenbau oder eine weitere isolierte Anhöhe. Zu dicht, um ein Kanu hindurchzuschieben, nicht fest genug, um darauf zu gehen.

Im Frühling, Sommer und Herbst gewährte das Moor uns Sicherheit. Im Winter überquerten bisweilen Bären, Wölfe und Kojoten das Eis. Eines Abends im Winter, als ich mir gerade die Stiefel anzog, um aufs Häuschen zu gehen – denn ich versichere Ihnen, Sie wollen *nicht* im Winter mitten in der Nacht aus dem Bett aufstehen, um auf Ihre Außentoilette zu gehen –, hörte ich ein Geräusch auf der Veranda. Ich vermutete, dass es ein Waschbär sei. Die Nacht war für die Jahreszeit ungewöhnlich warm, mit Temperaturen fast über dem Gefrierpunkt – eine dieser hellen Wintervollmondnächte, die die Schatten in die Länge ziehen und die Winterschläfer glauben machen, es sei Frühling. Ich trat auf die Veranda und erblickte eine dunkle Gestalt, fast so groß wie ich selbst. Immer noch im Glauben, es sei ein Waschbär, schrie ich laut und gab dem Tier einen Klaps aufs Hinterteil. Waschbären können eine ziemliche Sauerei veranstalten, wenn man sie gewähren lässt, und dreimal dürfen Sie raten, wessen Job es gewesen wäre, sie zu beseitigen.

Aber es war kein Waschbär. Es war ein Schwarzbär, und auch kein junger. Der Bär drehte sich um, sah mich an und fauchte. Wenn ich die Augen schließe, kann ich immer noch seinen warmen Fischatem riechen und spüren, wie meine Stirnfransen in dem Luftzug flattern. »Jacob!«, schrie ich. Der Bär starrte mich an, und ich starrte zurück, bis mein Vater mit seinem Gewehr herauskam und ihn erschoss.

Den Rest des Winters aßen wir Bärenfleisch. Der Kadaver sah aus wie ein Mensch, wie er da ohne sein Fell im Geräteschuppen hing. Meine Mutter beklagte sich, dass das Fleisch fettig sei und nach Fisch schmecke, aber was hatte sie denn erwartet? »Du bist, was du isst«, wie mein Vater immer sagte. Wir breiteten das Fell vor dem Kamin im Wohnzimmer aus und nagelten es an den Fußboden, damit es flach blieb. Das Zimmer roch nach verdorbenem Fleisch, bis die Hautseite getrocknet war, aber ich saß gerne mit einer Schüssel geschmortem Bärenfleisch auf dem Schoß auf meinem Bärenfellteppich und wärmte mir die Zehen am Feuer.

Mein Vater weiß eine noch bessere Geschichte. Vor Jahren, lange vor meiner Mutter und mir, als er noch ein Teenager war, streifte er einmal durch die Wälder nördlich seines Elternhauses am Nawakwa-See bei Grand Marais, um seine Fallenstrecke abzugehen. In diesem Jahr war der

Schnee besonders tief, und über Nacht waren noch einmal fünfzehn Zentimeter gefallen, sodass der Pfad und die Wegmarkierungen, an denen er sich orientierte, darunter vergraben waren. Ehe er sich's versah, kam er vom Pfad ab, und plötzlich brach er mit dem Fuß durch den Schnee und fiel in ein großes Loch. Schnee und Zweige und Blätter rieselten auf ihn herab, aber er blieb unverletzt, weil er auf etwas Warmem und Weichem gelandet war. Sobald er erkannte, wo er war und was passiert war, kletterte er eilig aus dem Loch – aber nicht, bevor er gesehen hatte, dass das, worauf er gerade gestiegen war, ein winziges Bärenjunges war, nicht größer als seine Hand. Sein Genick war gebrochen.

Jedes Mal wenn mein Vater diese Geschichte erzählte, wünschte ich, es wäre nicht seine, sondern meine.

Ich kam im dritten Jahr der Gefangenschaft meiner Mutter zur Welt, drei Wochen vor ihrem siebzehnten Geburtstag. Sie und ich waren uns kein bisschen ähnlich, weder vom Aussehen noch vom Wesen her, aber ich kann mir vorstellen, wie es für sie gewesen sein muss, mit mir schwanger zu sein.

Du bekommst ein Baby, wird mein Vater ihr an einem Herbsttag verkündet haben, während er sich auf unserer Veranda den Matsch von den Stiefeln trampelte und in die überheizte Küche stapfte. Er musste meiner Mutter erklären, was los war, weil sie zu jung und zu naiv war, um zu verstehen, was die Veränderungen an ihrem Körper bedeuteten. Vielleicht hat sie es auch gewusst, aber die Augen vor den Tatsachen verschlossen. Es kommt ganz darauf an, wie gut der Aufklärungsunterricht in der Newberry Middle School gewesen war und wie gut sie aufgepasst hatte.

Ich stelle mir vor, dass meine Mutter, die gerade am Herd stand und kochte, sich zu ihm umdrehte. Sie war immer mit Kochen beschäftigt, oder sie machte Wasser heiß zum Kochen und Waschen, oder sie schleppte Wasser heran, um es fürs Kochen oder Waschen heiß zu machen.

In der ersten Version meiner imaginierten Geschichte breitet sich ungläubiges Erstaunen auf ihren Zügen aus, während sie die Hände vor ihren Bauch schlägt. *Ein Baby?*, flüstert sie. Sie lächelt nicht. Ich habe selten erlebt, dass sie lächelte.

In der zweiten Version reckt sie trotzig das Kinn und schleudert ihm entgegen: *Ich weiß.*

Sosehr ich die zweite Version bevorzugen würde, ich halte die erste für wahrscheinlicher. In all den Jahren, die wir als Familie zusammenlebten, habe ich nie erlebt, dass meine Mutter meinem Vater Widerworte gegeben hätte. Manchmal hätte ich mir gewünscht, dass sie es getan hätte. Überlegen Sie einmal, wie das für mich war. Ich war ein Säugling, ein Kleinkind, eine Heranwachsende, und abgesehen von den flotten Hausfrauen in Schürzen aus den Anzeigen in den *National-Geographic*-Heften beschränkte sich mein Bild von Müttern auf diese mürrische junge Frau, die sich mit hängendem Kopf durch ihre Hausarbeit quälte, die Augen rotgerändert von heimlichen Tränen. Meine Mutter lachte nie und redete kaum, und selten nur nahm sie mich in den Arm oder küsste mich.

Ich bin sicher, dass der Gedanke, in dieser Hütte ein Kind zur Welt zu bringen, sie in Panik versetzte. Ich weiß, dass es mir so gegangen wäre. Vielleicht hoffte sie, mein Vater würde einsehen, dass eine Hütte im Moor kein geeigneter Ort für ihre Niederkunft wäre, und dass er sie in die Stadt bringen und am Eingang des Krankenhauses absetzen würde wie ein Findelkind.

Er tat es nicht. Das Hello-Kitty-T-Shirt und die Jeans, die sie getragen hatte, seit er sie gekidnappt hatte, wurden zum Problem. Irgendwann muss meinem Vater schließlich aufgefallen sein, dass ihr Shirt ihren Bauch nicht mehr bedeckte und sie den Reißverschluss ihrer Jeans nicht mehr zubekam, und so lieh er ihr eines seiner Baumwollhemden und ein Paar Hosenträger.

Ich stelle mir vor, dass meine Mutter immer dünner wurde, je mehr ihr Bauch anschwoll. Während der ersten Jahre in der Hütte nahm sie stark ab. Als ich das erste Mal ihr Foto in der Zeitung sah, war ich schockiert, wie dick sie einmal gewesen war.

Und dann, als meine Mutter im sechsten Monat war und man schon etwas erkennen konnte, da passierte etwas Außergewöhnliches. Mein Vater nahm sie mit zum Einkaufen. Wie es scheint, hatte er bei seinen ganzen Vorbereitungen für die Entführung meiner Mutter und ihr Leben in der Hütte schlicht vergessen, Kleider für mich, seine künftige Tochter, zu besorgen.

Noch heute muss ich über sein Dilemma schmunzeln. Man muss sich das einmal vorstellen: Dieser findige Mann der Wildnis, der ein junges Mädchen entführen und vierzehn Jahre lang versteckt halten konnte, hatte, als er sie zur Frau nahm, einfach nicht die unvermeidlichen Konsequenzen bedacht. Ich male mir aus, wie mein Vater den Kopf schieflegte und sich in seiner typischen gedankenverlorenen Art durch den Bart strich, während er überlegte, was zu tun war. Aber am Ende blieben nicht viele Möglichkeiten übrig. Und so entschied er sich, getreu seinem Charakter, für die praktischste und machte sich an die Vorbereitungen für einen Ausflug nach Sault Ste. Marie – die einzige Stadt im Umkreis von hundertfünfzig Meilen um unsere Hütte, die einen Kmart hatte.

Meine Mutter zum Einkaufen mitzunehmen war nicht so gefährlich, wie es sich anhört. Andere Entführer haben es auch gemacht. Die Leute schauen irgendwann nicht mehr hin. Die Erinnerungen verblassen. Solange das Opfer keinen Blickkontakt herstellt oder sich identifiziert, ist das Risiko gering.

Mein Vater schnitt meiner Mutter die Haare so kurz wie einem Jungen und färbte sie schwarz. Die Tatsache, dass er schwarze Haarfarbe in der Hütte hatte, war ein entscheidender Punkt, den die Anklage später benutzte, um zu beweisen, dass mein Vater bewusst und mit Vorsatz gehandelt hatte. Woher wusste er, dass er Haarfarbe brauchen würde? Oder dass meine Mutter eine Blondine sein würde? Wie dem auch sei, jeder, der sie anschaute, wird einen Vater gesehen haben, der mit seiner Tochter einkaufen geht. Falls jemandem überdies auffiel, dass meine Mutter schwanger war – na und? Ein durchschnittlicher Beobachter hätte gewiss nicht erraten, dass der Mann, der den Ellbogen des jungen Mädchens fest gepackt hielt, nicht ihr Vater, sondern der Vater ihres Kindes war. Ich habe meine Mutter später gefragt, warum sie niemandem gesagt hatte, wer sie war, oder warum sie nicht um Hilfe gebeten hatte, und sie sagte, sie habe es nicht getan, weil sie das Gefühl hatte, unsichtbar zu sein. Vergessen Sie nicht, sie war erst sechzehn, und zu diesem Zeitpunkt hatte mein Vater ihr schon über ein Jahr lang eingetrichtert, dass niemand mehr nach ihr suchte. Dass niemand sich für sie interessierte. Und deshalb muss es ihr, als sie in der Babyabteilung an den Regalen vorbeigingen und ihren Einkaufswagen füllten, so vorgekommen sein, als wäre es wirklich so.

Mein Vater kaufte alles, was ich brauchen würde, in doppelter Ausführung und in allen Größen von Baby bis erwachsen. Eins zum Waschen und eins zum Tragen, wie meine Mutter mir später erklärte. Jungensachen, denn die würden es auf jeden Fall tun, egal, als was ich mich letztlich entpuppen würde. Und was könnte ich in der Hütte schon mit einem Kleid anfangen? Viel später, nachdem die Polizei den Tatort freigegeben hatte und es auf unserer Anhöhe von Reportern wimmelte, machte irgendjemand ein Foto von den Schuhen, die nach Größe geordnet an meiner Schlafzimmerwand aufgereiht waren. Ich habe gehört, das Bild sei auf Twitter und Facebook viel geteilt worden. Die Leute scheinen das Foto als ein Sinnbild für den bösartigen Charakter meines Vaters zu sehen, den fotografischen Beweis dafür, dass er beabsichtigte, meine Mutter und mich lebenslang als Gefangene zu halten. Für mich markierten die Schuhe nur mein Wachstum, so, wie andere Leute ihre Kinder mit Kreide an einer Wand messen.

Mein Vater kaufte meiner Mutter außerdem noch zwei langärmelige Hemden, zwei kurzärmelige T-Shirts, zwei Shorts, zwei Jeans, sechs Unterhosen und einen größeren BH, ein Baumwollnachthemd sowie eine Mütze, einen

Schal, Fäustlinge, Stiefel und eine Winterjacke. Mein Vater hatte meine Mutter am zehnten August entführt; die einzige Jacke, die sie im Winter zuvor getragen hatte, war seine. Meine Mutter erzählte mir, er habe sie nicht gefragt, welche Farben sie mochte oder ob sie einen unifarbenen oder einen gestreiften Schal wollte; er suchte einfach alles für sie aus. Ich glaube das gerne, denn mein Vater wollte immer alles unter Kontrolle haben.

Selbst bei den günstigen Kmart-Preisen muss der Großeinkauf ein Vermögen gekostet haben. Ich habe keine Ahnung, woher er das Geld hatte. Es ist denkbar, dass er einige Biberpelze verkauft hatte. Vielleicht hatte er einen Wolf geschossen. Die Wolfsjagd war auf der Upper Peninsula verboten, als ich ein Kind war, aber es gab immer einen florierenden Markt für Pelze, besonders unter den Indianern. Er könnte das Geld gestohlen haben, oder er könnte eine Kreditkarte benutzt haben. Es gab vieles, was ich über meinen Vater nicht wusste.

Ich habe viel über den Tag nachgedacht, an dem ich zur Welt kam. Ich habe Berichte über Mädchen gelesen, die entführt und gefangen gehalten wurden, und das hat mir geholfen, ein wenig besser zu verstehen, was meine Mutter durchgemacht hat.

Sie hätte zur Schule gehen sollen, sich in einen Jungen verknallen oder mit ihren Freundinnen herumhängen, zur Bandprobe und zu Fußballspielen gehen und was Jugendliche in ihrem Alter sonst noch so tun. Stattdessen musste sie ein Kind zur Welt bringen, und niemand würde ihr dabei zur Seite stehen, bis auf ausgerechnet den Mann, der sie ihrer Familie weggenommen und sie schon so oft vergewaltigt hatte, dass sie es nicht mehr zählen konnte.

Meine Mutter lag in den Wehen auf dem alten Bett mit den gedrechselten Holzpfosten im Schlafzimmer meiner Eltern. Es war mit den dünnsten Laken bezogen, die mein Vater finden konnte, denn er wusste, wenn ich einmal draußen wäre, würde er alles wegwerfen müssen. In dieser schwierigen Zeit kümmerte sich mein Vater so gut um meine Mutter, wie es ihm eben möglich war, was bedeutete, dass er ihr gelegentlich etwas zu essen anbot oder ihr ein Glas Wasser brachte. Ansonsten war meine Mutter auf sich gestellt. Das war keine Grausamkeit vonseiten meines Vaters, obwohl er durchaus grausam sein kann. Es war nur so, dass es bis zur eigentlichen Niederkunft nicht allzu viel gab, was er hätte tun können.

Endlich tauchte mein Kopf auf. Ich war ein großes Baby. Meine Mutter riss so weit ein, dass ich herauskonnte, und dann war es vorbei. Aber noch nicht ganz. Eine Minute verging. Fünf Minuten. Zehn. Mein Vater erkannte, dass es ein Problem gab. Die Plazenta hatte sich nicht gelöst. Ich weiß nicht, woher er das wusste, aber er wusste es. Er sagte ihr, sie solle sich an den Pfosten des Kopfbretts festhalten und sich darauf gefasst machen, dass es wehtun würde. Meine Mutter erzählte mir, sie habe sich nicht vorstellen können, dass irgendetwas noch schlimmer wehtun könnte als das, was sie schon durchgemacht hatte, aber mein Vater hatte recht. Meine Mutter verlor das Bewusstsein.

Sie erzählte mir auch, mein Vater habe sie verletzt, als er in sie hineingriff, um die Plazenta zu lockern, und deswegen habe sie keine weiteren Kinder bekommen können.

Ich weiß es nicht. Ich habe keine Geschwister, also könnte etwas dran sein. Was ich weiß, ist, dass man in einem solchen Fall schnell handeln muss, wenn man das Leben der Mutter retten will, und dass es da nicht viel zu überlegen gibt, zumal, wenn Ärzte und Krankenhäuser keine Option sind.

In den Tagen darauf war meine Mutter vom Fieber wie von Sinnen, als sich die unvermeidliche Infektion ausbreitete. Mein Vater legte mich ihr an die Brust, und in den Pausen dazwischen hielt er mich mit einem in Zuckerwasser getränkten Lappen ruhig. Manchmal war meine Mutter bei Bewusstsein, aber die meiste Zeit nicht. Wenn sie wach war, gab mein Vater ihr immer Weidenrindentee zu trinken, und der brachte das Fieber endlich zum Abklingen.

Ich kann jetzt erkennen, woran es lag, dass meine Mutter mir gegenüber so gleichgültig war: Sie hat nie eine Bindung zu mir aufgebaut. Sie war zu jung, zu krank in den Tagen unmittelbar nach meiner Geburt, zu verängstigt und zu einsam, zu sehr in ihrem eigenen Schmerz und Kummer gefangen, um mich wahrzunehmen. Ein Kind, das unter solchen Umständen geboren wird, liefert seiner Mutter manchmal einen Grund, sich nicht aufzugeben. Auf mich traf das nicht zu. Gott sei Dank hatte ich meinen Vater.

6

Ich hole meinen Rucksack aus dem Flurschrank und packe Ersatzmunition, ein paar Müsliriegel und eine Flasche Wasser ein. Dann werfe ich die Angelausrüstung meines Vaters auf die Ladefläche meines Pick-ups, zusammen mit meinem Zelt und einem Schlafsack. Die Camping- und Angelgerätschaften werden mir eine brauchbare Legende liefern, sollte jemand fragen, wohin ich will oder was ich vorhabe. Ich werde nicht einmal in die Nähe des Such-gebiets kommen, aber man kann nie wissen. Eine Menge Leute sind auf der Suche nach meinem Vater.

Ich lade mein Gewehr und hänge es in die Halterung über dem Heckfenster der Fahrerkabine. Streng genommen ist es verboten, eine geladene Waffe im Auto mitzuführen, aber jeder macht das hier. Und Gesetz hin oder her, ich werde mich der Jagd nach meinem Vater nicht unbewaffnet anschließen. Zurzeit ist die Waffe meiner Wahl eine Ruger American Rifle. Ich habe im Lauf der Jahre mindestens mit einem halben Dutzend Rugers geschossen; sie sind irrsinnig präzise und kosten deutlich weniger als die Konkurrenz-modelle. Für die Bärenjagd nehme ich auch immer eine .44er Magnum mit. Ein ausgewachsener Schwarzbär ist ein zähes Vieh mit dicken Muskeln und Knochen, und nicht viele Jäger können einen Schwarzbären mit einem einzigen Schuss zur Strecke bringen. Ein angeschossener Bär blutet auch nicht aus wie ein Hirsch. Bären bluten zwischen ihrer Fettschicht und dem Fell, und wenn das Kaliber zu klein ist, kann das Fett des Bären das Loch verstopfen, während das Fell das Blut aufsaugt wie ein Schwamm, und dann hinterlässt der Bär nicht einmal eine Schweißfährte. Ein verwundeter Bär läuft so lange, bis ihm die Kraft ausgeht, und bis dahin kann er seine fünfzehn oder zwanzig Meilen zurücklegen – auch ein Grund, warum ich nie ohne Hunde auf Bärenjagd gehe.

Ich lade die Magnum und lege sie ins Handschuhfach. Mein Herz hämmert, und meine Handflächen sind feucht. Ich bin vor jeder Jagd nervös, aber hier geht es um meinen Vater. Den Mann, den ich als Kind geliebt habe. Der zwölf Jahre lang für mich gesorgt hat, so gut es ihm eben möglich war. Den Vater, den ich seit fünfzehn Jahren nicht mehr gesehen oder gesprochen habe. Den Mann, vor dem ich vor so langer Zeit geflohen bin, aber dessen eigene Flucht gerade meine Familie zerstört hat.

Ich bin zu aufgedreht, um schlafen zu können, also gieße ich mir ein Glas Wein ein und gehe damit ins Wohnzimmer. Ich stelle das Glas ohne den obligatorischen Untersetzer auf den Couchtisch, fläze mich in eine Ecke des Sofas und lege die Füße auf den Tisch. Stephen flippt regelmäßig aus, wenn die Mädchen ihre Füße auf ein Möbelstück legen. Meinem Vater dagegen wäre so etwas Unbedeutendes wie Schrammen auf einem Tisch vollkommen egal gewesen. Ich habe Leute sagen hören, wenn es um die Wahl eines Ehemanns ginge, würde ein Mädchen sich immer für einen Mann wie ihren Vater entscheiden – aber wenn das eine Regel ist, dann bin ich die Ausnahme. Stephen stammt nicht von der Upper Peninsula. Er angelt nicht, und er jagt nicht. Er könnte ebenso wenig aus einem Gefängnis ausbrechen, wie er einen Rennwagen fahren oder eine Hirnoperation durchführen könnte. Als ich ihn damals heiratete, glaubte ich, eine kluge Wahl getroffen zu haben. Die meiste Zeit glaube ich das immer noch.

Ich leere das Glas in einem einzigen langen Zug. Das letzte Mal, dass ich etwas so vollkommen verbockt habe, war kurz nach unserer Rettung aus dem Moor. Danach dauerte es gerade mal zwei Wochen, bis mir klar wurde, dass das neue Leben, das ich mir für mich ausgemalt hatte, nicht so sein würde, wie ich es mir erhofft hatte. Für mich sind die Medien schuld. Ich glaube, dass niemand, der nicht selbst dabei war, sich das Ausmaß des Medienrummels vorstellen kann, der mich beinahe mit Haut und Haaren verschlungen hätte. Die Welt war gefesselt vom Schicksal meiner Mutter, aber ich war diejenige, von der sie einfach nicht genug bekommen konnten. Das Naturkind, das in primitiver Isolation aufgewachsen war. Der Spross des unschuldigen Opfers und seines Entführers. Die Tochter des Moorkönigs. Menschen, die ich nicht kannte, schickten mir Dinge, die ich nicht haben wollte: Fahrräder und Stofftiere und MP3-Player und Laptops. Ein anonymer Spender erbot sich sogar, mir mein Collegestudium zu finanzieren.

Meine Großeltern begriffen recht schnell, dass die Familientragödie sich in eine Goldmine verwandelt hatte, und sie konnten es gar nicht erwarten, daraus Kapital zu schlagen. »Redet nicht mit den Medien«, ermahnten sie meine Mutter und mich, womit sie die Horden von Reportern meinten, die Nachrichten auf dem Anrufbeantworter meiner Großeltern hinterließen und in Übertragungswagen auf der anderen Straßenseite kampierten. Wenn wir den Mund hielten, so schloss ich daraus, dann könnten wir unsere Geschichte eines Tages für viel Geld verkaufen. Mir war nicht ganz klar, wie lange dieses Redeverbot gelten sollte oder wie Geschichten gekauft und verkauft werden konnten oder wieso wir uns überhaupt einen Haufen Geld wünschen sollten. Aber wenn es der Wunsch meiner Großeltern war, würde ich tun, was sie verlangten. Damals wollte ich es noch allen recht machen.

Das höchste Gebot kam schließlich von der Zeitschrift *People*. Bis zum heutigen Tag weiß ich nicht, wie viel sie bezahlt haben. Sicher ist nur, dass meine Mutter und ich nie einen Cent von dem Geld gesehen haben. Ich weiß nur, dass mein Großvater uns damals, kurz bevor wir zu der großen Willkommensfeier aufbrachen, die meine Großeltern für meine Mutter und mich gaben, zu sich rief und uns erzählte, dass eine Reporterin von *People* uns bei der Feier interviewen würde, während ein Fotograf Fotos machte. Wir sollten ihr alles sagen, was sie wissen wollte, schärfte er uns ein.

Die Feier fand in der Pentland Township Hall statt. Bei dem Namen stellte ich mir etwas in der Art einer Wikingerburg vor: hohe, gewölbte Decken, dicke Steinmauern, schlitzförmige Fenster, strohbedeckter Boden. Ich sah vor meinem inneren Auge Hühner, Hunde und Ziegen umherlaufen; eine Milchkuh, die an einem Eisenring in der Ecke angebunden war; einen Holztisch für die Bauern, der sich über die ganze Länge des Saals zog, und für die Herren und Damen Privatgemächer im Obergeschoss. Aber diese »Halle« entpuppte sich als ein großes weißes Holzgebäude, an dem vorne in schwarzen Lettern der Name prangte, damit nur ja niemand es übersah. Drinnen gab es einen Tanzboden und eine kleine Bühne im Erdgeschoss sowie einen Speisesaal und eine Küche im Untergeschoss. Längst nicht so prächtig, wie ich es mir vorgestellt hatte, aber trotzdem mit Abstand das größte Gebäude, das ich je gesehen hatte.

Wir trafen als Letzte ein. Es war Mitte April, deshalb trug ich unter der dicken Gänsedaunenjacke, die mir jemand geschickt hatte, eine rote Strickjacke mit einem Besatz, der wie weißes Fell aussah, aber keines war, dazu Bluejeans und die Arbeitsstiefel mit Stahlkappen, die ich getragen hatte, als wir das Moor verließen. Meine Großeltern wollten eigentlich, dass ich ein gelb kariertes Kleid tragen sollte, das meiner Mutter gehört hatte, und eine Strumpfhose, um die Tätowierungen an meinen Beinen zu verdecken. Die Zickzackbänder um meine Waden waren die ersten Tätowierungen, die mein Vater mir verpasste. Außer diesen und einer Doppelreihe von Punkten quer über meine Wangen tätowierte mein Vater mir noch einen kleinen Hirsch auf den rechten Bizeps, ähnlich denen, die man von Höhlenmalereien kennt, zur Erinnerung an meinen ersten großen Abschuss, und zwischen die Schulterblätter einen Bären, der für das Tier stehen sollte, dem ich als Kind auf unserer Veranda gegenübergestanden hatte. Mein Krafttier ist *makwa*, der Bär. Nachdem Stephen und ich unsere ersten Hemmungen abgelegt hatten, fragte er mich nach meinen Tätowierungen. Ich erzählte ihm, ich hätte sie als junges Mädchen im Rahmen einer Initiationszeremonie erhalten, als Tochter von Baptistenmissionaren auf einer abgelegenen Insel im Südpazifik. Mir ist aufgefallen, dass die Leute umso eher geneigt sind, einem zu glauben, je haarsträubender die Geschichte ist, die man erzählt. Ich erzählte ihm auch, dass meine Eltern tragischerweise auf eben dieser Insel ermordet worden seien, als sie einen Streit zwischen verfeindeten Eingeborenenstämmen zu schlichten versuchten – nur für den Fall, dass er eines Tages auf die Idee kommen sollte, sie kennenlernen zu wollen. Jetzt, da mein Geheimnis enthüllt ist, könnte ich ihm wohl die Wahrheit über meine Tattoos sagen, aber die Wahrheit ist, dass ich mich ans Geschichtenerzählen gewöhnt habe.

Das Kleid, das ich nach dem Wunsch meiner Großeltern zu der Feier hätte tragen sollen, erinnerte mich an die Küchenvorhänge in unserer Hütte, nur mit leuchtenderen Farben und ohne Risse und Löcher. Ich mochte es, dass der Stoff so leicht und fließend war; es war, als ob ich gar nichts anhätte. Aber obwohl ich wie ein Mädchen aussah, als ich vor dem hohen Schlafzimmerspiegel meiner Großmutter stand, saß ich dennoch mit gespreizten Knien da wie ein Junge, weshalb meine Großmutter entschied, dass es besser wäre, wenn ich bei Jeans bliebe. Meine Mutter trug das blaue Kleid und das dazu passende Haarband von ihren »Wer-hat-dieses-Mädchen-gesehen?«-Plakaten, auch wenn meine Großmutter sich darüber aufregte, dass das Kleid zu eng und zu kurz sei. Im Rückblick bin ich mir nicht sicher, was schlimmer war: dass meine Großeltern von meiner achtundzwanzigjährigen Mutter erwarteten, die Rolle der vierzehnjährigen Tochter zu spielen, die sie verloren hatten, oder dass meine Mutter sich darauf einließ.

Als wir eine hölzerne Rampe hinaufgingen, die wie die

Zugbrücke zu einem Schloss aussah, waren meine Muskeln vor freudiger Erwartung so straff angespannt, dass sie schier summten. Es war ein Gefühl, als ob ich gerade auf einen seltenen Wildtruthahn anlegte, der sich putzte und die Schwanzfedern spreizte, um einem Weibchen zu imponieren, und wenn ich auch nur ganz leicht zuckte, würde ich ihn verjagen. Ich hatte zwar schon mehr Menschen kennengelernt, als ich mir je hätte vorstellen können, aber das hier war alles Verwandtschaft.

»Da sind sie!«, rief jemand, als man uns erblickte. Die Musik verstummte. Einen Moment lang war es ganz still, und dann brach ein unglaubliches Getöse los, als hundert Menschen pfiffen und klatschten und uns zujubelten. Meine Mutter wurde von einem Strom aus blonden Tanten und Onkeln und Cousinen mitgerissen. Verwandte wuselten um mich herum wie Ameisen, Männer schüttelten mir die Hand. Frauen zogen mich an ihren Busen, dann schoben sie mich auf Armlänge von sich und kniffen mir in die Wangen, als könnten sie nicht glauben, dass ich wirklich da war. Jungen und Mädchen lugten hinter dem Rücken der Erwachsenen hervor, misstrauisch wie Füchse. Früher hatte ich immer die Straßenszenen in den *Geographic*-Heften studiert und mir vorzustellen versucht, wie es wäre, von lauter Menschen umgeben zu sein. Jetzt wusste ich es. Es ist laut. Beengt, heiß, voller Gerüche. Ich genoss jede Sekunde davon.

Die Reporterin von *People* schlug für uns eine Schneise durch die Menge und führte uns die Treppe hinunter. Sie dachte wohl, der Trubel und der Lärm machten mir Angst. Sie wusste noch nicht, dass ich gerne hier war. Dass ich dem Moor aus freien Stücken den Rücken gekehrt hatte.

»Hast du Hunger?«, fragte die Reporterin.

Allerdings hatte ich Hunger. Meine Großmutter hatte mich nichts essen lassen, bevor wir hergekommen waren, weil sie meinte, es würde nachher bei der Feier reichlich zu essen geben, und sie behielt recht. Die Reporterin führte mich zu einem langen Tisch in dem Raum neben der Küche, beladen mit mehr Speisen, als ich in meinem ganzen Leben gesehen hatte. Mehr, als mein Vater, meine Mutter und ich in einem Jahr hätten essen können, vielleicht nicht einmal in zwei.

Sie drückte mir einen Teller in die Hand, der dünn wie Papier war. »Hau rein.«

Ich war verwirrt. Womit sollte ich »reinhauen« – etwa mit diesem dünnen Teller? Und wen sollte ich damit hauen? Aber seit meiner Flucht aus dem Moor hatte ich eines gelernt: Wenn ich nicht wusste, was ich zu tun hatte, war es das Beste, einfach nachzumachen, was die anderen machten. Als nun die Reporterin an dem langen Tisch entlangging und sich Essen auf ihren Teller lud, tat ich das Gleiche. Manche der Gerichte waren mit Schildern versehen. Ich konnte die Namen lesen – »VEGETARISCHE LASAGNE«, »KÄSEMAKKARONI«, »ÜBERBACKENE KARTOFFELN«, »AMBROSIA-SALAT«, »AUFLAUF MIT GRÜNEN BOHNEN« –, aber ich hatte keine Ahnung, was sie bedeuteten oder ob mir die Gerichte schmecken würden. Trotzdem lud ich mir von jeder Speise einen Löffel auf meinen Teller. Meine Großmutter hatte mir eingeschärft, ich müsse von allem ein paar Happen essen, weil sonst die Frauen, die das Essen gebracht hatten, beleidigt wären. Mir war nicht ganz klar, wie das alles auf einen Teller passen sollte, und ich fragte mich, ob ich mir einen zweiten nehmen dürfte. Aber dann sah ich eine Frau ihren Teller mit dem Essen darauf in einen großen Metalleimer werfen und weggehen, also dachte ich mir, wenn mein Teller voll wäre, würde ich es genauso machen, obwohl ich die Sitte schon merkwürdig fand. Im Moor hatten wir niemals Essen weggeworfen.

Als wir zum Ende des langen Tisches kamen, erblickte ich einen zweiten dahinter, voll mit Torten und Keksen und Kuchen, darunter ein Kuchen mit dickem braunem Zuckerguss und ganz vielen Regenbogenstreuseln. Zwölf winzige Kerzen umringten die Worte »WILLKOMMEN ZU HAUSE, HELENA«, geformt aus gelbem Zuckerguss. Dann war der Kuchen also für mich. Ich ließ meinen Makkaroni-Kartoffel-Obstsalat-Auflauf in den Metalleimer fallen, nahm mir einen neuen Teller und schob den ganzen Kuchen darauf. Die *People*-Reporterin lächelte, während der Fotograf eifrig knipste, und daher wusste ich, dass ich das Richtige getan hatte. Ich hatte schon so einiges falsch gemacht, seit wir aus dem Moor gekommen waren. Bis heute kann ich diesen ersten Bissen noch schmecken: so leicht und luftig, dass man das Gefühl hatte, in eine Wolke mit Schokoladengeschmack zu beißen.

Während ich aß, stellte die Reporterin mir Fragen. Wie hatte ich Lesen gelernt? Was hatte mir am Leben im Moor am besten gefallen? Hatte es wehgetan, als ich meine Tätowierungen bekam? Hatte mein Vater mich auf eine Art und Weise berührt, die ich nicht mochte? Ich weiß heute, dass diese letzte Frage bedeutete, dass mein Vater mich auf sexuelle Weise berührt hatte, was absolut nicht der Fall war. Ich antwortete nur deswegen mit »Ja«, weil mein Vater mich öfter mal auf den Kopf oder auf den Hintern geschlagen hatte, wenn ich bestraft werden musste, genau wie er es mit meiner Mutter machte, und das hatte mir natürlich nicht gefallen.

Als ich fertig gegessen hatte, ging ich mit der Reporterin und dem Fotografen nach oben zur Toilette, damit ich mir die Schminke abwaschen konnte, die meine Großeltern mir ins Gesicht geschmiert hatten, um meine Tätowierungen zu kaschieren. (Ich weiß noch, dass ich mich gefragt habe, wieso alle *bathroom* dazu sagten, obwohl man dort nirgendwo ein Bad nehmen konnte. Oder warum es eine Tür für Männer und eine für Frauen gab, aber keine für Kinder. Und wieso brauchten Männer und Frauen überhaupt ihre eigenen Toiletten?) Die Reporterin meinte, die Leute würden gerne meine Tattoos sehen, und ich war einverstanden.

Als ich fertig war, sah ich durch die offenen Türen zum Parkplatz eine Gruppe von Jungen mit einem Ball spielen. Ich wusste, dass das so hieß, weil ich so etwas in den *Geographic*-Heften gesehen und meine Mutter nach dem Namen gefragt hatte. Aber ich hatte noch nie einen echten Ball gesehen. Ich war besonders fasziniert von der Art, wie der Ball in die Hände der Jungen zurücksprang, wenn sie ihn auf den Asphalt prallen ließen, als ob er lebendig wäre, wie von einem Geistwesen besessen.

»Willst du mitspielen?«, fragte einer der Jungen.

Ich wollte. Und ich bin sicher, dass ich den Ball hätte fangen können, wenn ich gewusst hätte, dass er ihn nach mir werfen würde. Aber ich wusste es nicht, und deshalb traf der Ball mich mit solcher Wucht in den Bauch, dass mir ein »Uff« entfuhr – obwohl es nicht wirklich wehtat – und ich den Ball davonrollen ließ. Die Jungen lachten, aber nicht auf eine freundliche Art.

Was dann passierte, ist hinterher vollkommen unverhältnismäßig aufgebauscht worden. Ich zog nur deswegen meine Strickjacke aus, weil meine Großeltern mich gewarnt hatten, sie müsse »chemisch gereinigt« werden, und das koste eine Menge Geld, also sollte ich aufpassen und sie nicht schmutzig machen. Und ich zog mein Messer nur deswegen, weil ich es von hinter dem Rücken werfen wollte, sodass es in dem Pfosten stecken blieb, an dem ihr Basketballkorb befestigt war, um den Jungen zu demonstrieren, dass ich mit meinem Messer genauso geschickt war wie sie mit ihrem Ball. Was kann ich dafür, dass einer der Jungen mir mein Messer zu entreißen versuchte oder dass er sich dabei die Handfläche aufschlitzte? Welcher Idiot fasst denn ein Messer an der Klinge an?

Der Rest dieses »Zwischenfalls«, wie meine Großeltern es später immer genannt haben, war ein chaotisches Durcheinander von schreienden Jungen, brüllenden Erwachsenen und einer heulenden Großmutter. Am Ende saß ich in Handschellen auf dem Rücksitz eines Polizeiautos, ohne einen blassen Schimmer, wie ich dort gelandet war und was überhaupt schiefgegangen war. Später fand ich heraus, dass die Jungen geglaubt hatten, ich würde ihnen etwas antun, was genauso lächerlich war, wie es sich anhört. Hätte ich jemandem die Kehle durchschneiden wollen, dann hätte ich es getan.

Das *People Magazine* brachte natürlich die sensationellsten Bilder. Das Foto von mir mit entblößter Brust und tätowiertem Gesicht, wie eine Yanomami-Kriegerin, und dem Messer in der Hand, dessen Klinge in der Sonne funkelte, zierte das Titelblatt. Ich habe gehört, dass meine unter den meistverkauften Nummern aller Zeiten war – an dritter Stelle, hinter dem Tribut für Prinzessin Diana und der Nummer über das World Trade Center, also hat sich die Investition für sie offenbar gelohnt.

Im Nachhinein ist mir klar, dass wir alle mehr als nur ein bisschen naiv waren. Meine Großeltern, weil sie dachten, sie könnten aus dem Schicksal ihrer Enkelin Kapital schlagen, ohne dass es Konsequenzen hätte; meine Mutter, weil sie dachte, sie könnte ihr altes Leben weiterleben, als ob sie es nie verlassen hätte; und ich selbst, weil ich glaubte, ich könnte mich anpassen. Nach diesem Ereignis teilten meine Mitschülerinnen und Mitschüler sich in zwei Lager auf: die, die mich fürchteten, und die, die mich bewunderten und fürchteten.

Ich stehe auf und strecke mich, trage mein Glas in die Küche und spüle es aus. Dann gehe ich ins Schlafzimmer, stelle den Wecker meines Handys und lege mich vollständig bekleidet auf die Tagesdecke, um sofort aufbrechen zu können, wenn es hell wird.

Es wird nicht das erste Mal sein, dass ich meinen Vater jage, aber ich werde alles in meiner Macht Stehende tun, um sicherzustellen, dass es das letzte Mal ist.

7

Um fünf Uhr klingelt der Wecker. Ich wälze mich herum, fische mein Handy vom Nachttisch und checke meine Nachrichten. Nichts von Stephen.

Ich stecke mein Messer in den Gürtel und gehe in die Küche, um eine Kanne Kaffee zu kochen. Als ich klein war, gab es außer den scheußlich schmeckenden Heiltees meines Vaters nur ein einziges heißes Getränk, nämlich Zichorien-kaffee. Das Ausgraben, Waschen, Trocknen und Mahlen der Pfahlwurzeln war eine Menge Arbeit, und alles nur, um etwas herzustellen, das, wie ich heute weiß, im Grunde nur ein minderwertiger Ersatz für Bohnenkaffee ist. Mir ist aufgefallen, dass man in Lebensmittelgeschäften gemahlene Zichorienwurzeln kaufen kann, aber mir ist schleierhaft, warum irgendjemand daran interessiert sein sollte.

Draußen wird es gerade hell. Ich fülle eine Thermos-kanne und nehme die Schlüssel für meinen Pick-up vom Haken neben der Tür. Ich bin hin- und hergerissen, ob ich Stephen eine Nachricht hinterlassen soll. Normalerweise würde ich es tun. Stephen möchte immer wissen, wo ich bin und wie lange ich weg sein werde, und ich habe kein Problem damit, solange er auch versteht, dass meine Pläne sich ändern können und dass ich vielleicht keine Möglichkeit haben werde, ihn darüber zu informieren, da in weiten Teilen der Upper Peninsula der Handyempfang schlecht bis nicht vorhanden ist. Ich finde es immer wieder ironisch, dass ausgerechnet in einer Gegend, in der man tatsächlich einmal in die Lage kommen könnte, ein Mobiltelefon benutzen zu müssen, genau das so häufig nicht möglich ist. Aber am Ende entscheide ich mich doch dagegen. Ich werde längst wieder zu Hause sein, wenn Stephen zurückkommt. *Wenn* er zurückkommt.

Rambo streckt die Nase aus dem Fenster und wittert, als ich die Ausfahrt hinunterfahre. Es ist 5.23 Uhr. Sechs Grad Außentemperatur, und das Thermometer fällt weiter, was nach dem Nachsommerwetter, das wir gestern hatten, nur ein weiterer Beleg für den alten Spruch ist: Wenn dir das Wetter in Michigan nicht gefällt, warte einfach ein paar Minuten. Der Wind weht konstant aus Südwest mit fünfzehn Meilen in der Stunde. Im Lauf des Vormittags steigt die Regenwahrscheinlichkeit auf dreißig Prozent, am Nachmittag dann auf fünfzig Prozent, und das ist der Teil der Vorhersage, der mir Sorgen macht. Auch der beste Fährtensucher ist aufgeschmissen, wenn der Regen die Spuren weggespült hat.

Ich schalte das Radio ein, um mich zu vergewissern, dass die Jagd nach meinem Vater immer noch in vollem Gang ist, dann mache ich es wieder aus. Die Ahornbäume am Straßenrand färben sich schon gelb, und dazwischen leuchtet hier und da ein Rotahorn hervor. Die Wolken am Himmel sind dunkel wie Blutergüsse. Es sind nur wenige Autos unterwegs, was daran liegt, dass heute Dienstag ist, aber auch an der Straßensperre an der M-77 bei Seney, die den Verkehr in nördlicher Richtung nach Grand Marais fast zum Erliegen gebracht hat.

Ich vermute, dass mein Vater, nachdem er gestern seine falsche Spur gelegt hat, in einem großen Bogen zum Fluss zurückgekehrt und die ganze Nacht durchmarschiert ist, um sich so weit wie möglich vom Reservat zu entfernen. Er wird dem Driggs River in Richtung Norden gefolgt sein, weil das leichter ist, als querfeldein zu gehen, und wäre er nach Süden gegangen, hätte ihn das tiefer in das Reservat hineingeführt. Außerdem kann er so die M-28 ungesehen überqueren, indem er durch den Flussdurchlass unter der Straße watet. Ich stelle mir vor, wie er sich vorsichtig seinen Weg durch die Nacht bahnt, sich zwischen Bäumen hindurchschlängelt und durch Bachbetten watet, während er die alten Forstwege meidet, auf denen er zwar besser vorankäme, aber von den Suchscheinwerfern der Hubschrauber leicht entdeckt werden könnte.

Und dann, sobald es dämmerte, hat er sich eine leerstehende Hütte gesucht, um sich dort den Tag über zu verstecken. Ich bin selbst mehr als einmal in eine Hütte eingebrochen, wenn ich draußen von einem Wetterumschlag überrascht wurde. Solange man eine Nachricht hinterlässt, in der man erklärt, warum man eingebrochen ist, und ein paar Dollar für verbrauchte Lebensmittel und eventuelle Schäden dazulegt, regt sich niemand darüber auf. Meine Herausforderung besteht nun darin, diese Hütte zu finden. Selbst wenn der Regen noch eine Weile ausbleibt – mein Vater wird sich auf den Weg machen, sobald es dunkel wird, und ich kann seiner Spur nicht folgen, wenn ich sie nicht sehen kann. Und das heißt, dass ich ihn vor Einbruch der Dunkelheit finden muss, denn bis zum nächsten Morgen wird sein Vorsprung so groß sein, dass ich ihn niemals einhole.

Ich glaube, dass mein Vater irgendwie versuchen wird, sich nach Kanada durchzuschlagen. Theoretisch könnte er den Rest seines Lebens durch die Wildnis der Upper Peninsula streifen, nie zu lange an einem Ort bleiben, nie ein Feuer machen, grundsätzlich nur nachts unterwegs sein, nie telefonieren oder Geld ausgeben, nur jagen und angeln und sich ansonsten von dem ernähren, was er in den Hütten findet, in die er einbricht, wie es der North Pond Hermit in Maine fast dreißig Jahre lang gemacht hat. Aber er kann es sich sehr viel einfacher machen, indem er das Land verlässt. Er kann natürlich nicht an einem bewachten Grenzübergang hinüberwechseln, aber es gibt einen langen Grenzabschnitt zwischen Kanada und Nord-Minnesota, der nur wenig kontrolliert wird. Die meisten Straßen und Bahnübergänge sind mit unterirdischen Sensoren versehen, die die Behörden alarmieren, wenn jemand sich einzuschleichen versucht, aber mein Vater muss sich nur einen entlegenen, dicht bewaldeten Abschnitt suchen und einfach hinüberspazieren. Anschließend kann er dann so weit nach Norden gehen, wie er mag, und sich vielleicht nahe einer abgelegenen Indianersiedlung niederlassen, sich wieder eine Frau nehmen, wenn ihm danach ist, und den Rest seiner Tage in Frieden und Anonymität verbringen. Mein Vater könnte sich jederzeit glaubwürdig als Angehöriger der kanadischen First Nations ausgeben.

Fünf Meilen südlich von uns biege ich nach Westen auf eine zweispurige Sandpiste ab, die letzten Endes am Fox-River-Campingplatz herauskommt. Die gesamte Halbinsel wird kreuz und quer von alten Forstwegen wie diesem hier durchzogen. Manche sind so breit wie ein zweispuriger

Highway, die meisten aber sind schmal und überwuchert. Wenn man sich in diesem Schleichwegenetz so gut auskennt wie ich, kann man vom einen Ende der Halbinsel zum anderen fahren, ohne ein einziges Mal Asphalt unter den Reifen zu haben. Wenn mein Vater, wie ich vermute, zum Fox River will, muss er insgesamt drei Straßen überqueren. Wenn ich den Zeitpunkt seiner Flucht berücksichtige und die Strecke berechne, die er zurücklegen konnte, ehe er sich ein Versteck suchen musste, würde ich am ehesten auf diese hier tippen. Es gibt ein paar Hütten entlang dieser Straße, in denen ich nachsehen will. Zweifellos hätten die Suchmannschaften auch diese Hütten überprüft, wenn mein Vater sie nicht ins Wildreservat gelockt hätte. Ich schätze mal, dass sie das früher oder später nachholen werden. Oder vielleicht auch nicht. Meine Mutter blieb fast fünfzehn Jahre lang verschwunden.

Das Ironische an der Entführung meiner Mutter ist, dass sie an einem Ort passierte, wo Entführungen vollkommen unbekannt waren. Die Städte in der Mitte der Upper Peninsula von Michigan verdienen kaum diese Bezeichnung. Seney, McMillan, Shingleton und Dollarville sind kaum mehr als Straßenkreuzungen mit einem Willkommen-Schild, einer Kirche, einer Tankstelle und ein, zwei Bars. Seney hat auch noch ein Restaurant mit Motel und einen Waschsalon. Es markiert den Anfangspunkt der »Seney Stretch«, wenn man die M-28 in westlicher Richtung fährt, oder den Endpunkt, wenn man nach Osten fährt. Ein fünfundzwanzig Meilen langer, schnurgerader, brettebener, betäubend eintöniger Highway zwischen Seney und Shingleton, der die Überreste des Great-Manistique-Sumpfes durchquert. Durchreisende halten in einem der beiden Orte an den Endpunkten, um vollzutanken oder sich eine Tüte Chips und eine Cola für unterwegs zu besorgen, oder um noch ein letztes Mal auf die Toilette zu gehen, bevor sie aufbrechen, weil das alles ist, was sie in der nächsten halben Stunde von der Zivilisation zu sehen bekommen werden. Manche behaupten, die *Seney Stretch* sei in Wirklichkeit fünfzig Meilen lang, aber das kommt einem nur so vor.

Bis zur Entführung meiner Mutter wurden die Kinder von Luce County nicht hinter Schloss und Riegel gehalten. Danach vielleicht auch nicht, weil alte Gewohnheiten sich hartnäckig halten und weil man nie wirklich glaubt, dass solche schlimmen Dinge einem selbst passieren könnten. Schon gar nicht, nachdem sie schon jemand anderem passiert sind. Die *Newberry News* berichtete über jede Straftat, egal wie geringfügig. Und sie waren alle geringfügig: Mal wurde eine CD-Tasche vom Vordersitz eines unverschlossenen Autos gestohlen, mal ein Briefkasten demoliert oder ein Fahrrad gestohlen. Dass auch einmal ein Kind gestohlen werden könnte, daran hätte im Traum niemand gedacht.

Ironisch ist auch die Tatsache, dass während der ganzen Jahre, in denen meine Großeltern so verzweifelt herauszufinden versuchten, was mit ihrer Tochter passiert war, diese Tochter keine fünfzig Meilen von ihnen entfernt lebte. Die Upper Peninsula ist groß – neunundzwanzig Prozent der Landfläche des Staates Michigan –, aber dort leben nur drei Prozent der Bevölkerung. Ein Drittel des Gebiets ist Staats- oder Nationalforst.

Die Mikrofiche-Archive der Zeitung dokumentieren den Verlauf der Suche.

Tag eins: Mädchen vermisst. Hat sich vermutlich verlaufen, es wird damit gerechnet, dass es in Kürze gefunden wird.

Tag zwei: Immer noch vermisst. Suchhunde der State Police im Einsatz.

Tag drei: Suche ausgeweitet, unter anderem mit einem Helikopter der Küstenwache aus St. Ignace, unterstützt durch Mitarbeiter der Umweltschutzbehörde am Boden und mehrere Kleinflugzeuge.

Und so weiter.

Erst eine volle Woche nach ihrem Verschwinden gestand die beste Freundin meiner Mutter schließlich, dass sie in den leerstehenden Gebäuden an den Bahngleisen gespielt hatten, als sie von einem Mann angesprochen wurden, der sagte, er suche nach seinem Hund. In diesem Zusammenhang taucht auch erstmals das Wort »entführt« auf. Aber da war es natürlich schon zu spät.

An dem Zeitungsfoto von meiner Mutter kann ich sehen, was den Blick meines Vaters auf sie gezogen hat: blond, mollig, Pigtails. Es muss aber doch jede Menge andere mollige, blonde Vierzehnjährige gegeben haben, die mein Vater hätte nehmen können. Ich habe mich oft gefragt, warum er sich für sie entschieden hat. Hat er ihr in den Tagen und Wochen, bevor er sie kidnappte, nachgestellt? War er heimlich in sie verliebt? Oder war die Entführung meiner Mutter nur das Resultat eines unglücklichen Zusammentreffens von falscher Zeit und falschem Ort? Ich neige zu letzterer Erklärung. Ich kann mich jedenfalls nicht erinnern, je etwas zwischen meinem Vater und meiner Mutter beobachtet zu haben, was auch nur annähernd nach Zuneigung aussah. War es ein Beweis für die Liebe, die mein Vater für uns empfand, dass er uns mit Nahrung und Kleidung versorgte? In meinen schwächeren Momenten möchte ich es gerne glauben.

Bevor wir gerettet wurden, wusste niemand, ob meine Mutter tot oder am Leben war. Der Artikel, der jedes Jahr am Jahrestag ihrer Entführung in der *Newberry News* erschien, wurde von Mal zu Mal kürzer. In den letzten vier Jahren waren die Überschrift und der Text, der nur aus einem einzigen Absatz bestand, exakt gleich: »Hiesiges Mädchen immer noch vermisst.« Niemand wusste irgendetwas über meinen Vater, abgesehen von der Beschreibung, die die Freundin meiner Mutter geliefert hatte: ein kleiner, schlanker Mann mit »ziemlich dunkler« Haut und langem schwarzem Haar, der Jeans, Arbeitsschuhe und ein rot kariertes Hemd trug. Wenn man bedenkt, dass die Einwohnerschaft damals ungefähr zu gleichen Teilen indianischer und finnischer oder schwedischer Abstammung war und dass jeder zweite männliche Einwohner über sechzehn in Arbeitsstiefeln und Baumwollhemden herumlief, war ihre Beschreibung so gut wie unbrauchbar. Abgesehen von den paar Zeilen in der Zeitung jedes Jahr und den Löchern in den Herzen meiner Großeltern war meine Mutter vergessen.

Und dann, eines Tages, vierzehn Jahre, sieben Monate und zweiundzwanzig Tage nachdem mein Vater meine Mutter entführt hatte, kehrte sie zurück und löste die umfangreichste Fahndung aus, die die Menschen auf der Upper Peninsula je erlebt hatten – bis heute.

Ich fahre in etwa so schnell, wie ein Mann gehen kann. Nicht nur, weil ich auf einer Piste wie dieser höllisch aufpassen muss, um nicht unversehens von der Fahrbahn abzukommen und bis zu den Achsen im Sand zu versinken, sodass ich ohne einen Abschleppwagen nie wieder herauskommen würde, sondern auch, weil ich nach Fußabdrücken Ausschau halte. Ich kann natürlich nicht mit dem Auto der Fährte eines Menschen folgen, der zu Fuß unterwegs ist, und die Wahrscheinlichkeit, dass mein Vater auf dieser Straße eine sichtbare Spur hinterlassen hat – *wenn* er diese Straße genommen hat –, ist verschwindend gering, aber dennoch. Wenn es um meinen Vater geht, kann ich nicht vorsichtig genug sein.

Ich bin diese Straße schon viele Male gefahren. Ungefähr eine Viertelmeile weiter ist eine Kurve, wo der Randstreifen fest genug ist, um von der Straße abfahren und parken zu können. Wenn ich von dort eine weitere Viertelmeile in nordwestlicher Richtung gehe und dann einen steilen Abhang hinuntersteige, komme ich zu der größten Ansammlung von Brombeersträuchern, die ich je gesehen habe. Brombeeren lieben Standorte mit reichlich Wasser, und am Grund der Schlucht ist ein kleiner Fluss, weshalb die Beeren dort besonders groß werden. Wenn ich Glück habe, kann ich auf einen Schlag so viele sammeln, dass es für die Marmeladenproduktion eines ganzen Jahres reicht.

Mit Erdbeeren ist es eine andere Geschichte. Was man den Leuten klarmachen muss, ist, dass Walderdbeeren etwas ganz anderes sind als die Riesendinger aus Kalifornien, die sie im Supermarkt zu kaufen bekommen. Sie sind im Schnitt nicht viel größer als die Kuppe des kleinen Fingers eines Erwachsenen, aber ihr Aroma macht das, was ihnen an Größe fehlt, mehr als wett. Dann und wann finde ich mal eine Beere, die so groß ist wie die Kuppe meines Daumens (und wenn das passiert, dann landet diese Beere in meinem Mund und nicht im Eimer), aber viel größer werden Walderdbeeren einfach nicht. Man braucht natürlich Unmengen von Walderdbeeren, um eine ordentliche Menge Marmelade zusammenzubekommen, weshalb ich für meine mehr verlangen muss.

Aber heute sind es nicht die Beeren, hinter denen ich her bin.

Das Telefon vibriert in meiner Tasche. Ich ziehe es heraus. Eine SMS von Stephen.

Bin in 30 Min zu Hause. Mädchen sind bei meinen Eltern. Mach dir keine Sorgen, wir stehen das schon durch. Alles Liebe, S.

Ich bleibe mitten auf der Straße stehen und starre das Display an. Dass Stephen zurückkommt, ist so ungefähr das Letzte, womit ich gerechnet hätte. Er muss kehrtgemacht und sich auf die Heimfahrt gemacht haben, gleich nachdem er die Mädchen abgeliefert hat. Meine Ehe ist nicht vorbei. Stephen gibt mir noch eine Chance. *Er kommt nach Hause.*

Die Folgerungen sind geradezu überwältigend. Stephen hat mich noch nicht abgeschrieben. Er weiß, wer ich bin, und es ist ihm egal. *»Wir stehen das durch.« »Alles Liebe, S.«* Ich denke an all die Male, wo ich irgendetwas Unpassendes gesagt oder getan habe und meine Unwissenheit zu kaschieren suchte, indem ich so tat, als ob mein Patzer ein Scherz gewesen wäre. Jetzt wird mir klar, dass ich mich gar nicht hätte verstellen müssen. Ich habe mir diesen Schuh selbst angezogen. Stephen liebt mich um meiner selbst willen.

»In 30 Min zu Hause.« Natürlich werde ich nicht da sein, wenn er ankommt, aber das ist vielleicht auch gut so. Jetzt bin ich froh, dass ich ihm keine Nachricht hinterlassen habe. Wenn Stephen auch nur ahnte, wo ich bin oder was ich vorhabe, würde er ausflippen. Soll er doch denken, ich sei frühstücken gefahren, oder ein paar Sachen einkaufen oder zum Polizeirevier, um den Beamten bei der Verfolgung einer Spur zu helfen, und dass ich bald wieder zurück sein werde. Und das werde ich auch, wenn alles nach Plan läuft.

Ich lese die SMS ein letztes Mal und stecke das Telefon in die Tasche. Jeder weiß, wie lückenhaft der Handyempfang auf der Upper Peninsula sein kann.

8

Die Hütte

Die Wikingerfrau war über die Maßen entzückt, als sie morgens aufwachte und an ihrer Brust das kleine, süße Kind fand. Sie küsste und herzte es, aber es schrie fürchterlich und zappelte mit Armen und Beinen, es schien durchaus nicht erfreut zu sein. Schließlich weinte es sich in den Schlaf, und wie es so still und friedlich dalag, war es wunderschön anzusehen.

Als die Wikingerfrau gegen Morgen aufwachte, war sie zutiefst erschrocken, als sie merkte, dass das kleine Kind verschwunden war. Sie sprang aus dem Bett und suchte im ganzen Zimmer, und endlich erblickte sie dort, wo ihre Füße gelegen hatten, nicht das Kind, sondern einen großen, hässlichen Frosch.

Im selben Augenblick kam die Sonne hervor und warf ihre Strahlen durch das Fenster auf den großen Frosch, und da war es, als zöge sich der breite Mund des Tiers zusammen und würde klein und rot, die Gliedmaßen streckten sich und wurden wohlgeformt, und es war ihr kleines, hübsches Kind, das da lag. Der garstige Frosch aber war verschwunden.

»Was ist das?«, rief sie. »Habe ich einen bösen Traum gehabt? Es ist ja mein allerliebstes, süßes Engelchen, das dort liegt!« Und sie küsste es und drückte es an ihr Herz, aber es kratzte und biss um sich wie ein wildes Kätzchen.

Hans Christian Andersen, *Die Tochter des Moorkönigs*

Mein Vater erzählte gerne die Geschichte, wie er unsere Hütte fand. Er war nördlich von Newberry mit dem Bogen auf der Jagd, als der Hirsch, auf den er angelegt hatte, in letzter Sekunde davonsprang und nur verwundet wurde. Er folgte der Fährte des Tiers bis zum Rand des Moors und beobachtete d..nn, wie der verängstigte Hirsch ins tiefe Wasser hinausschwamm und ertrank. Als er sich zum Gehen wandte, sah er aus dem Augenwinkel etwas blitzen – es war ein Sonnenstrahl, der vom Abdeckblech an der Dachkante unserer Hütte reflektiert wurde. Mein Vater behauptete immer, wenn es zu einer anderen Jahres- oder Tageszeit gewesen wäre oder wenn die Bewölkung an diesem Tag anders gewesen wäre, hätte er sie niemals entdeckt, und ich bin sicher, dass das stimmt.

Er markierte die Stelle und kehrte später mit seinem Kanu zurück. Als die Hütte sah, so erzählte er, wusste er sofort, dass der Große Geist ihn hierhergeführt hatte, damit er einen Platz hatte, an dem er seine Familie gründen und seine Kinder aufziehen konnte. Das bedeutet, wie ich heute weiß, dass wir illegale Siedler waren. Damals schien das keine Rolle zu spielen. In den Jahren, als wir dort lebten, hat es jedenfalls keinen Menschen gekümmert. Auf der ganzen Upper Peninsula findet man solche verlassenen Bauten. Die Leute setzen es sich in den Kopf, dass sie gerne etwas hätten, wo sie dem ganzen Stress entfliehen können, also kaufen sie sich ein Grundstück an einer Straße irgendwo tief im Wald, inmitten von Staatsland, und bauen sich eine Hütte drauf. Vielleicht geht es eine Weile gut, und es gefällt ihnen, einen Ort zu haben, wo sie hingehen können, wenn ihnen ein wenig nach Natur pur zumute ist, bis dann das Leben ihnen in die Quere kommt: Kinder, die Arbeit, pflegebedürftige Eltern. Ein Jahr vergeht, ohne dass sie in ihrer Hütte gewesen wären, und dann noch eins, und irgendwann kommt der Moment, wo ihnen die Vorstellung, Steuern für eine Immobilie zu zahlen, die sie gar nicht nutzen, ziemlich unattraktiv vorkommt. Aber niemand kauft fünfzehn Hektar Sumpfland mit einer rustikalen Hütte darauf, höchstens ein anderer armer Narr, der dem ganzen Trubel entfliehen will, also lassen die Eigentümer in den meisten Fällen den Besitz gegen Erstattung ihrer Steuerschuld an den Staat zurückfallen.

Nachdem die Polizei den Tatort freigegeben und das Medieninteresse sich gelegt hatte, nahm der Staat unser Grundstück stillschweigend von der Steuerliste. Es gab Stimmen, die meinten, wegen der Dinge, die sich dort ereignet hatten, sollte unsere Hütte abgerissen werden, aber am Ende wollte niemand die Kosten übernehmen.

Sie können die Hütte besichtigen, wenn Sie mögen, allerdings werden Sie den Bachlauf, der zu unserem Hügelkamm führt, vielleicht nicht auf Anhieb finden. Die Souvenirjäger haben längst alles mitgenommen, was nicht niet- und nagelfest ist. Bis zum heutigen Tag kann man auf eBay Gegenstände erwerben, die angeblich mir gehört haben, obwohl ich Ihnen mit hundertprozentiger Sicherheit sagen kann, dass das auf die meisten Sachen, die dort feilgeboten werden, nicht zutrifft. Aber abgesehen von einem Loch in der Küchenwand, wo sich ein Stachelschwein durchgefressen hat, sind die Hütte, der Werkzeugschuppen, der Holzschuppen, die Schwitzhütte und das Häuschen noch genau so, wie ich sie in Erinnerung habe.

Das letzte Mal war ich vor zwei Jahren dort, nach dem Tod meiner Mutter. Seit meine Mädchen auf der Welt sind, habe ich viel darüber nachgedacht, wie es eigentlich für mich als Kind war, und ich wollte sehen, ob die Wirklichkeit mit meinen Erinnerungen übereinstimmte. Die Veranda war voll mit Laub und Kiefernnadeln, also brach ich einen Ast von einer Kiefer ab, um sie sauber zu fegen. Ich schlug mein Zelt unter den Apfelbäumen auf und füllte zwei Milchkrüge mit Moorwasser, und dann setzte ich mich auf ein hochkant gestelltes Stück Brennholz, aß einen Müsliriegel und lauschte dem Gezwitscher der Hudsonmeisen. Im Moor wird es kurz vor der Abenddämmerung ganz still, wenn die Insekten und die Tiere des Tages verstummt und die Nachtlebewesen noch nicht herausgekommen sind. Früher habe ich mich jeden Abend nach dem Essen auf die Verandastufen gesetzt, um in den *Geographic*-Heften zu blättern oder die Kreuzknoten und Halbschläge zu üben, die mein Vater mir beigebracht hatte, während ich darauf wartete, dass die Sterne am Himmel erschienen: *Ningaabi-anang*, *Waaban-anang* und *Odjiig-anang* – der Abendstern, der Morgenstern und der Große Bär, die drei wichtigsten Sterne der Ojibwe. Wenn es windstill war und der Weiher ruhig dalag, spiegelten sich die Sterne ganz klar im Wasser. Nach dem Ende meiner Zeit im Moor saß ich oft viele Stunden auf der Veranda meiner Großeltern und blickte in den Himmel.

Ich blieb damals zwei Wochen in der Hütte. Ich angelte, jagte und stellte Fallen, und ich bereitete meine Mahlzeiten über einem Feuer im Hof zu, weil jemand unseren Holzofen mitgenommen hatte. Am dreizehnten Tag stieß ich auf eine

Schlammpfütze, in der es von Kaulquappen wimmelte, und ich dachte, wie gerne ich das Mari und Iris zeigen würde. Da wusste ich, dass es Zeit war, nach Hause zu gehen. Ich packte meine Sachen in mein Kanu und paddelte zurück zum Pick-up, und unterwegs sah ich mir alles noch einmal ganz gründlich an, denn ich wusste, dass dies mein letzter Besuch in der Hütte sein würde.

Mir ist durchaus bewusst, dass zwei Wochen eine ziemlich lange Zeit ist, um als junge Mutter von der Familie getrennt zu sein. Damals wäre es mir schwergefallen zu erklären, warum ich diese Auszeit brauchte. Ich hatte mir ein neues Leben aufgebaut. Ich liebte meine Familie. Ich war nicht unglücklich. Ich glaube, es war einfach so, dass ich schon so lange meine wahre Identität verborgen und mich so sehr bemüht hatte, mich anzupassen, dass ich wieder die Verbindung zu dem Menschen suchen musste, der ich einmal gewesen war.

Es war ein gutes Leben, bis es irgendwann nicht mehr gut war.

Meine Mutter sprach so gut wie nie über die Jahre, bevor meine eigenen Erinnerungen einsetzen. Ich kann mir vorstellen, dass ihr Leben damals hauptsächlich aus Waschen und Stillen bestand. »Eins zum Waschen, eins zum Tragen« klingt in der Theorie nicht schlecht, aber ich weiß von meinen eigenen Mädchen, dass Babys bis zu drei- oder viermal am Tag umgezogen werden müssen, von den Windeln ganz zu schweigen. Ich habe einmal zufällig mitbekommen, wie meine Mutter meiner Großmutter erzählte, welche Mühe sie hatte, meinen Windelausschlag in den Griff zu bekommen. Ich kann mich nicht erinnern, dass ich mich als kleines Kind besonders unwohl gefühlt hätte, aber wenn meine Mutter sagte, mein ganzer Hintern sei mit scheußlichen, nässenden und blutenden Wunden übersät gewesen, dann muss ich ihr das glauben. Es war sicher nicht einfach für sie. Zuerst im Häuschen das feste Zeug von meinen Windeln kratzen, dann die Windeln von Hand in einem Eimer auswaschen. Dann Wasser auf dem Herd heißmachen, um sie zu waschen, und dann die Windeln an Leinen in der Küche aufhängen, wenn es regnete, oder bei trockenem Wetter draußen im Hof. Die Indianer haben sich nie die Mühe gemacht, ihre Kinder in Windeln zu packen, und wenn meine Mutter klug war, hat sie es genauso gemacht und mich, sobald es draußen warm genug war, unten ohne herumlaufen lassen.

Es gab kein Trinkwasser auf unserer Anhöhe. Die Leute, die unsere Hütte gebaut hatten, hatten offenbar versucht, einen Brunnen zu graben, denn in unserem Hof gab es ein tiefes Loch, das mein Vater immer mit einem schweren Holzdeckel verschlossen hielt – und in dem er mich gelegentlich zur Strafe einsperrte –, aber sie waren nicht auf Wasser gestoßen. Vielleicht war das der Grund, weshalb sie die Hütte wieder aufgaben. Wir holten unser Wasser im Moor, in einer halbkreisförmigen Felsformation, die wir von Vegetation frei hielten. Der Tümpel, den sie umschloss, war tief genug, um einen Eimer eintauchen zu können, ohne dass man die Ablagerungen am Grund aufwirbelte. Mein Vater hat immer gescherzt, dass seine Arme fünfzehn Zentimeter länger seien als vorher, nachdem er die Eimer den Berg hinaufgetragen hatte. Als ich klein war, habe ich ihm geglaubt. Als ich alt genug war, um beim Schleppen der Eimer mitzuhelfen, verstand ich den Witz.

Das Schlagen, Transportieren und Hacken des Brennholzes, das meine Mutter brauchte, um mich sauber und trocken zu halten, war der Job meines Vaters. Ich sah ihm immer gerne beim Holzhacken zu. Er flocht sein langes Haar zu einem Zopf, damit es ihm nicht im Weg war, und zog sein Hemd aus, auch bei Kälte, und das Spiel der Muskeln unter seiner Haut war wie eine Sommerbrise, die über das zitternde Indianergras streicht. Meine Aufgabe war es, die Holzklötze aufrecht hinzustellen, sodass mein Vater sich ohne Unterbrechung durch die Reihe arbeiten konnte: *tschock, tschock, tschock, tschock, tschock.* Ein Schlag pro Klotz genügte, um sie sauber in zwei Hälften zu teilen, dank einer kleinen Drehung des Axtkopfs in allerletzter Sekunde, die dafür sorgte, dass die Hälften auseinanderflogen. Leute, die keine Ahnung vom Holzhacken haben, neigen dazu, den Axtkopf gerade herabfallen zu lassen, als ob es nur auf Kraft und Wucht ankäme. Aber so gräbt sich die Klinge bloß tief in das dichte grüne Holz ein und steckt fest wie ein Stemmeisen, und dann viel Spaß beim Versuch, sie wieder rauszubekommen. Einmal haben die Veranstalter des jährlichen Blaubeerfests in Paradise, Michigan, wo ich meine Marmeladen und Gelees verkaufe, einen fahrenden Jahrmarkt mit verschiedenen Attraktionen organisiert. Kennen Sie dieses Spiel, wo man mit einem Hammer auf eine Platte schlägt, wodurch ein Gewicht in einem Rohr nach oben getrieben wird, und wenn es die Klingel am oberen Ende auslöst, gewinnt man einen Preis? Da habe ich so richtig abgeräumt.

Unser Holzschlag befand sich am unteren Ende unserer

Anhöhe. Nachdem mein Vater die Bäume gefällt und die Stämme auf Brennholzlänge zersägt hatte, schleppten wir das Holz zu unserer Hütte hinauf. Mein Vater bevorzugte Bäume mit einem Stammdurchmesser von zwanzig bis fünfundzwanzig Zentimetern – so waren die Stücke immer noch leicht zu transportieren, aber diejenigen, die er nicht spaltete, waren groß genug, um das Feuer über Nacht in Gang zu halten. Die Ahorne nahe unserer Hütte ließ er groß werden, als *sugarbush* für unseren Ahornsirup. Ein Ahorn oder eine Buche von dieser Größe ergibt rund einen Klafter Brennholz, und wir verbrauchten jedes Jahr zwischen zwanzig und dreißig Klafter, je nachdem, wie streng der Winter war, weshalb wir quasi das ganze Jahr mit Brennholzmachen und -stapeln beschäftigt waren. Ein voller Holzschuppen sei wie Geld auf der Bank, sagte mein Vater immer, obwohl unserer nicht immer voll war. Im Winter schlug mein Vater auch auf einer benachbarten Anhöhe, um unseren Holzschlag zu schonen. Er schleppte die Stämme über das Eis, indem er sie mit einem Kanthaken oder einem Log-Dog verband und ein Seil daran befestigte, das er sich um die Schultern schlang. Die riesigen Papierkonzerne, die auf der ganzen Upper Peninsula Industrieholz schlagen, behaupten gerne, Bäume seien ein nachwachsender Rohstoff, aber als wir unsere Hütte verließen, war von den Bäumen am unteren Ende unserer Anhöhe fast nichts mehr übrig.

Angesichts der ganzen Zeit und Mühe, die wir in das Sammeln von Brennholz investierten, könnten Sie auf die Idee kommen, dass das Leben in der Hütte im Winter ganz behaglich war. Das war es nicht. Inmitten von Eis und einer anderthalb Meter dicken Schneedecke kam man sich vor wie in einem Gefrierschrank. Von November bis April wurde es in unserer Hütte nie richtig warm. Manchmal stieg die Außentemperatur am Tag nie über minus fünfzehn Grad, und nachts fiel das Thermometer nicht selten auf minus dreißig bis minus vierzig. Bei solchen Temperaturen ist jeder Atemzug eine Qual – die Kapillargefäße ziehen sich zusammen, wenn die kalte Luft in der Lunge ankommt, und die Haare in der Nase knistern, wenn die Feuchtigkeit in den Nasengängen gefriert. Wenn Sie nie im hohen Norden gelebt haben, garantiere ich Ihnen, dass Sie nicht die geringste Vorstellung davon haben, wie unglaublich mühsam es ist, gegen diese tiefe und alles durchdringende Kälte anzukämpfen. Stellen Sie sich die Kälte als einen bösartigen Nebel vor, der sich auf Sie legt und Sie von allen Seiten bedrängt, der von der gefrorenen Erde aufsteigt, durch die kleinsten Ritzen und Spalten im Fußboden und in den Wänden Ihrer Hütte dringt – *Kabibona'kan*, der Wintermacher, der gekommen ist, um Sie zu verschlingen, um die Wärme aus Ihren Knochen zu stehlen, bis Ihr Blut zu Eis wird und Ihr Herz gefriert, und Ihre einzige Waffe gegen ihn ist das Feuer in Ihrem Holzofen.

Oft bin ich nach einem Schneesturm aufgewacht und habe festgestellt, dass meine Bettdecke mit Schnee bestäubt war, der durch die undichten Stellen um die Fenster herum eingedrungen war, wo die Bretter geschrumpft waren. Dann schüttelte ich rasch den Schnee ab, hüllte mich in die Decken und lief die Treppe hinunter, um mich vor den Ofen zu hocken, die Hände um einen Becher Zichorienkaffee geschlungen, bis ich so weit aufgewärmt war, dass ich der Kälte trotzen konnte. Im Winter badeten wir nie – es war einfach nicht möglich –, und unter anderem deswegen hat mein Vater später die Sauna gebaut. Ich weiß, für die meisten Menschen hört sich das wahrscheinlich furchtbar an, aber es hatte nicht viel Sinn, unsere Körper zu waschen, wenn wir unsere Kleider nicht waschen konnten. Und ohnehin waren wir drei ja unter uns, und wenn wir stanken, merkten wir selbst nichts davon, weil wir alle gleich rochen.

An meine Kleinkindjahre habe ich kaum Erinnerungen. Eindrücke, Geräusche, Gerüche – eher Déjà-vu-Empfindungen als richtige Erinnerungen. Babyfotos gibt es natürlich keine. Aber das Leben im Moor folgte einem regelmäßigen Muster, es ist also nicht allzu schwierig, die Lücken zu füllen. Von Dezember bis März gibt es nichts als Eis, Schnee und Kälte. Im April kehren die Krähen zurück, und die Kaulquappen der Laubfrösche schlüpfen. Im Mai ist das Moor ein einziges Meer von grünem Gras und Blumen, wobei man im Schatten eines Felsblocks oder auf der Nordseite eines Baumstamms auch noch Schneereste finden kann. Der Juni ist der Monat der Insekten. Moskitos, Kriebelmücken, Pferdebremsen, Goldaugenbremsen, Gnitzen – wir hatten einfach alles, was fliegen und stechen kann. Der Juli und der August bringen all das, was Menschen aus südlicheren Breiten mit dem Sommer verbinden, und was das Beste ist: Weil wir so hoch im Norden sind, ist es bis nach zehn Uhr abends hell. Der September bringt den ersten Frost, und oft gibt in diesem Monat auch den ersten Schnee – nur eine dünne Schicht, solange das Laub sich noch nicht ganz verfärbt hat, aber es ist ein Vorbote dessen, was noch kommt. Der September ist auch der Monat, in dem die Krähen davonziehen und sich die Kanadagänse sammeln. Im Oktober und November kommt das Leben im Moor zum Erliegen, und bis Mitte Dezember hat uns die eisige Kälte wieder im Griff.

Und jetzt stellen Sie sich zu alldem ein kleines Kind vor, das in dieser Landschaft herumtollt, das sich im Schnee wälzt und schlittert, im Wasser plantscht und im Hof herumhüpft und so tut, als sei es ein Kaninchen, oder mit den Armen flattert wie eine Ente oder eine Gans, Augen, Ohren, Hals und Hände rot und geschwollen von Insektenstichen, trotz des hausgemachten Insektenschutzmittels, mit dem seine Mutter es eingeschmiert hat, nach dem Rezept seines Vaters (gemahlene Goldsiegelwurzel, vermischt mit Bärenfett) – und damit ist so gut wie alles über meine frühen Jahre gesagt.

Meine erste echte Erinnerung ist die an meinen fünften Geburtstag. Mit fünf war ich eine pummelige, eins zwanzig hohe Kopie meiner Mutter, nur mit der Haut- und Haarfarbe meines Vaters. Mein Vater mochte lange Haare, also waren meine noch nie geschnitten worden. Sie reichten mir fast bis zur Taille. Die meiste Zeit trug ich sie zu Rattenschwänzen oder zu einem Zopf geflochten, wie mein Vater einen hatte. Meine Lieblingskluft bestand aus einer Latzhose und einem rot karierten Flanellhemd, das fast so aussah wie eines von seinen. Mein anderes Hemd war in diesem Jahr grün. Meine hellbraunen Arbeitsstiefel glichen genau denen, die mein Vater trug, nur dass sie keine Stahlkappen hatten und kleiner waren. Wenn ich diese Sachen trug, hatte ich das Gefühl, dass ich eines Tages ein Mann genau wie mein Vater werden könnte. Ich imitierte seine Angewohnheiten, seine Redeweise, seinen Gang. Es grenzte schon fast an Vergötterung. Ich war ganz ungeniert und vollkommen bedingungslos verliebt in meinen Vater.

Ich wusste, dass ich an diesem Tag fünf wurde, aber ich rechnete nicht mit irgendetwas Außergewöhnlichem. Meine Mutter überraschte mich jedoch, indem sie einen Kuchen backte. Irgendwo zwischen den Dosenstapeln und den Reis- und Mehltüten in der Vorratskammer hatte sie eine Packung fertige Kuchenmischung gefunden. Und auch noch ausgerechnet Schokoladenkuchen mit Regenbogenstreuseln, als ob mein Vater gewusst hätte, dass er einmal ein Kind haben würde. Ich half nicht gerne in der Küche, wenn ich nicht unbedingt musste, aber das Bild vorne auf der Packung sah verlockend aus. Ich konnte mir nicht vorstellen, wie diese Tüte voll staubigem braunem Pulver sich in einen Kuchen mit winzigen bunten Kerzen und einer schnörkeligen Verzierung aus braunem Zuckerguss verwandeln sollte, aber meine Mutter versicherte mir, dass es so sein würde.

»Was heißt ›den Backofen auf 180 Grad vorheizen‹?«, fragte ich, als ich die Anleitung auf der Rückseite las. Ich konnte lesen, seit ich drei war. »Und wo kriegen wir einen Backofen her?« Ich hatte Bilder von Backöfen in der Werbung für Küchengeräte in den *Geographics* gesehen und wusste, dass wir keinen hatten.

»Wir brauchen keinen Backofen«, erwiderte meine Mutter. »Wir backen den Kuchen genau so, wie wir Plätzchen backen.«

Das beunruhigte mich. Die Backpulver-Plätzchen, die

meine Mutter in unserer gusseisernen Pfanne auf dem Holzofen machte, waren manchmal verbrannt und immer hart. Einmal hatte ich mir an einem davon einen Milchzahn ausgebissen. Ihre mangelnden Kochkünste waren ein permanentes Ärgernis für meinen Vater, aber mich störte das nicht. Man kann nichts vermissen, was man nie gekannt hat. Im Rückblick ist es leicht zu sehen, dass er das Problem hätte vermeiden können, indem er ein etwas älteres Mädchen entführt hätte, aber was bringt es, die Entscheidung meines Vaters im Nachhinein zu kritisieren? Wie man sich bettet, so liegt man, sagt das Sprichwort.

Meine Mutter tauchte einen Lappen in den Eimer mit Bärenfett, den wir in einem mäusesicheren Schrank aufbewahrten, und rieb damit die Innenseite unserer Bratpfanne ein, die sie dann zum Erhitzen auf den Ofen stellte.

»Zwei Eier und 75 ml Speiseöl unterrühren««, las ich weiter. »Speiseöl?«

»Bärenfett«, sagte meine Mutter. »Und ›ml‹ heißt Milliliter. Haben wir Eier?«

»Eins.« Wildenten brüten im Frühjahr. Zum Glück bin ich Ende März geboren.

Meine Mutter schlug das Ei in das Pulver, gab das Bärenfett dazu, das sie in einem Blechbecher auf dem Ofen zusammen mit der gleichen Menge Wasser erhitzt hatte, und schlug den Teig auf. »Drei Minuten mit einem Elektromixer auf hoher Stufe oder dreihundert Schläge.« Als ihr Arm müde wurde, löste ich sie ab. Sie ließ mich die Streusel hinzufügen, allerdings hatte ich, als der Teig endlich fertig war, schon die Hälfte aufgegessen. Sie waren süß, was immer willkommen war, aber wenn ich sie mit der Zunge im Mund herumschob, erinnerte mich die Konsistenz an Mäusekot. Meine Mutter gab noch einen Klacks Fett in die Pfanne, damit die Masse nicht anklebte, goss den Teig hinein und deckte die Pfanne mit einem gusseisernen Deckel ab.

Zehn Minuten später, nachdem sie mich zweimal ermahnt hatte, nicht nachzugucken, weil der Teig sonst nicht aufgehen würde, um dann selbst den Deckel zu heben und einen prüfenden Blick hineinzuwerfen, stellte sie schließlich fest, dass die Ränder des Kuchens schwarz wurden, während er in der Mitte immer noch klebrig war. Sie öffnete die Feuerung und schürte die Glut, damit die Hitze sich gleichmäßig verteilte, und legte noch ein Scheit nach, und das brachte den gewünschten Erfolg. Das fertige Produkt hatte wenig mit der Abbildung gemeinsam, aber wir verdrückten den Kuchen trotzdem bis auf den letzten Krümel.

Vielleicht finden Sie, dass ein Kuchen aus Enteneiern und Bärenfett sich nach nichts Besonderem anhört, aber es war das erste Mal, dass ich Schokolade schmeckte, und für mich war es ein himmlischer Genuss.

Der Kuchen allein wäre schon mehr als genug gewesen, aber der Tag war noch nicht zu Ende. In einer seltenen Demonstration einer Regung, von der ich nur rückblickend vermuten kann, dass es Mutterliebe war, hatte meine Mutter mir eine Puppe gebastelt. Sie hatte einen meiner alten Strampelanzüge mit getrockneten Rohrkolbenstängeln ausgestopft, in jeden Ärmel fünf Zweige als Finger gesteckt und mit einem Stück Bindfaden befestigt und aus einer alten Socke meines Vaters einen Kopf geformt, auf den sie mit einem Stück Holzkohle ein schief grinsendes Gesicht gemalt hatte. Und ja, die Puppe war so hässlich, wie es sich anhört.

»Was ist das?«, fragte ich, als sie die Puppe vor mich auf den Tisch legte, während ich noch die letzten Kuchenkrümel von meinem Teller pickte.

»Das ist eine Puppe«, antwortete sie verlegen. »Ich habe sie gemacht. Für dich.«

»Eine Puppe.« Ich war mir ziemlich sicher, dass ich dieses Wort noch nie vorher gehört hatte. »Wozu ist die gut?«

»Du – spielst damit. Du gibst ihr einen Namen, und dann tust du so, als ob es ein Baby wäre und du seine Mutter.«

Ich wusste nicht, was ich dazu sagen sollte. Ich hatte eine sehr lebhafte Fantasie, aber mir vorzustellen, ich wäre die Mutter dieses leblosen Klumpens, das brachte ich einfach nicht fertig. Zum Glück fand mein Vater die Idee genauso lächerlich wie ich. Er lachte schallend, und da ging es mir gleich schon besser.

»Komm, Helena.« Er stieß sich vom Tisch zurück und streckte die Hand aus. »Ich habe auch ein Geschenk für dich.«

Mein Vater führte mich ins Schlafzimmer meiner Eltern, und dort hob er mich auf ihr hohes Bett. Meine Beine baumelten über die Kante. Normalerweise durfte ich ihr Zimmer nicht betreten, und so strampelte ich in freudiger Erwartung mit den Füßen, während mein Vater sich auf Hände und Knie niederließ. Er griff unter das Bett und zog einen braunen Lederkoffer mit braunem Griff und goldglänzendem Beschlag hervor. An der Art, wie er ächzte, als er ihn hochhob, erkannte ich, dass der Koffer schwer sein musste, und als er ihn neben mir auf die Matratze fallen ließ, hüpfte und wackelte das Bett, wie wenn ich darauf herumhopste, was ich ja eigentlich nicht durfte. Mein Vater wählte den kleinsten Schlüssel von seinem Schlüsselring und steckte ihn in das Schloss. Der Schnappverschluss sprang auf – *sproing*. Er hob den Deckel und drehte den Koffer so, dass ich hineinsehen konnte.

Mir blieb die Luft weg.

Der Koffer war voller Messer. Lange, kurze, dünne, dicke, Messer mit Holzgriffen, Messer mit Griffen aus geschnitztem Knochen, Klappmesser und Messer mit gebogener Klinge, die wie Schwerter aussahen. Später brachte mir mein Vater ihre Namen bei und erklärte mir die Unterschiede zwischen ihnen und wie man jedes einzelne für die Jagd, im Zweikampf oder zur Selbstverteidigung einsetzt. Aber damals wusste ich nur, dass ich es kaum erwarten konnte, sie anzufassen. Ich wollte mit den Fingern über jedes einzelne streichen, die Kälte des Metalls fühlen, die Glätte des Holzes, die Schärfe jeder Klinge.

»Na los«, sagte er. »Such dir eins aus. Du bist jetzt ein großes Mädchen. Alt genug, um dein eigenes Messer zu tragen.«

Sofort brannte mein Herz so heiß wie das Feuer in unserem Holzofen. Seit ich denken konnte, hatte ich mir ein Messer gewünscht. Ich hatte ja keine Ahnung, dass unter dem Bett meiner Eltern ein solcher Schatz verborgen lag. Oder dass mein Vater eines Tages einen Stück von seinem Schatz mit mir teilen würde. Ich sah zur Tür. Meine Mutter hatte die Arme vor der Brust verschränkt, und ihre Miene war streng, daher wusste ich, dass sie von der Idee nichts hielt. Wenn ich ihr in der Küche half, durfte ich nichts Scharfes anfassen. Ich sah wieder meinen Vater an, und da traf mich wie ein Blitz die Erkenntnis, dass ich nicht auf meine Mutter hören musste. Nicht mehr. Nicht, wenn mein Vater sagte, dass ich alt genug für mein eigenes Messer sei.

Ich drehte mich wieder zu dem Koffer um und besah mir jedes einzelne Messer zweimal ganz gründlich. »Das da.« Ich zeigte auf ein Messer mit vergoldetem Fingerschutz und einem Griff aus glänzendem schwarzem Holz. Mir gefiel ganz besonders das erhabene Blattmuster auf der Lederscheide des Messers. Es war kein kleines Messer, denn auch wenn mein Vater gesagt hatte, ich sei jetzt ein großes Mädchen, wusste ich doch, dass ich noch größer werden würde, und ich wollte ein Messer, in das ich hineinwachsen könnte, nicht eines, aus dem ich herauswachsen würde wie aus dem Haufen ausgemusterter Hemden und Latzhosen in einer Ecke meines Zimmers.

»Eine ausgezeichnete Wahl.« Mein Vater präsentierte mir das Messer – ein zweischneidiges Zwanzig-Zentimeter-Bowiemesser, wie ich heute weiß – wie ein König, der einem Ritter ein Schwert überreicht. Ich wollte danach greifen, doch dann hielt ich inne. Mein Vater spielte gerne dieses Spiel mit mir, bei dem er so tat, als wollte er mir etwas geben, um es dann blitzschnell wegzuziehen, wenn ich danach griff. Ich glaubte es nicht ertragen zu können, wenn er jetzt auch nur mit mir spielte. Er lächelte und nickte aufmunternd, als er mich zögern sah. Auch das gehörte manchmal zu dem Spiel.

Aber ich wollte dieses Messer. Ich *brauchte* dieses Messer.

Rasch schnappte ich es mir, bevor er reagieren konnte. Ich schloss meine Faust um den Griff und hielt das Messer hinter meinen Rücken. Wenn es sein müsste, würde ich mit ihm darum kämpfen.

Mein Vater lachte. »Es ist okay, Helena. Wirklich. Das Messer gehört dir.«

Langsam nahm ich das Messer hinter dem Rücken hervor, und als sein Lächeln immer breiter wurde und seine Hände an seinen Seiten blieben, wusste ich, dass dieses wunderschöne Messer tatsächlich mir gehörte. Ich zog es aus der Schneide, drehte es in den Händen, hielt es ans Licht, legte es mir über die Knie. Das Gewicht des Messers, seine Größe und Form, die Art, wie es in der Hand lag, all das verriet mir, dass ich die richtige Wahl getroffen hatte. Ich fuhr mit dem Daumen an der einen Schneide entlang, um die Schärfe zu prüfen, wie ich es bei meinem Vater gesehen hatte. Es blutete, aber es tat nicht weh. Ich steckte den Daumen in den Mund und sah wieder zur Tür. Meine Mutter war verschwunden.

Mein Vater verschloss den Koffer und schob ihn wieder unters Bett. »Hol deinen Mantel. Wir gehen die Fallenstrecke ab.«

Oh, wie ich ihn liebte – und für diese Einladung liebte ich ihn umso mehr. Mein Vater ging jeden Morgen seine Fallenstrecke ab. Es war jetzt später Nachmittag. Dass er bereit war, noch einmal hinauszugehen, nur damit ich mein neues Messer ausprobieren konnte, ließ mein Herz vor Glück schier platzen. Ich hätte für diesen Mann getötet. Ich wäre für ihn gestorben. Und ich wusste, dass er das Gleiche für mich tun würde.

Rasch zog ich mir meine Wintersachen an, ehe er es sich noch einmal anders überlegen konnte, und dann steckte ich mein Messer in die Manteltasche. Es schlug beim Gehen gegen mein Bein. Unsere Fallenstrecke zog sich längs über unsere Anhöhe hin. Der Schnee zu beiden Seiten des Pfads war fast so hoch wie ich, deshalb trat ich immer genau in die Fußstapfen meines Vaters. Wir würden nicht weit gehen. Der Himmel und die Bäume und der Schnee färbten sich schon abendlich blau. *Ningaabi-Anang* funkelte tief über dem westlichen Horizont. Ich schickte ein Stoßgebet zum Großen Geist, er möge doch *bittebittebitte* ein Kaninchen schicken, bevor wir wieder umkehren mussten.

Aber *Gitche Manitou* stellte meine Geduld auf die Probe, wie die Götter es bisweilen tun. Die ersten zwei Fallen, an denen wir vorbeikamen, waren leer. Das Kaninchen in der dritten war bereits tot. Mein Vater streifte die Schlinge vom Hals des Kaninchens, stellte die Falle wieder auf und warf das steifgefrorene Kaninchen in seinen Sack. Er wies auf den dunkler werdenden Himmel. »Was meinst du, Helena? Sollen wir weitergehen oder umkehren?«

Inzwischen hatten sich zum Abendstern schon viele weitere gesellt. Es war kalt und wurde immer kälter, und der Wind blies, als ob es bald schneien würde. Meine Wangen taten weh, meine Zähne klapperten, und meine Augen tränten, und ich konnte meine Nase nicht mehr spüren. »Weitergehen.«

Mein Vater drehte sich wortlos um und stapfte weiter den Pfad entlang. Ich stolperte hinterdrein. Meine Latzhose war nass und steif, und ich konnte meine Füße nicht mehr spüren. Aber als wir zur nächsten Falle kamen, waren meine erfrorenen Zehen augenblicklich vergessen. Dieses Kaninchen lebte noch.

»Schnell.« Mein Vater zog seine Handschuhe aus und blies sich auf die Hände, um sie zu wärmen.

Wenn ein Kaninchen sich wie dieses hier mit einem Hinterlauf in der Schlinge verfangen hatte, hob mein Vater es manchmal auf und schlug seinen Kopf gegen einen Baum, sonst schnitt er ihm die Kehle durch. Ich kniete mich in den Schnee. Das Kaninchen war ganz schwach vor Angst und Kälte, aber es atmete, daran bestand kein Zweifel. Ich zog das Messer aus der Scheide. *Danke*, flüsterte ich zum Himmel und zu den Sternen hinauf, dann zog ich meine Klinge rasch durch den Hals des Kaninchens.

Blut schoss aus der Wunde, spritzte mir auf den Mund, ins Gesicht, auf Hände und Mantel. Ich kreischte und sprang hektisch auf. Sofort wusste ich, welchen Fehler ich gemacht hatte. So begierig war ich gewesen, meine erste Beute zu machen, dass ich vergessen hatte, zur Seite zu treten. Ich nahm eine Handvoll Schnee und wischte lachend das Blut von meinem Mantel.

Mein Vater lachte mit mir. »Lass nur. Deine Mutter kümmert sich darum, wenn wir zu Hause sind.«

Er kniete sich neben das Kaninchen und tauchte zwei Finger in sein Blut. Behutsam zog er mich zu sich heran. »*Manajiwin*«, sagte er. »Respekt.« Er hob mein Kinn und fuhr mir mit den Fingern einmal über jede Wange.

Dann machte er sich auf den Rückweg. Ich nahm mein Kaninchen, warf es mir über die Schulter und folgte ihm zurück zur Hütte. Meine Haut kribbelte, als der Wind meine Streifen trocknete. Ich grinste. Ich war ein Jäger. Ein

Krieger. Ich verdiente Respekt und Ehre. Ich war ein Mann der Wildnis wie mein Vater.

Meine Mutter wollte mir das Gesicht waschen, sobald sie mich erblickte, aber mein Vater ließ es nicht zu. Sie briet das Kaninchen zum Abendessen, nachdem sie das Blut von meinem Mantel gewaschen hatte, und servierte es mit gekochten Pfeilkrautknollen und einem Salat aus frischem Löwenzahn, den wir in Holzkisten in unserem Erdkeller gezogen hatten. Es war die beste Mahlzeit, die ich je gegessen hatte.

Jahre später verkaufte der Staat die umfangreiche Messersammlung meines Vaters, um einen Teil seiner Gerichtskosten abzudecken. Aber ich habe meines immer noch.

9

Das Messer, das mein Vater mir zum fünften Geburtstag geschenkt hat, ist ein Natchez Bowie von Cold Steel, das aktuell für knapp siebenhundert Dollar gehandelt wird. Es ist das perfekte Kampfmesser, tadellos ausbalanciert und ideal geformt für optimale Kraft, Reichweite und Hebelwirkung, mit einer rasiermesserscharfen Klinge, die schneidet wie eine Machete und sticht wie ein Dolch.

Das Messer, das er für seinen Ausbruch aus dem Gefängnis benutzt hat, war aus Toilettenpapier. Ich war überrascht, als ich das hörte. Angesichts seiner Vorlieben und seines Sachverstands hätte ich vermutet, dass er eines aus Metall vorziehen würde. Die Zeit, eines anzufertigen, hatte er allemal. Ich glaube, er hat sich für das Toilettenpapier entschieden, weil ihn ganz einfach die Ironie reizte, aus so scheinbar harmlosen Materialien eine tödliche Waffe zu basteln. Gefängnisinsassen können unglaublich kreativ sein, wenn es um die Herstellung von improvisierten Stichwaffen geht – sie spitzen Plastiklöffel und abgebrochene Zahnbürsten an den Zementwänden und -böden ihrer Zellen an und spicken sie mit Einweg-Rasierklingen, sie benutzen Zahnseide, um in monatelanger Arbeit Metallklingen aus stählernen Bettgestellen zu sägen. Aber mir war bislang nicht klar, dass man einen Menschen mit Toilettenpapier töten kann.

Auf YouTube gibt es ein Video, in dem gezeigt wird, wie

man es macht. Zuerst rollt man das Papier fest in Kegelform zusammen, wobei Zahnpasta als Bindemittel verwendet wird, ähnlich dem Kleber in Pappmaché. Dann modelliert man das Messer in die gewünschte Form und umwickelt das eine Ende mit Schichten von Toilettenpapier, die man dann zusammendrückt, um einen passgenauen Griff zu bekommen. Ist man mit dem Resultat zufrieden, lässt man das Messer nur noch trocknen und härten, schärft es auf die gewohnte Weise, und schon hat man eine tödliche Waffe. Und biologisch abbaubar ist es auch noch. Nach Gebrauch wirft man es einfach ins Klo, wartet, bis es aufgeweicht ist, und spült es weg.

Mein Vater hat sein Messer am Tatort zurückgelassen. Es hatte seinen Zweck erfüllt, und es bestand schließlich keine Notwendigkeit, irgendein Szenario glaubwürdiger Abstreitbarkeit zu konstruieren. Laut den Medienberichten hatte das selbst gebastelte Messer meines Vaters eine zweischneidige, fünfzehn Zentimeter lange Klinge mit einem Fingerschutz und einem braun gefärbten Griff – womit gefärbt, will ich lieber nicht so genau wissen. Dieses Detail überrascht mich nicht. Er hatte immer schon ein Faible für Bowiemesser.

Abgesehen von den Angaben zu dem Messer, die gestern von der Polizei veröffentlicht wurden, ist das Einzige, was man bisher sicher weiß, dass zwei Aufseher tot sind, der eine erstochen und der andere erschossen, und dass sowohl mein Vater als auch die Waffen der beiden Aufseher verschwunden sind. Es gibt keine Zeugen. Entweder hat niemand beobachtet, wie der Gefängnistransporter in der Mitte der Seney-Geraden von der Straße abkam und im

Graben landete, oder niemand will zugeben, dass er irgendetwas gesehen hat, solange mein Vater noch auf freiem Fuß
ist.

Aber da ich meinen Vater so gut kenne, kann ich die fehlenden Informationen ergänzen. Zweifellos hat er seine
Flucht schon lange geplant, womöglich seit Jahren, so wie
er die Entführung meiner Mutter geplant hatte. Als Erstes
wird er es darauf angelegt haben, sich einen Ruf als Muster-
gefangener zu erwerben, um einen guten Draht zu den Auf-
sehern zu haben, die ihn zwischen dem Gefängnis und seinen Gerichtsterminen hin und her kutschierten. Bei den
meisten Gefängnisausbrüchen ist zumindest ein Element
von menschlichem Versagen im Spiel – die Aufseher machen
sich nicht die Mühe, die Handschellen des Gefangenen
doppelt abzuschließen, weil sie in ihm keine Bedrohung
sehen, oder ein im Körper oder den Kleidern des Gefangenen versteckter Handschellenschlüssel wird aus den gleichen
Gründen bei der Leibesvisitation übersehen. Gefangene,
die als Unruhestifter bekannt sind, fordern besondere
Sicherheitsmaßnahmen heraus, also wird mein Vater dafür
gesorgt haben, dass er nicht zu diesen gehörte.

Vom Marquette Branch Prison bis zum Gerichtsgebäude
von Luce County, wo meinem Vater der Prozess gemacht
wurde, sind es hundert Meilen, sodass einiges an Fahrzeit
zusammenkam. Psychopathen wie mein Vater können sehr
charismatisch sein. Ich stelle mir vor, wie er mit den Auf-
sehern plauderte, um in Erfahrung zu bringen, wofür sie
sich interessierten, und sie so nach und nach für sich ein-
zunehmen. Genau so, wie er meine Mutter dazu gebracht
hatte, ihm zu vertrauen, indem er ihr weismachte, er suche

nach seinem Hund. Genau so, wie er sich meine Interessen zunutze gemacht hatte, als ich ein Kind war, um mich auf so subtile und zugleich gründliche Art und Weise gegen meine Mutter aufzubringen, dass Jahre der Therapie nötig waren, bis ich endlich glauben konnte, dass ich ihr etwas bedeutete.

Ich weiß nicht, wie er das Messer aus seiner Zelle und in den Gefängnistransporter geschmuggelt hat. Er könnte es im Saum seines Overalls versteckt haben, oben an der Innenseite des Oberschenkels, wo er damit rechnen konnte, dass die Beamten ihn nicht so gründlich abtasten würden. Oder er könnte es im Rücken eines Buchs versteckt haben. In diesem Fall wäre ein kleineres Messer wesentlich praktischer gewesen. Aber was die Leute begreifen müssen, ist, dass mein Vater niemals halbe Sachen macht. Und sie müssen sich auch darüber im Klaren sein, dass er ein geduldiger Mann ist. Ich bin mir sicher, dass er so manche Gelegenheit zur Flucht verstreichen ließ, bis endlich alle Umstände passten. Vielleicht war an einem Tag das Wetter schlecht, oder die Aufseher waren ungewöhnlich missgelaunt oder ungewöhnlich aufmerksam, oder das Messer war nicht zu seiner vollsten Zufriedenheit fertiggestellt. Er hatte schließlich keine Eile.

Aber gestern standen die Sterne richtig. Mein Vater schmuggelte das Messer erfolgreich aus seiner Zelle und versteckte es in der Ritze der Sitzbank des Gefangenentransporters. Er wartete die Rückreise ab, ehe er zuschlug, weil die Aufseher dann von der langen Fahrt müde sein würden und weil es für die Suchtrupps schwieriger wäre, wenn er kurz vor Sonnenuntergang fliehen würde. Und auch, weil sie auf der Rückreise genau nach Westen fahren würden, und jeder weiß, wie irritierend es sein kann, direkt in die untergehende Sonne zu fahren.

Mein Vater lag schlaff auf dem Rücksitz und tat so, als hielte er ein Nickerchen. Er kannte die Strecke gut genug, um ihr mit geschlossenen Augen zu folgen, aber mein Vater überlässt nie irgendetwas dem Zufall, und so riskierte er alle paar Minuten ein Auge, um zu sehen, wo sie gerade waren. Sie passierten die Abzweigung nach Engadine, fuhren an Four Corners vorbei, dann ging es ein Stück bergauf und durch die winzige Ortschaft McMillan, vorbei an einer Handvoll Häuser und der alten McGinnis-Farm, und dann wieder bergab nach King's Creek. Dann die nächste Anhöhe hinauf und vorbei an der verlassenen Töpferei und der Hütte, gebaut von einem Hippiepärchen in den Siebzigerjahren, vorbei an der Danaher Road, dann wieder ein kleines Stück bergab und wieder bergauf, und schließlich ging es hinunter in das sumpfige Gebiet westlich der Brücke über den Fox River. Der Anblick des Moorlands trieb den Puls meines Vaters in die Höhe, aber er achtete sorgfältig darauf, sich nichts anmerken zu lassen.

Sie fuhren durch Seney, ohne anzuhalten. Vielleicht fragte der Fahrer seinen Kollegen, ob er eine Pinkelpause brauche, vielleicht fuhr er aber auch weiter und ging davon aus, dass der andere sich schon melden würde, wenn es so wäre. Meinem Vater wurde dieser Luxus nicht gewährt, aber diesmal war es ihm egal. Er richtete sich vorsichtig auf seinem Sitz auf, rutschte ein ganz kleines Stück nach vorne und fingierte ein Schnarchen, um seine Bewegung zu kaschieren. Er griff in die Ritze des Sitzes und zog das Messer aus dem Versteck, nahm es zwischen seine mit Handschellen gefesselten Hände, mit der Klinge zu sich, sodass er von oben zustoßen konnte. Dann rutschte er noch ein Stück vor.

Zehn Meilen westlich von Seney, gleich nachdem sie die Driggs River Road passiert hatten, die parallel zum Fluss verläuft und ins Innere des Wildreservats führt, machte mein Vater einen Satz nach vorne. Vielleicht brüllte er wie ein Soldat bei der Attacke, aber es kann auch sein, dass er lautlos zuschlug wie ein Attentäter. Jedenfalls stieß er dem Aufseher auf dem Beifahrersitz das Messer in die Brust, trieb die Klinge tief in sein Fleisch, sodass sie die rechte Herzkammer durchbohrte und die Herzscheidewand durchtrennte, mit der Folge, dass der Mann nicht am Blutverlust starb, sondern durch das Blut, das sich um das Herz herum sammelte und es zusammendrückte, bis es aufhörte zu schlagen.

Der Aufseher war zu überrascht, um zu schreien, und bis er überhaupt merkte, dass er tödlich getroffen war, hatte mein Vater sich schon seine Pistole gegriffen und den Fahrer erschossen. Der Transporter kam von der Straße ab und landete im Graben, und das war's auch schon. Mein Vater vergewisserte sich, dass beide Aufseher tot waren, suchte sie nach dem Schlüssel für die Handschellen ab, kletterte auf den Vordersitz und stieg aus. Er blickte die Straße hinauf und hinunter, um sicherzugehen, dass es keine Zeugen gab, ehe er aus der Deckung des Transporters trat und geradewegs nach Süden ging, wobei er das Gras zwischen der Straße und den Bäumen gründlich niedertrampelte, damit der Suchtrupp wüsste, in welche Richtung er geflohen war.

Nach etwa einer Meile stieg er in den Driggs River,

watete ein Stück durch das Flussbett und kam am selben Ufer wieder heraus, weil der Fluss so tief ist, dass man ihn nur schwimmend durchqueren kann und weil er es dem Suchtrupp nicht zu schwer machen wollte, ihm zu folgen, bis er sie davon überzeugt hatte, dass sein Ziel das Wildreservat war. Er hinterließ hier einen umgebogenen Farn, dort einen abgebrochenen Ast oder einen partiellen Fußabdruck und legte so eine Fährte, die gerade eben schwierig genug war, um seine Verfolger glauben zu machen, sie seien schlauer als er und würden ihn vor Einbruch der Dunkelheit schnappen. Und dann wählte er genau den richtigen Moment, um sich wie der Morgennebel im Moor aufzulösen und spurlos zu verschwinden.

So stelle ich mir vor, dass er es gemacht hat. Ich jedenfalls hätte es so gemacht.

Wir sind noch eine Meile von der ersten Hütte entfernt, in der ich nachsehen will, da gibt mir Rambo mit diesem ganz speziellen Winseln zu verstehen, dass er rausgelassen werden muss. Ich will nicht anhalten, aber als er anfängt, an der Armlehne zu kratzen und sich auf dem Sitz um sich selbst zu drehen, sehe ich mich gezwungen, rechts ranzufahren. In letzter Zeit ist mir aufgefallen, dass er wirklich muss, wenn er anzeigt, dass er muss. Ich weiß nicht, ob sein Problem das Alter ist oder der Mangel an Bewegung. Plotts werden zwölf bis sechzehn Jahre alt, mit seinen acht Jahren ist er also schon nicht mehr der Jüngste.

Ich nehme die Magnum aus dem Handschuhfach und stecke sie vorne in den Bund meiner Jeans. Kaum habe ich die Beifahrertür geöffnet, da schießt Rambo auch schon wie ein geölter Blitz heraus. Ich schreite langsam den Straßenrand ab auf der Suche nach Fußspuren oder anderen Anzeichen dafür, dass jemand hier vorbeigekommen ist. Nichts so Offensichtliches wie ein orangefarbener Stofffetzen an einem Ast, eher so etwas wie ein Abdruck von einem schnürsenkellosen Tennisschuh. Mein Vater hat meiner Mutter und mir immer eingeschärft, wenn plötzlich ein Fremder auf unserer Anhöhe auftauchte, sollten wir ins Sumpfgras hinauswaten, uns im Schlamm wälzen und still halten, bis er uns sagte, dass die Luft rein sei und wir wieder zurückkommen könnten. Ich bin mir sicher, dass der Gefängnis-Overall meines Vaters inzwischen in ähnlicher Weise getarnt ist.

Angesichts der fehlenden Bäume und der Dichte des Strauchwerks entlang der Straße schätze ich, dass es zehn Jahre her ist, seit dieser Abschnitt gerodet wurde. Jetzt wachsen hier nur noch Heidelbeeren und Haselerlen. Die Haufen von Unterholz, die von den Holzfällern zurückgelassen wurden, und das reichliche Nahrungsangebot machen es zu idealem Bärenland. Rambo denkt bestimmt, dass wir deswegen hergekommen sind.

Ich überquere die Straße und gehe auf der anderen Seite zurück. Mein Vater hat mir das Fährtenlesen beigebracht, als ich klein war. Während ich draußen spielte oder die Gegend erkundete, legte er eine Fährte für mich, und dann war es an mir, sie zu finden und ihr zu folgen, während mein Vater neben mir ging und mir all die Zeichen zeigte, die ich übersehen hatte. Manchmal marschierten wir auch einfach so der Nase nach los, und er machte mich auf interessante Dinge am Wegrand aufmerksam. Losungen verschiedener Tiere, die unverwechselbare Fährte eines Eichhörnchens, der mit Federn und Eulengewölle übersäte Eingang zum Bau einer Buschratte. Mein Vater zeigte auf einen Haufen Losung und fragte: »Opossum oder Stachelschwein?« Die beiden sind wirklich nicht leicht zu unterscheiden.

Irgendwann wurde mir klar, warum man von Fährten*lesen* spricht. Es ist wirklich wie Lesen – die Zeichen sind Wörter, und wenn man sie zu Sätzen verbindet, erzählen sie eine Geschichte über ein Ereignis im Leben des Tiers, das an dieser Stelle vorbeigekommen ist. So könnte ich zum Beispiel auf eine Mulde stoßen, die ein Hirsch als Nachtlager benutzt hat. Sie befindet sich vielleicht auf einer kleinen Insel, die aus dem Moor ragt, oder in einer ähnlich erhöhten Lage, sodass der Hirsch seine Umgebung im Blick hat. Als Erstes sehe ich nach, wie stark das Gras in der Mulde niedergedrückt ist, denn das verrät mir, wie häufig das Lager benutzt wird. Wenn die Mulde bis auf die nackte Erde abgescheuert ist, handelt es sich um ein Hauptlager, was bedeutet, dass der Hirsch höchstwahrscheinlich wiederkommen wird. Als Nächstes sehe ich mir an, wie das Lager ausgerichtet ist. Meistens wird der Bock sich mit dem Wind im Rücken hinlegen. Wenn ich weiß, welchen Wind der Bock »benutzt«, wenn er in diesem Lager ist, kann ich einen Tag wählen, an dem der Wind aus der entsprechenden Richtung weht, um wieder herzukommen und den Bock zu schießen. Und derlei Geschichten mehr.

Manchmal hat mein Vater die Beute gespielt. Er schlich sich von der Hütte weg, während ich mit verbundenen Augen in der Küche saß, auf einem Stuhl, der vom Fenster weggedreht war, sodass ich nicht in Versuchung kam, heimlich zu schauen. Nachdem ich bis tausend gezählt hatte, nahm meine Mutter mir die Augenbinde ab, und ich machte mich an die Verfolgung. Bei den vielen Fußspuren, die sich kreuz und quer über unseren Hof zogen, war es nicht leicht zu erkennen, welche seine waren. Ich ging auf der untersten Stufe in die Hocke und studierte alle Abdrücke sorgfältig, bis ich mir sicher war, welche die jüngsten waren, denn wenn ich der falschen Fährte folgte, würde ich ihn niemals finden, und je nachdem, wie weit er gegangen war und wie lange er in seinem Versteck bleiben musste, und je nachdem, welche Laune er an diesem Tag hatte, konnte das zu mehr Besinnungszeit im Brunnenschacht führen, als mir lieb war.

Gelegentlich sprang mein Vater von der Veranda in einen Laubhaufen oder auf einen Stein, um das Spiel kniffliger zu machen. Manchmal zog er seine Schuhe aus und trippelte barfuß oder in Socken auf Zehenspitzen davon. Einmal trickste er mich aus, indem er ein Paar Schuhe von meiner Mutter anzog. Darüber mussten wir beide herzlich lachen. Seit ich nicht mehr im Moor lebe, ist mir aufgefallen, dass viele Eltern ihre Kinder bei Spielen gewinnen lassen, um ihr Selbstwertgefühl zu steigern. Mein Vater hat es nie leicht für mich gemacht, ihn aufzuspüren, und ich hätte das auch nicht gewollt. Wie hätte ich sonst etwas lernen sollen? Und was mein Selbstwertgefühl betraf: Wenn es mir tatsächlich einmal gelang, meinen Vater zur Strecke zu bringen und zu töten, konnte ich tagelang nicht aufhören zu grinsen. Ich tötete ihn natürlich nicht wirklich, aber je nachdem, wo er sich versteckt hatte, endete das Spiel immer damit, dass ich eine Kugel in die Erde dicht vor seinen Füßen oder in einen Baumstamm oder Ast neben seinem Kopf schoss. Nachdem ich dreimal hintereinander gewonnen hatte, stellte mein Vater das Spiel ein.

Viele Jahre später las meine Lehrerin der Klasse eine Kurzgeschichte mit dem Titel »Das grausamste Spiel« vor, und es klang ganz ähnlich wie das Spiel, das mein Vater und ich immer gespielt hatten. Ich fragte mich, ob er die Idee daher hatte. Ich hätte der Klasse gerne erzählt, dass ich wusste, wie es war, sowohl der Jäger als auch der Gejagte zu sein, aber inzwischen hatte ich gelernt, dass es besser war, wenn ich so wenig wie möglich über mein Leben im Moor erzählte.

Ein Polizeiauto parkt am Straßenrand. Oder genauer gesagt, ein Streifenwagen des Sheriffs von Alger County, eines der neuen Modelle, die vor Kurzem in den Nachrichten vorgestellt wurden: weiß mit einem schwarzen Streifen und einem schwarz-orangefarbenen Logo auf der Seite, Frontschutzbügel vorne und Blaulichtleiste auf dem Dach. Das Auto glänzt so makellos neu, als ob es zum allerersten Mal im Einsatz wäre.

Ich gehe vom Gas. Es gibt zwei Möglichkeiten, mit dieser Situation umzugehen. Ich kann vorbeifahren, als ob ich keine Ahnung hätte, warum ein Polizeiauto hier auf freier Strecke herumstehen könnte, und wenn der Polizist mich dann anhält, kann ich die Angelausrüstung hinten in meinem Pick-up für mich sprechen lassen. Vielleicht wird der Officer meinen Namen wiedererkennen und die Verbindung zu meinem Vater herstellen, wenn er mein Kennzeichen und meinen Führerschein überprüft, vielleicht auch nicht. So oder so ist das Schlimmste, was er mir antun kann, dass er mich mit einer Ermahnung, zu Hause zu bleiben und mich nicht in Gefahr zu begeben, meiner Wege schickt.

Oder ich kann dem Officer erzählen, ich hätte meinen Angelausflug abgebrochen und sei auf dem Weg nach Hause, weil ich in den Nachrichten von dem entflohenen Gefangenen gehört hätte. Diese zweite Variante gäbe mir die Gelegenheit, nach dem Stand der Suche zu fragen, was nützlich sein könnte. Oder vielleicht kann ich den Polizisten auch lange genug in ein Gespräch verwickeln, um hilfreiche Informationen aus dem Polizeifunk aufzuschnappen.

Doch dann sehe ich, dass beide Varianten sich erübrigen. Der Streifenwagen ist leer.

Ich fahre rechts ran und halte an. Bis auf das gelegentliche statische Rauschen aus dem Funkgerät des Streifenwagens ist der Wald still. Ich nehme das Ruger aus der Halterung über dem Fenster und die Magnum aus dem Handschuhfach, suche die Umgebung nach Bewegung ab und gehe dann in die Hocke, um die Fußabdrücke auf der Straße zu inspizieren. Sie stammen von einer einzigen Person, einem Mann, nach der Schuhgröße zu urteilen. Achtzig bis neunzig Kilo schwer, nach der Tiefe der Abdrücke zu urteilen. Und nach der Schrittlänge zu urteilen, hat er sich mit äußerster Vorsicht bewegt.

Ich folge den Fußabdrücken bis zum Straßenrand, wo sie in der Vegetation verschwinden. Abgebrochene Farnwedel und niedergetrampeltes Gras verraten mir, dass der Polizist gelaufen ist. Ich studiere ausgiebig die Fährte, die er hinterlassen hat, und komme zu dem Schluss, dass der Mann nicht vor etwas davonlief, sondern auf etwas zu, von dem er glaubte, es überprüfen zu müssen.

Ich hänge mir das Ruger über die Schulter und halte die Magnum mit beiden Händen vor meinen Körper. Meine Schritte sind so gut wie lautlos, dank der Mokassins, die ich trage, wenn ich im Busch unterwegs bin. Und dank der Ausbildung durch meinen Vater.

Die Spur führt durch eine Gruppe von Birken und Espen zum Rand einer steilen, engen Schlucht. Ich trete an die Kante. Am Grund der Schlucht liegt eine Leiche.

10

Die Hütte

Bald schon war der Wikingerfrau klar, was für eine Bewandtnis es mit ihrem Kindchen hatte: Es lastete ein mächtiger Zauber auf ihm. Tagsüber war es entzückend wie ein kleiner Lichtengel, hatte aber ein böses, wildes Wesen, nachts dagegen war es ein hässlicher Frosch, still und kummervoll, mit traurigen Augen.

Hier wechselten sich zwei Naturen ab, sowohl äußerlich als auch innerlich, mit jedem Aufgang und Untergang der Sonne. Und so kam es, dass das Kind am Tage das Äußere seiner richtigen Mutter besaß, aber zur selben Zeit den wilden Charakter seines Vaters; nachts dagegen wurde seine Verwandtschaft mit ihm in seiner äußeren Erscheinung sichtbar, während sein inneres Wesen das seiner Mutter war.

Hans Christian Andersen, *Die Tochter des Moorkönigs*

Die *National Geographics* waren meine Bilderbücher, meine Fibeln, meine Geschichts-, Biologie- und Physikbücher, meine Atlanten und Geografiebücher. Auch nachdem ich lesen gelernt hatte, konnte ich noch stundenlang in den Heften blättern und mir die Bilder anschauen. Mein Lieblingsfoto zeigte ein nacktes Aborigine-Baby irgendwo im australischen Outback. Das Mädchen hatte strähnige, rötlich braune Haare und rötlich braune Haut, und die Erde, auf der es saß, hatte fast die gleiche Farbe. Es kaute auf einem Streifen Rinde herum und grinste wie ein kleiner Buddha. So dick und glücklich sah es aus, dass jeder, der es sah, sofort wusste: An diesem Ort und in diesem Moment hat dieses Kind alles, was es je brauchen oder sich wünschen könnte. Wenn ich das Foto anschaute, stellte ich mir gerne vor, dass ich dieses Baby wäre.

Fast genauso gut wie das Aborigine-Baby gefielen mir die Bilder von den Yanomami im brasilianischen Regenwald. Mütter mit schnurgerade geschnittenen Ponyfrisuren und tätowierten Gesichtern, die mit nacktem Oberkörper herumliefen, ihre Babys stillten oder die etwas älteren Kinder auf den Hüften trugen, Nasen und Wangen von Stäben durchbohrt, die mit gelben Federn geschmückt waren. Die Jungen trugen Lendenschurze aus Schnüren, die ihre Geschlechtsteile nicht verdeckten, und sie hatten tote Affen und bunt gefiederte Vögel über die Schultern geworfen, die sie mit ihren eigenen Bögen und Pfeilen geschossen hatten. Jungen und Mädchen schwangen an Lianen, so dick wie ihre Arme, und ließen sich in einen Fluss fallen, in dem es, wie es in dem Artikel hieß, von Mohrenkaimanen, Großen Anakondas und Roten Piranhas wimmelte. In meiner Fantasie waren diese wilden, mutigen Jungen und Mädchen meine Brüder und Schwestern. An heißen Tagen zog ich mich splitternackt aus, bemalte meinen Körper mit Moorschlamm und band mir eine Schnur um die Hüften, und dann lief ich auf der Anhöhe umher und schwenkte meinen Bogen und die Pfeile, die ich aus Weidenschösslingen gemacht hatte. Sie waren zu biegsam und grün, um auch nur ein Kaninchen damit zu töten, aber zum Spielen waren sie gut genug. Ich hängte die Puppe, die meine Mutter mir gebastelt hatte, in die Handschellen im Holzschuppen und verwendete sie für Zielübungen. Meistens prallten die Pfeile ab, aber ab und zu schaffte ich es auch, dass einer stecken blieb. Meine Mutter sah es nicht gerne, wenn ich ohne Kleider herumlief, aber meinem Vater war es egal.

Ich riss diese Bilder aus den Zeitschriften heraus und versteckte sie zwischen meiner Matratze und dem Untergestell. Meine Mutter kam nur ganz selten einmal herauf in mein Zimmer, mein Vater überhaupt nie, aber ich wollte kein Risiko eingehen. Das andere Heft, das ich unter meinem Bett aufbewahrte, war das mit dem Artikel über die erste Wikingersiedlung in der Neuen Welt. Ich fand einfach alles toll, was mit den Wikingern zu tun hatte. Die künstlerischen Darstellungen des Lebens in ihrer Siedlung erinnerten mich stark an mein Leben im Moor, nur dass die Häuser mit Grassoden gedeckt waren und es mehr Menschen gab. Wenn mein Vater abends ein Feuer machte, setzte ich mich so nahe vor den Kamin, dass ich es gerade noch aushalten konnte, und studierte die Bilder der Gegenstände, die man ausgegraben hatte, darunter auch menschliche Knochen, bis mein Vater entschied, dass es für uns drei Zeit sei, zu Bett zu gehen.

Ich las sehr gerne, aber nur an Regentagen oder abends am Feuer. Ganz besonders liebte ich meinen Gedichtband. Die Schilderungen des Morgennebels und der gelben Blätter und der zugefrorenen Sümpfe sprachen mich wirklich an. Selbst der Name des Dichters war ganz passend: Frost. Ich fragte mich immer, ob er ihn selbst erfunden hatte, so wie ich mich »Helga die Furchtlose« nannte, wenn ich

Wikinger spielte. Ich war ganz traurig, als mein Vater den Einband von dem Buch abschnitt und das Papier ins Häuschen legte. Meine Mutter sagte, wir hätten früher einmal richtiges Toilettenpapier gehabt, aber wenn das stimmt, dann musste es schon vor sehr langer Zeit ausgegangen sein, denn ich kann mich nicht daran erinnern. Die *Geographics* waren natürlich unangenehm steif und glatt, aber sie erfüllten ihren Zweck.

Wenn ich gewusst hätte, dass das Gedichtbuch irgendwann einmal nicht mehr da sein würde, hätte ich mir mehr Mühe gegeben, die Texte auswendig zu lernen. Bis heute sind mir noch einzelne Passagen im Gedächtnis geblieben: *Der Wald ist lieblich, dunkel, tief... ein Abendrot der Mitternacht... Zwei Wege trennten sich im gelben Wald... ich nahm den Weg, der kaum begangen war.* Oder heißt es »beschritten«?

Iris hat sich selbst das Lesen beigebracht, bevor sie in die Schule kam. Ich mag die Vorstellung, dass sie das von mir hat.

Mir ist bewusst, dass manche Leute bestimmte Aspekte meiner Kindheit abstoßend finden werden. So wird sich jemand, der nicht auf die Jagd geht, vielleicht aufregen, wenn er erfährt, dass ich sechs Jahre alt war, als mein Vater mir das Schießen beibrachte. Andererseits hatte meine Mutter auch nichts dagegen einzuwenden. Auf der Upper Peninsula ist die Jagd quasi eine Religion. Die Schulen bleiben am ersten Tag der Jagdsaison geschlossen, um Lehrern wie Schülern die Gelegenheit zu geben, ihren »Bock einzusacken«, wie es bei uns heißt, und die wenigen Betriebe, die nicht dichtmachen, arbeiten mit einer Rumpfbelegschaft. Alles, was alt genug ist, ein Gewehr zu halten, macht sich auf ins Wildlager, und dann wird zwei Wochen lang gejagt und getrunken, gefeiert und Karten gespielt, und alles dreht sich nur um die Frage: »Wer schießt dieses Jahr den größten Bock?« Die Betreiber der Mautstelle an der Mackinac Bridge geben laufend die aktuelle Zahl der Hirsche bekannt, die auf den Dächern von Autos oder auf den Ladeflächen von Pick-ups von der Upper zur Lower Peninsula transportiert werden. Die meisten werden an Futterstellen geschossen, angelockt von den Möhren und Äpfeln, die Tankstellen und Lebensmittelläden in Zwanzig-Kilo-Säcken an die Jäger verkaufen. Sie können sich wahrscheinlich denken, was ich davon halte.

Jedes Jahr hörten wir in diesen zwei Wochen fieberhafter Aktivität ihre Gewehrschüsse, Tag für Tag von Sonnenaufgang bis Sonnenuntergang, so wie wir auch dann und wann das ferne Kreischen einer Kettensäge hörten, die nicht die meines Vaters war. Mein Vater erklärte mir, das sei die »Jagdsaison« des weißen Mannes, und er fügte hinzu, dass die Weißen nur während dieser zwei Wochen Hirsche schießen durften. Die Weißen taten mir leid. Ich fragte mich, wer auf die Idee gekommen war, so eine Vorschrift zu machen, und ob die Leute, die sie gemacht hatten, diejenigen, die dagegen verstießen, auch bestrafen würden, indem sie sie in einem Brunnenschacht einsperrten, wie mein Vater es mit mir machte, wenn ich ihm nicht gehorchte. Ich hatte Sorge, was mit uns passieren würde, wenn die Weißen herausfänden, dass wir Hirsche schossen, wann immer wir wollten. Mein Vater sagte, für ihn als Ureinwohner gälten die Jagdvorschriften der Weißen nicht, und das beruhigte mich dann wieder.

Mein Vater schoss jeden Winter zwei Hirsche, einen Mitte Dezember, nachdem die Hirsche sich von dem ganzen Trubel erholt hatten, und einen weiteren zu Beginn des Frühlings. Wir hätten uns sehr gut nur von Fisch und Gemüse ernähren können, aber mein Vater glaubte, dass eine abwechslungsreiche Ernährung besser sei. Abgesehen von dem Schwarzbären, der uns einen Besuch abstattete und als unser Wohnzimmerteppich endete, waren Hirsche das einzige Wild, das wir schossen. Wir hatten nur ein Gewehr, und wir mussten sparsam mit der Munition umgehen. Kaninchen fingen wir mit Fallen, und wir aßen auch die Hinterkeulen und das Rückenfleisch der Bisamratten und Biber, die in die Fallen meines Vaters gerieten. Eichhörnchen und Backenhörnchen tötete ich mit meinem Wurfmesser. Das erste Backenhörnchen, das ich aufspießte, röstete ich über einem Feuer im Hof und aß es auf, weil es nicht Indianerart ist, irgendetwas zu verschwenden. Aber es war so wenig Fleisch an diesen winzigen Knöchelchen, dass ich mir fortan die Mühe sparte.

Mein Vater versprach mir, dass er mich auf die Hirschjagd mitnehmen würde, wenn ich es schaffte, zehn der Dosen, die er auf unserem Lattenzaun aufgereiht hatte, zu treffen, ohne ein einziges Mal danebenzuschießen. Dass mein Vater bereit war, etwas von unserer kostbaren Munition zu opfern, um mir das Schießen beizubringen, zeigt, wie wichtig es ihm war. Ich glaube, er war überrascht, wie schnell ich lernte, aber mich wunderte das gar nicht. Das erste Mal, als ich das Gewehr meines Vaters in die Hand nahm, fühlte es sich ganz natürlich an, wie eine Verlängerung meiner Augen und Arme. Mit dreieinhalb Kilo war das Remington 770 ein bisschen schwer für eine Sechsjährige, aber ich war groß für mein Alter, und dank der Wasserschlepperei war ich auch sehr kräftig.

Nachdem ich die Bedingung meines Vaters erfüllt hatte, vergingen Wochen, ohne dass irgendetwas passierte. Wir fischten, wir stellten Fallen und legten Schlingen aus, aber das Remington meines Vaters blieb hinter Schloss und Riegel im Vorratsraum. Mein Vater trug den Schlüssel an einem Ring, der immer an seinem Gürtel klirrte. Ich weiß nicht, wofür die anderen Schlüssel waren. Die Hütte haben wir jedenfalls niemals abgeschlossen. Ich glaube, er wollte einfach das Geräusch hören und ihr Gewicht spüren, so als ob jemand, der viele Schlüssel mit sich herumschleppte, automatisch besonders wichtig wäre.

Als ich den Vorratsraum das erste Mal sah, dachte ich, wir hätten genug Essen für eine ganze Armee. Aber mein Vater erklärte mir, dass eine Dose, die wir einmal verbraucht hatten, nie mehr ersetzt werden könne, und wir deshalb mit unseren Vorräten haushalten müssten. Meine Mutter durfte eine Dose pro Tag öffnen. Manchmal ließ sie mich aussuchen. An einem Tag war es Maiscreme, am nächsten grüne Bohnen, am übernächsten dann vielleicht Campbell's Tomatencremesuppe. Allerdings lernte ich erst später, dass das »Creme« im Namen der Suppe bedeutet, dass sie mit Milch und nicht mit Wasser verdünnt wird. Manchmal, wenn mir langweilig war, zählte ich, wie viele Dosen noch übrig waren. Ich dachte damals, wenn alle Dosen aufgebraucht wären, würden wir fortgehen.

Jedes Mal wenn ich meinen Vater fragte, wann wir auf die Hirschjagd gehen würden, antwortete er, ein guter Jäger müsse geduldig sein. Er sagte auch, jedes Mal wenn ich fragte, würde sich der Tag um eine Woche nach hinten verschieben. Ich war erst sechs, weshalb es eine Weile dauerte, bis ich verstand, was das bedeutete. Sobald ich es begriffen hatte, hörte ich auf zu fragen.

Als mein Vater eines Morgens in aller Frühe den Vorratsraum aufschloss und mit dem Gewehr über der Schulter herauskam, die Taschen voll mit klimpernder Munition, da wusste ich, dass der Tag endlich gekommen war. Unaufgefordert zog ich meine Wintersachen an und folgte ihm nach draußen. Mein Atem bildete weiße Wolken, als wir über das zugefrorene Moor wanderten. Meine Mutter ging nur sehr ungern vor die Tür, wenn es draußen kalt war, aber ich liebte es, das Moor im Winter zu erkunden. Es war, als ob das Land sich wie durch Zauberei vergrößert hätte, und ich konnte überall hingehen, wo ich wollte. Hier und da ragten gefrorene Rohrkolben aus dem Schnee und erinnerten mich daran, dass wir auf Wasser gingen. Ich dachte über die Frösche und Fische nach, die darunter schliefen. Ich machte den Mund zu und blies zwei Dampfwolken aus den Nasenlöchern, wie ein spanischer Stier. Wenn meine Nase zu laufen anfing, beugte ich mich vor und blies den Rotz in den Schnee.

Der Schnee quietschte unter unseren Schritten. Schnee macht je nach Temperatur unterschiedliche Geräusche, und das Quietschen von unseren Schritten bedeutete, dass es sehr kalt war. Ein guter Tag für die Jagd, denn die Hirsche würden sich dicht zusammendrängen, um sich zu wärmen, und nicht auf der Suche nach Futter umherstreifen. Und auch ein schlechter Tag, denn unsere geräuschvollen Schritte würden uns das Anschleichen erschweren.

Eine Krähe krächzte. Mein Vater gab der Krähe ihren indianischen Namen, »*Aandeg*«, und deutete auf einen weit entfernten Baum. Ich hatte scharfe Augen, aber der schwarze Körper der Krähe verschmolz so raffiniert mit dem Geäst, dass ich nicht sicher bin, ob ich *Aandeg* gesehen hätte, wenn sie nicht durch das Krächzen ihren Standort verraten hätte. Mir wurde ganz warm ums Herz vor Bewunderung für meinen Vater. Mein Vater wusste alles über die *Anishinaabe*, die Ursprünglichen Menschen, und über das Moor: wie man die besten Löcher fürs Eisfischen findet, um welche Tageszeit die Fische am ehesten beißen, wie man die Dicke der Eisdecke prüft, um nicht einzubrechen. Er hätte ein Medizinmann oder ein Schamane sein können.

Als wir zu dem schneebedeckten Buckel kamen, den ich als den Biberbau erkannte, wo mein Vater seine Fallen aufgestellt hatte, ging er dahinter in die Hocke, damit der Klang seiner Stimme nicht so weit zu hören war. »Wir legen von hier aus an«, sagte er leise. »Benutz den Bau als Deckung.«

Langsam hob ich den Kopf. Ich konnte die Thujen sehen, die die Anhöhe säumten, aber keine Hirsche darunter. Die Enttäuschung brannte in meinen Augen. Ich wollte aufstehen, aber mein Vater zog mich wieder herunter. Er legte einen Finger an die Lippen und zeigte auf etwas. Ich kniff die Augen zusammen und sah genauer hin. Endlich entdeckte ich die feinen weißen Wölkchen vom Atem des Hirschs. Schneebedeckte Hirsche, die unter den schneebedeckten Thujenästen auf der schneebedeckten Erde liegen, waren weiß Gott nicht leicht zu erkennen, aber ich hatte sie gefunden. Mein Vater reichte mir sein Gewehr, und als ich durch das Zielfernrohr spähte, konnte ich die Hirsche deutlich sehen. Ich ließ den Blick über die Herde schweifen. Ein Tier, das etwas abseits lag, war größer als die anderen. Der Bock.

Ich zog meine Fäustlinge aus und ließ sie in den Schnee fallen, dann entsicherte ich das Gewehr und legte den Finger um den Abzug. Ich spürte, dass mein Vater mich beobachtete. In meinem Kopf hörte ich seine Anweisungen. *Halt die Ellbogen unten. Fass den Schaft weiter vorne, dann hast du mehr Kontrolle. Schau genau hin. Geh jedem Hirsch nach, auf den du geschossen hast. Geh nie davon aus, dass du ihn ganz verfehlt hast.* Ich hielt den Atem an und drückte ab. Das Gewehr schlug gegen meine Schulter. Es tat weh, aber auch nicht mehr, als wenn mein Vater mich schlug. Ich hielt den Blick fest auf den Bock gerichtet, als die Herde auseinanderstob. Bei einem Herz- oder Lungenschuss springt der Hirsch auf und rennt in vollem Galopp davon. Bei einem Eingeweidetreffer zieht er den Schwanz ein und läuft mit gekrümmtem Rücken davon. Mein Hirsch tat weder das eine noch das andere. Ich hatte sauber getroffen.

»Komm.« Mein Vater richtete sich auf und trat zur Seite, damit ich vorangehen konnte. Ich bahnte uns einen Weg durch den Schnee, der mir bis über die Knie ging, bis wir zu dem Kadaver kamen. Die Augen des Bocks waren offen, Blut rann an seinem Hals herab, die Zunge hing ihm seitlich aus dem Maul. Mein Bock hatte kein Geweih, aber um diese Jahreszeit hätte ich das auch nicht erwartet. Sein Bauch war riesig, und das war es, worauf es ankam.

Dann bewegte sich der Bauch des Bocks. Nicht viel, nur eine leichte Wellenbewegung, ein Erschauern, wie wenn mein Vater und meine Mutter sich unter der Bettdecke wälzten. Zuerst dachte ich, der Hirsch sei gar nicht tot. Dann fiel mir ein, dass die Anakonda ihre Beute bei lebendigem Leib ganz verschlingt und dass man manchmal sehen kann, wie sie sich in der Schlange bewegt. Aber Hirsche fraßen kein Fleisch. Es war ein Rätsel.

»Halt die Beine.« Mein Vater rollte den Bock auf den Rücken. Ich ging zum hinteren Ende und nahm ein Bein in jede Hand, um den Bock festzuhalten. Mein Vater zog sein Messer vorsichtig durch das weiße Unterfell und öffnete den Bauch des Bocks. Als der Schlitz sich weitete, erschien ein winziger Huf, dann noch ein zweiter, und da begriff ich, dass der Hirsch, den ich geschossen hatte, gar kein Bock war. Mein Vater hob das Kitz aus dem Bauch der Hirschkuh und legte es in den Schnee. Das Kitz muss kurz vor der Geburt gestanden haben, denn als mein Vater die Fruchtblase aufschnitt, schlug es aus und zappelte mit den Beinen, als ob es aufstehen wollte.

Mein Vater drückte das Kitz in den Schnee und legte seinen Hals frei. Ich zog mein Messer, und diesmal dachte ich daran, zur Seite zu treten, damit das Blut von mir wegspritzte und nicht auf mich. Während mein Vater die Hirschkuh aufbrach, widmete ich mich dem Kitz und folgte dabei seinen Instruktionen. »Such das Brustbein. Taste nach der Stelle, wo das Brustbein endet und der Bauch beginnt. Okay, jetzt schneide den Bauch vom Brustbein bis zu den Weichteilen auf. Immer schön langsam. Dein Messer soll das Fell und die Haut darunter durchtrennen, aber nicht die Eingeweide aufschlitzen. Gut. Jetzt zieh die Gedärme heraus, und zwar so: Angefangen bei den Weichteilen, arbeitest du dich langsam nach oben und schneidest dabei die Haut durch, mit denen die Innereien an der Wirbelsäule hängen. Dann schneidest du die Haut um den Anus durch und ziehst den Dickdarm aus der Körperhöhle. Gut, okay. Das war's, du bist fertig.«

Wir säuberten unsere Hände und Messer im Schnee. Ich trocknete mir die Hände an meiner Jacke ab, zog meine Fäustlinge an und sah stolz auf mein ausgenommenes Kitz herunter. Das Kitz war so klein, dass es nicht mehr als eine oder zwei Mahlzeiten hergab, aber der Balg schien groß genug zu sein, dass meine Mutter mir daraus ein Paar gepunktete Fäustlinge machen konnte.

Mein Vater warf die dampfenden Eingeweide auf einen Haufen, während *Aandeg* und ihre Freunde schon ungeduldig lärmend in den Bäumen darauf warteten, dass wir endlich abzogen. Er hob meine Hirschkuh mühelos auf seine Schultern, und ich tat das Gleiche mit meinem Kitz. Das Kitz war so klein und leicht, dass ich sein Gewicht kaum spürte, als ich meinem Vater zurück zu unserer Hütte folgte.

Mehrere Wochen arbeitete meine Mutter danach an meinen Fäustlingen, wozu stundenlanges Dehnen und Reiben und Ziehen nötig war. Die Indianerfrauen haben früher die Tierhäute gekaut, um sie weich zu machen, aber dafür waren die Zähne meiner Mutter nicht gut genug. Meine Mutter rieb den Balg des Kitzes auf dem Knauf der Rückenlehne eines unserer hölzernen Küchenstühle hin und her, immer wieder und wieder dasselbe kleine Teilstück, bis die Haut weich war, und dann weiter mit dem nächsten.

Mein Vater gerbte den Balg mit den Haaren dran, weil die Punkte eines Kitzes nicht bis auf die Haut durchgehen. Zum Gerben benutzte er das Gehirn des Kitzes. Wir hätten unsere Häute auf Indianerart gerben können – sie mit Steinen beschwert in einen kalten Bach legen und warten, bis das Wasser und die Zeit die Haare lösen. Aber wir hatten sowieso nicht vor, das Hirn zu essen, und auf diese Weise war es wenigstens noch zu etwas nütze. Bei jedem Tier hat das Hirn genau die richtige Größe, um damit seinen Balg zu gerben, sagte mein Vater, und das war für mich die Bestätigung, dass der Große Geist wirklich weiß, was er tut. Nachdem man das Fleisch restlos vom Balg abgekratzt hat, kocht man das Hirn des Hirschs mit der gleichen Menge Wasser und zerdrückt es zu einer öligen Masse. Dann breitet man den Balg mit der Hautseite nach oben auf der Erde oder auf dem Fußboden aus und klatscht die Hälfte der Hirnpaste darauf. Wichtig ist, dass der Balg genau den richtigen Grad an Feuchtigkeit hat, wenn er alles aufgesogen hat. Ist der Balg zu trocken, kann die Hirnpaste nicht durch die Haut dringen. Aber wenn er zu feucht ist, kann er nichts mehr davon aufnehmen. Wenn man fertig ist, rollt man den Balg zusammen und lässt ihn über Nacht an einem Ort liegen, wo keine Tiere hinkommen, und am nächsten Tag rollt man ihn wieder auf und wiederholt die ganze Prozedur. Wenn das Hirn seine Wirkung getan hat und man alle Haare abgeschabt und den Balg gewaschen hat, ist der nächste Schritt das Weichmachen, und an diesem Punkt kam meine Mutter ins Spiel.

Ich merke, dass ich noch nicht viel von meiner Mutter erzählt habe. Aber ich weiß auch nicht so recht, was ich über sie sagen soll. Als Kind habe ich, ehrlich gesagt, nicht allzu viele Gedanken an sie verschwendet, außer wenn ich mich fragte, was sie zum Abendessen machen würde, wenn ich hungrig von meinen Ausflügen zurückkam. Sie war einfach da, eine schattenhafte Gestalt im Hintergrund, die tat, was ihr die Natur auf dem Wege der Fortpflanzung aufgetragen hatte, indem sie mich kleidete und mir zu essen gab. Ich weiß, dass ihr nicht das Leben vergönnt war, das sie verdient oder sich gewünscht hatte, aber ich glaube nicht, dass das Leben im Moor so schlimm war, wie sie es gerne behauptete. Es muss Zeiten gegeben haben, wo sie glücklich war. Ich spreche hier nicht von zufälligen, flüchtigen Momenten, wie in dem einen Frühjahr, als dieses Stinktier mit seiner Kinderschar jeden Abend über unseren Hof spazierte und sie zum Lächeln brachte. Nein, ich spreche von Zeiten, in denen sie wirklich und wahrhaftig glücklich war. Wenn sie aus sich heraustreten und sich objektiv, quasi von oben herab betrachten und denken konnte: *Ja, es gefällt mir, genau hier und genau in diesem Moment. Es ist gut so.*

Ich glaube, dass es ihr so ging, wenn sie in ihrem Garten arbeitete. Selbst als Kind konnte ich sehen, dass ihre Schultern weniger gebeugt wirkten, wenn sie mit Umgraben und Jäten und Ernten beschäftigt war. Manchmal ertappte ich sie beim Singen: *I'm gonna always love you girl ... Please don't go girl.* Ich dachte, sie singe von mir. Nachdem wir das Moor verlassen hatten und ich die Poster der fünf dunkelhaarigen Jungs in weißen T-Shirts und zerrissenen Jeans sah, mit denen die Wände ihres unverändert konservierten Mädchenzimmers gepflastert waren, erfuhr ich, dass der Song von einer so genannten »Boygroup« gesungen wurde und dass die Band sich als »New Kids on the Block« ausgab, obwohl sie zu der Zeit schon nicht mehr neu und auch keine Kids mehr waren. Noch verblüffender als zu erfahren, was es mit dem Lied auf sich hatte, das ich immer als meines angesehen hatte, war die Entdeckung, dass meine Mutter einmal ihre Lieblingsbilder an die Wände ihres Zimmers gehängt hatte.

Meine Mutter war dermaßen besessen von Gemüse, dass es schon fanatische Züge hatte. Ich habe nie verstanden, was sie an Erbsen und Kartoffeln so begeistern konnte. Jedes Frühjahr, wenn der Boden aufzutauen begann, und lange bevor der ganze Schnee geschmolzen war, zog sie Mütze, Schal und Handschuhe an, schnappte sich ihre Schaufel und ging hinaus, um die Erde umzugraben. Als ob sie den Vorgang beschleunigen könnte, indem sie mühsam eine Schaufel voll nach der anderen mit der gefrorenen Unterseite nach oben kehrte und den stärker werdenden Sonnenstrahlen aussetzte.

Der Garten meiner Mutter war klein, gerade mal vier auf fünf Meter, eingefasst von einem mannshohen Maschendrahtzaun, aber dank der Gemüseabfälle, die wir jahraus, jahrein auf ihren Komposthaufen warfen, war die Ernte immer reichlich. Ich weiß nicht, woher meine Mutter wusste, dass verrottende Gemüsereste dem sandigen Boden der Anhöhe mit der Zeit eine lehmähnliche Qualität verleihen würden, so wie ich mir auch nicht sicher bin, wie sie wissen konnte, dass sie einen Teil jeder Feldfrucht aussamen lassen musste, damit sie sie im nächsten Frühjahr wieder anbauen konnte; oder auch, wie sie darauf gekommen war, dass man einige Mohrrüben über den Winter in der Erde lassen musste, damit sie im nächsten Jahr wieder wuchsen, weil Möhren zwei Jahre brauchen, um den Zyklus zu vollenden. Ich glaube nicht, dass mein Vater es ihr beigebracht hat; er war mehr Jäger als Sammler. Ich glaube auch nicht, dass sie es von ihren Eltern gelernt hat. In den Jahren, in denen ich bei meinen Großeltern wohnte, zeigten sie nie das geringste Interesse an Gartenarbeit, und warum sollten sie auch? Sie mussten ja nur zum SuperValu, zum IGA oder irgendeinem anderen Supermarkt fahren und konnten sich ihren Einkaufswagen nach Lust und Laune mit Gemüse vollladen. Vielleicht hatte meine Mutter in den *Geographics* darüber gelesen.

Sie zog Kopfsalat, Mohrrüben, Erbsen, Kürbisse, Mais, Kohl und Tomaten. Ich weiß nicht, warum sie sich die Mühe mit den Tomaten machte. Unsere Vegetationsperiode war so kurz, dass wir die Tomaten schon komplett ernten mussten, wenn die ersten sich rot zu färben begannen, egal wie klein und grün sie noch waren, damit der erste Frost sie nicht in Matsch verwandelte. Meine Mutter wickelte die Tomaten einzeln in Papier ein und breitete sie zum Nachreifen auf dem Boden unseres Gemüsekellers aus, wo neun von zehn sofort zu faulen anfingen. Mais war auch ein hoffnungsloser Fall. Waschbären haben ein geradezu unheimliches Gespür dafür, wann die Maiskolben reif sind, und plündern sie genau ein oder zwei Tage vor diesem Termin. Und kein Zaun der Welt kann sie aufhalten.

In einem Sommer grub sich ein Waldmurmeltier unter

dem Maschendrahtzaun durch und vernichtete die gesamte Mohrrübenernte meiner Mutter. Sie machte ein Theater darum, als ob jemand gestorben wäre. Ich wusste, dass das bedeutete, dass wir nie wieder Mohrrüben genießen würden, aber es gab noch anderes Wurzelgemüse, das wir essen konnten, zum Beispiel Pfeilkrautknollen. Die Indianer nennen das Pfeilkraut *wapatoo*. Mein Vater erklärte mir, die indianische Methode, *wapatoo* zu ernten, sei es, barfuß durch den Lehm zu waten und die Knollen mit den Zehen von den daran hängenden Wurzeln loszureißen. Ich merkte nicht immer, wann mein Vater es ernst meinte und wann er Witze machte, also habe ich es nie ausprobiert. Wir benutzten eine alte vierzinkige Harke, wie sie die Bauern zum Aufladen des Heus verwenden. Mein Vater zog seine Wathose an und stapfte in den tiefen Schlamm nahe dem Ufer, und dann zog er die Harke hin und her. Mein Job war es, die Knollen einzusammeln, die an die Oberfläche trieben. Das Wasser war so kalt, dass ich es kaum aushalten konnte, aber was dich nicht umbringt, macht dich nur stärker, wie mein Vater gerne sagte. Er brachte mir das Schwimmen bei, als ich gerade mal laufen konnte, indem er mir ein Seil um den Bauch band und mich ins Wasser warf.

Nachdem ich die Wahrheit über meinen Vater und meine Mutter erfahren hatte, habe ich mich oft gefragt, warum meine Mutter nicht davongelaufen ist. Wenn sie das Leben im Moor so gehasst hat, wie sie später behauptete, warum ist sie dann nicht gegangen? Sie hätte über das zugefrorene Moor laufen können, während mein Vater und ich die Fallenstrecke abgingen. Oder die Wathose meines Vaters anziehen und sich ihren Weg aus dem Moor bahnen, während wir mit seinem Kanu beim Angeln waren. Oder sein Kanu stehlen und davonpaddeln, während wir auf der Jagd waren. Mir ist schon klar, dass sie noch ein Kind war, als mein Vater sie in die Hütte brachte, weshalb ihr manche dieser Möglichkeiten nicht gleich eingefallen sein mögen. Aber sie hatte vierzehn Jahre Zeit, sich etwas zu überlegen.

Heute, nachdem ich Reportagen über Mädchen gelesen habe, die entführt und gefangen gehalten wurden, verstehe ich die psychologischen Faktoren, die da im Spiel waren, schon besser. Bei einem Menschen, der seiner Autonomie beraubt wird, verändert sich auch der Charakter, sein Wille wird gebrochen. Sosehr wir auch überzeugt sein mögen, dass wir uns mit Zähnen und Klauen zur Wehr setzen würden, wenn wir in einer ähnlichen Situation wären – wir würden uns höchstwahrscheinlich doch in unser Schicksal ergeben, und zwar eher früher als später. Wenn ein Mensch mit der Tatsache konfrontiert ist, dass er umso härter bestraft wird, je mehr er sich wehrt, dann dauert es nicht lange, bis er lernt, genau das zu tun, was sein Entführer will. Das ist nicht das Stockholm-Syndrom, sondern etwas, das die Psychologen »erlernte Hilflosigkeit« nennen. Wenn eine entführte Person glaubt, dass ihr Entführer ihr die Strafe ersparen oder sie sogar mit einer Decke oder einem Happen zu essen belohnen wird, wenn sie tut, was er will, dann wird sie es tun, ganz gleich, wie widerlich oder erniedrigend es ist. Wenn der Entführer bereit ist, dem Opfer Schmerzen zuzufügen, beschleunigt das den Prozess enorm. Nach einer Weile wird die Gefangene nicht einmal mehr versuchen zu fliehen, auch wenn sie es noch so sehr will.

Es ist so, wie wenn man eine Feldmaus oder eine Spitzmaus fängt und in einen Waschzuber aus Metall setzt, um zu beobachten, was sie tut. Zu Beginn hält sie sich dicht an der Wand des Zubers und läuft immer und immer wieder im Kreis auf der Suche nach einem Ausgang. Nach ein paar Tagen gewöhnt sie sich an die neue Umgebung und wagt sich sogar in die Mitte des Zubers, wenn man ihr Futter und Wasser hinstellt, obwohl das ihrem Instinkt zuwiderläuft. Nach einigen weiteren Tagen kann man ihr einen Ausweg schaffen, indem man ein Stück Stoff oder ein Seil um einen der Griffe bindet und die beiden Enden über die Seitenwand hängen lässt, und die Maus wird trotzdem weiter im Kreis laufen, weil sie nichts anderes kennt. Und irgendwann stirbt sie. Manche Wesen kommen eben mit einem Leben in Gefangenschaft nicht klar. Wenn ich nicht wäre, würden meine Mutter und ich immer noch auf dieser Anhöhe leben.

Noch etwas ist auffallend an meiner Mutter: Sie trug immer lange Hosen und langärmelige Hemden, wenn sie in ihrem Garten arbeitete, niemals die Shorts und die T-Shirts, die mein Vater ihr gekauft hatte. Nicht einmal an den heißesten Tagen. So ganz anders als die Yanomami-Mütter.

11

Ich stehe am Rand der Schlucht und blicke hinunter. Die Abhänge sind steil und spärlich bewachsen, und ich kann die Leiche am Grund deutlich sehen. Der tote Polizist – kurz geschorenes braunes Haar, rote Wangen, sonnengebräunter Hals – ist schätzungsweise Anfang vierzig. Einigermaßen fit, um die achtzig Kilo schwer – genau wie ich es aufgrund der Fußabdrücke geschätzt habe. Sein Kopf ist mir zugewandt, die Augen weit aufgerissen, als ob er die Ungeheuerlichkeit des Einschusslochs in seinem Rücken nicht recht fassen könne.

Ich denke an die toten Gefängnisaufseher und an ihre Familien. Über den Kummer, der sie verzehren wird, lange nachdem mein Vater gefasst ist. Ich denke an die Angehörigen dieses Mannes, die in diesem Moment ihren gewohnten Verrichtungen nachgehen, als ob es ein ganz normaler Tag wäre. Die nicht ahnen, dass ihr Mann, ihr Vater, ihr Bruder tot ist. Ich denke daran, wie es mir gehen würde, wenn Stephen etwas zustoßen sollte.

Ich verharre reglos, suche die Umgebung ab, indem ich nur die Augen wandern lasse, und halte Ausschau nach Bewegungen, die darauf hindeuten, dass mein Vater in der Nähe ist. Doch als ein Eichelhäher auf der anderen Seite der Schlucht rätscht und ein Specht zu hämmern beginnt, weiß ich, dass mein Vater nicht mehr da ist.

Ich mache mich an den Abstieg. Es besteht kein Zweifel daran, dass der Polizist tot ist, aber ich drehe ihn dennoch um, will an seinem Hals nach einem Puls tasten. Doch als er schlaff auf den Rücken rollt, ziehe ich jäh meine Hand weg, als ob ich mich verbrannt hätte. Sein Hemd wurde aufgerissen. Auf seiner zerfetzten Brust steht mit Blut geschrieben: FÜR H.

Ich schaudere, zwinge mich, langsam und gleichmäßig zu atmen. Sofort muss ich an das letzte Mal denken, als mein Vater mir eine ähnliche Nachricht zukommen ließ. Der Lake-Superior-Achat, den ich zwei Jahre nach meiner Flucht aus dem Moor auf dem Fensterbrett meines Zimmers fand, war groß, ungefähr wie eine Babyfaust, und von einem satten Dunkelrot, umschlossen von orangen und weißen konzentrischen Bändern, mit einer Ansammlung von Quarzkristallen in der Mitte. Ein Stein, der geschliffen und poliert einen Haufen Geld wert wäre. Als ich ihn umdrehte, sah ich vier Buchstaben, mit schwarzem Filzstift auf die Unterseite geschrieben: FÜR H.

Im ersten Moment dachte ich, jemand wollte mir einen Streich spielen. Zu dieser Zeit hatte ich schon alle Jungen im Zweikampf besiegt, die nach dem Zwischenfall mit dem Messer bei meiner Willkommensparty geglaubt hatten, mich herausfordern zu müssen, aber es gab immer noch ein paar, die es nicht gut sein lassen konnten und mir tote Tiere in den Spind legten und ähnliche Dummheiten anstellten. Ein besonders schlauer Bursche sprayte einmal mit roter Farbe die Worte »*Die Tochter des Moorkönigs*« an die Hauswand meiner Großeltern.

Als ich den Achat fand, legte ich ihn einfach in einen

Schuhkarton und schob den Karton unter mein Bett. Ich sagte weder meiner Mutter noch meinen Großeltern irgendetwas, weil ich nicht wusste, was ich davon halten sollte. Ich hoffte, der Achat wäre von meinem Vater, und zugleich hoffte ich, er wäre es nicht. Ich wollte ihn nicht sehen und wollte es doch. Ich liebte meinen Vater, aber gleichzeitig gab ich ihm die Schuld daran, dass ich so zutiefst unglücklich war und mich trotz aller Bemühungen immer noch als Außenseiterin fühlte. Es gab so vieles, was er mir hätte beibringen sollen über die Welt da draußen, so vieles, was ich immer noch nicht wusste. Was hatte ich denn davon, dass ich so gut wie nur irgendein Mann jagen und fischen konnte, und besser als die meisten? In den Augen meiner Klassenkameraden war ich ein Sonderling; eine, die keine Ahnung hatte und glaubte, das Farbfernsehen sei erst vor Kurzem erfunden worden, die noch nie einen Computer oder ein Handy gesehen hatte und nicht wusste, dass Alaska und Hawaii jetzt Bundesstaaten waren. Ich denke, es wäre anders gewesen, wenn ich blond gewesen wäre. Wenn ich ausgesehen hätte wie meine Mutter, hätten meine Großeltern mich vielleicht geliebt. Aber ich war eine exakte Kopie meines Vaters, die sie tagtäglich daran erinnerte, was er ihrer Tochter angetan hatte. Als wir das Moor verließen, dachte ich, die Eltern meiner Mutter müssten überglücklich sein, nicht nur ihre verloren geglaubte Tochter wiederzubekommen, sondern obendrein noch eine Enkelin. Aber ich war *seine* Tochter.

Als ein zweiter Achat auf meinem Fensterbrett auftauchte, gebettet in ein Binsenkörbchen, da wusste ich, dass die Geschenke von meinem Vater kamen. Mein Vater konnte alles Mögliche aus natürlichen Materialien basteln: geflochtene Körbe, Kästchen aus Birkenrinde, geschmückt mit Stachelschweinstacheln, Miniatur-Schneeschuhe, gefertigt aus Weidenzweigen und Rohleder, winzige Birkenrinden-Kanus mit aus Holz geschnitzten Sitzbänken und Paddeln. Auf dem Kaminsims in unserer Hütte waren seine Werke aufgereiht. Oft ging ich daran vorbei und bewunderte die Dinge, die er gemacht hatte, die Hände hinter dem Rücken verschränkt, weil ich nur schauen, aber nichts anfassen durfte. Mein Vater machte den größten Teil seiner kunsthandwerklichen Arbeiten im Winter, wenn es viele müßige Stunden auszufüllen galt. Mehr als einmal versuchte er es mir beizubringen, aber aus irgendwelchen Gründen hatte ich, wenn es ums Basteln ging, einfach zwei linke Hände. Niemand kann alles können, sagte mein Vater, nachdem wieder einer meiner Versuche, mit Stachelschweinstacheln zu basteln, komplett gescheitert war – aber soweit ich das beurteilen konnte, galt das nicht für ihn.

Ich wusste, warum mein Vater mir Geschenke brachte. Das war seine Art, mich wissen zu lassen, dass er in der Nähe war. Dass er mich beobachtete und dass er mich nie verlassen würde, auch wenn ich ihn verlassen hatte. Ich wusste, dass ich die Geschenke nicht behalten sollte. Damals hatte ich schon genug Fernsehkrimis gesehen, um zu wissen, dass ich mich durch das Unterschlagen von Beweismitteln mitschuldig an den Verbrechen meines Vaters machte. Aber es gefiel mir, dass dies unser Geheimnis war. Mein Vater vertraute darauf, dass ich den Mund halten würde. Das war etwas, worin ich gut war.

Es kamen immer neue Geschenke. Nicht jeden Tag,

nicht einmal jede Woche. Manchmal verging so viel Zeit zwischen zwei Geschenken, dass ich überzeugt war, mein Vater sei weitergezogen und habe mich völlig vergessen. Und dann fand ich wieder eines. Sie kamen alle in den Karton unter meinem Bett. Immer wenn ich mich einsam fühlte, zog ich die Schachtel hervor, nahm alle Geschenke nacheinander in die Hand und dachte an meinen Vater.

Und dann fand ich eines Morgens ein Messer. Ich schnappte es rasch vom Fensterbrett, bevor meine Mutter aufwachte, und versteckte es in meinem Schuhkarton. Ich konnte kaum glauben, dass mein Vater mir dieses Messer geschenkt hatte. Mein Vater und ich saßen oft auf dem Bett meiner Eltern in der Hütte, zwischen uns den offenen Messerkoffer, während er mir die Geschichte zu jedem Messer erzählte. Dieses kleine silberne, dolchförmige Messer mit den am Ansatz der Klinge eingravierten Initialen »G.L.M.« gefiel mir mit am besten, gleich nach dem, das ich mir an meinem fünften Geburtstag ausgesucht hatte. Wenn ich meinen Vater fragte, wer »G.L.M.« war, antwortete er immer nur, das sei ein Geheimnis. Ich habe mir dann selbst Geschichten dazu ausgedacht. Das Messer gehörte dem Mann, den mein Vater ermordet hatte. Er hatte es bei einer Kneipenschlägerei gewonnen oder bei einem Messerwurf-Wettbewerb. Er hatte es gestohlen, als er jemandem die Taschen leerte. Ich hatte keine Ahnung, ob Taschendiebstahl zu den vielen Talenten meines Vaters gehörte, aber es passte in meine Geschichte.

Später, nachdem meine Großmutter meine Mutter zu ihrer Therapeutin gefahren hatte und mein Großvater nach der Mittagspause wieder in seinen Laden gegangen war, holte ich den Karton hervor und breitete meine Schätze auf meinem Bett aus. Manchmal, wenn ich mit meiner Sammlung spielte, sortierte ich die Geschenke in Häufchen je nach Art des Gegenstands. Dann wiederum ordnete ich sie in der Reihenfolge, in der ich sie bekommen hatte, oder von meinem Lieblingsstück bis zu dem, das ich am wenigsten mochte, obwohl ich sie natürlich alle liebte. Die Termine meiner Mutter dauerten normalerweise eine Stunde, manchmal auch länger, also rechnete ich mir aus, dass ich fünfundvierzig Minuten Zeit hätte, ehe ich sie wieder wegräumen musste. Ich sträubte mich immer noch gegen die Vorstellung, den Tag in Stunden und Minuten zu zerlegen, aber ich sah ein, dass es manchmal nützlich war, zu wissen, wie lange jemand genau weg sein würde und wann er wiederkommen würde.

Ich saß auf meinem Bett und stellte mir vor, mein Vater säße endlich neben mir und erzählte mir die wahre Geschichte des Messers, da ging die Tür auf, und meine Mutter und meine Großmutter kamen herein. Es hätte eigentlich nicht passieren dürfen, dass sie mich so überrumpelten. Ich kann mir nur vorstellen, dass ich so in die Geschichte meines Vaters vertieft war, dass ich nicht hörte, wie das Auto vorfuhr. Später erfuhr ich, dass die Therapiesitzung meiner Mutter nicht gut gelaufen war und sie deshalb früher nach Hause gekommen waren. Das wiederum überraschte mich nicht. Sie hatten mich auch zu dieser Therapeutin geschickt, aber ich hatte die Therapie schon sechs Monate zuvor abgebrochen, weil die Frau mich hartnäckig dazu anhielt, die Schule abzuschließen, ganz egal, wie elend ich mich fühlte, damit ich mich an der Northern Michigan

University in Marquette einschreiben und einen Abschluss in Biologie oder Botanik machen könnte, um später eine Anstellung als Feldforscherin zu bekommen. Ich konnte nicht erkennen, wie ich mehr über das Moor lernen sollte, indem ich meine Zeit in einem Klassenzimmer absaß. Ich brauchte kein Buch, um die Unterschiede zwischen Sumpf, Moor, Marsch und Fenn zu kennen.

Das Erste, worauf der Blick meiner Großmutter fiel, als sie ins Zimmer kam, war das Messer. Sie lief zum Bett, sah mich streng an und streckte die Hand aus. »Was tust du mit dem Messer? Gib es her!«

»Es gehört mir.« Ich warf das Messer zu meinen anderen Sachen in den Schuhkarton und schob den Karton unters Bett.

»Hast du es gestohlen?«

Denn wir wussten beide, dass ich mir das Messer nicht von meinem eigenen Geld gekauft haben konnte. Meine Großeltern ließen mich nie Geld behalten, nicht einmal das Geld, das mir Leute geschickt hatten, nachdem ich das Moor verlassen hatte, und das eigentlich für mich sein sollte. Sie sagten, das Geld sei in einen so genannten »Treuhandfonds« eingezahlt worden, und das bedeute, dass sie selbst nicht herankämen. Als ich dann achtzehn war, erklärte mir der Anwalt, den ich damit beauftragt hatte, es für mich zu beschaffen, es gebe keinen Fonds und es habe ihn auch nie gegeben, was eine einigermaßen einleuchtende Erklärung für den Ford F-350 war, den meine Großeltern fuhren, und auch für den Lincoln Town Car. Ich kann mich des Gedankens nicht erwehren, dass es meiner Mutter wesentlich besser ergangen wäre, wenn meine Großeltern weniger darauf bedacht gewesen wären, aus ihrem Schicksal Geld zu schlagen, und mehr darauf, ihr bei der Verarbeitung dieses Schicksals zu helfen.

Meine Großmutter ließ sich auf Hände und Knie nieder und zog den Karton unter dem Bett hervor, was ihr nicht gerade leichtfiel, denn sie war eine kräftige Frau und hatte Probleme mit den Knien. Sie kippte den Inhalt auf mein Bett, griff das Messer und begann damit herumzuwedeln und mich anzuschreien, als ob ich nicht einen halben Meter vor ihr säße und sie auch verstanden hätte, wenn sie geflüstert hätte. Ich hasse es immer noch, wenn Leute schreien. Man kann über meinen Vater sagen, was man will, aber laut geworden ist er nie.

Das Messer war so unverwechselbar, dass meine Mutter auf den ersten Blick erkannte, dass es meinem Vater gehört hatte. Sie schlug sich die Hand vor den Mund und wankte rückwärts aus dem Zimmer, als ob das Messer eine Kobra wäre, die sich jeden Moment auf sie stürzen würde. Wenigstens schrie sie nicht. Meine Mutter geriet immer noch manchmal in Panik, wenn irgendetwas sie an meinen Vater erinnerte oder jemand seinen Namen sagte, obwohl es damals schon zwei Jahre her war. Vielleicht half die Therapie ja doch ein bisschen.

Meine Großmutter brachte den Schuhkarton zur Polizei. Auf dem Messer wurden neben meinen Fingerabdrücken noch die einer anderen Person gefunden, und ein Abgleich ergab, dass sie mit den an unserer Hütte sichergestellten übereinstimmten. Sie kannten zwar noch immer nicht den Namen meines Vaters, aber die Abdrücke bewiesen, dass er sich in der Region aufhielt. Der Detective versicherte meinen Großeltern, es sei nur noch eine Frage der Zeit, bis sie meinen Vater fassen würden, und er behielt recht. Nachforschungen nach einem Indianer mit einer großen Messersammlung führten die Ermittler zu einem abgelegenen Holzfällerlager nördlich der Tahquamenon Falls, wo mein Vater mit ein paar First-Nations-Männern lebte. Damals war es nicht unüblich, dass ein Zwischenhändler Indianer aus Kanada anheuerte, um das minderwertige Holz zu schlagen, das niemand sonst wollte. Die Arbeiter wurden vor Ort in einem Wohnwagen oder Wohnmobil untergebracht, und der Zwischenhändler brachte ihnen einmal die Woche Lebensmittel und Gas für ihren Generator. Bezahlt wurden sie unter der Hand.

Ich habe mir die Bodycam-Aufnahmen der FBI-Razzia viele Male auf YouTube angesehen. Es ist wie eine Folge von *Cops* oder *Law & Order*, nur dass der eigene Vater darin mitspielt. Die ungeschnittene Fassung hat allerdings ein paar Längen. Viel Geflüster und schräge Kameraeinstellungen, während das Team sich hinter einem Holzstapel, unter dem Holzschlepper und hinter dem Geräteanhänger in Stellung bringt, und sogar im Häuschen, weil sie nicht das geringste Risiko eingehen wollten. Dann passiert lange Zeit gar nichts, während sie darauf warten, dass mein Vater und die anderen Männer von ihrem Arbeitseinsatz im Wald zurückkommen. Der Gesichtsausdruck meines Vaters, als das Team mit gezogenen Waffen ausschwärmt und *Hinlegen! Los, runter!* brüllt, bringt mich immer noch zum Lachen. Aber es geht so schnell, dass man im richtigen Moment auf Pause drücken muss, sonst verpasst man es. Ich bin sicher, dass der Zwischenhändler nicht schlecht gestaunt hat, als er erfuhr, dass er den Mann beherbergt hatte, der ganz oben auf der Fahndungsliste des FBI stand.

Theoretisch hätte mein Vater sein Leben als freier Mann beschließen können, als er das erste Mal auf der Flucht war, denn damals wusste niemand, wer er war. Meine Mutter und ich hatten immer angenommen, dass »Jacob« sein richtiger Name sei, denn warum hätten wir etwas anderes vermuten sollen? Aber mehr wussten wir nicht. Ich fand immer, dass der Polizeizeichner die Gesichtszüge meines Vaters ganz gut getroffen hatte, aber es war wohl eines dieser Allerweltsgesichter, denn obwohl man kaum den Fernseher einschalten, eine Zeitung aufschlagen oder einen Highway entlangfahren konnte, ohne sein Bild zu sehen, brachte das alles am Ende nichts. Sie denken vielleicht, dass die Eltern meines Vaters ihren Sohn erkannt und sich bei der Polizei gemeldet hätten, um ihn zu identifizieren, aber sie brachten es wohl nicht über sich, öffentlich zuzugeben, dass ihr Sohn ein Entführer und Mörder war.

Die Leute sagen, mein Vater sei es müde gewesen, ständig auf der Flucht zu sein, und deshalb habe er den Kontakt zu mir gesucht. Ich glaube, er hat sich einsam gefühlt. Er vermisste unser Leben im Moor. Er vermisste mich. Jedenfalls *wollte* ich das glauben.

Lange Zeit gab ich mir die Schuld daran, dass mein Vater gefasst worden war. Er hatte mir vertraut, und ich hatte sein Vertrauen enttäuscht. Ich hätte vorsichtiger sein müssen, hätte seine Geschenke an einem sichereren Ort verstecken und mich entschlossener dagegen wehren müssen, dass meine Sammlung in die Hände der Leute geriet, die sie nur benutzen wollten, um ihm zu schaden.

Später, nachdem ich das Ausmaß der Verbrechen meines Vaters und ihre Auswirkungen auf meine Mutter begriffen hatte, fand ich es nicht mehr so schlimm, dass er den Rest seines Lebens im Gefängnis verbringen würde, obwohl ich diejenige war, die ihn dorthin gebracht hatte. Es tat mir aufrichtig leid, dass er nie wieder die Gelegenheit haben würde, durchs Moor zu streifen oder zu jagen oder zu fischen. Aber er hatte seine Chance, aus der Region zu fliehen. Er hätte westwärts nach Montana oder nordwärts nach Kanada gehen können, und niemand hätte ihn je zur Rechenschaft gezogen. Dass er mir die Geschenke gebracht hat, die dann zu seiner Festnahme führten, war sein Fehler, nicht meiner.

Ich ziehe das Hemd des Polizisten aus der Hose und wische damit die Worte weg, die mein Vater auf seine Brust geschrieben hat, dann rolle ich den Leichnam des Mannes wieder auf den Bauch, so wie ich ihn vorgefunden habe. Mir ist bewusst, dass ich damit einen Tatort manipuliere, aber ich werde den Teufel tun und die Botschaft stehen lassen, die mein Vater auf der Brust des toten Polizisten für mich hinterlassen hat, zumal, da die Polizei mich bereits als mögliche Komplizin verdächtigt. Als ich den Hang wieder hinaufklettere, habe ich das Gefühl, mich übergeben zu müssen. Mein Vater hat diesen Mann meinetwegen getötet. Er hat die Leiche liegen lassen, damit ich sie finde, so wie eine Katze ihren Besitzern eine tote Maus auf die Veranda legt.

»Für H«. Die Worte sind verschwunden, aber die Botschaft ist in mein Gehirn eingebrannt. Das Talent meines

Vaters, eine Situation zu seinem Vorteil zu manipulieren, ist schier unbegreiflich. Er hat nicht nur vorhergesehen, dass ich entlang dieser Straße nach ihm suchen würde, nein – als er den Streifenwagen sah und zu dem richtigen Schluss kam, dass der Fahrer im Alleingang nach ihm suchte und zum falschen Zeitpunkt die richtige Eingebung gehabt hatte, da lockte er ihn aus seinem Wagen und führte ihn in die Schlucht, in der alleinigen Absicht, das Szenario zu arrangieren, das ich dann vorfinden würde. Ich stelle mir vor, wie er vor dem Streifenwagen auf die Straße rannte und dem Fahrer einen kurzen Blick auf den Mann gewährte, nach dem alle Welt suchte, um ihn zum Anhalten zu bewegen. Vielleicht strauchelte er, um den Officer glauben zu machen, er sei verletzt und stelle daher keine Bedrohung dar, und lockte ihn dann ins Gebüsch, wankend und taumelnd wie ein Mann am Ende seiner Kräfte, sodass der Officer sich schon in dem Ruhm sonnte, den er ernten würde, wenn er meinen Vater eigenhändig zur Strecke brachte – ehe er sich in den Rücken des Mannes schlich und ihn von hinten erschoss.

Ich frage mich, was mein Vater noch für mich auf Lager hat.

Zurück auf der Straße, gehe ich auf dem kürzesten Weg zu meinem Pick-up zurück. Ich öffne die Beifahrertür, schiebe die Hand durch den Schlitz und lege Rambo seine Leine an. Er winselt und zerrt. Er riecht das Blut in der Luft, spürt die Anspannung, die ich ausstrahle. Ich lasse mich von ihm zum Grund der Schlucht führen, lasse ihn ausgiebig die Witterung meines Vaters aufnehmen und steige wieder den Hang hinauf. Ich sollte den Mord melden.

Sollte die Suche nach meinem Vater den Behörden überlassen und zu meinem Mann nach Hause zurückkehren. Aber die Botschaft, die mein Vater auf der Leiche des Mannes hinterlassen hat, den er ermordet hat, ist für mich.

Ich denke an meine Mutter, tot und von den meisten vergessen. Ich denke an meine Töchter. Ich denke an meinen Mann, der allein zu Hause sitzt und auf mich wartet. Das Töten muss ein Ende haben. Ich *werde* meinen Vater finden. Ich *werde* ihn fassen. Ich *werde* dafür sorgen, dass er wieder hinter Gitter kommt, und ihn büßen lassen für alles, was er getan hat.

12

Die Hütte

Sie war in der Tat wild und grausam, selbst für diese harte, unkultivierte Zeit. Sie hatten sie Helga genannt, aber dieser Name war viel zu weich für ihre Wesensart, wenngleich ihre Gestalt immer noch schön war.

Es war ihr eine Wonne, mit ihren weißen Händen das dampfende Blut des geschlachteten Opferpferdes zu verspritzen. In einer ihrer wilden Launen biss sie dem schwarzen Hahn, den der Opferpriester schlachten sollte, den Hals durch.

Zu ihrem Stiefvater sagte sie eines Tages: »Wenn dein Feind dein Haus über deinem Haupt niederrisse, während du schliefest und dich in Sicherheit wähntest, ich würde dich nicht wecken, selbst wenn ich könnte! Denn es klingen mir noch die Ohren von dem Schlag, den du mir vor Jahren versetzt hast! Ich vergesse nichts!«

Aber der Wiking glaubte, dass sie scherzte, denn er war ebenso wie die anderen von ihrer Schönheit betört; er wusste nichts davon, wie bei Helga jeden Morgen und jeden Abend Gemüt und Aussehen wechselten.

Hans Christian Andersen, *Die Tochter des Moorkönigs*

Ich war acht, als ich zum ersten Mal die sadistische Seite meines Vaters zu spüren bekam. Damals verstand ich noch nicht, dass es falsch war, was er mit mir machte, oder dass normale Väter ihren Nachwuchs nicht so behandeln, wie er mich manchmal behandelte. Ich möchte meinen Vater nicht als schlimmer hinstellen, als er in den Augen der Leute ohnehin schon ist. Ich versuche nur, offen und ehrlich zu schildern, wie ich die Dinge als Kind erlebt habe, und das muss das Gute wie auch das Schlimme einschließen.

Mein Vater behauptete, er habe sich für das Leben im Moor entschieden, weil er einen Mann getötet hatte. Er wurde nie deswegen angeklagt, und es gab auch keine Beweise dafür, dass er irgendetwas mit dem Tod des geistig behinderten Mannes zu tun hatte, dessen stark verweste Leiche in einer verlassenen Hütte nördlich von Hulbert in Michigan gefunden worden war. Manchmal, wenn er die Geschichte erzählte, sagte er, er habe den Mann totgeprügelt. Dann wieder behauptete er, er habe ihm die Kehle durchgeschnitten, weil es ihn anwiderte, wie der Mann sabberte und stotterte. Meistens war er allein, als der Mord geschah, aber in einer Version half ihm sein jüngerer Bruder, die Leiche zu beseitigen – obwohl ich später erfahren habe, dass mein Vater ein Einzelkind war. Es ist schwer zu sagen, ob irgendetwas, das mein Vater über den Mord erzählte, der Wahrheit entsprach oder ob er sich die Geschichte nur ausgedacht hatte, um uns an einem langen Winterabend die Zeit zu vertreiben. Mein Vater erzählte viele Geschichten.

Die besten Geschichten hob er sich für unsere *madoodiswan* auf, unsere Schwitzhütte. Meine Mutter nannte die Schwitzhütte eine Sauna. In dem Sommer, als ich acht Jahre alt war, riss mein Vater unsere vordere Veranda ab, um die Schwitzhütte zu bauen. Wir brauchten nicht vorne *und* hinten eine Veranda, meinte er, und obwohl die Hütte ohne den Vorbau komisch aussah, musste ich ihm beipflichten.

Mein Vater baute unsere Schwitzhütte, weil er es satthatte, immer im Stehen zu baden. Und was mich betraf, konnte ich zwar immer noch in dem blauen Emaille-Waschzuber sitzen, in dem ich gebadet hatte, seit ich ein Baby war, aber bald schon würde ich es so machen müssen wie er. Meine Mutter badete nie, ihre Bedürfnisse spielten daher keine Rolle. (Meine Mutter zog sich nie vor meinem Vater oder mir aus, und sie wusch sich immer nur mit einem nassen Lappen. Einmal allerdings, als sie sich unbeobachtet glaubte, sah ich sie in Unterwäsche im Moor schwimmen.)

Es war Ende August oder Anfang September. Genauer kann ich es nicht sagen, denn ich merkte mir nicht immer, welchen Monat wir gerade hatten. Der Spätsommer ist eine gute Zeit, um Bauvorhaben im Freien in Angriff zu nehmen, weil es immer noch recht warm ist, aber die meisten Insekten schon weg sind. Meine Mutter gehörte zu den Leuten, die Insekten regelrecht anziehen. Oft war sie derart mit Stichen übersät, dass sie vor Verzweiflung weinte. Ich habe von Pionieren in Sibirien und Alaska gelesen, die von Stechmücken in den Wahnsinn getrieben wurden, aber ich habe mit Stechmücken im Allgemeinen kein Problem. Kriebelmücken sind da wesentlich schlimmer. Sie stechen mit Vorliebe im Nacken und hinter den Ohren, und ihre Stiche schmerzen und jucken noch wochenlang. Ein einziger Stich nahe dem Augenwinkel kann zur Folge haben, dass das ganze Augenlid zuschwillt. Da kann man sich vorstellen, was passiert, wenn man zweimal gestochen wird. Wenn wir im Juni in unserem Holzschlag Brennholz sägten, waren die Wolken von Kriebelmücken manchmal so dicht, dass man nicht einatmen konnte, ohne ein paar von den Viechern zu verschlucken. Mein Vater scherzte dann, eine Extraportion Proteine könne uns ja nicht schaden, aber ich mochte das nicht, auch wenn es dann eine Mücke weniger gab, die mich stechen konnte. Pferdebremsen reißen ganze Fleischstücke aus einem heraus, Goldaugenbremsen stechen auch, wenn man sie lässt, aber sie sind so leicht zu berechnen, wenn sie einem um den Kopf herumschwirren, dass man nur den richtigen Moment abpassen muss, wenn sie einem vor dem Gesicht vorbeifliegen – einmal in die Hände geklatscht, und die Sache ist erledigt. Gnitzen sind so winzig wie der Punkt am Ende eines Satzes, aber ihr Stich steht in keinem Verhältnis zu ihrer Größe. Wenn man in einem Zelt schläft und dauernd von etwas gestochen wird, das sich wie Stechmücken anfühlt, obwohl nichts zu sehen ist, dann sind das Gnitzen – deshalb heißen sie bei uns auch *no-see-ums*. Tun kann man gar nichts dagegen, außer sich in den Schlafsack verkriechen, die Decke über den Kopf ziehen und bis zum Morgen so ausharren. Die Leute machen sich Sorgen, dass sie von den Chemikalien in Insektenschutzmitteln Krebs bekommen könnten, aber wenn wir damals im Moor Insektenspray gehabt hätten, dann hätten wir es auch benutzt, keine Frage.

Unsere Schwitzhütte war ein Familienprojekt. Stellen Sie sich einen heißen Tag vor, wo alle mit anpacken und ihren Teil beitragen. Der Schweiß rann meinem Vater den Rücken hinunter und tropfte von meiner Nasenspitze, so schufteten wir. Als ich ihm das Taschentuch reichte, meinte er grinsend, die Schwitzhütte sei so gut, dass sie uns jetzt schon ins

Schwitzen bringe. Meine Mutter sortierte das Bauholz auf verschiedene Haufen: Bodenbretter, Deckenträger und Stützbalken. Die Balken und die Träger sollten die Eckpfosten und Stützen unserer Schwitzhütte werden, während die Seiten mit den Bodenbrettern abgedeckt würden. Das Verandadach nahm mein Vater in einem Stück herunter. Wir brauchten eigentlich nur die Hälfte, aber mein Vater erklärte, dass wir das Brennholz für unsere Schwitzhütte unter dem vorstehenden Teil lagern könnten, wo es vor dem Wetter geschützt wäre. Unsere *madoodiswan* würde an der rückwärtigen Wand eine Bank haben, auf der wir alle sitzen könnten, und in der Mitte einen Kreis aus den Steinen des Fundaments der Veranda, in dem mein Vater das Feuer machen würde. In unserem Küchenofen verheizten wir Ahorn- und Buchenholz, aber in der Schwitzhütte würden wir Thujen- und Kiefernholz verbrennen, weil wir ein schnelles, heißes Feuer brauchten. Es wollte mir nicht recht in den Kopf, wie wir nur durch das Herumsitzen in einem winzigen heißen Kämmerchen sauber werden sollten, aber wenn mein Vater sagte, dass die Schwitzhütte so funktionierte, dann glaubte ich ihm.

Meine Aufgabe war es, die Nägel, die er herauszog, geradezubiegen. Ich mochte das kreischende Geräusch, das die Nägel machten, bevor sie lockerließen, wie ein Tier in der Falle. Ich legte die Nägel auf einen flachen Stein und hielt sie so, dass das krumme Ende nach oben wies, wie mein Vater es mir gezeigt hatte, und dann klopfte ich mit dem Hammer darauf herum, bis sie so gerade waren, wie ich sie eben hinbekam. Am besten gefielen mir die Nägel mit kantigen Seiten. Mein Vater sagte, diese Nägel seien von Hand gemacht, und das bedeute, dass unsere Hütte sehr alt sei. Ich fragte mich, wie die anderen Nägel gemacht wurden.

Und ich fragte mich, was das für Leute waren, die unsere Hütte gebaut hatten. Was sie wohl denken würden, wenn sie sehen könnten, dass wir einen Teil davon abrissen? Warum hatten sie die Hütte auf dieser Anhöhe gebaut und nicht auf der, wo die Hirsche sich immer versammelten? Warum hatten sie die Hütte mit zwei Veranden gebaut und nicht nur mit einer? Ich glaubte, manche der Antworten zu kennen. Ich dachte mir, sie hätten unsere Hütte mit zwei Veranden gebaut, damit sie auf der vorderen Veranda sitzen und zuschauen könnten, wie die Sonne aufging, und auf der hinteren, um zu sehen, wie sie unterging. Und der Grund, warum sie hier gebaut hatten anstatt auf der Anhöhe mit den Hirschen, war, so mutmaßte ich, dass die Hirsche sich sicher fühlen sollten, bis die Leute, die unsere Hütte gebaut hatten, beschlossen, hinüberzumarschieren und einen zu schießen.

In letzter Zeit hatte ich mir so manche Frage gestellt. Wo hatte mein Vater das blaue Stemmeisen her, das er zum Herausziehen der Nägel benutzte? Hatte er es mitgebracht, oder war es schon in der Hütte gewesen? Warum hatte ich keine Geschwister? Wie sollten wir Brennholz sägen, wenn meinem Vater das Benzin für seine Kettensäge ausging? Warum hatte unsere Hütte keinen Herd, wie ich sie von den Bildern in den *Geographics* kannte? Meine Mutter sagte, ihre Familie habe einen großen weißen Herd mit vier Kochfeldern und einem Backofen gehabt, als sie klein war, warum hatten wir also keinen? Die meiste Zeit behielt ich meine Spekulationen für mich. Mein Vater mochte es nicht, wenn ich zu viele Fragen stellte.

Mein Vater sagte mir, damit es schneller ginge, sollte ich einmal kräftig mit dem Hammer auf jeden Nagel schlagen, anstatt so zaghaft darauf herumzuklopfen. Nicht dass wir es eilig hätten, aber er würde die *madoodiswan* gerne noch diesen Winter benutzen und nicht bis zum nächsten warten. Er lächelte, während er das sagte, also wusste ich, dass er einen Witz machte. Ich wusste auch, dass er wirklich wollte, dass ich schneller arbeitete, also schwang ich den Hammer kräftiger. Ich fragte mich, ob ich einen Nagel mit einem einzigen Schlag gerade machen könnte, und suchte mir aus dem Haufen einen heraus, der nur leicht verbogen war.

Später fragte ich mich, wie es passieren konnte, dass ich den Nagel so komplett verfehlte. Es ist denkbar, dass ich kurz wegschaute, als ein Eichhörnchen einen Kiefernzapfen fallen ließ. Oder vielleicht war es der Ruf eines Rotschulterstärlings, der mich ablenkte. Möglicherweise musste ich blinzeln, weil der Wind mir Sägemehl ins Auge blies. Was auch immer der Grund war – als der Hammer meinen Daumen zerquetschte, schrie ich so laut auf, dass mein Vater und meine Mutter sofort herbeigelaufen kamen. Binnen Sekunden wurde mein Daumen dick und verfärbte sich lila. Mein Vater betastete den Daumen, drehte ihn hin und her und erklärte, gebrochen sei er nicht. Meine Mutter ging in die Hütte und kam mit einem Stoffstreifen wieder heraus, den sie mir um den Daumen wickelte. Was das bewirken sollte, war mir nicht ganz klar.

Den Rest des Nachmittags hockte ich auf dem großen Stein in unserem Hof, wo ich einhändig in den *Geographics*-Heften blätterte. Als die Sonne sich wie ein orangefarbener Ball auf das Sumpfgras legte, ging meine Mutter hinein, um das Kaninchenragout zu servieren, das ich schon seit Stunden riechen konnte. Sie rief uns zu, das Abendessen sei fertig, worauf mein Vater sein Werkzeug niederlegte und im Moor wieder Stille einkehrte.

An unserem Küchentisch gab es drei Stühle. Ich fragte mich, ob die Leute, die unsere Hütte gebaut hatten, auch eine dreiköpfige Familie gewesen waren. Niemand sagte etwas, während wir aßen, weil mein Vater es nicht mochte, wenn wir mit vollem Mund redeten.

Als mein Vater fertig gegessen hatte, schob er seinen Stuhl zurück, ging um den Tisch herum und stellte sich neben mich. »Zeig mal deinen Daumen.«

Ich legte meine Hand mit gespreizten Fingern auf den Tisch.

Er band den Stoffstreifen los. »Tut es weh?«

Ich nickte. In Wirklichkeit tat mein Daumen gar nicht mehr weh, außer wenn ich ihn berührte, aber ich mochte es, im Mittelpunkt der Aufmerksamkeit meines Vaters zu stehen.

»Er ist nicht gebrochen, aber das hätte passieren können. Das verstehst du doch, nicht wahr, Helena?«

Ich nickte abermals.

»Du musst vorsichtiger sein. Du weißt, im Moor ist kein Platz für Fehler.«

Ich nickte ein drittes Mal und versuchte genauso ernst dreinzuschauen wie er. Mein Vater hatte mir schon viele Male eingeschärft, vorsichtig zu sein. Wenn ich mich verletzte, müsste ich zusehen, wie ich mit den Folgen zurechtkäme, denn wir würden das Moor nicht verlassen, ganz gleich, was passierte. »Es tut mir leid«, sagte ich mit schwacher Stimme, denn jetzt tat es mir tatsächlich leid. Ich hasste es, wenn mein Vater unzufrieden mit mir war.

»Es reicht nicht zu sagen, dass es dir leidtut. Unfälle haben immer Folgen. Ich weiß nicht recht, wie ich dir beibringen kann, das nicht zu vergessen.«

Mein Bauch wurde hart, als er das sagte, als ob ich einen Stein verschluckt hätte. Ich hoffte, ich würde nicht wieder eine Nacht im Brunnenschacht verbringen müssen. Bevor ich sagen konnte, dass es mir wirklich, *wirklich* leidtat und dass ich *bestimmt* daran denken würde, in Zukunft vorsichtiger zu sein, und dass ich mir nie, *nie* wieder mit dem Hammer auf den Daumen schlagen würde, ballte er seine Hand zur Faust und ließ sie auf meinen Daumen niederkrachen. Ein Sternenregen explodierte vor meinen Augen, und ein weißglühender Schmerz schoss mir in den Arm.

Ich wachte auf dem Boden auf. Mein Vater kniete neben mir. Er hob mich hoch, setzte mich auf meinen Stuhl und gab mir meinen Löffel. Meine Hand zitterte, als ich ihn nahm. Mein Daumen tat schlimmer weh als unmittelbar nach dem Schlag mit dem Hammer. Ich blinzelte die Tränen weg. Mein Vater mochte es nicht, wenn ich weinte.

»Iss.«

Ich glaubte mich übergeben zu müssen, aber ich tauchte meinen Löffel in die Schüssel und nahm einen Bissen. Das Ragout kam nicht wieder hoch. Mein Vater tätschelte mir den Kopf. »Noch einen.« Ich nahm noch einen Bissen, und noch einen. Mein Vater blieb neben mir stehen, bis ich das Ragout ganz aufgegessen hatte.

Ich verstehe heute, dass es falsch war, was mein Vater tat. Trotzdem glaube ich nicht, dass mein Vater mir wehtun wollte. Er tat nur, was er glaubte tun zu müssen, um mir eine Lektion zu erteilen, die ich lernen musste.

Was ich lange Zeit nicht verstehen konnte, war, wie meine Mutter die ganze Szene von der anderen Seite des Tischs mit ansehen konnte, so klein und kraftlos wie das Kaninchen, das sie zum Abendessen serviert hatte, ohne einen Finger zu rühren, um mir zu helfen. Es dauerte lange, bis ich ihr das verzeihen konnte.

Im darauffolgenden Winter erzählte mein Vater in unserer neuen Schwitzhütte eine Geschichte. Ich saß zwischen meinem Vater und meiner Mutter auf der schmalen Bank. Meine Mutter trug ihr Hello-Kitty-T-Shirt und eine Unterhose. Bis auf den polierten Lake-Superior-Achat, den mein Vater stets an einem Lederriemen um den Hals trug, waren mein Vater und ich splitternackt. Ich mochte es, wenn mein Vater sich auszog, weil ich dann alle seine Tätowierungen sehen konnte. Mein Vater tätowierte sich auf die indianische Art mit Nadeln aus Fischgräten und Ruß. Er hatte mir versprochen, wenn ich neun Jahre alt wäre, würde er anfangen, mich zu tätowieren.

»Es war einmal im Winter, da zog ein frisch verheiratetes Paar mit seinem ganzen Dorf in neue Jagdgründe«, begann die Geschichte meines Vaters. Ich schmiegte mich enger an ihn. Ich wusste, es würde eine Gruselgeschichte werden. Gruselgeschichten waren die einzige Art von Geschichten, die mein Vater erzählte. »Dort bekamen sie ein Kind. Eines Tages, als sie ihren Sohn auf seinem Wiegenbrett anschauten, begann das Kind zu sprechen. ›Wo ist dieser *Manitou*?‹, fragte das Baby.«

Mein Vater hielt inne und schaute mich an.

»›*Manitou*‹ ist der Himmelsgeist«, antwortete ich.

»Sehr gut«, sagte er und fuhr fort. »Das Baby sagte: ›Es heißt, er sei sehr mächtig. Eines Tages werde ich ihn besuchen.‹ ›Still‹, sagte die Mutter des Babys. ›So darfst du nicht reden.‹ Bald darauf schliefen die Eltern ein, mit dem Baby auf seinem Wiegenbrett zwischen sich. Mitten in der Nacht entdeckte die Mutter plötzlich, dass ihr Baby verschwunden war. Sie weckte ihren Mann. Der Mann machte ein Feuer, und die beiden suchten den ganzen Wigwam ab, aber ihr Baby konnten sie nicht finden. Sie suchten auch im Nachbarwigwam, dann entzündeten sie Birkenrinden-Fackeln und suchten im Schnee nach Spuren. Endlich fanden sie eine Reihe von winzigen Fußabdrücken, die zum See führten. Sie folgten den Spuren, bis sie auf das Wiegenbrett stießen. Die Spuren, die von der Wiege zum See führten, waren viel zu groß, als dass sie von Menschenfüßen stammen könnten. Die entsetzten Eltern begriffen, dass ihr Kind sich in einen *wendigo* verwandelt hatte, diesen schrecklichen Menschenfresser mit dem Herzen aus Eis.«

Mein Vater tauchte einen Becher in den Wassereimer und ließ das Wasser langsam auf die Blechplatte tröpfeln, die er über das Feuer gelegt hatte. Die Tropfen zischelten und tanzten, der Raum füllte sich mit Dampf. Das Wasser lief mir übers Gesicht und tropfte von meinem Kinn.

»Einige Zeit darauf überfiel ein *wendigo* das Dorf«, ging die Geschichte meines Vaters weiter. »Der *wendigo* war sehr dünn und schrecklich anzusehen. Er roch nach Tod und Verwesung, seine Knochen zeichneten sich unter der Haut ab, und die Haut war leichengrau. Seine Lippen waren zerfetzt und blutig, und seine Augen saßen sehr tief in ihren Höhlen. Dieser *wendigo* war sehr groß. Ein *wendigo* ist niemals satt, egal wie viele Menschen er tötet und frisst. Stets ist er auf der Suche nach neuen Opfern. Jedes Mal wenn er einen Menschen frisst, wächst er wieder ein Stück, deshalb kann er nie satt werden.«

Da hörte ich draußen ein Geräusch. *Schrapp-schrapp, schrapp-schrapp.* Es hörte sich an, wie wenn ein Zweig an der Außenwand der Schwitzhütte kratzte, aber unsere *madoodiswan* stand in der Mitte unserer Lichtung, und die Bäume waren viel zu weit weg, als dass ihre Zweige sie hätten berühren können. Mein Vater legte den Kopf schief. Wir warteten. Das Geräusch kam nicht wieder.

Er beugte sich vor. Der Lichtschein des Feuers tauchte die obere Hälfte seines Gesichts in Schatten, während sein Kinn von unten angeleuchtet wurde.

»Als der *wendigo* sich dem Dorf näherte, liefen die Leute, die den *manitou* beschützen, ihm entgegen. Einer warf einen Stein nach dem *wendigo*. Der Stein verwandelte sich in einen Blitz, der den *wendigo* in die Stirn traf. Der *wendigo* fiel tot zu Boden, mit einem Geräusch wie von einem großen Baum, der umstürzt. Als der *wendigo* im Schnee lag, sah er aus wie ein großer Indianer. Doch als die Leute ihn zu zerstückeln begannen, sahen sie, dass er in Wirklichkeit ein riesiger Eisblock war. Sie tauten die Stücke auf, und innen drin fanden sie ein kleines Baby mit einem Loch im Kopf, wo der Stein ihn getroffen hatte. Das war das Baby, das sich in einen *wendigo* verwandelt hatte. Wenn der *manidog* ihn nicht getötet hätte, hätte der *wendigo* das ganze Dorf aufgefressen.«

Ich schauderte. Im flackernden Schein des Feuers sah ich das Baby mit dem Loch in der Stirn und seine Eltern, die über das furchtbare Schicksal weinten, das ihr allzu neugieriges Kind getroffen hatte. Wasser tropfte durch die Ritzen im Dach und zogen eine eisige Bahn über meinen Nacken.

Von draußen kam wieder das Geräusch: *Schrapp-schrapp-schrapp.* Ich hörte Atemgeräusche – *uh, uh, uh* – als ob die Kreatur dort draußen lange gerannt wäre, ehe sie auf unserer Anhöhe angekommen war. Mein Vater stand auf. Sein Kopf stieß fast an die Decke, und sein Feuerschatten war noch größer. Sicher war mein Vater, dieser Schamane, der Kreatur da draußen gewachsen, was immer es sein mochte. Er ging um die Feuergrube herum und öffnete die Tür. Ich schloss die Augen und schmiegte mich ängstlich an meine Mutter, als die kalte Luft hereinströmte.

»Mach die Augen auf, Helena!«, befahl mein Vater mit schrecklicher Stimme. »Schau! Hier ist dein *wendigo*!«

Ich kniff die Augen noch fester zu und zog meine Füße auf die Bank hoch. Der *wendigo* war im Raum – ich konnte es spüren. Ich hörte den *wendigo* keuchen, roch seinen grässlichen, stinkenden Atem. Etwas Kaltes, Feuchtes berührte meinen Fuß. Ich kreischte.

Mein Vater lachte. Er setzte sich neben mich und zog mich auf seinen Schoß. »Mach die Augen auf, *Bangii-Aga-waateyaa*«, sagte er und benutzte dabei den Kosenamen, den er mir gegeben hatte und der »Kleiner Schatten« bedeutete. Und ich machte die Augen auf.

O Wunder – es war gar kein *wendigo*, der den Weg in unsere Schwitzhütte gefunden hatte. *Es war ein Hund.* Ich wusste, dass es ein Hund war, weil ich Fotos in den *Geogra-*

phic-Heften gesehen hatte. Und auch, weil sein Fell kurz und gesprenkelt war, ganz anders als bei einem Kojoten oder einem Wolf. Er hatte Schlappohren, und sein Schwanz peitschte hin und her, während er seine Nase an meine Zehen drückte.

»Sitz«, kommandierte mein Vater. Mir war nicht ganz klar, was er meinte, denn ich saß ja schon. Dann begriff ich, dass mein Vater mit dem Hund redete. Und nicht nur das – der Hund verstand, was mein Vater sagte, und gehorchte ihm. Er ließ sich auf sein Hinterteil plumpsen und blickte mit zur Seite geneigtem Kopf zu meinem Vater auf, als wollte er sagen: *So, ich habe getan, was von mir verlangt wurde. Und wie geht's jetzt weiter?*

Meine Mutter streckte die Hand aus und kraulte den Hund hinter den Ohren. Es war das Mutigste, was ich sie je hatte tun sehen. Der Hund winselte und rückte näher zu meiner Mutter. Sie stand auf und legte sich ein Handtuch um die Schultern. »Komm«, sagte sie zu dem Hund, und er trottete hinter ihr her. Ich hatte so etwas noch nie gesehen. Ich konnte es mir nur so erklären, dass meine Mutter irgendwie etwas von der Schamanen-Magie meines Vaters gestohlen hatte.

Meine Mutter wollte, dass der Hund die Nacht bei uns in der Hütte verbrachte, doch mein Vater lachte nur und sagte, Tiere gehörten nach draußen. Er band dem Hund ein Seil um den Hals und führte ihn in den Holzschuppen.

Lange nachdem das Quietschen der Bettfedern im Schlafzimmer meiner Eltern verstummt war, stand ich an meinem Fenster und schaute hinaus in den Hof. Das Mondlicht, das vom Schnee reflektiert wurde, machte die Nacht zum Tag. Durch die Ritzen in der Wand des Holzschuppen konnte ich den Hund umhergehen sehen. Ich klopfte leicht mit dem Fingernagel an die Scheibe. Der Hund hielt inne und sah zu mir herauf.

Ich wickelte mir die Bettdecke um die Schultern und schlich auf Zehenspitzen die Treppe hinunter. Draußen war die Nacht kalt und still. Ich setzte mich auf die Stufen und zog meine Stiefel an, dann ging ich über den Hof zum Holzschuppen. Der Hund war an den Eisenring in der hinteren Ecke gebunden. Ich blieb in der Tür stehen und flüsterte den indianischen Namen, den mein Vater ihm gegeben hatte. Der Schwanz des Hundes klopfte auf die Erde. Ich dachte an die Geschichte meines Vaters, wie der Hund zum Volk der Ojibwe gekommen war. Wie der Riese, der den im Wald verirrten Jägern Unterschlupf gewährte, ihnen seinen Haushund mitgab, damit er sie auf dem Heimweg vor dem *wendigo* beschützte. Und wie der Hund den Menschen gestattete, ihn zu streicheln, wie er ihnen aus der Hand fraß und mit ihren Kindern spielte.

Ich ging hinein und setzte mich auf das Rohrkolbenstroh, das meine Mutter als Streu auf den Boden geschüttet hatte. Ich flüsterte ein zweites Mal den indianischen Namen, den mein Vater dem Hund gegeben hatte: »Rambo.« Wieder klopfte der Hund mit dem Schwanz. Ich trat vorsichtig näher und streckte die Hand aus. Der Hund reckte sich ebenfalls und schnupperte an meinen Fingern. Ich rückte noch näher und legte ihm meine Hand auf den Kopf. Wenn meine Mutter mutig genug war, den Hund anzufassen, dann war ich es auch. Der Hund wand sich unter meiner Hand heraus, und bevor ich sie zurückziehen konnte, war seine

Zunge schon draußen und leckte mir die Finger ab. Die Zunge war rau und weich zugleich. Ich legte ihm wieder die Hand auf den Kopf, und der Hund leckte mir das Gesicht.

Als ich aufwachte, fiel das Tageslicht durch die Lattenwand des Holzschuppens. Es war so kalt, dass ich meinen Atem sehen konnte. Rambo hatte sich an mich geschmiegt. Ich hob einen Zipfel meiner Decke an und zog sie über den schlafenden Hund. Rambo seufzte.

Es bereitet mir physische Schmerzen, wenn ich daran denke, wie sehr ich diesen Hund geliebt habe. Den Rest dieses Herbstes und noch einen Teil des Winters, bis es zu kalt wurde, schlief ich bei Rambo im Holzschuppen. Die Lattenwände des Schuppens boten keinen Schutz vor Wind und Wetter, deshalb baute ich uns einen Unterstand aus Brennholz und hängte meine Decken über die Seitenwände und die Decke, so wie bei den Kissenburgen, die Stephen mit den Mädchen in unserem Wohnzimmer baut.

Rambo war auf die wichtigsten Kommandos wie »Komm her«, »Sitz« und »Bleib« abgerichtet, aber das wusste ich nicht. Während ich also nach und nach Rambos Vokabular lernte, glaubte ich, er lerne meines. Und jedes Mal wenn Rambo mitten im Verfolgen einer Kaninchenfährte, im Herumkauen an einem Hirschgeweih oder der Jagd auf ein Backenhörnchen auf mein Kommando innehielt und herbeikam oder sich hinsetzte, fühlte ich mich so mächtig wie ein Schamane.

Mein Vater hasste meinen Hund. Damals konnte ich das nicht verstehen – Indianer und Hunde waren doch eigentlich Freunde. Aber jedes Mal wenn Rambo meinem Vater nachlaufen wollte, gab mein Vater ihm einen Tritt, schrie ihn an oder schlug ihn mit einem Stock. Und wenn er Rambo gerade nicht schlug, schimpfte er ständig darüber, dass Rambo nur ein zusätzliches Maul sei, das gestopft werden müsse. Ich konnte nicht verstehen, wieso das ein Problem sein sollte. Mein Vater sagte, Rambo sei ein Bärenhund, der bei der Jagd abhanden gekommen war. Die Bärensaison ist im August, und jetzt hatten wir November, was bedeutete, dass Rambo über Monate hinweg sehr wohl in der Lage gewesen war, sich sein Futter selbst zu suchen. Ich gab ihm nur die Essensreste, die wir nicht mehr wollten. Warum sollte es meinen Vater kümmern, wenn Rambo die Knochen und Innereien fraß, die wir sowieso weggeworfen hätten?

Heute weiß ich, dass mein Vater meinen Hund hasste, weil mein Vater ein Narzisst ist. Ein Narzisst ist nur zufrieden, solange alles nach seinen Vorstellungen läuft. Im Plan meines Vaters für unser Leben im Moor hatte ein Hund keinen Platz, deshalb konnte er in einem Hund immer nur ein Problem sehen.

Ich glaube auch, dass er Rambo als Bedrohung empfand. Anfangs ließ er mich den Hund behalten, um seine Großzügigkeit zu demonstrieren, doch als ich mit der Zeit meinen Hund ebenso kompromisslos ins Herz schloss wie meinen Vater, war er eifersüchtig, weil er dachte, meine Zuneigung sei geteilt. Aber das war nicht der Fall, im Gegenteil – meine Zuneigung hatte sich verdoppelt. Meine Liebe zu meinem Hund minderte nicht die Liebe zu meinem Vater. Es ist möglich, mehr als ein Wesen zu lieben. Das habe ich durch Rambo gelernt.

Ich glaube, dass Rambo der Grund war, warum mein Vater im folgenden Frühling verschwand – ganz unvermittelt, von einem Tag auf den anderen, war er weg. Meine Mutter und ich hatten keine Ahnung, wohin er gegangen war oder warum, aber wir hatten keinen Grund zu der Annahme, dass diesmal irgendetwas anders wäre als bei früheren Gelegenheiten, wenn er für Stunden oder gar einen ganzen Tag verschwunden blieb, oder auch hin und wieder über Nacht. Also hielten wir so weit wie möglich an unserer Alltagsroutine fest. Meine Mutter holte Wasser und hielt das Feuer in Gang, während ich Holz hackte und die Fallenstrecke abging. Die meisten Fallen waren leer. Kaninchen bekommen ihre Jungen im Frühling, deshalb halten sie sich die meiste Zeit in ihren Bauen auf und sind schwerer zu fangen. Ich hätte versucht, einen Hirsch zu schießen, aber leider hatte mein Vater das Gewehr mitgenommen. Die meiste Zeit aßen wir von den verbliebenen Gemüsevorräten in unserem Keller. Viele Male spielte ich mit dem Gedanken, die Tür zum Vorratsraum mit der Axt meines Vaters einzuschlagen, um an die Konserven zu kommen, aber dann dachte ich daran, was er mit mir machen würde, wenn er zurückkäme und es sähe, also ließ ich es sein. Als Rambo einen Kaninchenbau ausbuddelte, um an die Jungen heranzukommen, aßen wir diese auch.

Und dann, zwei Wochen später, kehrte mein Vater zurück, ebenso unvermittelt, wie er verschwunden war. Pfeifend kam er die Anhöhe heraufmarschiert, als ob er nie weggewesen wäre – das Gewehr über der Schulter, den Jutesack auf dem Rücken, aus dem eine Sumpfdotterblume herausschaute. Mein Vater hatte eine Tüte Salz für meine

Mutter mitgebracht und als Geschenk für mich einen Lake-Superior-Achat, fast identisch mit dem, den er trug. Er hat uns nie gesagt, wo er gewesen war oder was er gemacht hatte, und wir fragten nicht nach. Wir waren nur froh, dass er wieder da war.

In den Wochen darauf gingen wir unseren täglichen Arbeiten nach, als ob alles noch so wäre wie vorher. Aber das war es nicht. Denn zum ersten Mal in meinem Leben konnte ich mir eine Welt ohne meinen Vater vorstellen.

13

Auf der Suche nach Spuren meines Vaters fahre ich weiter den Highway entlang und drehe dabei den Kopf hin und her wie eine Schleiereule. Ich weiß nicht, wonach ich suche – jedenfalls rechne ich nicht damit, hinter einer Kurve plötzlich meinen Vater zu erblicken, der mitten auf der Straße steht und mir winkt, dass ich anhalten soll. Ich denke, wenn ich es sehe, werde ich es wissen.

Rambos Leine ist an dem Haltegriff über der Beifahrertür befestigt. Gewöhnlich binde ich ihn nicht fest, wenn er bei mir im Pick-up mitfährt, aber Rambo ist genauso kribbelig, wie ich mich fühle – seine Nase zuckt, seine Muskeln zittern. Immer wieder hebt er den Kopf und winselt, als ob er die Witterung meines Vaters aufgenommen hätte. Und jedes Mal, wenn er das tut, packe ich das Lenkrad fester, und mein Magen krampft sich zusammen.

Während der Fahrt habe ich viel über Stephen nachgedacht. Über unseren Streit gestern Abend. Und dass er heute Morgen zurückgekommen ist. Trotz allem, was ich ihm angetan habe, will er mich unterstützen. Ich denke über die Rollenverteilung in unserer Beziehung nach – ich als die Beschützerin, Stephen als der Ernährer – und dass ich früher dachte, das sei ein Problem.

Und natürlich denke ich an den Tag, an dem wir uns kennenlernten, vor sechs Jahren beim Blueberry Festival, ein Tag, den die Götter arrangiert haben, da bin ich mir sicher. Nachdem ich meine Gläser aufgereiht und mein Schild vorne an den Tisch gehängt hatte, sah ich zu, wie Stephen sein Zelt direkt gegenüber von meinem aufbaute. Ehrlich gesagt, fand ich seinen Stand beeindruckender als seine Fotos. Ich verstehe ja, dass Leuchtturmfotos bei Touristen beliebt sind, denn mit seinen über dreitausend Meilen Küste hat Michigan mehr Leuchttürme als jeder andere Bundesstaat, aber trotzdem will es mir nicht recht in den Kopf, warum irgendjemand sich ein Bild von einem an die Wand hängen sollte.

Ich hätte sein Zelt nie betreten, wenn ich nicht auf dem Weg zum Dixi-Klo bei ihm vorbeigekommen wäre und, als ich zufällig einen Blick hineinwarf, die Fotografie eines Bären gesehen hätte. Ich habe in den Souvenirläden, die ich bei meinen Touren aufsuche, schon viele Bärenfotos und -postkarten gesehen, aber irgendetwas an diesem Bären fesselte meine Aufmerksamkeit. Schwer zu sagen, ob es die Lichtverhältnisse waren oder der Blickwinkel, den der Fotograf gewählt hatte. Ich weiß nur, dass irgendetwas an dem Bären mein Interesse weckte, sei es das Funkeln seiner Augen oder die Art, wie er die Zähne fletschte.

Ich blieb stehen. Stephen lächelte, und ich ging hinein. An der Rückseite des Drahtgestells, an dem er seine Leuchtturmfotos aufgehängt hatte, waren die Bilder, die zu meinem Herzen sprachen: Reiher und Rohrdommeln, Adler und Nerze, Otter, Biber und Schwalben. All die Tiere meiner Kindheit, alle so fotografiert, dass ihre einzigartigen Charakteristika und Persönlichkeiten zum Vorschein kamen, als ob Stephen in ihre Seelen blicken könnte. Ich kaufte das Bärenfoto, Stephen kaufte meinen ganzen Restbestand an Marmeladen und Gelees, und der Rest ist Geschichte, wie man so sagt.

Ich weiß, was ich in Stephen sah. Ich bin mir immer noch nicht sicher, was er in mir sah, aber ich versuche nicht zu viel darüber nachzudenken. Stephen ist der einzige Mensch auf dieser Erde, der mich gewählt hat. Der mich liebt, nicht weil er es muss, sondern weil er es will. Mein Geschenk vom Universum dafür, dass ich meine Vergangenheit überlebt habe.

Ein Geschenk, das ich jetzt verloren habe. Ich denke wieder an all die Jahre und all die Gelegenheiten, reinen Tisch zu machen, die ich hatte und die ich habe verstreichen lassen. Die Opfer, die ich gebracht habe, um mein Geheimnis zu wahren. Indem ich meinem Vater fernblieb. Indem ich meiner Mutter nicht die neugeborene Iris vorstellte, obwohl ich es gerne getan hätte. Ich denke an die Szenen, wenn ich wieder mal etwas Unpassendes gesagt oder getan hatte und Stephen mich anschaute, als hätte ich den Verstand verloren, und ich ihm keine Erklärung liefern konnte. Alles wäre viel einfacher gewesen, wenn ich die Wahrheit gesagt hätte.

Zehn Minuten später fahre ich rechts ran und parke. Rambo legt die Vorderpfoten auf das Fensterbrett und drückt die Nase an die Scheibe, als ob er denkt, ich würde ihn rauslassen, dabei bin diesmal ich diejenige, die muss. Ich gehe ein kurzes Stück ins Unterholz und ziehe den Reißverschluss meiner Jeans auf. Auf dieser Straße gibt es kaum Verkehr, aber man kann nie wissen. Mein Vater und ich haben uns nie Gedanken darüber gemacht, dass uns jemand sehen könnte, wenn wir auf der Jagd oder beim Angeln waren und ein dringendes Bedürfnis sich meldete. Aber hier draußen sind die Leute wesentlich empfindlicher.

Ich bin fast fertig, als Rambo das durchdringende, stakkatoartige Bellen von sich gibt, mit dem er signalisiert, dass er etwas entdeckt hat. Ich mache meine Hose zu, schnappe die Magnum und werfe mich auf den Bauch. Die Waffe mit beiden Händen vor mich haltend, spähe ich durch das Unterholz.

Nichts. Ich nutze den Wind zur Tarnung, während ich auf dem Bauch bis zu einer Stelle krieche, von wo ich den Pick-up aus einem anderen Blickwinkel sehen kann. Ich rechne damit, ein Beinpaar auf der anderen Seite zu sehen, aber alles ist still. Langsam zähle ich bis zwanzig, und als sich immer noch nichts tut, stehe ich auf. Rambo sieht mich, er fängt an zu bellen und zu scharren, als ob er rauswollte. Ich gehe zum Pick-up, öffne die Beifahrertür einen Spalt breit, schiebe die Hand durch und packe Rambo am Halsband, um ihm die Leine anzulegen. Wenn ich ihn in diesem Zustand rauslasse, werde ich ihn tagelang nicht mehr zu sehen bekommen. Oder auch nie mehr. Es gibt einen Grund, warum der erste Rambo auf unserer Anhöhe aufgetaucht ist.

Kaum haben seine Pfoten den Boden berührt, zerrt Rambo mich zu einem Baumstumpf, nur gut fünf Meter von der Stelle entfernt, wo ich vorhin mein Geschäft gemacht habe, und dort bellt er und läuft im Kreis um den Stumpf herum, als ob er ein Eichhörnchen oder einen Waschbären auf einen Baum gejagt hätte. Aber da ist kein

Eichhörnchen. Stattdessen liegt da, genau in der Mitte des Stumpfs, ein Lake-Superior-Achat.

14

Die Hütte

*Die Wikingerfrau lebte in ständiger Qual und Sorge um das Kind.
Ihr Herz hing an dem kleinen Geschöpf, doch sie konnte ihrem
Gatten nicht erklären, was es mit ihm auf sich hatte. Denn würde sie es
ihm erzählen, dann würde er wohl, wie es damals der Brauch war, das
arme Kind auf die Landstraße legen, damit der Erstbeste es mitnehmen
könnte.*

*Das brachte die gute Wikingerfrau nicht über sich, und sie beschloss
daher, dass der Wiking das Kind nur bei Tag zu sehen bekommen sollte.
Mit der Zeit wurde der arme Frosch mit seinen sanften Augen und seinen
tiefen Seufzern seiner Stiefmutter sogar lieber als die kleine Schönheit, die
biss und kratzte und mit allen Streit anfing.*

Hans Christian Andersen, *Die Tochter des Moorkönigs*

Meine Kindheit endete an dem Tag, als mein Vater meine
Mutter zu ertränken versuchte. Es war meine Schuld. Das
Ganze fing eigentlich ganz harmlos an, und auch wenn ich
unmöglich ahnen konnte, wie es ausgehen würde, kann ich
an den Fakten nichts ändern. Es ist nichts, worüber man so
schnell hinwegkommt. Noch heute wird mir regelmäßig
schlecht, wenn sie im Radio diesen Song über den Untergang der *Edmund Fitzgerald* spielen oder wenn ich in den

Nachrichten von einem Fährunglück höre oder von einem gekenterten Kreuzfahrtschiff oder von einer Mutter, die ein Auto voller kleiner Kinder in einen See geschoben hat.

»Ich habe auf der nächsten Anhöhe eine Stelle mit ganz vielen Erdbeeren entdeckt«, erzählte ich meiner Mutter an einem späten Vormittag im Juni. Es war in dem Sommer, als ich elf Jahre alt war, und sie hatte sich gerade darüber beklagt, dass die Erdbeeren, die ich für sie auf unserer Anhöhe gepflückt hatte, bei Weitem nicht ausreichten für die Menge an Marmelade, die sie kochen wollte.

Eines muss ich noch erklären, damit Sie verstehen, was als Nächstes passierte: Wenn ich meiner Mutter sagte, dass ich auf der »nächsten Anhöhe« Erdbeeren gefunden hätte, wusste sie genau, welche Anhöhe ich meinte. Die Weißen haben die Tendenz, geografische Merkmale nach sich selbst oder nach anderen wichtigen Leuten zu benennen, aber wir folgten der indianischen Tradition und benannten die Orte in unserer Umgebung danach, wie wir sie nutzten, oder nach der Entfernung zu unserem Wohnort. »Die nächste Anhöhe.« »Die Thujen, wo die Hirsche sich versammeln.« »Der Sumpf, wo das Pfeilkraut wächst.« »Die Stelle, wo Jacob den Adler geschossen hat.« »Der Felsen, wo Helena sich den Kopf aufgeschlagen hat.« So wie die Ojibwe-Bezeichnung für den Tahquamenon: *»Adikamegong-ziibi«*, »der Fluss, in dem man Maränen findet«. Ich bin immer noch der Meinung, dass die indianische Methode sinnvoller ist.

»Kannst du sie für mich pflücken?«, fragte meine Mutter.
»Wenn ich jetzt aufhöre zu rühren, wird die Marmelade in diesem Topf niemals fest.«

Und das ist der Grund, warum es meine Schuld ist, dass meine Mutter fast ertrank: Ich wollte eigentlich Ja sagen. Es gab nichts, was ich lieber tat, als mit dem Kanu meines Vaters hinauszufahren, höchstens noch die Hirschjagd oder den Biberfang. Normalerweise hätte ich mich auf die Gelegenheit gestürzt. Heute wünschte ich, ich hätte es getan. Aber mit meinen elf Jahren kam ich gerade in das Alter, wo es mir sehr oft nur darum ging, meinen Willen durchzusetzen. Also schüttelte ich den Kopf. »Ich gehe fischen.«

Meine Mutter sah mich lange an, als ob sie noch mehr hätte sagen wollen, es aber nicht konnte. Endlich seufzte sie und schob den Topf auf dem Ofen nach hinten. Sie nahm einen der Weidenkörbe, die mein Vater im Winter zuvor geflochten hatte, und ging hinaus.

Sobald ich die Fliegengittertür hinter ihr zuknallen hörte, tröpfelte ich mir etwas von dem heißen Erdbeersirup über einen Teller mit Keksen vom Vortag, goss mir eine Tasse Zichorienkaffee ein und ging mit meinem Frühstück auf die hintere Veranda. Der Tag war schon warm. Auf der Upper Peninsula dauert der Winter ewig, und der Frühling zieht sich hin, bis man dann eines Morgens Mitte Juni plötzlich aufwacht und feststellt, dass der Sommer da ist. Ich schnallte die Träger meiner Latzhose auf, dann rollte ich die Hosenbeine so weit hoch, wie es nur ging. Ich dachte ernsthaft darüber nach, die Hosenbeine mit meinem Messer abzuschneiden und mir Shorts zu machen, aber es war die größte Latzhose, die ich besaß, und im nächsten Winter würde ich diese Hosenbeine noch brauchen.

Ich war fast fertig mit Essen und wollte gerade in die Küche gehen, um mir eine zweite Portion zu stibitzen, als mein Vater mit einem Wassereimer in jeder Hand den Hang heraufkam. Er stellte die Eimer auf der Veranda ab und setzte sich neben mich. Ich gab ihm den letzten Keks, schüttete den Rest meines Zichorienkaffees weg und tauchte meinen Becher in einen der Eimer. Das Wasser war kühl und klar. Manchmal waren Mückenlarven in dem Wasser, das wir schöpften. Wir sahen sie dann in unseren Eimern herumschwimmen, wo sie sich wanden und drehten wie Fische auf dem Trockenen. Wenn das passierte, tauchten wir unsere Becher eben an einer anderen Stelle ein, oder wir schnipsten die Larven mit dem Finger heraus. Wahrscheinlich hätten wir das Wasser vor dem Trinken abkochen sollen, aber versuchen Sie mal, sich an einem heißen Sommertag die Chance auf ein so herrlich kühles Getränk entgehen zu lassen. Und wir sind auch nie krank geworden. Nachdem wir das Moor verlassen hatten, haben meine Mutter und ich die nächsten zwei Jahre nur gehustet und geschnieft. Das war ein Vorteil unserer isolierten Lebensweise, der den wenigsten bewusst ist: Es gab keine Keime. Ich finde es immer komisch, wenn die Leute sagen, sie hätten sich eine Erkältung geholt, weil sie im Winter ohne Mütze oder Jacke draußen waren. Nach dieser Logik müsste man sich im Sommer ein Fieber holen, wenn einem zu heiß wird.

»Wo will deine Mutter hin?« Die Stimme meines Vaters klang belegt, weil er den Mund voll Kekse und Sirup hatte. Ich hätte gerne gefragt, wieso er mit vollem Mund reden durfte, während es meiner Mutter und mir verboten war, aber ich wollte die Stimmung nicht verderben. In unserer Familie gab es nicht viel Körperkontakt, und ich mochte es, dicht neben meinem Vater auf der obersten Stufe zu sitzen, unsere Hüften und Knie aneinandergedrückt, als ob wir siamesische Zwillinge wären.

»Erdbeeren pflücken«, erklärte ich, voller Stolz darüber, dass wir dank mir in diesem Jahr reichlich Erdbeermarmelade haben würden. »Ich habe auf der nächsten Anhöhe eine Stelle gefunden, wo ganz viele wachsen.«

Zu diesem Zeitpunkt hatte meine Mutter schon fast den Holzschlag am unteren Ende unserer Anhöhe erreicht. Am Fuß des Holzschlags lag die V-förmige Senke, in der mein Vater sein Kanu liegen hatte.

Die Augen meines Vaters verengten sich. Er sprang von der Veranda und rannte wie der Blitz den Hang hinunter. Ich hatte ihn noch nie so schnell laufen sehen. Ich hatte immer noch keine Ahnung, was passieren würde, oder warum es überhaupt ein Problem sein könnte, dass meine Mutter das Kanu nehmen wollte. Ich dachte wirklich, mein Vater wollte nur mitfahren, um ihr zu helfen, obwohl er immer sagte, dass Beerenpflücken eine Arbeit für Frauen und Kinder sei.

Er holte sie ein, als sie sich gerade abstieß, und platschte ins Wasser. Aber anstatt zu ihr ins Kanu zu steigen, wie ich es erwartet hatte, packte er meine Mutter an den Haaren, zerrte sie heraus und zog die schreiende Frau den ganzen Hang hinauf bis auf unsere hintere Veranda, wo er ihren Kopf in einen der Wassereimer stieß und ihn dort hielt, während sie zappelte und verzweifelt um sich schlug. Als sie dann auf einmal schlaff wurde, dachte ich, sie sei tot. Und an ihrem Gesichtsausdruck, als er ihren Kopf herauszog – die Haare triefnass, die Augen weit aufgerissen, würgend und hustend und spuckend –, konnte ich ablesen, dass sie das Gleiche gedacht hatte.

Mein Vater stieß sie zu Boden und marschierte davon. Nach einer Weile stemmte meine Mutter sich auf die Knie hoch und kroch über die Verandabretter in die Hütte. Ich setzte mich auf den großen Stein im Hof und starrte die nasse Spur an, die sie hinterlassen hatte, bis das Wasser getrocknet war. Ich hatte immer schon Angst vor meinem Vater gehabt, aber bis zu diesem Moment war es eher eine Art ehrfürchtige Scheu gewesen. Angst, sein Missfallen zu erregen, nicht weil ich mich vor der Strafe fürchtete, sondern weil ich ihn nicht enttäuschen wollte. Aber der Anblick, wie mein Vater meine Mutter beinahe ertränkte, erschreckte mich zutiefst – zumal, da ich nicht verstehen konnte, warum er sie töten wollte oder was sie falsch gemacht hatte. Damals wusste ich nicht, dass meine Mutter seine Gefangene war oder dass sie womöglich wirklich vorgehabt hatte zu fliehen. Ich an ihrer Stelle wäre nach diesem versuchten Mordanschlag mehr denn je entschlossen gewesen, meinem Entführer zu entfliehen. Aber eine Sache, die ich gelernt habe, seit ich das Moor verlassen habe, ist, dass die Menschen nun einmal verschieden sind. Was der eine tun *muss*, *kann* der andere nicht tun.

Das ist jedenfalls der Grund, warum ich ein Problem mit dem Thema Ertrinken habe.

Bevor mein Vater meine Mutter zu ertränken versuchte, bin ich gerne auf Biberfang gegangen. Ungefähr eine halbe Meile flussaufwärts von unserer Hütte gab es am Tahquamenon River einen Biberteich. Mein Vater fing Biber im Dezember und Januar, wenn die Felle am besten waren. Er ging dann das Ufer des Teichs ab und suchte nach Stellen, wo die Biber herauskamen, um frische Luft und Sonnenlicht zu tanken, und dort legte er sowohl Beinfallen als auch Schlingen aus. Ich nehme an, dass es den Teich immer noch gibt, aber wer weiß? Manchmal lässt das Umweltministerium einen Biberdamm sprengen, wenn man dort der Meinung ist, dass er den natürlichen Lauf des Flusses stört, oder wenn der Damm den Menschen irgendwelche Probleme bereitet. Die Sachschäden, die jedes Jahr durch Biber verursacht werden, gehen in die Millionen Dollar, und das Umweltministerium nimmt seine Verantwortung ernst. Einbußen beim Holzeinschlag, Ernteverluste, Schäden an Straßen und Abwassersystemen durch Überflutungen und selbst Beschädigungen von Zierbepflanzungen in privaten Vorstadtgärten gelten alle als legitime Gründe, einen Biberdamm zu zerstören. Auf die Bedürfnisse der Biber wird da keine Rücksicht genommen.

Unser Teich war entstanden, als die Biber einen der kleineren, namenlosen Zuflüsse des Tahquamenon aufstauten. Der größte bekannte Biberdamm ist über eine halbe Meile lang und damit doppelt so lang wie der Hoover-Damm, nur damit Sie sich eine Vorstellung machen können – eine ziemlich beeindruckende Leistung, wenn man bedenkt, dass ein ausgewachsenes Bibermännchen ungefähr die Größe und das Gewicht eines zweijährigen Kindes hat. Unser Damm war nicht annähernd so lang. Ich bin oft oben entlangspaziert, habe Steine und Stöckchen in den Teich geworfen, Forellenbarsche geangelt oder mich hingesetzt und die Beine auf der trockenen Seite baumeln lassen, während ich einen Apfel aß. Mir gefiel die Vorstellung, dass die Konstruktion, die ich erkundete, von den Tieren geschaffen worden war, die darin lebten. Manchmal riss ich ein Stück des Damms heraus, um zu sehen, wie lange die Biber brauchen würden, um den Schaden zu reparieren.

Neben den Bibern war unser Teich auch die Heimat für viele Fischarten, Wasserinsekten und Vögel, darunter Enten, Kanadareiher, Eisvögel, Gänsesäger und Weißkopf-Seeadler. Wenn Sie nie gesehen haben, wie ein Weißkopf-Seeadler wie ein Stein vom Himmel fällt und in das stille Teichwasser klatscht, um anschließend mit einem Hecht oder einem Zander in den Fängen davonzufliegen, dann ist Ihnen etwas entgangen.

Nachdem mein Vater versucht hatte, meine Mutter zu ertränken, musste ich den Biberfang aufgeben. Ich hatte kein Problem damit, Tiere zu töten, solange es aus Notwendigkeit und mit Respekt geschah, aber Beinfallen töten den Biber, indem sie ihn unter Wasser ziehen und dort festhalten, und alles, was mit Ertrinken zu tun hatte, drehte mir den Magen um.

Was mich noch mehr beschäftigte als das Ertränken der Biber, war, dass ich nicht verstand, warum mein Vater sie überhaupt fing. In unserem Geräteschuppen stapelten sich die Felle: Nerz, Biber, Otter, Fuchs, Kojote, Wolf, Bisamratte, Hermelin. Von meinem Vater hatte ich immer zu hören bekommen, wie wichtig es sei, den Tieren, die wir töteten, Respekt entgegenzubringen. Wir sollten nachdenken, bevor wir abdrückten, und wir sollten nicht verschwenderisch sein. Wir sollten nicht auf das erste Tier schießen, das wir sahen, denn es könnte das einzige seiner Art sein, das wir den ganzen Tag zu sehen bekamen, und das würde bedeuten, dass die Population klein war und eine Zeitlang in

Ruhe gelassen werden musste. Und dennoch sorgte er dafür, dass die Fellstapel jedes Jahr noch weiter wuchsen. Als ich noch ganz klein war, dachte ich immer, dass er eines Tages die Felle in sein Kanu packen und flussaufwärts paddeln würde, um sie einzutauschen, wie es die Franzosen und die Indianer früher gemacht hatten. Und ich hoffte immer, dass er mich dann mitnehmen würde. Aber nachdem mein Vater versucht hatte, meine Mutter zu ertränken, kamen mir Zweifel an dem ganzen Unterfangen. Ich wusste, dass es falsch war, was er mit meiner Mutter gemacht hatte. Vielleicht war sein exzessives Fallenstellen auch falsch. Wenn bei der ganzen Sache am Ende nichts herauskam außer Bergen von Fellen, die mir bis über den Kopf reichten, wo lag da der Sinn?

Ich dachte über Dinge wie diese nach, als ich an der Wende vom Sommer zum Herbst nach dem Abendessen auf unserer hinteren Veranda saß und in den *Geographic*-Heften blätterte in der Hoffnung, einen Artikel zu finden, den ich noch nicht gelesen hatte. Ich hatte immer gerne zugesehen, wie der Abendwind über das Gras wehte, während die Schatten sich über das Moor ausbreiteten und die Sterne nach und nach hervorkamen, aber in letzter Zeit machte die Bewegung mich nur noch unruhig. Manchmal hob Rambo den Kopf und schnupperte, wenn er neben mir auf den Verandadielen lag, und dann winselte er, als ob er es ebenfalls spürte. Ein Gefühl, als ob man sich etwas wünscht, was man nicht haben kann, ein Gefühl, dass da jenseits der Grenzen des Moors noch etwas war, das größer, besser, einfach *mehr* war. Ich starrte dann das dunkle Band der Bäume am Horizont an und versuchte mir vorzustellen, was dahinter lag. Wenn Flugzeuge über unsere Hütte flogen, beschattete ich meine Augen mit der Hand und blickte in den Himmel auf, auch noch, nachdem die Flugzeuge längst verschwunden waren. Ich rätselte über die Menschen, die darin saßen. Wünschten sie sich ebenso sehr, bei mir hier unten im Moor zu sein, wie ich mir wünschte, bei ihnen oben in der Luft zu sein?

Mein Vater machte sich Gedanken über mich, das spürte ich. Er verstand die Veränderungen, die mit mir vorgingen, genauso wenig wie ich selbst. Manchmal ertappte ich ihn dabei, wie er mich beobachtete, wenn er glaubte, ich merkte es nicht, und dann strich er sich über seinen dünnen Bart, wie er es immer tat, wenn er lange und angestrengt nachdachte. Normalerweise war dies das Vorspiel zu einer Geschichte. Einer indianischen Legende, einer Jagd- oder Angelgeschichte oder einer Geschichte über irgendetwas Merkwürdiges oder Komisches oder Dramatisches oder Gruseliges oder Wunderbares, das ihm passiert war. Ich saß im Schneidersitz da, die Hände respektvoll im Schoß gefaltet, wie er es mir beigebracht hatte, und tat so, als ob ich zuhörte, während meine Gedanken abschweiften. Es war nicht so, dass die Geschichten meines Vaters mich nicht mehr interessierten. Mein Vater ist einer der besten Geschichtenerzähler, die ich je gekannt habe. Aber jetzt wollte ich meine eigenen machen.

An einem trüben, regnerischen Morgen im darauffolgenden Herbst beschloss mein Vater, es sei an der Zeit, dass ich lernte, wie man Gelee macht. Ich sah nicht ein, warum ich das wissen musste. Ich wollte das Kanu meines Vaters nehmen, um meine Fallenstrecke abzugehen. Auf dem Hügel jenseits der Anhöhe, wo die Hirsche sich versammelten, wohnte eine Fuchsfamilie, und ich hoffte, einen davon zu fangen, damit meine Mutter mir eine Fuchsschwanzmütze mit Ohrenklappen machen konnte, wie mein Vater eine trug. Dass es regnete, kümmerte mich nicht. Ich würde schon nicht zerlaufen, und was nass wurde, wurde irgendwann auch wieder trocken. Als meine Mutter beim Frühstück ankündigte, dass sie wegen des Regenwetters Gelee machen würde und ich ihr dabei helfen sollte, zog ich trotzdem meine Jacke an, denn meine Mutter konnte mir nicht vorschreiben, was ich zu tun hatte. Mein Vater allerdings schon, und als er daher verfügte, dass heute der Tag sei, an dem ich lernen würde, wie man Gelee macht, saß ich fest.

Ich hätte lieber meinem Vater geholfen. Er saß mit einem Wetzstein und einem Poliertuch am Küchentisch und schliff seine Messersammlung, obwohl die Messer alle schon glänzend und scharf waren. Unsere Öllampe stand in der Mitte des Tischs. Normalerweise zündeten wir die Lampe am Tag nicht an, weil das Bärenfett langsam knapp wurde, aber an diesem Morgen war es wegen des Regens besonders dunkel in der Hütte.

Meine Mutter hatte einen Topf mit heißem Apfelmus auf der Arbeitsplatte stehen und rührte mit einem Holzlöffel darin, um es abzukühlen, während ein zweiter Topf blubbernd und schäumend auf dem Ofen stand. Die leeren Gläser, die sie gewaschen und abgetrocknet hatte, standen auf zusammengefalteten Küchentüchern auf dem Tisch bereit. Hinten auf dem Ofen stand eine Blechdose mit geschmolzenem Paraffin. Meine Mutter goss eine Schicht heißes

Paraffin auf das Gelee, nachdem es fest geworden war, um die Gläser zu versiegeln, weil das Gelee dann angeblich nicht schimmelte, aber es wuchs trotzdem Schimmel darauf. Sie sagte, der Schimmel würde uns nicht schaden, aber mir fiel auf, dass sie ihn trotzdem abschabte, bevor sie ihr Gelee aß, und das Verschimmelte wegwarf. Der Waschzuber auf dem Boden war randvoll mit Apfelschalen. Sobald es aufhörte zu regnen, würde meine Mutter den Zuber hinaustragen und die Schalen auf ihren Komposthaufen werfen.

Meine Hände waren rot vom Pressen des heißen Apfelbreis durch ein zusammengefaltetes Seihtuch, um den Saft vom Fruchtfleisch zu trennen. Es war stickig und heiß in der Küche. Ich kam mir vor wie ein Bergmann, der tief unter der Erde einen Kohleflöz bearbeitet. Ich zog mir das T-Shirt über den Kopf und wischte mir damit das Gesicht ab.

»Zieh dein Shirt an«, sagte meine Mutter.

»Ich will nicht. Es ist zu heiß.«

Meine Mutter warf meinem Vater einen Blick zu. Mein Vater zuckte mit den Schultern. Ich knüllte mein Shirt zusammen, feuerte es in eine Ecke und stampfte die Treppe hinauf in mein Zimmer, wo ich mich aufs Bett warf, die Hände im Nacken verschränkt, und zur Decke hinaufstarrte, während ich böse Gedanken über meinen Vater und meine Mutter dachte.

»Helena! Komm sofort runter!«, rief meine Mutter die Treppe hinauf.

Ich rührte mich nicht. Ich hörte, wie meine Eltern sich stritten:

»Jacob, tu doch was!«

»Was soll ich denn tun?«

»Sorg dafür, dass sie runterkommt. Sag ihr, sie soll mir helfen. Ich kann nicht alles allein machen.«

Ich wälzte mich aus dem Bett, fischte aus dem Kleiderhaufen auf dem Boden ein trockenes T-Shirt, knöpfte ein Flanellhemd darüber zu und stampfte wieder nach unten.

»Du gehst nicht raus«, sagte meine Mutter, als ich durch die Küche marschierte und meine Jacke vom Haken neben der Tür nahm. »Wir sind noch nicht fertig.«

»Du vielleicht nicht. Ich schon.«

»Jacob.«

»Hör auf deine Mutter, Helena«, sagte mein Vater, ohne von dem Messer aufzuschauen, das er gerade schärfte. Ich konnte sein Spiegelbild in der Klinge sehen. Mein Vater lächelte.

Ich warf meine Jacke auf den Boden und lief ins Wohnzimmer. Dort warf ich mich auf meinen Bärenteppich und vergrub das Gesicht in seinem Fell. Ich wollte nicht lernen, wie man Gelee macht. Ich verstand nicht, warum mein Vater sich nicht mit mir gegen meine Mutter verbündete, ich verstand nicht, was mit mir und meiner Familie passierte. Warum mir nach Heulen zumute war, obwohl ich es gar nicht wollte.

Ich setzte mich auf, schlang die Arme um meine Knie und schlug die Zähne in meinen Unterarm, bis ich Blut schmeckte. Wenn ich mir das Weinen schon nicht verkneifen konnte, würde ich wenigstens dafür sorgen, dass ich einen Grund dazu hatte.

Mein Vater kam zu mir ins Wohnzimmer und stellte sich mit verschränkten Armen vor mich. Das Messer, das er gerade geschliffen hatte, hielt er in der Hand.

»Steh auf.«

Ich stand auf. Den Anblick des Messers vermied ich, so gut es ging, während ich mich zu voller Größe aufrichtete. Ich verschränkte die Arme vor der Brust, reckte das Kinn und hielt seinem Blick stand. Ich forderte ihn nicht heraus. Noch nicht. Ich ließ ihn nur wissen, dass ich es ihm heimzahlen würde, was immer er mir anzutun gedachte, um mich für meinen Trotz zu bestrafen. Wenn ich die Zeit zurückdrehen und mein elfjähriges Ich fragen könnte, wie ich mich an meinem Vater rächen wollte, würde ich wohl keine Antwort bekommen. Ich wusste nur, dass nichts, was mein Vater sagen oder tun konnte, mich dazu bringen würde, nachzugeben und meiner Mutter beim Geleemachen zu helfen.

Mein Vater hielt meinem Blick ebenso unverwandt stand. Er wog das Messer in der Hand und lächelte. Ein verschlagenes, schiefes Grinsen, das bedeutete, dass es sehr viel klüger gewesen wäre, zu tun, was er verlangte, denn jetzt würde er ein bisschen Spaß haben. Er nahm mein Handgelenk und hielt es fest, sodass ich mich nicht losreißen konnte. Er betrachtete die Bissspuren auf meinem Unterarm, dann legte er die Spitze des Messers auf meine Haut. Ich zuckte unwillkürlich zusammen. Ich wusste, was immer mein Vater vorhatte, würde noch schlimmer sein, wenn er wüsste, dass ich Angst hatte. Und ich hatte keine Angst – nicht wirklich, jedenfalls nicht vor Schmerzen. Im Aushalten von Schmerzen hatte ich schon dank meiner Tätowierungen reichlich Erfahrung. Im Rückblick denke ich, dass ich zusammenzuckte, weil ich nicht wusste, was er vorhatte. Das Beherrschen eines anderen Menschen hat auch eine psychologische Komponente, die genauso wirksam sein kann wie die physischen Schmerzen, die man der Person zufügt, und ich glaube, dieser Vorfall illustriert das sehr gut.

Mein Vater zog das Messer an meinem Unterarm entlang. Die Schnitte, die er machte, waren nicht sehr tief. Gerade so, dass das Blut hervorquoll. Langsam verband er die Zahnabdrücke miteinander, bis sie ein grobes »O« formten.

Er hielt inne, studierte sein Werk und zog dann drei kurze, zusammenhängende Striche auf der einen Seite des »O« und vier weitere auf der anderen.

Als er fertig war, hielt er meinen Arm hoch, sodass ich ihn sehen konnte. Das Blut rann an der Innenseite meines Arms herab und tropfte von meinem Ellbogen.

»Geh und hilf deiner Mutter.« Er tippte mit der Messerspitze auf das Wort, das er in meinen Arm geritzt hatte, und lächelte wieder, als ob er das hier gerne so lange fortsetzen könnte, wie es nötig war, wenn ich nicht täte, was er sagte. Also tat ich es.

Die Narben sind im Lauf der Jahre verblasst, aber wenn man weiß, wo man hinschauen muss, kann man bis zum heutigen Tag das Wort »NOW« an der Innenseite meines rechten Unterarms lesen.

Die Narben, die mein Vater bei meiner Mutter hinterlassen hat, gingen natürlich viel tiefer.

15

Ich starre den Achat an, den mein Vater auf dem Baumstumpf hinterlassen hat. Ich möchte ihn nicht anfassen. Das ist genau die Art von Streich, die er mir damals gespielt hat, als er mir das Fährtenlesen beibrachte. Immer dann, wenn ich glaubte, alle Tricks zu kennen, und mich schon auf den Moment freute, wo ich ihm eine Kugel zwischen die Füße schießen würde, gelang es ihm irgendwie, mich auf eine falsche Fährte zu locken – indem er seine Spuren mit einem belaubten Ast verwischte oder einen langen Stock benutzte, um das Gras umzubiegen, damit ich glaubte, er sei dort entlanggegangen, oder indem er rückwärts ging oder auf den Fußkanten, sodass er keinerlei Fersen- und Zehenspuren hinterließ. Jedes Mal wenn ich glaubte, alles zu beherrschen, was man zum Aufspüren einer Person in der Wildnis wissen musste, zog mein Vater wieder einen neuen Trick aus dem Ärmel.

Jetzt ist es ein Achat. Dass mein Vater mich, wer weiß wie lange, heimlich beobachten konnte, dass er sich anschleichen konnte, während ich anderweitig beschäftigt war, um den Achat so hinzulegen, dass ich ihn finden musste, beweist, dass mein Vater nach dreizehn Jahren in einer Vier-Quadratmeter-Zelle immer noch ein besserer Waldläufer ist, als ich es je sein werde. Nicht genug, dass er in der Lage ist, aus einem Hochsicherheitsgefängnis auszubrechen – er kann auch die Leute, die nach ihm suchen, glauben machen, dass er sich in einer Gegend befände, wo er gar nicht ist, und mich dann hierherlocken, weil er weiß, dass unsere gemeinsame Vergangenheit mich genau zu dieser Stelle führen wird. Als ich heute Morgen aufbrach, um nach meinem Vater zu suchen, wusste ich, dass ich ihn finden würde.

Womit ich nicht gerechnet habe, ist, dass er mich zuerst finden würde.

Rambo bellt, als ob er glaubt, der Stein könnte plötzlich Beine bekommen und davonlaufen. Ich werde ihn später noch daran schnuppern lassen, aber zuerst will ich wissen, woher mein Vater wusste, dass ich es war, die sich da zum Pinkeln in die Büsche geschlagen hatte. Ich sehe ganz anders aus als damals. Die dunklen Haare, die ich zu Rattenschwänzen gebunden oder zu Zöpfen geflochten trug, sind jetzt schulterlang und mit so vielen Highlights durchsetzt, dass sie fast blond wirken. Und nach zwei Kindern bin ich fülliger und rundlicher als damals. Ich werde nie wirklich dick sein, dafür bin ich weder der Figurtyp noch der Stoffwechseltyp, aber ich bin auch nicht mehr so mager wie damals, als er mich das letzte Mal gesehen hat. Und ich bin auch noch vier oder fünf Zentimeter gewachsen. Rambo könnte ihm einen Hinweis geliefert haben, weil er die gleiche Rasse ist wie der Hund, der uns im Moor zugelaufen war, aber andererseits ist ein Bärenhund mit gestromtem Fell, der während der Bärensaison auf der Upper Peninsula herumläuft, nicht gerade ein seltener Anblick. Ich wüsste nicht, wie mein Vater die Verbindung hergestellt haben könnte, es sei denn, er hätte gehört, wie ich Rambo rief.

Und wo und wie ist er an den Achat gekommen? Die ganze Sache stinkt übler als die Fleischabfälle, die wir immer in unsere Müllgrube geworfen haben. Wenn mein Vater glaubt, mich in eine Erwachsenen-Version unseres alten Fährtensuchspiels hineinziehen zu können, sollte er sich daran erinnern, dass ich die letzten drei Male gewonnen habe.

Aber vielleicht hat mein Vater den Stein ja gar nicht auf den Baumstumpf gelegt, um sich damit zu brüsten, dass ich ihm immer noch nicht das Wasser reichen kann, wenn es ums Jagen und Fährtenlesen geht. Vielleicht ist es gar keine Provokation. Vielleicht ist es eine Einladung. *Ich habe dich nicht vergessen. Du bist mir wichtig. Ich will dich noch ein letztes Mal sehen, bevor ich verschwinde.*

Ich ziehe mein Hemd aus der Hose, hebe den Achat hoch und halte ihn Rambo hin, damit er die Witterung aufnehmen kann. Er läuft schnüffelnd über das verstreute Astwerk bis zu einer Stelle auf der Straße fünf oder sechs Meter vor meinem Pick-up. Eine Spur aus schweren Fußstapfen geht von dort in westlicher Richtung ab. Spuren, wie sie die Schuhe eines toten Gefängnisaufsehers hinterlassen haben könnten. Ich gehe zum Truck zurück und rechne halb damit, dass mein Vater aus dem Gebüsch springen und mich packen wird, wie er es immer getan hat, wenn ich nach einer seiner Gruselgeschichten aus der Schwitzhütte kam.

Ich werfe den Stein auf den Vordersitz, dann binde ich Rambo hinten drin an und bedeute ihm, sich hinzulegen und still zu sein. Ich habe nicht vergessen, was mein Vater von Hunden hält. Ich ziehe den Zündschlüssel vom Schlüsselring und stecke ihn in die Hosentasche, dann vergewissere ich mich, dass mein Handy stummgeschaltet ist, und stecke es in die andere Tasche. Normalerweise lasse ich meine Schlüssel im Pick-up, wenn ich auf die Jagd gehe – auf der Upper Peninsula wimmelt es nicht gerade von Autodieben, und man will ja nicht, dass die Schlüssel in der Hosentasche klirren –, aber ich habe keine Lust, der Fährte zu folgen, die mein Vater für mich gelegt hat, nur um am Ende festzustellen, dass er meinen Pick-up gestohlen hat. Zur Sicherheit schließe ich die Fahrerkabine auch noch ab und überprüfe mein Messer und mein Gewehr. Die Polizei sagt, mein Vater sei bewaffnet und gefährlich. Das bin ich auch.

Nach einer Viertelmeile biegen die Fußspuren von der Straße in die Auffahrt zu einer der Hütten ab, in denen ich nachsehen will. Ich gehe an der Abzweigung vorbei und schlage einen weiten Bogen, um mich der Hütte von hinten zu nähern. Es gibt hier weniger Deckung, als mir lieb ist. Dieser Wald besteht hauptsächlich aus Lärchen und Banks-Kiefern, dürr und krüppelig und trocken wie Zunder, sodass man sich unmöglich darin bewegen kann, ohne Geräusche zu machen. Andererseits – wenn mein Vater in der Hütte auf mich wartet, dann weiß er schon, dass ich hier bin.

Die Hütte ist alt und steht so weit zurückgesetzt auf der Lichtung, dass sie fast im Wald verschwindet. Eine dichte Decke aus Moos und Kiefernnadeln überzieht das Dach, die Wände verschwinden hinter hohen gelben Blumen und wuchernden Kletterpflanzen. Es sieht aus wie eine Märchenhütte aus den Bilderbüchern meiner Töchter – nicht die Art Hütte, die einem harmlosen Ehepaar ohne Kinder oder einem armen Waldarbeiter gehört, sondern eher die

Art von Hütte, die unvorsichtige Kinder anlocken soll. Ich habe ein besonderes Auge auf den Geräteschuppen am Ende der Zufahrt, in dem ein alter Pick-up steht. Ich sehe unter dem Fahrgestell und im Dachstuhl nach. Der Schuppen ist leer.

Ich halte mich dicht am Rand der Lichtung und gehe um die Hütte herum zur Rückseite. Das einzige Fenster dort gehört zu einem Schlafzimmer, kaum größer als das Bett, die Kommode und der Stuhl, die jemand irgendwie hineingequetscht hat. Das Bett hängt in der Mitte durch, es sieht unbenutzt aus.

Ich gehe um die Ecke und schaue durch das erste Fenster auf der Seite. Die Badezimmerarmaturen sind rostfleckig, die Handtücher alt. Eine einzelne Zahnbürste steckt in einer Halterung an der Wand. Das Wasser in der Toilette ist braun, und ein dunkler Ring oberhalb des Wasserspiegels lässt darauf schließen, dass die Spülung schon länger nicht mehr betätigt wurde.

Durch das nächste Fenster erblicke ich ein Wohnzimmer, das mich stark an das meiner Großeltern erinnert: verblichenes Blümchensofa, dazu passende Sessel, ein hölzerner Couchtisch mit einer Schale voll Kiefernzapfen, Treibholzstücken und Achaten in der Mitte, die Vitrine in der Ecke vollgestopft mit Nippes, Salz- und Pfefferstreuern und buntem Pressglas. Vergilbte Häkeldeckchen auf den Arm- und Rückenlehnen der Sessel. Ein alter Lehnstuhl, der dringend neu bezogen gehört. Auf dem Tisch daneben eine Kaffeetasse und eine zusammengefaltete Zeitung. Das Zimmer wirkt unberührt. Falls mein Vater in der Hütte auf mich lauert, dann jedenfalls nicht hier.

Ich gehe weiter zur Vorderseite und trete lautlos auf die Veranda. Dort bleibe ich reglos stehen, lausche, wittere. Wenn man Menschen jagt, darf man nichts überstürzen.

Nach langen Minuten, in denen nichts passiert, lege ich die Hand auf den Türknauf. Er lässt sich mühelos drehen, und ich trete ein.

Ich war fünfzehn, als ich das erste Mal in eine Hütte einbrach. Da hatte ich die Schule bereits abgebrochen, und die Hauslehrer, die uns der Staat schickte, wussten ebenso wenig mit mir anzufangen wie meine Großeltern, sodass ich jede Menge Freizeit hatte.

Ich wünschte, ich könnte sagen, ich sei aus Notwendigkeit in die Hütte eingebrochen – weil ich von einem Wolkenbruch oder einem Schneesturm überrascht worden war oder etwas in der Art –, aber es war nur ein Jux, eine Idee für eine Unternehmung, die mir eines Tages kam, als ich mich mal wieder langweilte. Die Hütte gehörte den Eltern eines der Jungen, die mir in der Schule immer Stress gemacht hatten, und ich dachte, es wäre doch lustig, den Spieß einmal umzudrehen und stattdessen ihm Stress zu machen.

Ich hatte nicht vor, irgendetwas zu beschädigen; ich wollte nur genug Hinweise darauf hinterlassen, dass ich eingebrochen war, um ihn wissen zu lassen, dass ich es konnte. Die Hütte hatte so einen Aufkleber an der Tür, auf dem stand »Dieses Gebäude ist alarmgesichert«, aber meine Großeltern hatten den gleichen Aufkleber, und daher wusste ich, dass man die Warnung nicht ernst nehmen musste. Mein Großvater sagte, dass so ein Hinweis als Abschreckung genauso effektiv sei wie eine richtige Alarmanlage, nur eben viel billiger.

Mein Plan war simpel:

1. Ein Paar gelbe Gummihandschuhe anziehen, die ich aus dem Putzschrank meiner Großmutter genommen hatte.
2. Mit meinem Messer die Scharnierstifte aus der Haustür hebeln.
3. In der Küche eine Konservendose öffnen und im Holzofen ein Feuer machen, um sie aufzuwärmen, weil ich warme Dosenmahlzeiten lieber mochte als kalte.
4. Die leere Dose mitten im Wohnzimmer stehen lassen, mit der toten Maus drin, die ich aus dem Holzlager meiner Großeltern mitgenommen hatte.
5. Die Tür wieder einhängen und gehen.

Die Maus war frisch, und sie würde sicher die ganze Bude so vollstinken, dass dem Nächsten, der die Hütte betrat, als Erstes der Geruch entgegenschlagen würde. Er würde die Dose mit der toten Maus finden und wissen, dass jemand eingebrochen war, aber wegen der Handschuhe würde er nicht wissen, wer. Nachdem mir die Idee mit der Maus in der Dose gekommen war, überlegte ich mir, dass ich in die Hütten der Eltern all der Jungen und Mädchen einbrechen würde, die mir Stress machten, und das wäre dann so etwas wie meine Visitenkarte. Die Polizei würde denken, dass der Einbrecher wahllos zuschlug, aber schließlich würden meine Peiniger die Verbindung herstellen und erkennen, dass ich dahintersteckte. Aber sie würden nichts sagen können, ohne sich selbst zu beschuldigen, und das war das Allerbeste an meinem Plan, fand ich.

Aber wie sich herausstellte, waren nicht alle Hausbesitzer so knauserig wie mein Großvater: Der Aufkleber war gar keine leere Drohung. Ich sah auf einem Stuhl am Holzofen und blätterte einen Stapel *National Geographics* durch, um zu sehen, ob sie das Heft mit dem Artikel über die Wikinger hatten, während ich darauf wartete, dass meine Bohnen kochten, da fuhr draußen ein Polizeiauto mit Blaulicht vor. Ich hätte mich zur Hintertür rausschleichen können – kein Sheriff auf der ganzen Welt hätte mich fangen können, wenn ich einmal im Wald untergetaucht wäre und nicht gefangen werden wollte –, aber der Deputy, der aus dem Wagen stieg, war derselbe, der mich die letzten beiden Male, als ich von zu Hause weggelaufen war, wieder nach Hause gebracht hatte, und wir hatten irgendwie eine Beziehung zueinander entwickelt.

»Nicht schießen!«, rief ich, während ich mit erhobenen Händen aus der Haustür trat, und wir lachten beide. Der Deputy forderte mich auf, alles wieder so zurückzulegen, wie ich es vorgefunden hatte, dann hielt er mir die Autotür auf, als ob ich ein Filmstar wäre und er mein Chauffeur. Auf der Fahrt zurück erzählten wir uns Jagd- und Angelgeschichten, und wir hatten richtig Spaß dabei. Ich erzählte ihm die Geschichte meines Vaters über den Sturz in die Bärenhöhle, als ob es mir selbst passiert wäre, und er war beeindruckt. Als ich ihn fragte, ob er mit mir gehen wollte, weil wir uns doch offensichtlich prima verstanden, antwortete er, er sei verheiratet und habe zwei Kinder. Mir war nicht klar, wieso das ein Hinderungsgrund sein sollte, aber er versicherte mir, dass es einer sei.

Der Deputy brachte mich aufs Polizeirevier. Offenbar war Einbruch eine schwerere Straftat als Durchbrennen. Ich hoffte, dass er mich in die Zelle stecken würde, in der mein Vater gesessen hatte, sodass ich eine Vorstellung davon hätte, wie es für ihn war, aber er ließ mich auf einer Holzbank auf dem Flur sitzen, während er meine Großeltern anrief. Als meine Großeltern kamen, hielt der Deputy mir einen langen Vortrag und erklärte, ich könne von Glück sagen, dass die Leute, denen die Hütte gehörte, auf eine Anzeige verzichteten – obwohl es ihr gutes Recht gewesen wäre –, und dann hätte ich richtigen Ärger bekommen, und ich müsse das Gesetz achten und das Eigentum anderer Leute respektieren, und so etwas dürfe nie wieder vorkommen. Ich fand das nicht weiter schlimm, das war schließlich sein Job. Aber als er dann gar nicht mehr aufhören wollte und sagte, ich solle darüber nachdenken, was aus mir würde, wenn ich nicht aufhörte, mich so rücksichtslos zu verhalten, und er mich fragte, ob ich im Gefängnis landen wollte wie mein Vater, da war ich froh, dass er nicht mein Freund war. Ich beschloss, dass ich bei der nächsten Gelegenheit wieder in eine Hütte einbrechen würde, nur um es ihm zu zeigen. Vielleicht in seine.

Danach entschied mein Großvater, dass ich Vollzeit in seinem Laden arbeiten sollte. Bis dahin hatte ich drei Tage die Woche gearbeitet. Mein Großvater hatte einen Laden für Angelköder und Fahrräder in einem alten Holzgebäude auf der Main Street, zwischen einem Maklerbüro und dem Drugstore. Die Fahrräder waren vor dem Laden aufgereiht, sodass man sie sehen konnte, wenn man vorbeikam, und hinten im Laden waren die Aquarien mit den Ködern und die Kühlschränke voller Regenwürmer. Ich dachte immer, dass mein Großvater Räder und Regenwürmer verkauft, weil »*Bait and Bicycles*« einfach einen guten Klang hatte. Heute weiß ich, dass viele Geschäfte auf der Upper Peninsula eine Kombination von Artikeln verkaufen, von denen man normalerweise nicht denken würde, dass sie zusammenpassen, weil es so schwierig ist, vom Verkauf eines Produkts allein zu leben. Mit meinen Gelees und Marmeladen komme ich ganz gut über die Runden, aber auch nur, weil ich viel übers Internet verkaufe.

Mein Großvater sagte auch, da ich Vollzeit arbeitete, müsse ich für Kost und Logis bezahlen. Das übrige Geld könnte ich, wenn ich wollte, sparen und ihm dann ein Fahrrad zum Selbstkostenpreis abkaufen. Mein Großvater hatte schon lange vorher alle Fahrräder und die anderen Dinge, die Leute mir geschickt hatten, verkauft, deshalb war ich froh über die Gelegenheit, wieder an eines zu kommen. Er nahm ein Blatt Papier und teilte es in drei Spalten auf, überschrieben mit *Großhandelspreis*, *Einzelhandelspreis* und *Reinerlös*, dann schrieb er ein paar Zahlen darunter, um mir zu zeigen, wie der Einzelhandel funktionierte. Das sollte sich noch als nützlich erweisen, als ich später mein eigenes Geschäft eröffnete.

Das Rad, das ich mir aussuchte, war ein Mountainbike Marke Schwinn Frontier in Azurblau. Es gefiel mir, dass ich mit dem Fahrrad sowohl auf der Straße als auch im Gelände fahren konnte. Heute weiß ich, dass es bessere und teurere Fahrräder gibt, die mein Großvater hätte führen können, aber auf der Upper Peninsula könnte niemand mit dem Verkauf von High-End-Fahrrädern seinen Lebensunterhalt verdienen, selbst wenn er zusätzlich noch Köder anbieten würde.

Jedes Mal wenn ein Kunde in den Laden kam und ein Fahrrad kaufen wollte, lenkte ich ihn von meinem Fahrrad ab. Ich wusste nicht, dass mein Großvater genau das gleiche Modell noch einmal bestellen konnte, falls dieses verkauft wurde. Sicher denken die meisten Leute, dass ich nach drei Jahren eigentlich schon besser hätte verstehen müssen, wie die Geschäftswelt funktioniert, aber ich möchte mal sehen, wie diese Leute zurechtkommen würden, wenn sie selbst von null anfangen müssten. Noch heute stolpere ich gelegentlich über Dinge, die ich nicht weiß. Als daher einer der Jungen aus der Schule das Fahrrad kaufte, für das ich gespart hatte, dachte ich mir, jetzt ist es vorbei. Ich schob das Rad hinaus zum Pick-up seiner Eltern, ließ es auf den Gehsteig fallen, ohne ihnen beim Aufladen zu helfen, wie es eigentlich von mir erwartet wurde, und ging einfach weiter. Ich hatte kein besonderes Ziel im Sinn, ich wusste nur, dass mein Großvater mich um das Fahrrad betrogen hatte, für das ich gespart hatte, und dass ich nicht wiederkommen würde.

Nach ein paar Stunden holte mein Großvater mich ein. Inzwischen war es längst dunkel. Wenn meine Großmutter nicht auf dem Beifahrersitz gesessen hätte, wäre ich wahrscheinlich nicht eingestiegen. Ich kam mir natürlich ganz schön dumm vor, nachdem wir alles geklärt hatten und mein Großvater mir versprach, das gleiche Modell wie das verkaufte noch einmal zu bestellen. Damals kam ich mir ziemlich oft dumm vor.

Ich erzähle diese Geschichten nicht, weil ich bemitleidet werden will. Mitleid habe ich weiß Gott genug bekommen. Ich will nur, dass die Leute verstehen, warum ich nach ein paar Jahren das Gefühl hatte, noch einmal von vorne anfangen zu müssen. Manchmal glaubt man etwas zu wollen, aber wenn man es dann bekommt, stellt man fest, dass es gar nicht das ist, was man wollte. So ist es mir ergangen, als ich aus dem Moor kam. Ich dachte, ich könnte mir ein neues Leben aufbauen und glücklich sein. Ich war intelligent, jung, offen für die Welt um mich herum und voller Lerneifer. Das Problem war, dass die Leute nicht so wirklich offen für mich waren. Als Kind eines Kidnappers, Vergewaltigers und Mörders ist man mit einem Makel behaftet, den man nicht so leicht loswird. Wer glaubt, dass ich übertreibe, sollte mal über Folgendes nachdenken: Hätten Sie mich in Ihrem Haus willkommen geheißen, wenn Sie gewusst hätten, wer mein Vater war und was er meiner Mutter angetan hatte? Hätten Sie zugelassen, dass ich mich mit Ihren Söhnen und Töchtern anfreunde? Mir Ihre Kinder zum Babysitten anvertraut? Selbst wenn jemand alle diese Fragen bejaht, wette ich, dass er vorher zumindest kurz gezögert hat.

Zum Glück starben die Eltern meines Vaters im Abstand von wenigen Monaten, kurz nachdem ich achtzehn geworden war, und hinterließen mir das Haus, in dem mein Vater aufgewachsen war. Weil ich volljährig war, erklärte sich ihr Anwalt bereit, mir den Besitz zu übertragen, ohne meine Mutter oder meine Großeltern zu informieren. Sobald die Papiere fertig waren, packte ich einen Koffer, sagte ihnen, dass ich umziehen würde, aber nicht, wo sie mich finden würden, änderte meinen Nachnamen in Eriksson, weil ich die Wikinger immer geliebt hatte und darin eine Chance sah, einer zu werden, schnitt mir die Haare kurz und färbte sie blond. Und von einem Tag auf den anderen gab es die Tochter des Moorkönigs nicht mehr.

Durch die Eingangstür der Hütte gelangt man direkt ins Wohnzimmer. Es ist klein, vielleicht drei mal vier Meter, und die Decke ist so niedrig, dass ich sie berühren könnte, wenn ich mich auf die Zehenspitzen stellte. Ich lasse die Tür hinter mir offen. Ich habe ein Problem mit geschlossenen Räumen, die nach Feuchtigkeit und Schimmel riechen.

Der Fernseher läuft ohne Ton. Auf dem Bildschirm bewegt ein Sprecher stumm die Lippen zu den neuesten Meldungen über die Fahndung nach meinem Vater. In einem Kasten über der linken Schulter des Mannes sind Videoaufnahmen zu sehen: Ein Helikopter kräuselt die Oberfläche eines kleinen Sees, auf dem Patrouillenboote kreisen. Am unteren Bildschirmrand läuft ein Schriftband durch: *Suche dauert an* und *FBI stockt Personal auf* und *Leiche von Häftling gefunden?*

Ich bleibe so still wie möglich stehen, versuche das Schwingen einer Gardine zu spüren, ein leichtes Einatmen, die leiseste Bewegung, die mir verraten würde, dass ich nicht allein bin. Durch Schimmel und Moder hindurch kann ich Speck, Eier und Kaffee riechen, den Schmauch einer Schusswaffe, die vor Kurzem abgefeuert wurde, und den scharfen, metallischen Geruch von frischem Blut.

Ich warte. Kein Geräusch. Keine Bewegung. Was immer hier passiert ist, es war vorbei, lange bevor ich hier ankam.

Ich warte noch etwas länger, dann durchquere ich das Wohnzimmer und bleibe in der offenen Küchentür stehen.

Ein nackter Mann liegt auf der Seite zwischen dem Tisch und dem Herd. Der Fußboden ist mit Blut und Hirn bespritzt.

Stephen.

16

Die Hütte

Der Skalde sang von dem goldenen Schatz, den die Wikingerfrau ihrem reichen Gemahl gebracht hatte, und von seiner Freude über das schöne Kind, das er nur am Tage in seiner reizenden Gestalt gesehen hatte. Er bewunderte ihr stürmisches Wesen; sie konnte, sagte er, eine treffliche Schildmaid oder Walküre werden, die in der Schlacht ihren Mann stand; sie würde nicht mit der Wimper zucken, wenn eine geübte Hand im Scherz mit dem scharfen Schwert ihr die Augenbrauen abhiebe.

Von Monat zu Monat kam ihre wilde Wesensart mehr zum Vorschein, mit den Jahren wurde aus dem kleinen Kind ein großes Mädchen, und ehe man sich's versah, war sie sechzehn Jahre alt und die schönste Jungfrau. Ein prächtiges Gefäß, doch mit wertlosem Inhalt.

Hans Christian Andersen, *Die Tochter des Moorkönigs*

»Hol deine Jacke«, sagte mein Vater an einem Wintermorgen in aller Frühe zu mir. Ich war elf Jahre alt, und es sollte mein letzter Winter im Moor werden, auch wenn ich das noch nicht wusste. »Ich will dir etwas zeigen.«

Meine Mutter blickte von der Tierhaut auf, die sie bearbeitete. Sobald sie merkte, dass mein Vater nicht mit ihr sprach, senkte sie rasch den Kopf. Die Anspannung zwischen meinen Eltern war dicht wie Nebel. Das war so, seit mein Vater meine Mutter zu ertränken versucht hatte. »Er wird mich umbringen«, flüsterte meine Mutter nicht lange danach, als sie sich sicher war, dass mein Vater nicht in der Nähe war. Ich glaubte ihr das gerne. Meine Mutter bat mich nicht um Hilfe, und sie erwartete auch nicht, dass ich mich gegen meinen Vater auf ihre Seite schlug, was ich ihr hoch anrechnete. Wenn mein Vater wirklich vorhatte, meine Mutter zu töten, konnte ich nichts dagegen tun.

Meine Mutter bearbeitete die Hirschhaut, die mein Vater zu Wildleder gegerbt hatte. Neben Kochen und Putzen war das ihre Hauptarbeit im Winter. Im Winter davor hatte sie meinem Vater ein schönes Wildleder-Oberhemd mit Fransen gemacht. In diesem Winter würde sie mir auch eines machen, sobald sie genug Wildleder hatte. Mein Vater versprach mir, dass er mein Hemd mit Stachelschweinstacheln schmücken würde, nach der Vorlage, die ich ihm mit Holzkohle auf ein Stück Birkenrinde gezeichnet hatte, weil wir keine Bleistifte und kein Papier mehr hatten. Mein Vater war künstlerisch begabt, das Hemd würde bedeutend besser aussehen als meine Zeichnung.

Ich zog meine Wintersachen an und folgte meinem Vater nach draußen. Meine gepunkteten Kitzlederhandschuhe waren mir inzwischen zu klein, aber ich wollte sie noch möglichst viel benutzen, bevor ich sie auf den Haufen mit abgelegter Kleidung werfen musste. Ich wünschte, meine Mutter hätte sie größer gemacht, aber sie sagte, mein Kitz sei so winzig gewesen, dass sie nicht mehr habe herausholen können. Wenn mein Vater in diesem Frühjahr seinen Hirsch schießen würde, hoffte ich, dass er eine Hirschkuh erwischte, die mit Zwillingen trächtig war.

Es war ein sonniger, kalter Tag. Das Sonnenlicht, das vom Schnee reflektiert wurde, war so grell, dass ich die Augen zusammenkneifen musste. Mein Vater nannte so eine Wetterlage ein Januar-Tauwetter, aber an diesem Tag taute gar nichts. Wir setzten uns auf den Rand der Veranda und schnallten unsere Schneeschuhe an. In diesem Winter hatten wir eine Menge Schnee, und ohne Schneeschuhe kam man nirgendwohin. Mein Vater hatte meine Schneeschuhe aus Erlenzweigen und Rohleder gemacht, in dem Winter, als ich neun war. Er selbst benutzte ein Paar Iversons, die seinem Vater gehört hatten. Mein Vater versprach mir, dass er sie mir geben würde, wenn er einmal zu alt zum Schneeschuhgehen wäre.

Wir marschierten in strammem Tempo los. Inzwischen war ich fast so groß wie mein Vater und hatte kein Problem, mit ihm Schritt zu halten. Ich fragte nicht, wohin wir gingen. Mein Vater hatte mich schon öfter mit solchen Ausflügen mit unbekanntem Ziel überrascht, meist im Zusammenhang mit meinem Unterricht im Fährtenlesen, aber das letzte Mal war schon eine Weile her. Während ich ihm zum unteren Ende unserer Anhöhe folgte, versuchte ich unser Ziel zu erraten. Es war nicht schwer. In dem Rucksack, den mein Vater trug, waren eine kleine Kaffeekanne mit Deckel, in der man Schnee für Teewasser auftauen konnte, sechs Kekse, die steinhart waren, aber die wir nur eintunken mussten, um sie aufzuweichen, vier Streifen von der Mischung aus getrocknetem Hirschfleisch und Heidelbeeren, die mein Vater »Pemmikan« nannte, und ein Glas Heidelbeermarmelade. Ich wusste also, dass wir nicht zum Mittagessen zurück sein würden. Das Gewehr meines

Vaters war im Vorratsraum eingeschlossen, und Rambo war im Holzschuppen angebunden, also gingen wir nicht auf die Jagd. Wir hatten Skistöcke dabei, was bedeutete, dass wir eine beträchtliche Strecke zurücklegen würden. Zwischen unserer Anhöhe und dem Fluss gab es nichts außer ein paar kleinen Anhöhen, die ich schon erkundet hatte, und dort gab es ohnehin nichts zu sehen, was einen Ausflug gelohnt hätte, also konnten sie auch nicht unser Ziel sein. Alles in allem war es offensichtlich, dass wir zum Fluss unterwegs waren. Wozu, das wusste ich immer noch nicht. Ich hatte den Fluss schon oft gesehen, und zu jeder Jahreszeit. Ich konnte mir nur vorstellen, dass mein Vater irgendwelche interessanten Eisformationen entdeckt hatte, die er mir zeigen wollte. Wenn das stimmte, schien es mir den Aufwand kaum zu lohnen.

Als wir endlich am Fluss ankamen, rechnete ich damit, dass mein Vater sich entweder flussaufwärts oder flussabwärts wenden und am Ufer entlanggehen würde, bis wir zu dem kamen, was er mir zeigen wollte. Stattdessen ging er, ohne anzuhalten, schnurstracks auf das Eis hinaus. Das war allerdings eine Überraschung. Der Tahquamenon floss hier schnell und war mindestens dreißig Meter breit, und obwohl er größtenteils zugefroren war, hatte die Eisdecke große Lücken. Dennoch marschierte mein Vater zielstrebig auf das andere Ufer zu, ohne sich auch nur einmal umzudrehen, als ob er auf festem Boden ginge. Ich konnte nur am Ufer stehen bleiben und ihm nachsehen. Normalerweise wäre ich meinem Vater überallhin gefolgt, aber wie konnte er auf die Idee kommen, dass man den Fluss gefahrlos überqueren könnte? Seit ich alt genug war, um allein durchs Moor zu streifen, hatte mein Vater mir immer und immer wieder eingeschärft, nur ja nie im Winter auf den Fluss zu gehen, ganz gleich, wie fest das Eis aussah. Flusseis war eine völlig andere Sache als Seeeis, das lag an den Strömungen. Es konnte an manchen Stellen dick und an anderen dünn sein, und wenn man keinen Eisstock benutzte, um die Dicke zu prüfen – und das tat mein Vater nicht –, konnte man den Unterschied unmöglich erkennen. Wenn ich auf einem See oder Weiher durch das Eis bräche, wäre ich unterkühlt und nass, aber ich wäre nicht in ernster Gefahr, weil die Seen und Weiher im Moor im Allgemeinen nicht sehr tief waren. Selbst wenn ich ein Stück schwimmen müsste, um zu einer Stelle zu gelangen, wo das Eis dick genug war, um mich zu tragen, würde es mir gelingen, mich zu befreien. Aber wenn ich in den Fluss fiele, würde die Strömung mich unter das Eis ziehen, bevor ich auch nur Luft holen könnte, um »Hilfe!« zu schreien, und niemand würde mich je wiedersehen oder von mir hören.

Das hatte mein Vater mir beigebracht. Und doch tat er jetzt das genaue Gegenteil. Ich hatte meinen Vater immer für so mächtig gehalten, dass er so gut wie unzerstörbar war, so etwas wie ein Gott. Ich wusste, er war ein Mensch und sterblich, aber wenn auch nur die Hälfte der Geschichten stimmte, die er erzählte, dann hatte mein Vater schon viele gefährliche Situationen unbeschadet überstanden. Aber nicht einmal mein Vater konnte einen Sturz in den Fluss überleben. Und Ertrinken war nicht die Todesart meiner Wahl.

Obwohl … vielleicht ging es ja gerade darum. Mein Vater tat nie irgendetwas ohne eine bestimmte Absicht. Vielleicht hatte er mich zum Fluss gebracht, um mir *das* zu zeigen. Er wusste, dass ich Angst vor dem Ertrinken hatte. Er wusste auch, dass ich mir sehnlichst wünschte, die andere Seite des Flusses zu erkunden – wie oft schon hatte ich ihn gefragt, ob er mich in seinem Kanu übersetzen würde. Ich hätte nicht gedacht, dass er wusste, wie sehr ich das Moor inzwischen als Gefängnis empfand und wie sehr ich mich danach sehnte, etwas Neues zu sehen und zu tun. Aber vielleicht wusste er es doch. Jedenfalls hatte er nun beides miteinander verbunden: die Sache, die ich mir am meisten wünschte, und die Sache, vor der ich mich am meisten fürchtete; und er hatte mich zum Fluss gebracht, damit ich mich meiner Angst stellen konnte, anstatt sie unter Verschluss zu halten und vor sich hin schwären zu lassen.

Rasch kletterte ich über die Eisblöcke, die das Ufer säumten, und trat auf den Fluss, bevor ich es mir anders überlegen konnte. Mein Herz pochte wild, und in den Fäustlingen waren meine Hände feucht von Schweiß. Ich setzte vorsichtig einen Fuß vor den anderen und versuchte mich an den Weg zu erinnern, den mein Vater gegangen war, um genau in seine Fußstapfen treten zu können. Das Eis wogte auf und ab, während ich ging, als ob der Fluss atmete, als ob er ein lebendiges Wesen wäre und sich über dieses arrogante Menschenkind ärgerte, das es wagte, über seine zugefrorene Oberfläche zu spazieren. Ich stellte mir vor, wie der Flussgeist seine eisige Hand durch eine der vielen Lücken in der Eisdecke aus dem Wasser reckte, meinen Knöchel packte und mich hinunterzog. Ich sah mich unter dem Eis dahintreiben, mit wogenden Haaren, meine Lunge zum Platzen angespannt, während der Flussgeist mich tiefer und tiefer und tiefer zog, meine Augen schreckgeweitet wie die meiner Mutter.

Ich ging immer weiter. Das braune Wasser, das an den offenen Stellen vorüberschoss, machte mich schwindlig. Der säuerliche Geschmack der Angst füllte meinen Mund. Ich blickte zurück, um zu sehen, wie weit ich gekommen war, dann blickte ich zu meinem Vater, um zu sehen, wie weit ich noch gehen musste, und ich stellte fest, dass ich jetzt in die eine Richtung genauso weit laufen müsste wie in die andere, um mich in Sicherheit zu bringen. Ich wollte stehen bleiben und meinem Vater fröhlich zuwinken, um ihn zu zeigen, wie tapfer und furchtlos ich war, aber stattdessen rannte ich los und flog so schnell über das Eis, wie es mit selbstgemachten Schneeschuhen an den Füßen überhaupt möglich war. Mein Vater streckte die Hand aus und half mir, die Uferböschung hinauf und unter die Bäume zu klettern. Ich stand eine Weile da, die Hände auf die Knie gestützt, bis meine Atmung sich beruhigte, schier überwältigt von der Bedeutung dessen, was ich gerade geschafft hatte. Ich hatte Angst, aber die Angst hinderte mich nicht daran, zu tun, was ich tun wollte. *Das* war die Lehre, die mein Vater mir erteilen wollte. Die Erkenntnis weckte Riesenkräfte in mir. Ich breitete die Arme weit aus, blickte in den Himmel und dankte dem Großen Geist für die Weisheit, die er meinem Vater verliehen hatte.

Wir wandten uns nach Osten und gingen flussabwärts am Ufer entlang. Ich war Erik der Rote oder sein Sohn Leif Eriksson, der zum ersten Mal einen Fuß auf die Küste von Grönland oder Nordamerika setzte. Jeder Baum, jeder Strauch, jeder Stein war ein Stein oder Strauch oder Baum, den ich noch nie gesehen hatte. Sogar die Luft fühlte sich anders an. Auf unserer Seite des Flusses bestand das Moor hauptsächlich aus flachem Grasland, das mit stehendem Wasser bedeckt war, aus dem nur hier und da eine Anhöhe ragte. Auf dieser Seite war alles fester Boden, mit hoch aufragenden Weymouth-Kiefern, die Stämme so dick, dass zwei Menschen sie nicht umfassen konnten. In diesem Wald gab es genug Holz, um tausend Hütten wie die unsere zu bauen, genug Brennholz, um die Familien, die darin wohnten, Dutzende von Jahren warm zu halten. Ich fragte mich, warum die Leute, die unsere Hütte gebaut hatten, sie nicht hier gebaut hatten.

Während ich auf meinen Schneeschuhen hinter meinem Vater hermarschierte, hatte ich das Gefühl, meilenweit gehen zu können. Dann wurde mir plötzlich klar: Du *könntest* nicht nur, du *kannst*. Nichts hinderte mich daran, zu gehen, wohin auch immer ich wollte, weil ich nicht mehr von Wasser eingeschlossen war. Kein Wunder, dass mir das Moor so klein vorkam.

Mir war natürlich auch klar, dass wir, egal wie weit wir gingen, irgendwann umkehren und die gleiche Strecke wieder zurückmarschieren müssten. Wir würden auch den Fluss wieder überqueren müssen, und wenn wir nicht rechtzeitig umkehrten, könnte es bis dahin dunkel sein. Ich hatte keine Ahnung, wie wir mit der Situation fertigwerden sollten, falls das passierte, aber ich wollte jetzt nicht darüber nachdenken. Mein Vater hatte mich einmal über den Fluss gebracht, er würde es auch ein zweites Mal schaffen. Das Einzige, was zählte, war, dass ich endlich – *endlich* – etwas vollkommen Neues sah und erlebte.

Der Fluss wurde breiter. In der Ferne hörte ich ein tiefes Grollen. Anfangs war es so schwach, dass ich nicht sicher war, ob es wirklich da war. Aber allmählich wurde das Grollen lauter. Es hörte sich an wie das Geräusch, das der Fluss im Frühling macht, wenn das Eis aufbricht, aber es war nicht Frühling, und der Fluss war zugefroren. Ich wollte fragen, was das Geräusch bedeutete, warum es lauter wurde, warum die Strömung stärker wurde, aber mein Vater ging so schnell, dass ich kaum mit ihm Schritt halten konnte.

Wir kamen an eine Stelle, wo ein dickes Tau aus ineinander verflochtenen Drähten über den Fluss gespannt war. Auf unserer Seite war das Tau um einen Baum geschlungen. Die Borke war über das Tau gewachsen, und ich erkannte daran, dass es schon lange hier war. Ich stellte mir vor, dass es auf der anderen Seite auf ähnliche Weise befestigt war. In der Mitte des Flusses hing ein Schild an dem Tau. Bis auf das Wort »DANGER«, das in großen roten Buchstaben oben drüber stand, war die Schrift zu klein, um sie lesen zu können. Ich verstand nicht, wieso jemand sich die Mühe machte, ein Schild an einer Stelle aufzuhängen, wo es nur von jemandem gelesen werden konnte, der in einem Boot saß. Und worin bestand die Gefahr?

Wir gingen weiter. Der Schnee wurde glitschig und nass. Die Bäume waren mit etwas überzogen, das wie Reif aussah, aber als ich an einem Ast rüttelte, fiel der Überzug nicht ab, wie der Reif es getan hätte.

Und dann verschwand der Fluss. Ich wüsste nicht, wie ich es anders beschreiben sollte. Neben uns floss er dahin, schnell und breit. Hundert Meter weiter war nichts als Himmel. Der Fluss hörte einfach auf, wie mit dem Messer abgeschnitten. Der verschwindende Fluss, der Reif, der kein Reif war, das Grollen, das wie Donner klang, aber nie aufhörte – ich kam mir vor, als hätte ich die wirkliche Welt verlassen und wäre in einer der Geschichten meines Vaters gelandet.

Mein Vater führte mich durch eine Lücke zwischen den Bäumen an die Kante einer vereisten Felswand. Eine Schrecksekunde lang dachte ich, er wollte, dass wir uns an der Hand nahmen und in die Tiefe sprangen, wie in den Legenden über indianische Krieger und junge Mädchen, die nicht heiraten dürfen. Stattdessen legte er mir die Hände auf die Schultern und drehte mich sanft um.

Mir stockte der Atem. Keine fünfzehn Meter von der Stelle entfernt, wo wir standen, schoss der Fluss in einer gewaltigen Walze aus braunem und goldfarbenem Wasser über die Kante in den Abgrund und donnerte unablässig auf die Felsen in der Tiefe. Eisblöcke, so groß wie unsere Hütte, verstopften den Fluss dort unten, Bäume und Felsen waren mit einer dicken Eisschicht überzogen. Die Seiten des Wasserfalls waren zu mächtigen Eissäulen gefroren, wie die Pfeiler einer mittelalterlichen Kathedrale. Direkt gegenüber von uns ragte eine hölzerne Plattform über den Wasserfall hinaus. Eine Treppe führte von der Plattform einen steilen Hang hinauf in den Wald. Ich hatte in den *Geographics* Bilder von den Niagarafällen gesehen, aber das hier überstieg alles, was ich mir in meine Fantasie hatte ausmalen können. Ich hatte keine Ahnung gehabt, dass es so etwas in unserem Moor gab – und schon gar nicht, dass unsere Wasserfälle weniger als einen Tagesmarsch von unserer Hütte entfernt waren.

Lange Zeit standen wir da und schauten. Ein feiner Sprühregen legte sich mir auf Haare, Gesicht und Wimpern. Endlich tippte mein Vater mir auf den Arm. Ich wollte noch nicht gehen, aber ich folgte ihm in den Wald und setzte mich neben ihn auf einen umgestürzten Baumstamm. Wie alles andere in diesem Zauberwald war der Stamm riesig – mindestens dreimal so groß wie der größte umgestürzte Baum, den ich je gesehen hatte.

Mein Vater lächelte und machte eine ausladende Geste. »Na, was sagst du dazu?«

»Es ist wundervoll«, war alles, was mir einfiel. Ich hoffte, es wäre genug. Das Rauschen, die Gischt, das endlose Tosen des Wassers – mir fehlten die Worte, um die Gedanken und Gefühle zu beschreiben, die mich überwältigten.

»Das alles hier gehört uns, *Bangii-Agawaateyaa*. Der Fluss, das Land, dieser Wasserfall, alles gehört uns. Lange vor der Ankunft des weißen Mannes haben unsere Leute in diesen Wassern gefischt und an diesen Ufern gejagt.«

»Und die hölzerne Plattform? Haben wir die auch gebaut?«

Das Gesicht meines Vaters verfinsterte sich. Augenblicklich wünschte ich mir, ich hätte die Frage nicht gestellt, aber es war zu spät, ich konnte sie nicht mehr zurücknehmen.

»Auf der anderen Seite der Wasserfälle ist ein Ort, den die Weißen einen Park nennen. Die Weißen haben die Treppe und die Plattform gebaut, damit die Leute ihnen Geld bezahlen, um unseren Wasserfall anschauen zu können.«

»Ich dachte, die Plattform wäre vielleicht zum Angeln.«

Mein Vater klatschte in die Hände und lachte laut und lange. Normalerweise hätte ich mich über seine Reaktion gefreut, aber ich hatte gar nicht witzig sein wollen. Kaum hatten die Worte meinen Mund verlassen, da wurde mir klar, dass es in diesen Gewässern gar keine Fische gab. Mein Vater hatte mir erzählt, dass unser Fluss in einen großen See namens *Gitche Gumee* mündete, an einem Ort, den die Ojibwe *Ne-adikamegwaning* nennen und die Weißen Whitefish Bay. Ich wusste auch aus den *National Geographics*, dass Lachse über die Stromschnellen flussaufwärts schwimmen, um in den Flüssen des Pazifischen Nordwestens abzulaichen. Aber kein Fisch konnte diesen Wasserfall hinaufschwimmen.

Das Gelächter meines Vaters hallte von der anderen Seite wider, hell wie das Lachen einer Frau oder eines Kindes. Dann war mein Vater still, aber das Echo seines Gelächters war immer noch zu hören. Mein Herz pochte. Das musste *Nanabozho* sein, der Trickster, der sich am anderen Flussufer versteckte, der das Lachen meines Vaters über meine törichte Bemerkung verstärkte und es über das Wasser zurückwarf, um mich zu verspotten. Ich sprang auf. Ich wollte sehen, welche Form der alte Gestaltwandler heute angenommen hatte. Mein Vater packte meine Hand und zog mich herunter. Ich reckte dennoch den Kopf. Wenn *Nanabozho* sich in diesem Wald herumtrieb, musste ich das unbedingt sehen.

Plötzlich war da ein neues Geräusch, wie das Scheppern von Metall, und dann liefen zwei Menschen die Treppe herunter. Damit hatte ich nicht gerechnet. Normalerweise erschien *Nanabozho* als Kaninchen oder als Fuchs. Aber

Nanabozho war der Sohn eines Geistervaters und einer Menschenmutter, daher hielt ich es für möglich, dass er auch menschliche Gestalt annehmen konnte. Aber wenn er sich nicht auch noch zweiteilen konnte, mussten die zwei Menschen auf der Plattform echt sein.

Menschen. Die ersten Menschen außer meiner Mutter und meinem Vater, die ich je gesehen hatte. Sie trugen Mützen und Schals und dicke Jacken, deshalb konnte ich mir nicht sicher sein, aber wenn ich hätte raten sollen, hätte ich gesagt, dass ich einen Jungen und ein Mädchen vor mir hatte.

Ein Junge und ein Mädchen.

Kinder.

Andere Stimmen, tiefere, waren zu hören, und dann kamen zwei weitere Menschen die Treppe herunter. Erwachsene. Ein Mann und eine Frau. Die Eltern der Kinder.

Eine Familie.

Ich hielt die Luft an. Ich hatte Angst, auszuatmen, weil ich fürchtete, das Geräusch würde am anderen Ufer zu hören sein und die Leute verjagen. Mein Vater drückte meinen Arm als Warnung, mich still zu verhalten, aber das war gar nicht nötig. Ich wollte ihre Aufmerksamkeit nicht auf mich lenken, ich wollte nur schauen. Ich wünschte nur, wir hätten das Gewehr mitgenommen, dann hätte ich sie durch das Zielfernrohr beobachten können.

Die vier unterhielten sich, sie lachten und spielten. Ich konnte nicht verstehen, was sie sagten, aber ich konnte erkennen, dass sie Spaß hatten. Als der Vater schließlich das kleinere Kind hochhob und es sich auf die Schultern setzte, um es die Treppe hinaufzutragen, waren meine Beine steif vor Kälte, und mein Magen knurrte. Die Mutter folgte in gemächlicherem Tempo mit dem anderen Kind. Ich konnte sie noch lachen hören, lange nachdem sie im Wald verschwunden waren.

Mein Vater und ich kauerten noch lange hinter dem Baumstamm. Endlich stand er auf, streckte sich, öffnete den Rucksack und breitete unser Mittagessen auf dem Stamm aus. Normalerweise hätte er ein Feuer gemacht, um Tee zu kochen, aber das tat er nicht, also aß ich Schnee, um die Kekse meiner Mutter hinunterzuspülen.

Als wir mit Essen fertig waren, verstaute mein Vater alles wieder im Rucksack und wandte sich wortlos zum Gehen. Während wir zu unserer Hütte zurückwanderten, konnte ich an nichts anderes denken als an diese Familie. Wir waren ihnen so nahe gewesen, dass es mir vorkam, als hätte ich einen Stein nach ihnen werfen und sie treffen können. Sicherlich hätte ich ihre Aufmerksamkeit erregt, wenn ich einen Schuss über ihre Köpfe hinweg in die Bäume abgefeuert hätte. Ich fragte mich, was dann wohl passiert wäre.

Ich habe die Tahquamenon Falls später noch oft besucht. Die Wasserfälle sind jedes Mal wieder beeindruckend: sechzig Meter breit, mit einer Fallhöhe von fast fünfzehn Metern. Während der Schneeschmelze im Frühjahr ergießen sich jede Sekunde fast zweihundert Kubikmeter Wasser über die Kante – damit ist der Tahquamenon einer der drei wasserreichsten Wasserfälle östlich des Mississippi. Jedes Jahr besuchen über fünftausend Touristen aus aller Welt die Fälle. Aus irgendeinem Grund sind sie bei Japanern ganz besonders beliebt. Der Park hat ein Besucherzentrum, ein

Restaurant mit Mikrobrauerei, öffentliche Toiletten mit Spülklosetts und einen Geschenkeladen, in dem ich meine Marmeladen und Gelees verkaufe. Der Weg zu den Fällen ist befestigt, damit man bequem zu Fuß dorthin gelangen kann, und die Parkverwaltung hat entlang der Felskanten Zäune aus Thujenholz errichtet, damit niemand abstürzt. Es sind schon Menschen dort zu Tode gekommen, wie zum Beispiel der Mann, der in den Strudel am Fuß der Fälle sprang, um den Tennisschuh seiner Freundin zu retten, aber dafür kann die Parkverwaltung nichts.

Stephen und ich sind letzten März mit den Mädchen hingefahren. Es war das erste Mal, dass ich wieder im Winter dort war. Im Nachhinein denke ich, ich hätte ahnen müssen, was passieren würde. Aber zu der Zeit dachte ich nur daran, wie die Mädchen sich freuen würden, wenn sie zum ersten Mal den Wasserfall erblickten. Stephen hatte schon eine ganze Weile auf den Ausflug gedrängt, aber ich wollte warten, bis Mari alt genug wäre, um das, was sie sah, auch würdigen zu können. Außerdem muss man zu der Aussichtsplattform vierundneunzig Stufen hinunter- und wieder heraufsteigen, und das macht man lieber nicht mit einem kleinen Kind, das man tragen muss.

Ich stand am Geländer der Aussichtsplattform und sah Stephen und den Mädchen zu, wie sie lachten und Schneebälle warfen und einfach den Tag genossen, als ich mich auf einmal umdrehte und über den Fluss hinweg zu der Stelle schaute, wo mein Vater und ich vor so vielen Jahren gestanden hatten. Von einem Moment auf den anderen war ich wieder elf Jahre alt, ich kauerte mit meinem Vater hinter dem Baumstamm und blickte über den Wasserfall hinweg auf die Plattform, wo ich jetzt mit Stephen und meinen Töchtern stand. Da begriff ich plötzlich.

Wir waren diese Familie.

Ich war überwältigt von Kummer um mein elfjähriges Ich. Die meiste Zeit kann ich einigermaßen objektiv auf die Umstände zurückblicken, unter denen ich aufgewachsen bin. Ja, ich war die Tochter eines entführten Mädchens und ihres Entführers. Die ersten zwölf Jahre meines Lebens habe ich außer meinen Eltern keinen anderen Menschen zu Gesicht bekommen oder gesprochen. So direkt formuliert, klingt es ganz schön hart. Aber auch wenn das Leben mir schlechte Karten gegeben hatte, es waren *meine* Karten, und ich musste die Dinge beim Namen nennen, wenn ich irgendwelche Fortschritte machen wollte, wie es der Therapeut ausdrückte, den mir das Gericht zugewiesen hatte. Als ob dieses Bild einer Zwölfjährigen, die noch nie ein Kartenspiel gesehen hatte, irgendetwas sagen würde.

Aber als ich an dem Geländer stand und über die Wasserfälle auf den Geist meiner Vergangenheit blickte, brach es mir das Herz, wenn ich an das arme wilde Kind dachte, das ich einmal gewesen war, das so wenig Ahnung von der Welt hatte, trotz seiner kostbaren *National Geographics*. Ein Kind, das nicht wusste, dass ein Ball aufhüpft oder dass man es Händeschütteln nennt, wenn zwei Menschen sich mit ausgestreckten Händen begrüßten, weil ihre Hände sich tatsächlich bewegen. Ein Mädchen, das keine Vorstellung davon hatte, dass menschliche Stimmen sich unterschiedlich anhören, weil sie nie jemand anderes als ihre Mutter und ihren Vater hatte reden hören. Die nichts von moderner Kultur, von Popmusik oder Technik wusste. Die sich bei der ersten Gelegenheit zum Kontakt mit der Außenwelt versteckte, weil ihr Vater es so wollte.

Ich hatte auch Mitleid mit meinem Vater. Er wusste um meine Unruhe. Ich bin sicher, dass er hoffte, mich zum Bleiben bewegen zu können, wenn er mir zeigte, was in seinen Augen der größte Schatz des Moors war. Aber nachdem ich diese Familie gesehen hatte, wollte ich nur noch weg.

Ich wandte mich vom Geländer ab, ohne eine Erklärung für meine Tränen zu liefern, außer dass mir nicht gut sei und wir sofort nach Hause fahren müssten. Die Mädchen waren natürlich enttäuscht. Stephen schwang Mari auf seine Schultern und begann die Treppe hinaufzusteigen, ohne irgendwelche Fragen zu stellen. Aber als ich in gemächlicherem Tempo mit Iris nachkam, konnte ich sehen, dass sie mir nicht glaubte.

17

Der nackte Tote, der in der Küche der Hütte auf dem Fußboden liegt, ist nicht mein Mann. Dass es sich bei der Leiche um Stephen handeln könnte, war nur ein flüchtiger Gedanke, eine dieser irrationalen Gefühlsreaktionen, die einem in den ersten Sekunden nach einem überraschenden oder schockierenden Ereignis durch den Kopf schießen und die man ebenso schnell wieder verwirft.

Dass der Mann nackt ist, finde ich besonders verstörend. Man kann sich wohl denken, dass er nicht vollkommen unbekleidet am Herd gestanden und sein Frühstück bereitet haben wird, als mein Vater ihn überraschte. Und ebenso nahe liegt die Vermutung, dass der Mann deswegen keine Kleider trägt, weil mein Vater ihn gezwungen hat, sie auszuziehen, bevor er ihn erschoss. Das bedeutet, dass der Mann nicht nur wusste, dass er sterben würde, sondern dass mein Vater ihn in seinen letzten Augenblicken auch noch gedemütigt hat. Aber mein Vater hatte natürlich immer schon eine sadistische Ader. Ich bezweifle, dass dreizehn Jahre in einem Hochsicherheitsgefängnis seinen Charakter in dieser Hinsicht zum Positiven verändert haben.

Noch mehr als die Art und Weise, wie mein Vater den Mann getötet hat, quält mich der Gedanke, dass er ihn gar nicht hätte töten müssen. Er hätte ihn an einen Stuhl fesseln können, ihn knebeln, wenn er sich seine Proteste nicht anhören wollte, sich etwas zu essen machen, sich umziehen, ein Nickerchen machen, Karten spielen, Musik hören und sich anderweitig die Zeit in der Hütte vertreiben, während die Suchtrupps draußen im Moor das Unterholz nach ihm durchkämmten. Und nach Einbruch der Dunkelheit hätte er sich einfach wieder auf den Weg gemacht. Irgendwann wäre der Mann schon gefunden worden, höchstwahrscheinlich innerhalb der nächsten zwei Tage, sobald die Suchtrupps merkten, dass sie ausgetrickst worden waren, und sich mehr nach Norden orientierten. Wenn der Mann auch nur halbwegs einfallsreich wäre, würde er sich auf die eine oder andere Weise selbst befreien können. Stattdessen hat mein Vater ihn gezwungen, sich auszuziehen, sich auf den Boden zu knien und um sein Leben zu betteln, ehe er ihm eine Kugel in den Hinterkopf jagte.

Ich ziehe mein Handy aus der Tasche. Kein Netz. Ich wähle trotzdem die Notrufnummer. Manchmal kommt ein Anruf oder eine SMS trotzdem durch. Dieser allerdings nicht. Stattdessen leuchtet eine SMS-Meldung auf dem Display auf. Vier Nachrichten von Stephen:

Wo bist du?
Geht es dir gut?
Ruf mich an.
Komm nach Hause. Bitte. Wir müssen reden.

Ich lese die erste Nachricht noch einmal, dann sehe ich auf die Leiche des Mannes hinunter. Wo ich bin? Das würde Stephen ganz bestimmt nicht wissen wollen.

Ich durchquere die Küche, um es vom Festnetztelefon aus

zu versuchen. Kein Freizeichen. Ob der Mann seine Telefonrechnung nicht bezahlt hat oder ob mein Vater die Leitung durchschnitten hat, spielt keine Rolle. Ich verlasse die Hütte und gehe mit dem Handy in der Hand die Zufahrt hinauf in der Hoffnung, dass ich hier Empfang habe. Ich mache mir gar nicht erst die Mühe, nach Fußabdrücken oder anderen Anzeichen dafür zu suchen, dass mein Vater hier war. Was immer er für ein Spiel spielt, ich bin draußen. Ich werde so lange fahren, bis ich ein Netz habe – wenn es sein muss, fahre ich auch weiter bis zur Zentrale der State Police, um den Mord persönlich zu melden –, und dann geht es nach Hause zu meinem Mann. Die Polizei wird nicht begeistert darüber sein, dass ich mich auf die Suche nach meinem Vater gemacht habe, genauso wenig wie Stephen, aber das ist das Geringste meiner Probleme. Stephen glaubt vielleicht, wenn wir nur beide sagen »Es tut mir leid, ich liebe dich«, sei alles wieder im Lot, aber ich weiß es besser. Er wird immer mit dem Wissen im Hinterkopf leben, dass der Vater der Frau, die er geheiratet hat, ein übler Verbrecher ist. Stephen kann so tun, als habe sich nichts geändert. Womöglich kann er sich sogar erfolgreich einreden, dass das stimmt. Aber in Wirklichkeit wird er nie vergessen können, dass ich die Hälfte meines Erbguts mit diesem Verbrecher teile. Wahrscheinlich sitzt er in diesem Moment am Computer und liest alles, was er über den Moorkönig und seine Tochter finden kann.

Und wenn sich diesmal die Pressemeute auf mich stürzt, um mich zu zerreißen, wird es schlimmer sein als damals – wegen meiner Töchter. Stephen und ich werden natürlich versuchen, sie von der öffentlichen Aufmerksamkeit abzuschirmen, aber wir könnten ebenso gut versuchen, einen Wasserfall aufzuhalten. Mari wird wahrscheinlich ganz gut mit dem Medieninteresse zurechtkommen, Iris wohl weniger. Aber so oder so werden Iris und Mari eines Tages alles über mich wissen, über ihre Großeltern und über das verabscheuungswürdige Verbrechen, das ihr Großvater an ihrer Großmutter verübt hat. Es ist alles im Internet zu finden, auch der Artikel im *People Magazine* mit diesem albernen Cover. Sie brauchen es nur zu googeln.

Ich hoffe nur, dass meine Mädchen dann erkennen, dass ich mich bemüht habe, ihnen eine bessere Mutter zu sein, als meine Mutter es für mich war. Ich verstehe ja, dass es schwer für sie war, nachdem wir das Moor verlassen hatten. Sie kehrte in eine Welt zurück, die sich in ihrer Abwesenheit verändert hatte. Die Kinder, mit denen sie zur Schule gegangen war, waren inzwischen erwachsen; sie hatten geheiratet und selbst Kinder bekommen, waren weggezogen. Schwer zu sagen, wie das Leben meiner Mutter sich entwickelt hätte ohne die traurige Berühmtheit, die sie ihrer Entführung verdankte. Ich stelle mir vor, wie sie heiratet, sobald sie mit der Highschool fertig ist, und in rascher Folge zwei oder drei Kinder bekommt. Sie wohnt in einem Wohnwagen auf dem Grundstück ihrer Eltern oder in einer gemieteten Blockhütte, wo sie Geschirr spült und das Haus putzt, Essen kocht und wäscht, während ihr Mann Pizza ausliefert oder als Holzfäller arbeitet. Nicht so viel anders als ihr Leben im Moor, wenn man es sich recht überlegt. Wenn das hart klingt, darf ich Sie daran erinnern, dass meine Mutter erst achtundzwanzig war, als sie aus dem Moor kam. Sie hätte ihre Ausbildung abschließen und etwas aus sich machen können. Mir ist schon klar, dass mein Vater sie entführt hat, als sie in einem empfindlichen Alter war; ich weiß, welch einen Tribut es von Kindern fordert, wenn sie in Gefangenschaft aufwachsen. Das Eingesperrtsein hemmt ihre Entwicklung genau in der Phase ihres Lebens, in der sie emotional und intellektuell reifen sollten. Ich habe mich oft gefragt, ob die Puppe, die meine Mutter an meinem fünften Geburtstag für mich gemacht hat, eigentlich für sie selbst war.

Aber auch ich hatte zu kämpfen. Ich hatte keine Freunde. Ich hatte die Schule abgebrochen. Meine Großeltern hassten mich, oder jedenfalls verhielten sie sich so, als ob sie mich hassten, und auf jeden Fall hasste ich sie für die Art, wie sie mich behandelten. Ich hasste es, dass meine Mutter den ganzen Tag in ihrem Zimmer blieb, und ich hasste meinen Vater, weil er schuld daran war, dass sie Angst hatte, herauszukommen. Ich dachte jeden Tag an meinen Vater. Ich vermisste ihn, ich liebte ihn, und ich wünschte mir mehr als alles andere, dass es wieder so wäre wie damals, bevor wir das Moor verließen. Nicht in den chaotischen Tagen unmittelbar vor unserer Flucht, sondern ganz früher, als ich noch klein war – die einzige Zeit in meinem Leben, als ich wirklich glücklich war.

Dass meine Mutter nie die Art Mutter sein würde, die ich so dringend gebraucht hätte, wurde mir an dem Tag klar, als ich einen Mann in ihrem Bett fand. Ich weiß nicht, wie lange sie sich schon mit ihm getroffen hatte. Es könnte die erste Nacht gewesen sein, die er mit ihr verbrachte, oder die hundertste. Vielleicht liebte er sie. Vielleicht erwiderte sie seine Liebe. Vielleicht war sie endlich so weit, ihre Vergangenheit hinter sich zu lassen. Wenn ja, dann habe ich vermutlich alles vermasselt.

Ich hatte mich angezogen und war nach oben gegangen, um die Toilette zu benutzen. Im Zimmer meiner Mutter gab es zwei Einzelbetten, aber nachdem ich einige Wochen lang ihr Kinderzimmer mit ihr geteilt hatte, stand mir die Zweisamkeit bis obenhin, und ich zog um auf die Couch im Untergeschoss.

Die Badtür war geschlossen. Ich nahm an, dass meine Mutter drin sei, also ging ich in ihr Zimmer, um mir etwas zum Lesen zu holen, während ich darauf wartete, dass sie herauskam. Als ich klein war, verbrachte meine Mutter immer viel Zeit im Häuschen, deshalb rechnete ich damit, dass es eine Weile dauern würde. Damals glaubte ich, es läge daran, dass sie so oft krank war, aber rückblickend sehe ich den Grund darin, dass das Häuschen der einzige Platz auf unserer Anhöhe war, wo sie sich sicher sein konnte, in Ruhe gelassen zu werden.

Ich blieb in der Tür stehen, als ich einen Mann im Bett meiner Mutter liegen sah. Die Decke war zurückgeschlagen, er lag auf der Seite und hatte den Kopf auf den Ellbogen gelegt. Und er war splitternackt. Ich wusste, was sie getan hatten. Die meisten Vierzehnjährigen hätten es gewusst. Und wenn man mit Vater und Mutter in einer winzigen Hütte wohnt und regelmäßig mit ihnen ohne Kleider in der Schwitzhütte sitzt, und wenn man stapelweise *National-Geographic*-Hefte hat, in denen man Bilder von nackten Naturvölkern studieren kann, dann müsste man schon ziemlich beschränkt sein, um nicht irgendwann zu kapieren, was das Quietschen der Bettfedern zu bedeuten hat.

Dem Mann verging das Grinsen, als er sah, dass ich es war und nicht meine Mutter. Er setzte sich hastig auf und zog sich die Decke über den Schoß. Ich legte einen Finger auf meine Lippen, zog mein Messer heraus, setzte mich ihm gegenüber auf das zweite Bett und zielte mit der Messerspitze auf sein Geschlecht. Der Mann schnellte hoch und riss so blitzartig die Hände über den Kopf, dass ich fast lachen musste. Ich deutete mit dem Messer auf den Haufen Kleider auf dem Boden. Er fischte Hemd, Unterhose, Socken und Hose heraus, zog sich an, nahm seine Schuhe und schlich auf Zehenspitzen hinaus, ohne dass ein Wort zwischen uns gesprochen wurde. Das Ganze dauerte weniger als eine Minute. Meine Mutter fing an zu weinen, als sie sah, dass er weg war. Soweit ich weiß, ist er nie wiedergekommen.

Danach begann ich, übers Ausreißen nachzudenken. Seit wir nicht mehr im Moor lebten, hatte ich immer mal wieder eine Nacht im Wald verbracht, wenn mir danach war, aber diesmal war es anders. Ich hatte es mir gründlich überlegt, und ich würde so bald nicht wiederkommen. Ich füllte einen Jutesack mit allem, was ich brauchen würde, um den Sommer über in der Hütte bleiben zu können, vielleicht auch länger, und dann schlich ich mich hinunter zum Tahquamenon und stahl ein Kanu. Ich dachte mir, dass ich ein wenig fischen und jagen könnte, vielleicht nach meinem Vater suchen, und es ansonsten einfach nur zu genießen, ich selbst sein zu dürfen. Der Deputy holte mich am nächsten Tag mit einem Patrouillenboot ein. Es hätte mir klar sein müssen, dass ein fehlendes Boot und ein verschwundenes Moorkind schnurstracks zu unserer Hütte führen würden.

Das war das erste Mal, dass ich davonlief, aber längst nicht das letzte Mal. Und man könnte in gewisser Weise sagen, dass ich seitdem nie mehr aufgehört habe, davonzulaufen.

Ein Blitz, ein Donnerschlag, und der Regen wird stärker. Ich stecke mein Handy in die Hosentasche und laufe die Zufahrt hinauf zu meinem Pick-up. Rambo ist still, was ihm gar nicht ähnlich sieht. Normalerweise würde er bellen, um mir mitzuteilen, dass ich ihn reinlassen soll – obwohl ich ihm befohlen habe, sich auf die Ladefläche zu legen und sich ruhig zu verhalten. Rambo ist so gut erzogen, wie man einen Plotthound nur erziehen kann, aber jede Rasse hat ihre Grenzen.

Ich verlasse den Weg und gehe hinter der größten Strauchkiefer in Deckung, die ich finden kann. Wobei groß sehr relativ ist – der Stamm hat einen Durchmesser von allenfalls fünfundzwanzig Zentimetern. Ich stehe vollkommen still. Eine Jägerin in Tarnkleidung, die sich mit dem Rücken an einen Stamm stellt, um ihre Silhouette mit der des Baums verschmelzen zu lassen, ist quasi unsichtbar, solange sie sich nicht bewegt. Ich trage keine Tarnkleidung, aber wenn es darum geht, mit der Umgebung zu verschmelzen und eins mit dem Wald zu werden, habe ich mehr Übung als die meisten anderen. Und ich habe ein sehr gutes Gehör – viel besser als irgendjemand, mit dem ich schon einmal gejagt habe, vielleicht mit Ausnahme meines Vaters –, worüber ich mich selbst gewundert habe, bis mir klar wurde, dass auch dies eine Folge der Umstände ist, unter denen ich aufgewachsen bin. Ohne Radio und Fernsehen und Verkehrslärm und die tausend anderen akustischen Eindrücke, denen normale Menschen tagtäglich ausgesetzt sind, habe ich gelernt, die leisesten Geräusche wahrzunehmen. Das Rascheln einer Maus, die in den Kiefernnadeln nach Futter sucht. Ein einzelnes Blatt, das im Wald herabfällt. Die nahezu unhörbaren Flügelschläge einer Schneeeule.

Ich warte. Aus dem Laderaum des Pick-ups kommt kein Winseln, kein Scharren von Krallen auf Metall. Ich pfeife: ein langer Ton, gefolgt von drei kurzen. Der erste tief, die nächsten drei etwas höher. Der Pfiff, auf den ich meinen Hund abgerichtet habe, könnte keine Hudsonmeise täuschen, aber falls mein Vater in Hörweite ist, dürfte die Tatsache, dass es dreizehn Jahre her ist, seit er zuletzt den Pfiff einer Hudsonmeise gehört hat, sich zu meinen Gunsten auswirken.

Immer noch nichts. Ich ziehe die Magnum hinten aus dem Hosenbund meiner Jeans und krieche auf dem Bauch durchs Unterholz. Der Pick-up steht auffallend tief. Ich schleiche mich näher heran. Auf der Fahrerseite sind beide Reifen aufgeschlitzt.

Ich stehe auf, bereite mich innerlich auf das Schlimmste vor und trete näher, um einen Blick in den Wagen zu werfen. Die Ladefläche ist leer. Rambo ist verschwunden.

Ich lasse den angehaltenen Atem entweichen. Rambos Leine ist durchgeschnitten – zweifellos mit demselben Messer, das mein Vater aus der Hütte mitgenommen hat, um mir die Reifen zu zerstechen. Ich verfluche mich für meinen Mangel an Weitblick. Ich hätte wissen müssen, dass mein Vater mich nicht zu dieser Hütte locken würde, nur um mich wiederzusehen. Das hier ist eine Prüfung. Er will noch ein letztes Mal unser altes Fährtenlese-Spiel spielen, um ein für allemal zu beweisen, dass er besser im Jagen und Spurenlesen ist als ich. *Ich habe dir alles beigebracht, was du weißt. Jetzt wollen wir mal sehen, wie gut du gelernt hast.*

Er hat Rambo mitgenommen, also bleibt mir keine Wahl, als ihm zu folgen. Auch das hat er schon einmal getan. Damals, als ich neun oder zehn war und schon sehr gut im Fährtenlesen, dachte mein Vater sich eine Methode aus, das Spiel noch spannender zu machen, indem er den Einsatz erhöhte. Wenn ich ihn fand, bevor die ausgemachte Zeit um war – normalerweise, bevor die Sonne unterging, aber nicht immer –, dann durfte ich ihn erschießen. Wenn nicht, nahm mein Vater mir etwas weg, was mir wichtig war: meine Sammlung von Rohrkolben, mein zweites Hemd, den dritten Satz Bogen und Pfeile, den ich aus Weidenschösslingen gemacht hatte und der tatsächlich funktionierte. Die letzten drei Male, als wir gespielt hatten – nicht zufällig auch die drei letzten Male, als ich gewonnen hatte –, spielten wir um meine Kitzlederhandschuhe, mein Messer und meinen Hund.

Ich gehe um den Wagen herum zur anderen Seite. Auch auf der Beifahrerseite sind beide Reifen platt. Zwei Fährten führen schräg vom Pick-up weg über die Straße und weiter in den Wald: ein Mann und ein Hund. Die Spuren sind so deutlich zu sehen, dass sie ebenso gut mit Neonfarben gemalt und mit Richtungspfeilen versehen sein könnten. Wenn man von oben darauf schaute und eine Linie von meinem Standort in die Richtung zöge, in die der Mann und der Hund gegangen sein müssen, dann würde diese Linie irgendwann an meinem Haus enden.

Was bedeutet, dass wir nicht um meinen Hund spielen. Wir spielen um meine Familie.

18

Die Hütte

*Bisweilen war es, als ob Helga aus schierer Boshaftigkeit handelte.
Denn oft, wenn ihre Mutter auf der Schwelle stand oder in den Hof
hinaustrat, setzte sie sich auf den Brunnenrand und ruderte mit Armen
und Beinen, bis sie plötzlich hineinfiel.*

*Im Brunnen konnte sie dank ihrer Froschnatur im Wasser herum-
schwimmen und tauchen, bis sie schließlich wie eine Katze wieder hin-
auskletterte und triefnass in die Halle zurückkam, sodass die grünen
Blätter, die auf dem Fußboden verstreut waren, herumwirbelten und von
den Fluten davongeschwemmt wurden.*

Hans Christian Andersen, *Die Tochter des Moorkönigs*

In den Wochen, nachdem mein Vater mich mitgenommen
hatte, um mir den Wasserfall zu zeigen, musste ich unentwegt an diese Familie denken. Wie die Kinder die Treppe
hinauf- und hinuntergelaufen waren. Wie die Eltern sich in
den Arm genommen und lächelnd zugeschaut hatten, wie
der Junge und das Mädchen Schneebälle warfen und rauf-
ten und lachten. Ich wusste nicht sicher, ob es ein Junge und
ein Mädchen war, weil sie beide Schals und Mützen und
dicke Jacken trugen, aber in meiner Fantasie richtete ich es
einfach so ein. Ich nannte den Jungen Cousteau, weil er eine

rote Mütze trug, wie Jacques-Yves Cousteau sie auf den Fotos in der *National Geographic* immer aufhatte, und seine Schwester taufte ich Calypso nach Cousteaus Schiff. Bevor ich den Artikel über Cousteau entdeckte, waren Erik der Rote und sein Sohn Leif Eriksson meine Helden unter den Forschungsreisenden. Aber sie waren nur *über* das Wasser gefahren, während Cousteau erforschte, was darunter war. Immer wenn ich meinem Vater von Cousteaus Entdeckungen erzählen wollte, sagte er, die Götter würden Cousteau eines Tages bestrafen, weil er es wagte, in einen Teil der Erde vorzudringen, der nie für menschliche Augen bestimmt war. Ich konnte mir nicht vorstellen, wieso die Götter etwas dagegen haben sollten. Ich hätte zu gerne gewusst, was am Grund unseres Moors war.

Cousteau, Calypso und ich waren unzertrennlich. Ich machte sie älter als die Kinder auf der Plattform, damit ich mehr mit ihnen anfangen konnte und damit sie mir bei meinen Arbeiten zur Hand gehen konnten. Manchmal dachte ich mir Geschichten aus: »Cousteau und Calypso und Helena schwimmen im Biberteich.« »Cousteau und Calypso gehen mit Helena zum Eisfischen.« »Cousteau und Calypso helfen Helena, eine Schnappschildkröte zu fangen.« Ich konnte die Geschichten nicht aufschreiben, weil wir weder Stifte noch Papier hatten, also sagte ich mir die besten immer wieder im Kopf vor, um sie nicht zu vergessen. Ich wusste, dass der echte Cousteau und die echte Calypso mit ihrer Mutter und ihrem Vater in einem Haus mit einer Küche wie der in den *Geographics* wohnten. Ich hätte auch Geschichten erfinden können, die dort spielten: »Cousteau und Calypso und Helena sitzen vor ihrem funkelnagelneuen RCA-Farbfernseher und essen Jiffy-Pop-Popcorn.« Aber es war leichter, sie in meine Welt zu holen, als mich in ihre zu versetzen.

Meine Mutter nannte Cousteau und Calypso meine imaginären Freunde. Sie fragte sich, warum ich nicht mit der Puppe, die sie mir gebastelt hatte, so spielte wie mit den beiden. Aber dafür war es zu spät, selbst wenn ich es gewollt hätte, was aber nicht der Fall war. Die Puppe hing immer noch an den Handschellen im Holzschuppen, aber es war nicht mehr viel übrig von ihr. Die Mäuse hatten fast die ganze Füllung verschleppt, und der Strampelanzug war voller Pfeillöcher.

Mein Vater verlor nie auch nur ein Wort über diese Familie – nicht auf dem Heimweg vom Wasserfall, und auch nicht in den Wochen darauf. Anfangs ärgerte ich mich über sein Schweigen. Ich hatte so viele Fragen. Woher kam die Familie? Wie waren sie zum Wasserfall gekommen? Waren sie mit dem Auto gekommen oder zu Fuß gegangen? Wenn sie zu Fuß gegangen waren, mussten sie ganz in der Nähe wohnen, weil die Kinder noch zu klein waren, um lange Strecken zu wandern, und weil sie keine Schneeschuhe trugen. Was waren die Namen der Kinder – nicht die Namen, die ich ihnen gegeben hatte, sondern die richtigen? Wie alt waren sie? Was waren ihre Lieblingsgerichte? Gingen sie zur Schule? Hatten sie einen Fernseher? Und hatten sie gesehen, dass wir sie von der anderen Seite des Wasserfalls beobachtet hatten? Stellten sie sich jetzt die gleichen Fragen über mich?

Ich hätte gerne zumindest einen Teil der Antworten gewusst. Deshalb spielte ich mit dem Gedanken, einen Rucksack mit Proviant für zwei oder drei Tage zu packen und zum Waldrand aufzubrechen, solange das Moor noch zugefroren war, um nach ihrem Haus zu suchen. Und wenn ich diese Familie nicht finden könnte, dann vielleicht eine andere, die genauso interessant war. Ich hatte immer schon gewusst, dass die Welt voller Menschen war. Jetzt wusste ich, dass ein paar davon nicht allzu weit weg wohnten.

Eines stand jedenfalls fest: Ich konnte nicht für immer im Moor bleiben. Und zwar nicht nur, weil unsere Vorräte zur Neige gingen. Mein Vater war viel älter als meine Mutter. Eines Tages würde er sterben. Dann könnten meine Mutter und ich allein zurechtkommen, solange wir noch Munition für das Gewehr hatten, aber irgendwann würde auch meine Mutter sterben, und was sollte ich dann tun? Ich wollte nicht allein im Moor leben. Ich wollte einen Partner finden. In dem Artikel über die Yanomami gab es ein Bild von einem Jungen, der mir geeignet schien. Er trug einen toten Affen um die Schultern wie ein Cape, und sonst nichts. Ich wusste, dass er in einem anderen Teil der Welt lebte und wir uns wahrscheinlich nie begegnen würden. Aber es musste andere Jungen wie ihn geben, die nicht so weit weg wohnten und mit denen ich mich zusammentun könnte. Ich dachte, wenn ich einen fände, könnte ich ihn zu mir ins Moor holen und meine eigene Familie gründen. Am besten mit einem Jungen und einem Mädchen.

Bevor ich diese Familie gesehen hatte, war ich mir nicht sicher, wie das alles gehen sollte. Aber jetzt hatte ich Ideen.

In diesen Wochen zog mein Vater dreimal los, um unseren Frühjahrshirsch zu schießen, und jedes Mal kam er mit leeren Händen zurück. Er sagte, der Grund für seinen Misserfolg bei der Hirschjagd sei, dass das Land verflucht sei. Er sagte, die Götter bestraften uns. Wofür, das sagte er nicht.

Beim vierten Mal nahm er mich mit. Mein Vater glaubte, wenn ich den Abschuss übernähme, würde das den Fluch aufheben. Ich wusste nicht, ob das stimmte, aber wenn es bedeutete, dass ich endlich wieder einen Hirsch schießen durfte, machte ich gerne mit. Jedes Jahr, seit ich meinen ersten Hirsch geschossen hatte, fragte ich meinen Vater, ob ich wieder auf die Hirschjagd gehen dürfe, und jedes Jahr sagte mein Vater nein. Ich verstand nicht, warum er sich die ganze Mühe gemacht und mir das Schießen beigebracht hatte, wenn er mich dann nicht dabei mithelfen ließ, einen Hirschbraten auf unseren Tisch zu bringen.

Cousteau und Calypso blieben zu Hause. Mein Vater mochte es nicht, wenn ich ihre Namen sagte oder mit ihnen spielte. Manchmal tat ich es doch, um ihn zu ärgern, aber nicht an diesem Tag. Mein Vater war die ganze Zeit so wütend wegen des Fluchs, dass ich überlegte, sie wegzuschicken. (»Cousteau und Calypso besuchen die Yanomami im Regenwald ohne Helena.«) Rambo war im Holzschuppen angebunden. Rambo war gut zu gebrauchen, wenn es darum ging, einen Bären aus seiner Höhle zu treiben oder einen Waschbären auf einen Baum zu jagen, meinte mein Vater, aber nicht für die Hirschjagd, weil Hirsche sich zu leicht erschreckten. Ich konnte nicht erkennen, wieso das ein Problem sein sollte. Selbst wenn Rambo den Hirsch aufschreckte, könnte er ihn mühelos erjagen, weil er auf dem verharschten Schnee laufen konnte, während der

Hirsch mit seinen dünnen Beinen einbrechen würde. Dann müssten wir nur noch hinterhergehen und ihn schießen. Manchmal fragte ich, ob mein Vater nur deshalb so viele Regeln und Verbote aufstellte, weil er es konnte.

Ich ging voran, weil ich das Gewehr trug. Es gefiel mir, dass mein Vater mir deswegen überallhin folgen musste, wohin ich wollte. Ich dachte an den Kosenamen, den er mir gegeben hatte, *Bangii-Agawaateyaa*, und lächelte. Jetzt war ich nicht mehr sein »Kleiner Schatten«.

Ich steuerte die Anhöhe an, wo ich meinen ersten Hirsch geschossen hatte, weil dieser Ort mir Glück gebracht hatte. Und ich hoffte immer noch, eine Hirschkuh zu schießen, die mit Zwillingen trächtig war.

Als wir zu dem aufgegebenen Biberbau kamen, wo mein Vater immer seine Fallen aufstellte, bedeutete ich ihm, in Deckung zu gehen, ehe ich meine Handschuhe auszog und mich neben ihn kauerte. Ich befeuchtete meinen Finger, um den Wind zu prüfen, und zählte bis hundert, um den Hirschen, die uns vielleicht gehört hatten, Zeit zu geben, sich wieder zu beruhigen. Langsam hob ich den Kopf.

Auf der anderen Seite des Biberbaus, auf halber Strecke zwischen uns und dem Thujensumpf, wo die Hirsche sein sollten, stand auf freiem Feld, weithin sichtbar, kühn und vollkommen furchtlos ein Wolf. Es war ein Rüde, doppelt so groß wie ein Kojote und dreimal so groß wie mein Hund, mit massigem Kopf, breiter Stirn, starker Brust und dichter, dunkler Halskrause. Ich hatte noch nie einen Wolf gesehen, abgesehen von dem Fell in unserem Geräteschuppen, aber es konnte keinen Zweifel geben, dass ich einen vor mir hatte. Jetzt begriff ich, warum mein Vater keinen Hirsch hatte schießen können. Das Land war nicht verflucht – es hatte sich lediglich ein weiterer Jäger hier angesiedelt.

Mein Vater zupfte an meinem Ärmel und deutete auf das Gewehr. *Schieß jetzt*, formte er mit den Lippen. Er tippte sich auf die Brust, um mir zu zeigen, wohin ich zielen sollte, um den Pelz nicht zu ruinieren. Ich hob das Gewehr so vorsichtig, wie ich nur konnte, und spähte durch das Zielfernrohr. Der Wolf blickte ruhig zurück mit seinen intelligenten Augen, als ob er wüsste, dass wir da waren, aber sich nicht darum kümmerte. Ich legte den Finger an den Abzug. Der Wolf rührte sich nicht. Ich dachte an die Geschichten meines Vaters. Wie *Gitche Manitou* den Wolf schickte, um dem Ursprünglichen Menschen Gesellschaft zu leisten, als dieser über die Erde wanderte und den Pflanzen und Tieren Namen gab. Und wie *Gitche Manitou*, als sie damit fertig waren, verfügte, dass *Ma'iingan* und der Mensch verschiedene Wege gehen sollten, sie aber da schon so viel Zeit miteinander verbracht hatten, dass sie einander so nahe waren wie Brüder. Und wie in den Augen der *Anishinaabe* das Töten eines Wolfs das Gleiche war wie das Töten eines Menschen.

Mein Vater drückte meinen Arm. Ich konnte seine Erregung spüren, seine Wut, seine Ungeduld. *Schieß schon*, hätte er gezischt, wenn er gekonnt hätte. Mein Magen schnürte sich zusammen. Ich dachte an die Stapel von Pelzen im Geräteschuppen. Und daran, dass wegen der Fallenstellerei meines Vaters die Biber, die in dem Bau gewohnt hatten, hinter dem wir gerade kauerten, restlos verschwunden waren. Und der Wolf schien so zutraulich – *Ma'iingan* zu erschießen wäre genau so gewesen, als würde ich meinen Hund erschießen.

Ich ließ das Gewehr sinken, richtete mich auf, klatschte in die Hände und schrie. Der Wolf sah noch einen Moment lang in unsere Richtung, dann sprang er mit zwei großen, eleganten Sätzen davon.

Als ich beschloss, den Wolf nicht zu schießen, wusste ich schon, dass ich im Brunnenschacht landen würde. Was ich nicht ahnte, war, dass mein Vater mir das Gewehr aus den Händen reißen und mir den Kolben so fest ins Gesicht schlagen würde, dass ich rücklings in den Schnee fiel. Ich hatte auch nicht damit gerechnet, dass er auf dem Rückweg zur Hütte mit dem Gewehr im Anschlag hinter mir gehen würde, als ob ich seine Gefangene wäre. Ich wünschte, ich könnte sagen, dass es mir egal war. Und doch konnte ich nicht erkennen, in welchem Punkt ich anders hätte handeln können. Ich widersetzte mich nicht gerne meinem Vater. Ich wusste, wie sehr er den Pelz dieses Wolfs begehrte. Aber der Wolf wollte ihn auch behalten.

Ich dachte über diese Dinge nach, während ich auf meinen Fersen in der Dunkelheit kauerte. Sitzen konnte ich nicht, weil mein Vater den Boden des Schachts mit Hirschgeweihen, Rippenknochen, Glasscherben und zerbrochenem Geschirr aufgefüllt hatte – also mit allem, was mir wehtun oder mich verletzen würde, wenn ich mich hinzusetzen versuchte. Als ich klein war, konnte ich mich noch auf die Seite legen und auf der Laubschicht am Boden zusammenrollen. Dabei schlief ich manchmal ein. Ich glaube, dass mein Vater da angefangen hat, den Schacht mit scharfkantigem Abfall zu füllen. Es war nicht Sinn und Zweck der Besinnungszeit, dass man es da unten bequem hatte.

Der Schacht war tief und eng. Wenn ich die Arme ganz ausstrecken wollte, musste ich sie über den Kopf heben. Das machte ich immer, wenn meine Finger zu kribbeln begannen. Ich hätte noch einmal zwei Meter wachsen müssen, um an den Deckel heranzukommen.

Ich wusste nicht, welche Tageszeit es war oder wie lange ich schon im Schacht hockte, weil der Deckel kein Licht durchließ. Mein Vater sagte, die Leute, die die Hütte gebaut hatten, hätten den Deckel gemacht, damit die Kinder nicht hineinfielen. Ich wusste nur, dass mein Vater mich so lange im Schacht lassen würde, wie es ihm beliebte, und mich erst befreien würde, wenn er dazu bereit war. Manchmal dachte ich darüber nach, was passieren würde, wenn er mich nicht mehr herausließe. Wenn die Sowjetunion eine Bombe auf die USA werfen würde, wie es laut den *Geographics* die Absicht von Nikita Chruschtschow war, und die Bombe meinen Vater und meine Mutter tötete, was würde dann aus mir werden? Ich versuchte nicht zu oft über solche Dinge nachzudenken. Wenn ich es tat, wurde mir das Atmen schwer.

Ich war sehr müde. Meine Hände und Füße waren taub, und ich klapperte mit den Zähnen, aber ich hatte aufgehört zu zittern, das war immerhin etwas. Diesmal hatte mein Vater mich meine Kleider anbehalten lassen, und das half. Meine Schneidezähne waren locker, und die eine Seite meines Gesichts tat weh, aber was mir wirklich Sorgen machte, war mein Bein. Ich hatte es mir an etwas Scharfem aufgeschnitten, als mein Vater mich in den Schacht geworfen hatte. Ich wischte das Blut mit meinem Hemdzipfel ab und band mir den Schal um den Oberschenkel, um die Blutung zu stillen, aber ich konnte nicht erkennen, ob es funktionierte. Ich versuchte nicht an das eine Mal zu denken, als ich den Schacht mit einer Ratte geteilt hatte.

»Geht es dir gut?«

Ich schlug die Augen auf. Calypso saß auf dem Vordersitz des Kanus meines Vaters, das sanft in der Strömung schaukelte. Es war ein sonniger und warmer Tag, die Rohrkolben bogen und wiegten sich in der Brise. Oben am Himmel kreiste ein Habicht und stieß herab. In der Ferne rief ein Rotschulterstärling. Das Kanu lag mit dem Bug im Schilf. Cousteau saß auf dem hinteren Sitz.

»Komm mit uns«, sagte Calypso. »Wir gehen auf Erkundungsfahrt.« Sie lächelte und streckte die Hand aus.

Als ich aufstand, fühlten meine Beine sich zittrig an, als ob sie mich nicht tragen könnten. Ich nahm Calypsos Hand und stieg vorsichtig in das Kanu. Das Kanu meines Vaters war ein Zweisitzer, also hockte ich mich in die Mitte zwischen den beiden auf den Boden. Das Kanu war aus Metall, der Boden war kalt.

Cousteau stemmte sein Paddel gegen die Uferböschung und stieß sich ab. Die Strömung war sehr stark, Cousteau und Calypso mussten nur steuern. Während wir flussabwärts trieben, dachte ich an den Tag, an dem wir uns kennengelernt hatten. Ich war froh, dass Cousteau und Calypso und ich Freunde waren.

»Haben wir irgendwas zu essen dabei?« Ich war sehr hungrig.

»Natürlich.« Calypso drehte sich zu mir um und lächelte. Ihre Zähne waren weiß und regelmäßig. Ihre Augen waren blau wie die meiner Mutter, ihr Haar dicht und dunkel und zu Zöpfen geflochten wie meines. Sie griff in den Rucksack zwischen ihren Füßen und reichte mir einen Apfel. Er war so groß wie meine beiden Fäuste zusammen, ein »Wolf River«, wie mein Vater dazu sagte, eine der drei Sorten von Äpfeln, die in der Nähe unserer Hütte wuchsen. Ich biss hinein, und der Saft lief mir übers Kinn.

Ich aß den Apfel mitsamt Kernen und allem. Calypso lächelte und gab mir noch einen. Diesmal aß ich den Apfel bis aufs Kerngehäuse, das ich als Futter für die Fische ins Wasser warf, und tauchte meine Finger ein, um den klebrigen Saft abzuwaschen. Das Wasser war sehr kalt, auch die Tropfen, die mir an den Kopf spritzten, wenn Cousteau sein Paddel auf die andere Seite holte. Wir kamen an Sumpfdotterblumen und Schillernden Schwertlilien vorbei, an Indianerpinseln und Schalenlilien, an Johanniskraut und Sumpf-Schwertlilien, an Laichkraut und Springkraut. Noch nie hatte ich so viele Farben gesehen. Blumen, die normalerweise nicht zusammen blühten, standen alle zur gleichen Zeit in Blüte, als ob das Moor sich mir in all seiner Pracht zeigen wollte.

Die Strömung wurde stärker. Als wir zu dem Holzschild kamen, das an dem Seil über dem Fluss hing, konnte ich den ganzen Text lesen: DANGER – GEFAHR! STROM-SCHNELLEN VORAUS. KEINE RUDERBOOTE JEN-SEITS DIESER LINIE! Ich zog den Kopf ein, als wir unter dem Schild hindurchglitten.

Das Tosen wurde lauter. Ich wusste, dass wir über den Wasserfall fahren würden. Ich sah das Kanu nach vorne wegkippen, als wir die Kante erreichten, und durch den Schaum und die Gischt hinabstürzen, bis es in dem Strudel am Fuß des Wasserfalls verschwand. Ich wusste, dass ich ertrinken würde. Ich hatte keine Angst.

»Dein Vater liebt dich nicht«, vernahm ich plötzlich hinter mir Cousteaus Stimme. Ich konnte ihn deutlich hören, dabei hatten mein Vater und ich uns damals, als ich mit ihm so nahe am Wasserfall war, nur schreiend unterhalten können. »Er liebt nur sich selbst.«

»Das stimmt«, sagte Calypso. »Unser Vater liebt uns. Er würde uns nie in den Brunnenschacht werfen.«

Ich dachte zurück an den Tag, als wir uns zum ersten Mal begegnet waren. Wie ihr Vater mit ihnen gespielt hatte. Wie er gelächelt hatte, als er die kleine Calypso hochnahm und auf den Schultern trug, und wie er lachend mit ihr die Treppe hinaufstieg. Ich wusste, dass sie die Wahrheit sagte.

Ich wischte mir mit dem Jackenärmel über die Augen. Ich wusste nicht, warum meine Augen feucht waren. Ich weinte nie.

»Es ist okay.« Calypso beugte sich vor und nahm meine Hände. »Hab keine Angst. Wir lieben dich.«

»Ich bin so müde.«

»Das wissen wir«, erwiderte Cousteau. »Es ist in Ordnung. Leg dich hin. Mach die Augen zu. Wir passen auf dich auf.«

Ich wusste, dass auch das stimmte. Und so legte ich mich hin und machte die Augen zu.

Meine Mutter sagte mir, ich sei drei Tage lang im Brunnenschacht gewesen. Ich hätte nicht gedacht, dass man so lange ohne Essen und Wasser durchhalten kann, aber offenbar kann man es. Sie sagte, als mein Vater endlich den Deckel zur Seite geschoben und die Leiter hinuntergelassen habe, sei ich zu schwach gewesen, um herauszuklettern, weshalb er mich wie einen toten Hirsch über seine Schulter werfen und mich hinaustragen musste. Sie sagte, sie habe oft den Deckel zur Seite schieben und mir Essen und Wasser hinunterlassen wollen, aber sie habe die ganze Zeit, während ich im Schacht war, auf einem Stuhl in der Küche sitzen müssen, während mein Vater mit dem Gewehr auf sie zielte, deshalb habe sie es nicht gekonnt.

Meine Mutter sagte, nachdem mein Vater mich in die Hütte getragen hatte, habe er mich wie einen Sack Mehl neben dem Holzofen auf den Boden geworfen und sei weggegangen. Sie dachte, ich sei tot. Sie zog die Matratze von ihrem Bett und schleppte sie in die Küche, rollte mich darauf und breitete mehrere Decken über mich, dann zog sie sich ganz aus, kroch zu mir unter die Decken und hielt mich, bis ich wieder warm wurde. Falls sie das alles getan hat, kann ich mich jedenfalls nicht daran erinnern. Ich weiß nur noch, dass ich zitternd auf der Matratze aufwachte, obwohl mein Gesicht und meine Hände und Füße sich anfühlten, als stünden sie in Flammen. Ich wälzte mich von der Matratze, zog mich an und wankte hinaus zum Häuschen. Ich versuchte zu pinkeln, aber es kam so gut wie nichts heraus.

Am nächsten Tag fragte mein Vater mich, ob ich meine Lektion gelernt hätte. Ich bejahte. Aber ich glaube nicht, dass es die Lektion war, die er mir hatte erteilen wollen.

19

Die Fußabdrücke auf der Straße formen sich zu einer unmissverständlichen Botschaft: *Ich gehe zu deinem Haus. Fang mich – halt mich auf – rette sie – wenn du kannst.*

Ich schließe den Pick-up auf, stopfe mir die Taschen voll mit Munition und nehme das Ruger von der Halterung über dem Fenster. Ich checke die Magnum, überprüfe den Sitz des Messers an meinem Gürtel. Mein Vater hat zwei Pistolen und das Messer, das er aus der Hütte des alten Mannes mitgenommen hat. Ich habe meine Pistole, mein Gewehr und das Bowiemesser, das ich seit meiner Kindheit immer bei mir trage. Ein ausgeglichenes Kräfteverhältnis, würde ich sagen.

Ich kann nicht sicher sagen, ob mein Vater weiß, dass ich eine Familie habe, und ich kann auch nur mutmaßen, ob er weiß, dass ich auf dem Grundstück lebe, auf dem er aufgewachsen ist. Aber ich muss davon ausgehen, dass er es weiß. Mir fallen gleich mehrere Möglichkeiten ein, wie er es herausgefunden haben könnte. Gefangene haben keinen Zugang zum Internet, aber mein Vater hat einen Anwalt, und Anwälte haben Zugriff auf Steuerunterlagen, Kataster, Geburts-, Heirats- und Sterbeurkunden. Mein Vater könnte seinem Anwalt Informationen über die Leute entlockt haben, die auf dem Grundstück seiner Eltern wohnen, ohne dass der Anwalt überhaupt merkte, dass er manipuliert wurde. Vielleicht hat der Anwalt auf Betreiben meines Vaters unter irgendeinem unverfänglichen Vorwand mein Haus observiert. Wenn der Anwalt mich gesehen und bei seinem Bericht zufällig meine Tätowierungen erwähnt hat, wird mein Vater sofort gewusst haben, dass ich es bin. Ich frage mich – nicht zum ersten Mal –, ob ich die Tattoos nicht besser allesamt hätte entfernen lassen sollen, ganz gleich, wie langwierig und teuer das sein mochte. Mir ist jetzt auch klar, dass ich nicht nur meinen Nachnamen, sondern auch meinen Vornamen hätte ändern sollen. Aber woher hätte ich damals wissen sollen, dass diese Dinge neun Jahre später meine Familie in Gefahr bringen würden? Ich war nicht auf der Flucht vor dem Gesetz oder dem organisierten Verbrechen, und ich musste auch nicht in einem Zeugenschutzprogramm untertauchen. Ich war einfach nur eine Achtzehnjährige, die ganz neu anfangen wollte.

Es gibt noch eine andere Antwort auf die Frage, woher mein Vater wissen könnte, wo ich wohne – weit erschreckender und niederträchtiger als die erste. Es könnte sein, dass ich auf dem Grundstück seiner Eltern lebe, weil *er* mich dorthin gebracht hat. Vielleicht hatten seine Eltern ursprünglich *ihn* in ihrem Testament benannt, aber er ließ ihr Erbe an mich gehen, um mich jederzeit ausfindig machen zu können. Es kann schon sein, dass ich meinem Vater zu viel zutraue. Aber wenn mein Vater seine Flucht so geplant hat, dass ich gezwungen sein würde, zu seinen Bedingungen nach ihm zu suchen, dann gebe ich bereitwillig zu, dass ich ihn unterschätzt habe. Das wird mir nicht noch einmal passieren.

Ich checke mein Handy. Immer noch kein Netz. Ich

schicke Stephen eine SMS, um ihn zu warnen, dass er das Feld räumen soll, bete, dass die Nachricht durchkommt, und wende mich nach Westen. Weg von der Fährte, von der mein Vater erwartet, dass ich ihr folgen werde. Es ist keine Frage, dass ich meinen Vater aufspüren könnte, wenn ich es wollte. Ein Mensch, der durch einen Wald geht, hinterlässt immer Spuren, ganz gleich, wie geschickt er sie zu verwischen versucht. Zweige brechen, Erde wird verstreut. Das Gras wird zerdrückt, wenn man darauftritt. Moos wird unter den Sohlen zertrampelt, kleine Steinchen in die Erde gedrückt. An den Schuhen bleibt Material vom Boden hängen, das dann auf andere Oberflächen übertragen wird: Sandkörner auf einen umgestürzten Baumstamm, Moosfetzen auf einen ansonsten kahlen Fels. Und dazu kommt, dass mein Vater mit meinem Hund unterwegs ist. Wenn er Rambo nicht in den Armen oder auf den Schultern trägt, wird mein dreibeiniger Hund eine unübersehbare Fährte hinterlassen.

Aber selbst wenn der Regen nicht sämtliche Spuren meines Vaters gleich wieder wegspülen würde, ich würde seiner Fährte nicht folgen. Wenn ich ihm lediglich dorthin nachgehe, wohin er mich führt, habe ich bereits verloren. Ich muss vor ihm ankommen. Mein Vater weiß nicht, dass meine Mädchen nicht zu Hause sind, aber ich weiß, dass mein Mann dort ist. Wir sind keine fünf Meilen von meinem Haus entfernt. Ich habe oft in dieser Gegend gejagt und kenne sie wie meine Westentasche. Zwischen dieser Straße und meinem Haus liegen zwei Bäche, ein Biberteich und eine steile Schlucht mit einem kleinen Flüsschen am Grund, das mein Vater überqueren muss. Die höheren Lagen sind überwiegend mit Sekundärwald bewachsen, mit Espen und Strauchkiefern, die nicht viel Deckung bieten, weshalb er sich so weit wie möglich an das tiefere Gelände halten muss. Wenn es weiter so heftig regnet, werden die Bäche rasch zu Sturzfluten anschwellen. Wenn mein Vater das Flüsschen am Grund der Schlucht überqueren will, bevor es zum reißenden Strom wird, muss er zusehen, dass er schnell vorankommt.

Mein Vater weiß all dies genauso gut wie ich, seit er als Junge durch diese Wälder gestreift ist. Was er nicht weiß – was er unmöglich wissen kann, wenn er nicht irgendwie ein neueres Satellitenfoto der Region zu Gesicht bekommen hat (und das bezweifle ich) –, ist, dass vor drei oder vier Jahren ein Teil des Waldes zwischen hier und meinem Haus kahlgeschlagen wurde. Er weiß auch nichts von der holprigen Piste, die die Waldarbeiter zurückgelassen haben und die fast bis zu der Feuchtwiese hinter meinem Haus führt.

Das ist sein erster Fehler.

Ich trabe in lockerem Tempo los. Mein Vater hat maximal fünfzehn Minuten Vorsprung. Er dürfte im Schnitt drei Meilen in der Stunde vorankommen – wenn ich fünf schaffe, kann ich ihn überholen und ihm den Weg abschneiden. Ich stelle mir vor, wie er sich seinen Weg durchs Unterholz bahnt, über Berg und Tal marschiert und durch Bachläufe watet, während ich kaum ins Schwitzen komme. Wie er sich solche Mühe gibt, seine Fährte zu verwischen, und dabei nicht ahnt, dass ich ihr gar nicht folge. Er ahnt nicht, dass ich drauf und dran bin, ihn wieder zu übertrumpfen. Er kann sich nicht vorstellen, dass dieses Spiel nicht so ausgeht, wie er es geplant hat, weil in seinem Universum, in dem er die Sonne ist und alle anderen nur um ihn kreisen, alles nur so geschehen kann, wie er es anordnet.

Aber ich bin nicht mehr das Kind, das ihn vergötterte und das er nach Belieben manipulieren und beherrschen konnte. Dass er das glaubt, ist sein zweiter Fehler.

Ich werde ihn finden, und ich werde ihn aufhalten. Ich habe ihn schon einmal ins Gefängnis gebracht; ich kann es wieder tun.

Ich fische mein Handy aus der Tasche, ohne im Laufen innezuhalten, und sehe auf die Uhr. Eine halbe Stunde. Es kommt mir viel länger vor. Ich schätze, dass ich die halbe Strecke zu meinem Haus zurückgelegt habe. Es könnte mehr sein, aber womöglich auch weniger. Es ist schwer zu sagen, wo ich mich genau befinde, weil die Bäume, an denen ich mich normalerweise orientiert hätte, nicht mehr da sind. Die Strauchkiefern auf der Anhöhe zu meiner Rechten sind nicht weiter bemerkenswert – kaum mehr als Gestrüpp, das die Holzfäller verschmäht haben. Jedenfalls nichts, woran ich abmessen könnte, wie ich vorankomme.

Zu meiner Linken ist das Land so öde, dass die Bäume zur Rechten im Vergleich dazu üppig wirken. Es gibt keinen hässlicheren Anblick als den eines kahlgeschlagenen Waldes. Soweit das Auge reicht, nur verstreute Reisighaufen, tiefe Reifenspuren von den Holzschleppern und Baumstümpfe. Die Touristen bilden sich ein, die ganze Upper Peninsula sei eine einzige herrliche, unberührte Wildnis, aber was sie nicht wissen, ist, dass oft keine hundert Meter abseits der Hauptstraßen weite Teile des Waldes zu Papierholz verarbeitet worden sind.

Früher war der ganze Staat mit Gruppen prächtiger Rot-
kiefern und Weymouth-Kiefern bedeckt, bis im späten
neunzehnten Jahrhundert die Holzbarone die Schlusswäl-
der für sich beanspruchten und die Stämme über den
Michigansee flößten, mit denen Chicago erbaut wurde. Die
Bäume, die heutzutage gefällt werden, sind alle Sekundär-
wuchs: Birken, Espen, Eichen, Banks-Kiefern. Wenn die
einmal weg sind, wächst auf dem geschundenen Boden
nichts mehr außer Moos und Heidelbeeren.

Wenn mein Vater und ich Brennholz machten, fällten
wir nur die größeren Bäume, und auch nur so viele, wie wir
brauchten. Das war sogar gut für den Wald, weil die kleineren Bäume dann mehr Platz zum Wachsen hatten. »Erst
wenn der letzte Baum gefällt, der letzte Fluss vergiftet und
der letzte Fisch gefangen ist, wird der weiße Mann erkennen, dass man Geld nicht essen kann«, war einer der Lieb-
lingssprüche meines Vaters. Ein anderer lautete: »Wir haben die Erde nicht von unseren Vorfahren geerbt, sondern
wir haben sie von unseren Kindern geliehen.« Ich dachte
immer, er hätte sie sich selbst ausgedacht. Heute weiß ich,
dass es ganz bekannte indianische Sprichwörter sind. Wie
dem auch sei: Die amerikanischen Ureinwohner haben das
Konzept der Nachhaltigkeit begriffen, lange bevor es einen
Namen dafür gab.

Ich laufe weiter. Ich kann nicht sicher sagen, ob es mir
gelingen wird, meinen Vater zu überholen, indem ich die
längere, aber potenziell schnellere Strecke wähle. Ich weiß
nur, dass es knapp werden wird. Das Laufen ist anstrengen-
der, als ich dachte. Der Forstweg ist eine echte Holperpiste,
uneben und an manchen Stellen so stark zur Seite geneigt,

dass ich das Gefühl habe, an der Kante eines Steilhangs zu laufen. Tiefer Sand, Steine und Baumwurzeln, die aus dem Boden ragen; Schlaglöcher, so groß wie ein Ententeich. Mein Atem geht stoßweise, meine Lunge brennt. Meine Haare und meine Jacke sind vom Regen durchtränkt, und vom Laufen durch die Pfützen sind meine Hosenbeine von den Knien abwärts klatschnass. Das Gewehr, das ich mir über die Schulter gehängt habe, schlägt mir bei jedem Schritt schmerzhaft gegen den Rücken. Meine Wadenmuskeln schreien mich an, stehen zu bleiben. Ich muss dringend Atem schöpfen, mich ausruhen, pinkeln. Das Einzige, was mich davon abhält, ist das Wissen, was dann mit Stephen passieren wird.

Und da höre ich plötzlich irgendwo rechts von mir einen Hund bellen. Ein scharfes, unverwechselbares Kläffen, das jeder Plotthound-Besitzer sofort erkennen würde. Ich beuge mich vor, die Hände auf die Knie gestützt, bis meine Atmung sich beruhigt. Ich grinse.

20

Die Hütte

Die Wikingerfrau sah betrübt auf das wilde, bösartige Mädchen. Und als die Nacht kam und die Tochter sich an Leib und Seele verwandelte, sprach sie in eindringlichen Worten zu Helga von ihrem tiefen Kummer.

Der hässliche Frosch mit dem verzauberten Leib saß vor ihr, blickte mit seinen traurigen braunen Augen zu ihr auf, lauschte und schien ihre Worte mit menschlicher Vernunft zu verstehen.

»Für dich wird eine bittere Zeit kommen!«, sagte die Wikingerfrau, »furchtbar wird sie auch für mich werden! Besser wäre es gewesen, wenn du als Kind auf der Landstraße ausgesetzt worden wärest und der kalte Nachtwind dich in den Tod gewiegt hätte!« Und die Wikingerfrau vergoss heiße Tränen und ging zornig und traurig fort.

Hans Christian Andersen, *Die Tochter des Moorkönigs*

Die Tage und Nächte, die ich im Brunnenschacht verbrachte, lehrten mich drei Dinge: Mein Vater liebte mich nicht. Mein Vater würde tun, was immer er wollte, ohne Rücksicht auf meine Sicherheit oder meine Gefühle. Und meine Mutter war mir gegenüber nicht so gleichgültig, wie ich gedacht hatte. Für mich waren das gewichtige Erkenntnisse. So gewichtig, dass jede einzelne sorgfältiges Nachdenken erforderte. Nach drei Tagen kauten Cousteau und Calypso und ich immer noch an dem Problem herum.

Unterdessen lernte ich, was das Gute daran ist, wenn man beinahe an Hypothermie stirbt, wie es der *Geographic*-Artikel über Scotts gescheiterte Südpol-Expedition von 1912 nannte: Solange man keine Finger oder Zehen durch Erfrierungen einbüßte, war, wenn man erst einmal aufgewärmt war, alles wieder im Lot. Das Aufwärmen selbst war allerdings kein Spaß – sehr viel schmerzhafter, als sich mit einem Hammer den Daumen zu zerquetschen, schmerzhafter als der Rückstoß eines Gewehrs oder das Stechen einer großen Tätowierung –, und ich hoffte aufrichtig, so etwas nie wieder durchmachen zu müssen. Andererseits wusste ich jetzt, dass ich viel zäher war, als ich geglaubt hatte, und das war doch wohl auch etwas wert.

Ich fragte mich, ob mein Vater mich aus dem Schacht gezogen hatte, weil er wusste, dass die Grenze dessen erreicht war, was ich aushalten konnte, oder ob er mich töten wollte und nur nicht lange genug gewartet hatte. Letzteres behaupteten Cousteau und Calypso, und vielleicht hatten sie recht.

Ich wusste nur, dass von dem Moment an, als ich die Augen aufschlug, alle wütend waren. Cousteau und Calypso waren wütend auf meinen Vater wegen dem, was er mir angetan hatte. Meine Mutter war aus dem gleichen Grund wütend auf ihn. Sie war auch wütend auf mich, weil ich meinen Vater so wütend gemacht hatte, dass er mich umbringen wollte. Mein Vater war wütend auf mich, weil ich mich geweigert hatte, den Wolf zu schießen, und er war wütend auf meine Mutter, weil sie mir geholfen hatte, nachdem er mich aus dem Schacht gezogen hatte. Ich konnte mich nicht erinnern, dass meine Mutter unter die Bettdecke gekrochen war, um mich aufzuwärmen, aber ein frischer Bluterguss in ihrem Gesicht bewies, dass sie es getan hatte. Und so ging es immer im Kreis. Die Hütte war so angefüllt mit Wut, dass die Luft zum Atmen knapp zu werden schien.

Mein Vater war die meiste Zeit allein im Moor unterwegs, und das half. Ich hatte keine Ahnung, ob er immer noch unseren Frühlingshirsch zu schießen versuchte, oder ob er hinter dem Wolf her war. Es war mir aber auch ziemlich egal. Ich wusste nur, dass er jeden Abend noch wütender zurückkam, als er gegangen war. Er sagte, wenn er meine Mutter nur ansähe, würde ihm schon übel, und deshalb bliebe er weg. Ich sagte ihm nicht, dass es Cousteau und Calypso mit ihm genauso ging.

Und außerdem hatten wir kein Salz mehr. Als meine Mutter feststellte, dass das ganze Salz aufgebraucht war, schleuderte sie die leere Salzschachtel gegen die Wand und schrie, jetzt sei das Maß endgültig voll. Wieso habe mein Vater nicht eher etwas unternommen, und wie sollte sie bitte ohne Salz kochen? Ich rechnete damit, dass mein Vater sie schlagen würde, weil sie ihn angebrüllt und ihm Widerworte gegeben hatte, aber er erklärte ihr nur, die Ojibwe hätten bis zur Ankunft des weißen Mannes nie Salz gehabt, und sie müsse sich einfach daran gewöhnen, ohne auszukommen. Ich wusste, es würde mir fehlen. Nicht alle Wildpflanzen, die wir aßen, schmeckten gut, auch nicht, wenn wir sie lange kochten und mehrmals das Wasser wechselten. Klettenwurzeln waren eindeutig gewöhnungsbedürftig.

Und Ackersenfgemüse hatte ich noch nie gemocht. Da war Salz schon hilfreich.

Am nächsten Morgen jedoch war wieder Ruhe eingekehrt. Meine Mutter bereitete den warmen Haferbrei zu, den wir zum Frühstück aßen, ohne ein Wort über das Salz zu verlieren. Ich mochte den Geschmack nicht sonderlich, und an der Art, wie mein Vater in seiner Schüssel herumstocherte und die Hälfte seines Breis stehen ließ, als er sich vom Tisch erhob, erkannte ich, dass es ihm auch nicht schmeckte. Meine Mutter aß ihren Brei, als ob nichts wäre. Ich vermutete, es läge daran, dass sie irgendwo in der Hütte einen geheimen Salzvorrat versteckt hatte, den sie nur für sich selbst reservierte. Nachdem mein Vater seine Schneeschuhe umgeschnallt und sein Gewehr über die Schulter geworfen hatte, um zu seinem Tag im Moor aufzubrechen, verbrachte ich den restlichen Vormittag und den größten Teil des Nachmittags damit, nach dem Salzversteck zu suchen. Ich durchsuchte den Vorratsraum, das Wohnzimmer und die Küche. Ich glaubte nicht, dass meine Mutter es in dem Schlafzimmer versteckt hätte, das sie mit meinem Vater teilte, und ich wusste, dass sie es nicht in meinem Zimmer verstecken würde. Es wäre allerdings ein guter Trick gewesen, und ich hätte es an ihrer Stelle wohl so gemacht, aber so clever war meine Mutter nicht.

Die einzige Stelle, wo ich noch nicht nachgesehen hatte, war der Schrank unter der Treppe. Ich wünschte, ich hätte den Schrank durchsucht, bevor es zu schneien anfing und es in der Hütte dunkel wurde. Als ich klein war, hatte ich mich gerne in diesem Schrank eingeschlossen und gespielt, dass es ein U-Boot oder eine Bärenhöhle oder ein Wikingergrab sei, aber inzwischen hatte ich eine Abneigung gegen enge, dunkle Orte.

Aber ich wollte das Salz. Und als daher meine Mutter das nächste Mal aufs Häuschen ging, zog ich die Küchenvorhänge auf, so weit es ging, und lehnte einen unserer Stühle gegen die Schranktür, damit sie nicht zufiel. Ich hätte gerne die Öllampe benutzt, um den Schrank abzusuchen, aber wir durften die Lampe nicht anzünden, wenn mein Vater nicht zu Hause war.

Der Treppenschrank war sehr klein. Ich weiß nicht, was die Leute, die unsere Hütte gebaut hatten, darin aufbewahrten, aber seit ich mich erinnern konnte, war er immer leer gewesen. Als ich klein war, hatte ich bequem hineingepasst, aber jetzt war ich so groß, dass ich mit dem Rücken an der Wand und bis zum Kinn angezogenen Knien sitzen musste. Ich schloss die Augen, damit die Dunkelheit sich natürlicher anfühlte, und klopfte rasch die Wände und die Rückseiten der Stufen ab. Spinnweben blieben an meinen Fingern kleben, und vom Staub musste ich niesen. Ich suchte nach einem losen Brett, einem Astloch oder einem hervorstehenden Nagel, der als Haken dienen konnte – irgendetwas, wo eine Schachtel oder eine Tüte mit Salz versteckt sein könnte.

Im Zwischenraum zwischen einer Setzstufe und der Außenwand berührten meine Finger Papier. Die Leute, die unsere Hütte gebaut hatten, hatten Zeitungen als Isolierung gegen die Kälte an die Außenwände genagelt, aber das hier fühlte sich nicht wie Zeitungspapier, und außerdem hatten wir längst die ganzen Zeitungen als Anzünder verbraucht. Ich nestelte das Papier heraus, trug es zum Tisch und setzte mich damit ans Fenster. Es war zu einer Röhre gerollt und mit einem kurzen Stück Schnur zusammengebunden. Ich löste den Knoten, und das Papier rollte sich in meinen Händen auf.

Es war eine Zeitschrift. Keine *National Geographic.* Das Titelblatt war nicht gelb, und das Papier war zu dünn. Es war zu dunkel, um Details zu erkennen, also öffnete ich die Tür des Holzofens, steckte einen Kienspan in die Kohlen, bis er Feuer fing, und zündete die Lampe an. Dann löschte ich den Span mit den Fingern und legte ihn in unser Abtrockenbecken, um nicht aus Versehen die Hütte abzufackeln. Schließlich zog ich die Öllampe zu mir heran.

In großen gelben Lettern prangte oben auf der Titelseite vor einem rosa Hintergrund das Wort TEEN. Ich nahm an, dass das der Name der Zeitschrift war. Auf dem Cover war ein Mädchen abgebildet. Sie schien ungefähr in meinem Alter zu sein und hatte wie ich lange glatte Haare in einem dunklen Braunton. Sie trug eine orange-lila-blau-gelbe Strickjacke mit einem Zickzackmuster wie die Tätowierungen an meinen Beinen. EINS-A LOOK MIT STERNCHEN, stand auf der einen Seite ihres Fotos, UMWERFEND UMGESTYLT – SO KLAPPT'S IMMER! auf der anderen. Innendrin waren weitere Bilder desselben Mädchens. Unter einem der Fotos war zu lesen, dass sie Shannen Doherty hieß und der Star einer Fernsehserie mit dem Titel *Beverly Hills, 90210* war.

Ich wandte mich dem Inhaltsverzeichnis zu: *SOS Erde – So kannst du helfen; Modediäten: Cool oder gefährlich?; Gratis-Extra: Fashion-Planer zum Sammeln; Die schärfsten neuen Fernsehstars; Wenn der Märchenprinz zum Albtraum wird;*

Teens mit Aids: tragische Storys. Ich hatte keine Ahnung, was die Überschriften bedeuteten oder worum es in den Artikeln ging. Ich blätterte das Heft durch. *Heiße Looks für die Schule*, lautete der Text unter dem Foto einer Gruppe von Kindern, die neben einem gelben Bus standen. Die Kinder sahen glücklich aus. Ich konnte keine Reklame für Küchengeräte entdecken, stattdessen wurde für Artikel geworben, die sich »Lippenstift«, »Eyeliner« und »Rouge« nannten. Soweit ich das erkennen konnte, benutzten die Mädchen sie, um sich die Lippen rot, die Wangen rosa und die Augenlider blau zu färben. Warum jemand daran Interesse haben sollte, war mir rätselhaft.

Ich lehnte mich zurück, trommelte mit den Fingern auf den Tisch, kaute an meinem Daumenknöchel und versuchte nachzudenken. Ich hatte keine Ahnung, wo diese Zeitschrift herkam, wie sie in unsere Hütte gelangt war, wie lange sie schon in dem Versteck dort im Treppenschrank lag. Oder wie überhaupt jemand auf die Idee kam, eine Zeitschrift nur über Jungen und Mädchen zu machen.

Ich zog die Lampe näher heran und blätterte das Heft abermals durch. Alles war hier »in«, »hip« oder »cool«. Die Kinder tanzten, machten Musik, feierten Partys. Die Bilder waren brillant und farbenfroh. Die Autos sahen ganz anders aus als die in den *Geographics*. Sie lagen dicht über dem Boden und waren schnittig wie Wiesel, nicht groß und rundlich und fett wie Biber. Und sie hatten auch Namen. Mir gefiel besonders ein gelbes Auto, das die Zeitschrift »Mustang« nannte, weil es denselben Namen hatte wie ein Pferd. Ich nahm an, dass das Auto so hieß, weil es sehr schnell war.

Draußen auf der Veranda stampfte meine Mutter sich den Schnee von den Stiefeln. Ich wollte schon die Zeitschrift unter dem Tisch verschwinden lassen, doch dann hielt ich inne. Es war nicht schlimm, wenn meine Mutter sah, wie ich darin las. Ich tat schließlich nichts Verbotenes.

»Was machst du da?«, rief sie, während sie die Tür hinter sich schloss und sich den Schnee aus den Haaren schüttelte. »Du weißt doch, dass du die Lampe nicht anzünden sollst, bevor Jacob nach Hause kommt.« Sie hängte ihre Jacke an den Haken neben der Tür und lief durch die Küche, um die Lampe zu löschen. Dann erblickte sie die Zeitschrift und hielt inne. »Wo hast du das her? Was machst du damit? Das gehört mir. Gib es her!«

Sie schnappte nach der Zeitschrift. Ich schlug ihre Hand weg, sprang auf und griff nach meinem Messer. Dass diese Zeitschrift meiner Mutter gehören sollte, war absurd. Meine Mutter besaß nichts.

Sie wich einen Schritt zurück und hob die Hände. »Bitte, Helena. Gib mir die Zeitschrift. Dann lasse ich dich auch reinschauen, wann immer du willst.«

Als ob sie mich daran hindern könnte. Ich wies mit dem Messer auf ihren Stuhl. »Setz dich.«

Meine Mutter setzte sich. Ich nahm gegenüber von ihr Platz, legte mein Messer auf den Tisch und platzierte die Zeitschrift zwischen uns. »Was ist das? Wo kommt es her?«

»Darf ich sie anfassen?«

Ich nickte. Sie zog die Zeitschrift zu sich heran und blätterte langsam die Seiten um. Bei dem Foto eines blonden, blauäugigen Jungen hielt sie inne. »Neil Patrick Harris.« Sie seufzte. »Ich war ja *so* verknallt in ihn, als ich so alt war wie du. Du machst dir ja keine Vorstellung. Ich finde ihn immer noch attraktiv. *Doogie Howser* war meine Lieblingsserie. Ich mochte aber auch *Full House* und *California High School*.«

Es gefiel mir nicht, dass meine Mutter Dinge wusste, die ich nicht wusste. Ich hatte keine Ahnung, wovon sie redete, wer diese Leute waren oder warum meine Mutter so tat, als ob sie sie kennte. Warum die Jungen und Mädchen in diesem Heft ihr offenbar so viel bedeuteten wie Cousteau und Calypso mir.

»Bitte, sag Jacob nichts«, flehte sie mich an. »Du weißt, was er tun wird, wenn er das hier findet.«

Ich wusste sehr genau, was mein Vater mit dieser Zeitschrift machen würde, wenn er davon erführe – ganz besonders, wenn er glaubte, dass sie meiner Mutter wichtig war. Es hatte seinen Grund, dass ich meine Lieblings-*Geographics* unter meinem Bett aufbewahrte. Ich versprach es ihr – nicht weil ich meine Mutter vor meinem Vater schützen wollte, sondern weil ich das Heft noch nicht zu Ende gelesen hatte.

Meine Mutter blätterte es noch einmal durch, dann drehte sie es um und schob es mir hin. »Schau mal. Siehst du diese rosa Strickjacke? Ich hatte früher mal genau die gleiche. Ich habe sie so viel getragen, dass meine Mutter sagte, ich hätte darin geschlafen, wenn sie es mir erlaubt hätte. Und die da.« Sie blätterte zurück zur Titelseite. »Meine Mutter wollte mir so eine Strickjacke kaufen, als wir Kleider für die Schule kaufen gingen.«

Es fiel mir schwer, mir meine Mutter als ein Mädchen wie die in dieser Zeitschrift vorzustellen – ein Mädchen, das diese Kleider trug, shoppen ging, die Schule besuchte. »Wo hast du das her?«, fragte ich noch einmal, weil meine Mutter meine Frage immer noch nicht beantwortet hatte.

»Es ... ist eine lange Geschichte.« Sie presste die Lippen zusammen, wie sie es tat, wenn mein Vater ihr eine Frage stellte, die sie nicht beantworten wollte, wie zum Beispiel, warum sie das Feuer hatte ausgehen lassen oder warum sein Lieblingshemd immer noch schmutzig war, obwohl sie behauptete, es gewaschen zu haben, oder warum sie nicht die Löcher in seinen Socken gestopft oder mehr Wasser oder Brennholz geholt hatte oder wann sie endlich lernen würde, anständige Kekse zu backen.

»Dann solltest du besser gleich anfangen.« Ich sah ihr fest in die Augen, wie es mein Vater immer tat, um sie wissen zu lassen, dass ich ein Nein nicht gelten lassen würde. Das versprach interessant zu werden. Meine Mutter erzählte nie Geschichten.

Sie wandte den Blick ab und biss sich auf die Lippe. Endlich seufzte sie. »Ich war sechzehn, als dein Vater mir sagte, dass wir ein Baby bekommen würden«, begann sie. »Dein Vater wollte, dass ich aus den Vorhängen und Decken, die wir in der Hütte hatten, Windeln und Babysachen für dich machen sollte. Aber ich konnte nicht nähen.« Sie lächelte versonnen, als ob es lustig wäre, dass sie nicht nähen konnte. Oder als ob sie sich die Geschichte nur ausgedacht hätte.

»Ich schaffte es noch, mit einem seiner Messer eine Decke zu Windeln zu zerschneiden, aber ohne Schere, Nähnadeln und Faden konnte ich unmöglich Kleider für dich machen. Und wir brauchten auch Sicherheitsnadeln, damit die Windeln an dir hielten. Dein Vater stürmte zur

Tür hinaus, als ich ihm das sagte – du weißt ja, wie er ist, wenn er wütend wird. Er blieb lange weg. Als er wiederkam, sagte er, wir würden einkaufen gehen. Das war das erste Mal, dass ich das Moor verlassen sollte, seit ... seit er mich hergebracht hatte, deshalb war ich sehr aufgeregt. Wir gingen in ein großes Kaufhaus namens Kmart und kauften dort alles, was du brauchen würdest. Während wir an der Kasse anstanden, sah ich diese Zeitschrift. Ich wusste, dass dein Vater mir nie erlauben würde, sie zu kaufen, also rollte ich sie zusammen, als er nicht hinschaute, und verbarg sie unter meinem Hemd. Als wir zur Hütte zurückkamen, versteckte ich sie im Treppenschrank, während er die Sachen auslud, die wir gekauft hatten. Seitdem ist sie dort.«

Meine Mutter schüttelte den Kopf, als ob sie nicht glauben könnte, dass sie einmal so mutig gewesen war. Wenn die Zeitschrift nicht zwischen uns auf dem Tisch gelegen hätte, hätte ich es auch nicht geglaubt. Ich stellte mir vor, wie sie zum Schrank ging, immer wenn mein Vater und ich nicht zu Hause waren, um das Heft aus seinem Versteck zu holen und damit an den Küchentisch zu gehen, oder hinaus auf die Veranda, wenn es ein sonniger Tag war, und die Geschichten zu lesen und die Bilder anzusehen, während sie eigentlich putzen oder kochen sollte. Es war schwer zu glauben, dass sie damit schon vor meiner Geburt angefangen hatte und nie von meinem Vater erwischt worden war. Und dass diese Zeitschrift genauso alt war wie ich.

Ein Gedanke begann sich zu formen. Ich sah auf das Datum auf der Titelseite der Zeitschrift. Wenn meine Mutter dieses Heft mitgenommen hatte, als sie mit mir schwanger war und ich jetzt fast zwölf war, dann war dieses Heft auch fast zwölf Jahre alt. Das hieß, dass das Mädchen auf dem Titel gar kein Mädchen mehr war – sie war eine erwachsene Frau wie meine Mutter. Und das galt auch für all die anderen Kinder.

Ich gebe zu, ich war enttäuscht. Es hatte mir besser gefallen, als diese Jungen und Mädchen noch so wie ich waren. Ich verstand natürlich das Konzept von Daten und Jahren und warum man an wichtige Ereignisse die jeweilige Jahreszahl dranhängte, damit die Leute wussten, was früher und was später passiert war. Aber ich hatte nie wirklich darüber nachgedacht, in welchem Jahr ich geboren war oder welches Jahr wir jetzt hatten. Meine Mutter hielt die Wochen und Monate in dem Kalender fest, den sie mit Holzkohle auf unsere Küchenwand schrieb, aber ich hatte mich immer mehr für die Jahreszeiten interessiert und dafür, wie das Wetter an einem bestimmten Tag sein würde.

Jetzt wurde mir klar, dass die Zahlen meiner Lebensjahre auch wichtig waren. Ich zog die Daten auf den *Geographics* von der des laufenden Jahres ab und hatte ein Gefühl, als ob mein Vater mich in den Bauch geboxt hätte. *Die* Geographics *waren fünfzig Jahre alt.* Viel älter als das *Teen*-Magazin. Älter als meine Mutter. Sogar älter als mein Vater. Meine Yanomami-Brüder und -Schwestern waren keine Kinder, sie waren alte Männer und Frauen. Der Junge mit dem Tattoo in Form einer doppelten Reihe von Punkten quer über die Wangen, dessen Foto ich meinem Vater gezeigt hatte, damit er mir die gleiche Tätowierung stechen konnte, war gar kein Junge, er war ein alter Mann wie mein Vater. Cousteau – der echte Jacques-Yves Cousteau – war auf den Bildern in den *Geographics* ein erwachsener Mann, was bedeutete, dass er schon sehr alt sein musste. Vielleicht lebte er gar nicht mehr.

Ich sah meine Mutter an, die mir am Tisch gegenübersaß und lächelte, als ob sie sich freute, dass ich ihre Zeitschrift gefunden hatte, weil wir sie jetzt zusammen lesen konnten, und mein einziger Gedanke war: *Lügnerin*. Ich hatte den *Geographics* vertraut. Ich hatte meiner Mutter vertraut. Sie wusste, dass die *Geographics* fünfzig Jahre alt waren, und dennoch hatte sie mich in dem Glauben gelassen, dass alles, worüber sie berichteten, in der Gegenwart stattgefunden habe, dass es aktuell und wahr sei. Das Farbfernsehen, der Klettverschluss und der Impfstoff gegen Polio waren keine neuen Erfindungen. Die Sowjets hatten nicht erst kürzlich die Hündin Laika mit dem *Sputnik 2* ins Weltall geschossen, als erstes Lebewesen in einer Umlaufbahn der Erde. Cousteaus verblüffende Entdeckungen waren fünfzig Jahre alt. Warum hatte sie mir das angetan? Warum hatte sie mich angelogen? Was hatte sie mir sonst noch vorenthalten?

Ich schnappte die Zeitschrift, rollte sie zusammen und steckte sie in meine Gesäßtasche. Nach dieser Sache würde meine Mutter sie nie wiederbekommen.

Von draußen kam ein Geräusch. Es klang wie die Kettensäge meines Vaters, aber es war fast dunkel, und mein Vater sägte doch nachts kein Brennholz. Ich lief zum Fenster. Vom Waldrand her kam ein kleines gelbes Licht auf uns zu. Es sah aus wie ein gelber Stern, nur dass es sich bewegte und ganz dicht über dem Boden war.

Meine Mutter trat zu mir ans Fenster, während das Geräusch lauter wurde. Sie legte die Hände an die Scheibe, um besser sehen zu können.

»Es ist ein Schneemobil«, sagte sie, als sie sich schließlich abwandte, mit Verwunderung in der Stimme. »Da kommt jemand.«

21

Rambo bellt nicht noch einmal, aber das eine Mal war genug. Mein riskantes Manöver hat sich ausgezahlt. Ich habe meinen Vater eingeholt, und nicht nur das – Rambos Bellen beweist, dass er ganz in der Nähe ist. Stellen Sie sich den zirka fünfhundert Meter langen Straßenabschnitt zwischen dem Punkt, wo die Fährte meines Vaters begann, und dem Forstweg, den ich entlanglaufe, als Basis eines gleichschenkligen Dreiecks vor. Mein Haus ist die Spitze, während der Weg, den mein Vater nimmt, und meiner die Schenkel bilden. Wir laufen in spitzem Winkel auf das Haus zu und kommen uns dabei immer näher.

Ich könnte seinen Standort genauer lokalisieren, wenn Rambo noch ein zweites Mal bellen würde, aber ich bin, ehrlich gesagt, überrascht, dass er überhaupt bellen konnte. Ich vermute, dass an der Hose des Mannes, den mein Vater ermordet hat, kein Gürtel war. Damals in der Hütte hat mein Vater meinem Hund immer mit seinem Gürtel die Schnauze zugebunden, wenn wir auf der Jagd waren und er nicht wollte, dass Rambo Laut gab, oder wenn der Hund im Holzschuppen angebunden war und mein Vater sich nicht mehr anhören mochte, wie er bellte, um rausgelassen zu werden. Manchmal verpasste mein Vater Rambo auch einen Maulkorb, ohne dass ich einen Grund dafür erkennen konnte, und ließ ihn länger dran, als ich es für richtig hielt.

Ich habe gelesen, ein Anzeichen dafür, dass jemand als Erwachsener zum Terroristen oder Serienmörder werden könnte, sei eine Neigung zur Tierquälerei als Kind. Ich bin mir nicht sicher, was es bedeutet, wenn so jemand als Erwachsener immer noch gern Tiere quält.

Ich halte mir die Hand über die Augen, um sie vor dem Regen zu schützen, und suche die Anhöhe ab. Halb rechne ich damit, jeden Moment den Kopf meines Vaters am Horizont auftauchen zu sehen. Ich verlasse den Weg und schlage mich in die Bäume. Feuchte Kiefernnadeln dämpfen meine Schritte. Ich schüttle mir das Regenwasser aus den Haaren und lasse das Ruger von meiner Schulter gleiten, um es mit dem Lauf nach unten zu halten, sodass ich es beim ersten Anzeichen von Gefahr hochreißen kann. Der Hang ist steil. Ich steige so schnell und so lautlos auf, wie ich nur kann. Normalerweise würde ich mich mit den Händen am Unterholz festhalten, aber Strauchkiefern sind spröde, und ich kann nicht riskieren, mich durch einen brechenden Zweig zu verraten.

Ich nähere mich der Anhöhe und gehe auf den Bauch herunter, um auf Ellbogen und Knien weiterzukriechen, wie mein Vater es mir beigebracht hat. Ich klappe das Zweibein des Ruger aus und spähe durch das Zielfernrohr.

Nichts.

Langsam lasse ich meinen Blick nach Norden und Süden wandern, dann suche ich die andere Seite der Schlucht nach verdächtigen Bewegungen ab. Es sind immer Bewegungen, die einen Menschen verraten. Wenn man vor einem Verfolger durch einen Wald flieht, ist es das Beste, sich so schnell wie möglich flach hinzulegen und sich absolut still zu verhalten. Ich nehme noch einmal jedes mögliche Versteck unter die Lupe, für den Fall, dass mein Vater Rambo absichtlich hat bellen lassen, um mich aus der Reserve zu locken, dann schultere ich das Gewehr, klettere den Hang hinunter und mache mich daran, die nächste Anhöhe zu erklimmen.

Ich wiederhole das Ganze noch zweimal, ehe ich auf dem Kamm der vierten Anhöhe ankomme und am liebsten in Jubelgeschrei ausbrechen würde. Am Fuß des Hangs, keine fünfzehn Meter unterhalb meines Standorts und rund fünfzig Meter weiter südlich, marschiert er zielstrebig das Bett eines Bachs hinauf, der normalerweise kaum mehr als knöcheltief wäre, ihm jetzt aber fast bis zu den Knien reicht.

Mein Vater.

Ich habe ihn gefunden. Ich habe ihn übertrumpft und nach allen Regeln der Kunst ausgetrickst.

Ich stelle das Ruger ein letztes Mal auf und beobachte meinen Vater durch das Zielfernrohr. Er sieht natürlich älter aus, als ich ihn in Erinnerung habe. Die Kleider des toten Mannes flattern lose um seine dürre Gestalt. Sein Haupthaar und sein Bart sind grau, die Haut runzlig und fahl. Auf dem Foto, das die Polizei in Umlauf gegeben hat, erinnert mein Vater an Charles Manson, zottelig und mit wildem Blick. Ich nehme an, sie haben das bedrohlichste Foto genommen, das sie finden konnten, um nur ja keinen Zweifel aufkommen zu lassen, dass mein Vater gefährlich ist. In persona sieht er sogar noch übler aus: hohlwangig wie eine Leiche, die Augen so tief in die Höhlen gesunken, dass er mir vorkommt wie der *wendigo* in seinen Schwitzhütten-Geschichten von damals. Jetzt, da ich ihn zum ersten Mal als Erwachsene sehe, wird mir erst so richtig klar, wie gestört er aussieht. In den Augen meiner Mutter hat er wohl immer schon so ausgesehen.

Mein Vater hat meinen Hund in einer Art Würgegriff, das abgeschnittene Ende der Leine ist mehrmals um seine linke Hand geschlungen. In der rechten trägt er eine Glock. Ich denke mir, dass die Waffe des anderen Aufsehers wohl von der Jacke verdeckt hinten in seiner Jeans steckt. Rambo trottet leichtfüßig am Bachufer entlang neben ihm her. Nicht zum ersten Mal staune ich darüber, wie mühelos mein Hund sich auf nur drei Beinen fortbewegt. Die Tierärztin, die ihn nach der Begegnung mit dem Bären wieder zusammengeflickt hat, sagte mir damals, viele Jäger hätten einen so schwer verletzten Hund wohl einschläfern lassen. Ich deutete die Bemerkung so, dass sie Verständnis dafür hätte, wenn ich mir die Operation nicht leisten könnte. Die meisten Menschen, die auf der Upper Peninsula leben, müssen schon kämpfen, um ihre Familien zu ernähren, da können sie nicht auch noch eine teure Operation für ein Haustier bezahlen, so gerne sie es auch tun würden. Ich konnte sehen, dass die Tierärztin froh war, als ich ihr erklärte, ich würde eher die Bärenjagd aufgeben als meinen Hund.

Ich verfolge meinen Vater durch das Zielfernrohr, als er nichtsahnend weiter auf mich zugeht. Als Kind habe ich mir oft vorgestellt, wie es wäre, ihn zu töten – nicht weil ich es wollte, sondern weil er mir die Idee in den Kopf gesetzt hatte, als er die Regeln unseres Fährtenlesespiels änderte. Wenn ich ihn gefunden hatte, beobachtete ich ihn noch eine ganze Weile und dachte darüber nach, wie es wäre, wenn ich auf ihn schießen würde anstatt in den Baum. Was es für ein Gefühl wäre, meinen Vater zu töten. Was meine Mutter sagen würde, wenn sie erführe, dass ich jetzt das Familienoberhaupt war.

Ich sehe, wie er immer näher kommt, und wieder denke ich darüber nach, ihn zu töten, aber diesmal im Ernst. Auf diese Entfernung und aus diesem Winkel wäre es kein Problem. Ich könnte ihm eine Kugel ins Herz oder in den Kopf jagen, und das Spiel wäre vorbei, ohne dass er auch nur mitbekommen würde, dass ich gewonnen hatte. Ich könnte ihm in den Bauch schießen. Ihn langsam und qualvoll verbluten lassen, als Vergeltung für das, was er meiner Mutter angetan hat. Ich könnte ihm in die Schulter oder ins Knie schießen. Ihn so schwer verletzen, dass man ihn auf einer Trage abtransportieren müsste. Und dann nach Hause laufen, die Polizei alarmieren, sobald ich ein Netz habe, und durchgeben, wo sie ihn auflesen können.

So viele Möglichkeiten.

Damals in der Hütte spielte mein Vater oft ein Ratespiel mit mir. Er versteckte irgendeinen kleinen Gegenstand, von dem er wusste, dass ich ihn gerne hätte, in einer Hand – ein glattgeschliffenes Stück weißen Quarz vielleicht, oder ein unversehrtes Rotkehlchen-Ei –, und ich musste raten, in welcher Hand er den Schatz hielt. Wenn ich richtig riet, durfte ich ihn behalten. Wenn nicht, warf mein Vater den Schatz in die Abfallgrube. Ich weiß noch, wie ich mir den Kopf zerbrochen habe, um auf die richtige Lösung zu kommen. Wenn mein Vater den Schatz beim letzten Mal in der rechten Hand hatte, bedeutete das dann, dass er diesmal in seiner Linken sein würde? Oder würde er ihn wieder in der Rechten halten, um mich zu überlisten? Vielleicht mehrmals hintereinander? Ich begriff nicht, dass die Lösung nichts mit Vernunft und Logik zu tun hatte. Ganz gleich, welche Hand ich wählte, die Wahrscheinlichkeit, dass ich richtig riet, blieb immer gleich.

Diesmal ist es anders. Diesmal *gibt* es keine falsche Entscheidung. Ich entsichere das Gewehr. Lege den Finger an den Abzug, halte die Luft an und zähle bis zehn.

Und schieße.

Ich war voller Panik, als ich das erste Mal auf meinen Vater schoss. Noch heute staune ich darüber, dass er mich so etwas machen ließ. Ich versuche mir vorzustellen, ich würde Iris eine Waffe in die Hand drücken und sie auffordern, auf mich zu zielen und abzudrücken – ach ja, und sieh zu, dass du danebenschießt! –, und ich bringe es schlicht nicht fertig. Ich würde wahrscheinlich auch nicht auf die Idee kommen, so etwas mit Mari zu wagen, selbst wenn sie sich als noch so gute Schützin entpuppen sollte. Es ist extrem leichtsinnig, ja geradezu selbstmörderisch. Und doch hat mein Vater genau das getan.

Es geschah in dem Sommer, als ich zehn Jahre alt war. Wir spielten unser Fährtenlesespiel nicht im Winter, weil es bei einer geschlossenen Schneedecke zu einfach gewesen wäre, den Spuren meines Vaters zu folgen, und aus dem gleichen Grund spielten wir auch nicht im Spätherbst oder im Frühjahr, nachdem das Laub abgefallen war und bevor die Bäume Knospen getrieben hatten. Nur bei wirklich dichtem, üppigem Laubwerk sei es eine echte Herausforderung, die Spur eines Menschen im Wald zu verfolgen, sagte mein Vater. Das ist allerdings auch die Jahreszeit, in der die

Mückenplage am schlimmsten ist. Man muss schon die Selbstbeherrschung bewundern, die mein Vater aufbringen musste, um stundenlang im Sumpf zu kauern und darauf zu warten, dass ich ihn fand, und dem Drang zu widerstehen, nach den Mücken zu schlagen, die ihn umschwirrten, oder auch nur zu zucken, wenn sie ihn stachen.

Beim Frühstück erläuterte mein Vater mir die neuen Spielregeln. Nachdem ich ihn gefunden hatte, konnte ich zwischen zwei Möglichkeiten wählen: Ich konnte in den Baum schießen, hinter dem er sich versteckte, entweder neben ihm oder über seinem Kopf, oder ich konnte in die Erde vor seinen Füßen schießen.

Wenn ich ihn nicht fände – oder, schlimmer noch, wenn ich ihn fände, aber nicht den Mut aufbrächte zu schießen –, dann würde ich etwas hergeben müssen, was mir wichtig war. Anfangen würden wir mit dem *National-Geographic*-Heft mit den Bildern von den Wikingern, das ich unter meinem Bett versteckt hatte. Ich habe keine Ahnung, woher mein Vater überhaupt wusste, dass es dort war.

Mein Vater brachte mich mit seinem Kanu zu einer Anhöhe, auf der ich noch nie gewesen war. Vorher verband er mir die Augen, damit ich nicht so leicht abschätzen konnte, wie weit wir gefahren waren und wie viel Zeit vergangen war, aber auch, damit ich nicht sehen konnte, in welche Richtung er ging, nachdem wir angekommen waren. Ich war sehr nervös. Ich wollte meinen Vater nicht erschießen. Ich wollte aber auch meine *Geographic* behalten. Ich dachte viel über die zwei Möglichkeiten nach, die ich hatte. In den Boden zu schießen wäre leichter und sicherer, als in einen Baum zu schießen, weil die Kugel sich in den Sand bohren würde und die Gefahr geringer wäre, dass ein Querschläger mich oder meinen Vater verletzte. Und wenn ich auf den Boden zielte und versehentlich meinen Vater träfe, wären die Folgen bei einem Schuss ins Bein oder in den Fuß längst nicht so traumatisch wie bei einem Brust- oder Kopfschuss.

Aber der Schuss in den Boden war etwas für Feiglinge, und ich war kein Feigling.

»Bleib hier«, sagte mein Vater, als das Kanu aufs Ufer zuglitt. »Zähl bis tausend, dann kannst du die Augenbinde abnehmen.«

Das Kanu schaukelte, als er ausstieg. Ich hörte das Platschen, als er zum Ufer watete, und ein Rascheln, als er sich seinen Weg durch die Vegetation bahnte – Pfeilkräuter und Rohrkolben höchstwahrscheinlich –, und dann nichts mehr. Ich hörte nur noch den Wind in den Kiefern, von denen mir meine Nase bereits verraten hatte, dass sie auf dieser Anhöhe wuchsen, und das papierne Rascheln des Espenlaubs in der Brise. Das Wasser war still, und die Sonne brannte mir auf den Kopf. Das Licht fühlte sich auf meiner rechten Seite einen Deut wärmer an als links, was bedeutete, dass das Kanu nach Norden zeigte. Ich war mir nicht sicher, wie mir das weiterhelfen könnte, aber es war gut, es zu wissen. Das Remington lag schwer auf meinen Knien. Unter der Augenbinde begann ich zu schwitzen.

Plötzlich merkte ich, dass ich so mit dem Sammeln von Hinweisen auf meine Umgebung beschäftigt gewesen war, dass ich das Zählen völlig vergessen hatte. Ich beschloss, bei fünfhundert anzufangen, um die verlorene Zeit wettzumachen. Die Frage war, ob mein Vater erwartete, dass ich ganz bis tausend zählen würde, wie er es mir aufgetragen hatte, oder ob er damit rechnete, dass ich die Augenbinde abnehmen würde, bevor ich mit Zählen fertig war, und mich schon früher auf die Suche nach ihm machen würde. Es war schwer zu sagen. Meistens tat ich genau das, was mein Vater von mir verlangte, weil es am Ende immer irgendeine Strafe setzte, wenn ich es nicht tat. Aber das hier war etwas anderes. Bei unserem Fährtenlesespiel ging es ja gerade darum, dass ich lernen sollte, meinen Vater zu überlisten. Hinterlist und Tricksereien waren Teil des Spiels.

Ich nahm die Augenbinde ab und band sie mir um die Stirn, damit der Schweiß mir nicht in die Augen lief, dann stieg ich aus dem Kanu. Es war nicht schwer, der Fährte meines Vaters zu folgen. Ich konnte deutlich erkennen, wo er durch die Seggen – keine Pfeilkräuter oder Rohrkolben, wie ich gemutmaßt hatte – gewatet und ans Ufer geklettert war. Auch die Spuren in dem Teppich aus Kiefernnadeln auf der Lichtung, die er überquert hatte, bevor er im Adlerfarn auf der anderen Seite verschwunden war, konnte ich deutlich erkennen. Aus der Tatsache, dass ich der Spur meines Vaters so mühelos folgen konnte, schloss ich, dass ich inzwischen sehr gut im Fährtenlesen war. Im Rückblick bin ich mir sicher, dass er es mir an diesem Tag absichtlich leicht gemacht hat, ihn aufzuspüren, weil er wollte, dass das Spiel zu Ende gespielt wurde, und dazu musste er die Gewissheit haben, dass ich ihn finden würde.

Am höchsten Punkt des Hügels hätte ich seine Fährte fast verloren, als die Fußspuren an einem glatten, kahlen Felsblock endeten. Dann entdeckte ich ein winziges Häufchen Sand an einer Stelle, wo eigentlich kein Sand hätte sein dürfen. Ich nahm die Fährte auf der anderen Seite wieder auf und folgte ihr zur Kante eines kleinen Steilhangs. Umgebogene Farnwedel und lose Steine zeigten an, wo mein Vater hinuntergeklettert war. Ich verfolgte die Spur durch das Zielfernrohr des Remington und entdeckte meinen Vater, der in dreißig Meter Entfernung hinter einer Buche auf seinen Fersen kauerte. Der Baum war dick, aber nicht dick genug – links und rechts schauten seine Schultern heraus.

Ich grinste. An diesem Tag waren die Götter mir wirklich gewogen. Nicht nur, dass ich meinen Vater gefunden hatte, nein – es herrschten auch nahezu perfekte Bedingungen für einen gezielten Schuss. Ich hatte die höhere Position. Es wehte kein Wind. Ich hatte die Sonne im Rücken, und das bedeutete zwar, dass mein Vater meine Silhouette im Gegenlicht sehen könnte, sollte er hinter dem Baum hervortreten, sich umdrehen und nach oben schauen, aber es bedeutete auch, dass ich ihn deutlich sehen konnte, wenn ich abdrückte, was die Gefahr eines Fehlschusses verringerte.

Ich ging hinter einer großen Rotkiefer in Deckung und hielt das Remington dicht an meinen Körper, während ich über meinen nächsten Schritt nachdachte. Das Gewehr war fast so lang wie ich. Ich legte mich auf den Bauch und schob es vor mir her, bis ich eine bessere Schussposition unter einem Busch erreicht hatte. Ich stützte den Kolben an der Schulter ab und spähte durch das Zielfernrohr. Mein Vater hatte sich nicht bewegt.

Ich legte den Finger an den Abzug. Mein Magen verkrampfte sich. Ich hörte im Geiste das Krachen des Schusses, sah meinen Vater überrascht den Kopf hochreißen. Ich sah ihn hinter dem Baum hervortreten und den Hang hinauf auf mich zugehen, um mir den Kopf zu tätscheln und mir zu meinem Schuss zu gratulieren. Oder würde er bestürzt nach unten schauen, auf seine Schulter, die sich rot verfärbte, und wie ein angeschossenes Nashorn den Hang heraufstürmen? Meine Hände zitterten. Ich verstand nicht, warum ich auf ihn schießen musste. Warum mein Vater die Spielregeln geändert hatte. Warum er aus einem Spiel, das einfach nur Spaß machte, etwas Gefährliches und Erschreckendes gemacht hatte. Ich wünschte, alles könnte immer so bleiben, wie es war.

Und als ich das dachte, begriff ich plötzlich. Es musste sich etwas ändern, weil *ich* mich veränderte. Ich wurde älter. Dies hier war meine Initiation, meine Chance zu beweisen, dass ich ein wertvolles Mitglied unseres Stammes sein würde. Für einen Yanomami-Mann war Mut von größerem Wert als alles andere. Deswegen führten sie ständig Krieg gegen andere Stämme, raubten einander die Frauen und kämpften lieber bis zum letzten Atemzug, noch mit Dutzenden von Pfeilen im Leib, als dass sie aufgaben und sich als Feigling brandmarken ließen. Laut der *Geographic* hatten fast die Hälfte der Yanomami-Männer schon einmal einen Mann getötet.

Ich verankerte das Remington noch fester an meiner Schulter. Meine Hände zitterten nicht mehr. Die Mischung aus panischer Angst und einem rauschhaften Hochgefühl, die ich empfand, als ich abdrückte, lässt sich unmöglich beschreiben. Ich kann mir vorstellen, dass es dem gleicht, was jemand empfindet, der aus einem Flugzeug abspringt oder von einer hohen Klippe, oder dem Gefühl einer Herzchirurgin, wenn sie ihren ersten Schnitt setzt. Ich war nicht mehr das kleine Mädchen, das seinen Vater liebte und bewunderte und hoffte, eines Tages so zu werden wie er. Ich war ihm ebenbürtig.

Danach konnte ich es kaum erwarten, wieder eine Gelegenheit zu bekommen, auf ihn zu schießen.

Der Knall des Gewehrschusses und das Knacken des Asts über dem Kopf meines Vaters sind fast simultan. Der Ast fällt direkt vor seinen Füßen in den Bach. Genau dorthin, wo ich ihn haben wollte. Das gleiche Manöver, das unser letztes Fährtenlesespiel beendet hat.

Mein Vater erstarrt. Er blickt auf zu der Stelle, wo der Schuss herkam, mit offenem Mund, als ob er nicht glauben könnte, dass ich ihn wieder geschlagen habe, und auch noch auf die gleiche Art und Weise. Er schüttelt den Kopf und lässt kapitulierend die Arme sinken. Rambos Leine ist um seine linke Hand geschlungen, die Glock hält er lose in der rechten.

Ich lasse den Finger am Abzug. Wenn einer so aussieht, als ob er sich geschlagen gibt, heißt das noch lange nicht, dass er bereit ist, aufzugeben. Zumal jemand, der so verschlagen und berechnend ist wie mein Vater.

»Jacob.« Der Name fühlt sich auf meiner Zunge fremd an.

»*Bangii-Agawaateyaa.*«

Ich erschaudere, aber es liegt nicht am Regen. *Bangii-Agawaateyaa.* Kleiner Schatten. Der Name, den er mir gegeben hat, als ich ein Kind war. Der Name, den ich seither nie mehr gehört habe. Ich kann nicht annähernd zum Ausdruck bringen, welche Gefühle diese Worte aus dem Mund meines Vaters nach so vielen Jahren in mir auslösen. Der ganze Zorn, der Hass und die Verbitterung, die ich über ein Jahrzehnt lang nicht habe loslassen können, verdunsten wie Eis auf einem Holzofen. Ich spüre, wie ein Teil von mir, von dem ich nicht einmal wusste, dass er zerbrochen war, plötzlich wieder heil wird. Erinnerungen stürmen auf mich ein: wie mein Vater mir das Fährtenlesen beibrachte, das Jagen, das Schneeschuhlaufen, das Schwimmen. Wie er mir beibrachte, mein Messer zu schleifen, ein Kaninchen abzuziehen, mein Hemd zuzuknöpfen und meine Schuhe zu binden. Die Namen der Vögel, der Insekten, der Pflanzen und Tiere. Wie wir gemeinsam die unerschöpflichen Geheimnisse des Moors erkundeten: ein Klumpen Froschlaich, der auf dem stillen Wasser eines Weihers unter einem überhängenden Ast schwamm; ein Fuchsbau, tief in den Sand eines Hangs gegraben.

Alles, was man über das Moor wissen muss, hat dieser Mann mir beigebracht.

Ich packe das Ruger fester. »Wirf deine Waffen weg.«

Mein Vater blickt lange zu mir auf, ehe er die Glock ins Gebüsch schleudert. Er zieht ein Bowiemesser aus der Innenseite seines rechten Stiefels und wirft es der Pistole hinterher.

»Langsam«, sage ich, als er hinter sich greift, um die zweite Pistole aus seinem Gürtel zu ziehen. Wenn ich er wäre und er ich, wäre dies der Moment, in dem ich zum Gegenangriff übergehen würde. Ich würde meine Waffe herausreißen, sie Rambo an den Kopf halten und die Schwäche meiner Gegnerin für ihren Hund ausnutzen, um sie zu entwaffnen.

Mein Vater nimmt die zweite Glock langsam nach vorne, wie ich es verlangt habe. Er holt mit dem Arm aus, als ob er sie wegwerfen wollte, aber statt loszulassen, als seine Armbewegung den Scheitelpunkt erreicht, lässt er sich auf ein Knie fallen und schießt.

Nicht auf Rambo.

Auf mich.

Die Kugel schlägt in meine Schulter. Im allerersten Moment empfinde ich nichts als Schock. *Er hat auf mich geschossen.* Absichtlich, ohne einen Gedanken an die Folgen, einfach nur, um mich zu Fall zu bringen.

Ich habe ihn nicht besiegt. Ich habe meine Familie nicht gerettet. Ich habe nicht gewonnen, weil mein Vater wieder einmal die Regeln unseres Spiels geändert hat.

Dann explodiert meine Schulter. Jemand hat eine Stange Dynamit in mich gesteckt und gezündet. Mich mit einem Baseballschläger geschlagen und mit einem glühenden Schürhaken durchbohrt. Ich bin von einem Bus überfahren worden. Ich schlage eine Hand über die Wunde, falle zu Boden und winde mich, während der Schmerz in Wellen über mich hereinbricht. Blut strömt zwischen meinen Fingern hervor. *Pack das Gewehr*, befiehlt mein Gehirn meinen Händen. *Schieß ihn ab, wie er dich abgeschossen hat.* Meine Hände reagieren nicht.

Mein Vater klettert den Hang herauf, bleibt vor mir stehen und schaut auf mich herab. Die Glock zielt auf meine Brust.

Wie unglaublich dumm ich doch bin. Ich kam mir clever vor, als ich auf den Ast anstatt auf ihn schoss. Wie tragisch die Folgen meiner Entscheidung sein werden. Die Wahrheit ist, dass ich meinen Vater nicht töten *wollte*. Ich liebe ihn, auch wenn er mich nicht liebt. Er hat meine Liebe zu ihm ausgenutzt.

Ich halte den Atem an, während ich darauf warte, dass mein Vater mir den Rest gibt. Er sieht lange auf mich herab, dann steckt er die Glock in den Bund seiner Jeans und kickt das Ruger auf der anderen Seite des Kamms den Hang hinunter. Er rollt mich auf den Rücken und steckt meine Magnum ein. Ich weiß nicht, woher er wusste, dass ich sie hatte, aber er wusste es. Er zieht Handschellen aus seiner Gesäßtasche – zweifellos die gleichen, die er trug, als er aus dem Gefängnistransporter flüchtete –, reißt mir die Arme über den Kopf, ohne auf meine verletzte Schulter Rücksicht zu nehmen, und legt mir die Handschellen um die Handgelenke. Mein ganzer Körper zittert von der Anstrengung, die es mich kostet, nicht zu schreien.

Er tritt schwer atmend einen Schritt zurück.

»Und *so*«, sagt er und sieht mit triumphierendem Grinsen auf mich herab, »schlägt man seinen Gegner beim Fährtenlesespiel.«

22

Die Hütte

In diesem Herbst kam der Wiking früh mit Beute und Gefangenen nach Hause; unter den Letzteren war ein junger christlicher Priester, einer jener Männer, die die Götter der nordischen Länder verachteten. In die tiefen, gemauerten Keller der Burg war der junge Christenpriester geworfen worden, an Händen und Füßen mit Baststricken gefesselt. Schön war er, »wie Baldur anzuschauen«, sagte die Wikingerfrau, und sie war bewegt ob seiner Not, aber Helga sagte, dass ein Strick durch seine Fersen gezogen und er den wilden Tieren an den Schwanz gebunden werden sollte.

»Dann würde ich die Hunde losmachen! Und dann ginge es über Moor und Sumpf, zur Heide hin! Hurra – das wäre ein Schauspiel für die Götter, und besser noch wäre es, ihm dabei das Geleit zu geben!«

Doch diesen Tod wollte der Wiking ihn nicht erleiden lassen, sondern er sollte, als Leugner und Verfolger der hohen Götter, am morgigen Tag auf dem Blutstein im Hain geopfert werden. Es geschah zum ersten Mal, dass hier ein Mensch als Opfer dargebracht wurde.

Helga bat, das Volk mit seinem Blut besprengen zu dürfen; sie wetzte ihr funkelndes Messer, und als einer der großen, reißenden Hunde, von denen es einige auf dem Hofe gab, ihr über die Füße lief, stach sie ihm das Messer in die Flanke, nur um die Schärfe der Klinge zu prüfen, wie sie behauptete.

Hans Christian Andersen, *Die Tochter des Moorkönigs*

»Da kommt jemand«, wiederholte meine Mutter, als wir zusammen am Küchenfenster standen, als ob sie ihre eigenen Worte nicht glauben könnte, wenn sie sie nicht zweimal sagte.

Ich war auch überrascht. Mein Vater achtete immer so sorgfältig darauf, nicht die Aufmerksamkeit von Fremden auf unsere Hütte zu lenken: Er schlug das Brennholz am unteren Ende unserer Anhöhe, damit das Geräusch seiner Kettensäge nicht so weit zu hören wäre; er schoss mit dem Gewehr nur, um das Wild zu erlegen, dessen Fleisch wir brauchten; er verließ nie das Moor, um unsere Vorräte aufzufüllen, auch wenn uns Dinge ausgingen, die uns das Leben angenehmer gemacht hätten; er versteckte sich vor der Familie am Wasserfall, damit wir sie nicht aus Versehen zu unserer Hütte führten; und er übte mit meiner Mutter und mir das richtige Verhalten für den Fall, dass sich tatsächlich jemand auf unsere Anhöhe verirrte. Es war schwer zu glauben, dass trotz all dieser Vorsichtsmaßnahmen tatsächlich jemand gekommen war.

Ich drückte mir die Nase an der Scheibe platt und sah zu, wie das Scheinwerferlicht hüpfend und schwankend auf uns zukam. Es war zu dunkel, um Einzelheiten zu erkennen, aber ich wusste, wie ein Schneemobil aussah. Oder vielmehr, ich wusste, wie ein Schneemobil vor fünfzig Jahren ausgesehen hatte. Ich hatte immer noch Mühe, die Ungeheuerlichkeit des Betrugs meiner Mutter zu begreifen.

Meine Mutter schüttelte langsam den Kopf, als ob sie aus einem langen Schlaf erwachte. Sie zog rasch die Vorhänge zu und packte meine Hand. »Schnell. Wir müssen uns verstecken.«

Wo sollen wir uns verstecken?, wollte ich fragen. Ich wusste, dass es das war, was mein Vater gewollt hätte. Ich wusste auch, was er mit uns machen würde, wenn wir uns nicht an seine Anweisungen hielten. Aber es war zu spät, um ins Moor hinauszulaufen und uns im Schlamm zu wälzen, damit wir nicht gesehen wurden, selbst wenn das Moor nicht zugefroren gewesen wäre. Der Fahrer des Schneemobils hatte unsere Hütte schon entdeckt. Er kam direkt auf uns zu. In unserem Holzofen brannte ein Feuer, Rauch kam aus unserem Schornstein, in unserem Holzschuppen lagerte Brennholz, im Schnee waren Fußspuren. Drinnen hingen unsere Jacken neben der Tür, unser Tisch war gedeckt, das Kaninchenragout köchelte auf dem Holzofen vor sich hin. Und was war mit Rambo?

Rambo.

Ich schnappte mir meine Jacke und lief hinaus zum Holzschuppen. Rambo winselte und zerrte so heftig an seiner Kette, dass ich Angst hatte, er würde sich erdrosseln. Ich schnallte sein Halsband los und ließ ihn laufen, dann duckte ich mich zwischen einen Stapel Brennholz und die Schuppenwand, um zwischen den Latten hindurchzuspähen. Das Motorgeräusch des Schneemobils änderte sich, als das Schneemobil unsere Anhöhe zu erklimmen begann. Kurz darauf schoss das Gefährt in einer Wolke aus Schnee und Abgasen durch mein Gesichtsfeld. Ich lief zur anderen Seite des Holzschuppens, kletterte auf den Holzstoß und kauerte mich hin, das Messer gezückt, wie mein Vater es mir beigebracht hatte. Das Schneemobil hielt direkt unter mir. Das Geräusch war so laut, dass meine Ohren noch klingelten, als der Fahrer den Motor schon längst abgestellt hatte.

»He, Junge.« Der Fahrer pfiff und klopfte sich auf den Schenkel, während Rambo bellend um ihn herumlief. Sein Gesicht konnte ich nicht sehen, weil er einen Helm aufhatte, wie ihn die Tiefseetaucher trugen – oder vielmehr einen Helm, wie ihn die Tiefseetaucher *früher* getragen hatten –, aber an der Stimme erkannte ich, dass es ein Mann war. »Komm her, Junge. Na, komm! Ist schon in Ordnung, ich tu dir nichts.«

Rambo hörte auf zu bellen, lief schwanzwedelnd auf den Mann zu und legte ihm die Schnauze aufs Knie. Der Mann zog einen Handschuh aus und kraulte Rambo hinterm Ohr. Ich fragte mich, woher er wusste, dass mein Hund es mochte, an dieser Stelle gekrault zu werden.

»Guter Junge. Was für ein braver Hund. Ja, ja, das bist du. Ja, das bist du.« Ich hatte noch nie irgendjemanden so viel mit einem Hund reden hören.

Der Mann schob Rambo sanft zur Seite und stieg von seinem Schneemobil. Er trug eine dicke schwarze Hose und eine schwarze Jacke mit je einem Längsstreifen an den Ärmeln in einem Grünton, den ich noch nie gesehen hatte. An der Seite des Schneemobils war ein Streifen in derselben Farbe, und darauf stand in weißen Lettern der Schriftzug ARCTIC CAT. Er nahm seinen Helm ab und legte ihn auf den Sitz. Der Mann hatte flachsblondes Haar wie meine Mutter und einen buschigen Vollbart wie ein Wikinger. Er war größer als mein Vater und auch jünger. Beim Gehen raschelten seine Kleider wie trockenes Laub. Ich konnte mir nicht vorstellen, dass sie für die Jagd taugten, aber sie sahen warm aus.

Der Mann stieg die Stufen unserer Veranda hinauf und

klopfte mit den Knöcheln an die Tür. »Hallo? Jemand zu Hause?« Er wartete, dann schlug er wieder gegen die Tür. Ich wusste nicht genau, worauf er wartete. »Hallo?«

Die Tür der Hütte ging auf, und meine Mutter kam heraus. Ich konnte ihren Gesichtsausdruck nicht erkennen, weil sie das Licht im Rücken hatte. Aber ich konnte sehen, dass ihre Hände zitterten.

»Entschuldigen Sie die Störung«, sagte der Mann, »aber dürfte ich mal Ihr Telefon benutzen? Ich bin von meiner Gruppe getrennt worden und vom Weg abgekommen.«

»Unser Telefon«, echote meine Mutter leise.

»Wenn es Ihnen nichts ausmacht. Der Akku meines Handys ist leer.«

»Sie haben ein Handy.« Meine Mutter kicherte. Ich hatte keine Ahnung, wieso.

»Äh, ja, genau. Also, wenn ich vielleicht Ihres benutzen dürfte, damit ich meinen Kumpels sagen kann, dass ich wohlauf bin? Das wäre super. Ich heiße übrigens John. John Laukkanen.« Der Mann lächelte und streckte die Hand aus.

Meine Mutter gab einen erstickten Laut von sich, dann ergriff sie seine Hand wie eine Ertrinkende eine Rettungsleine. Noch lange nachdem sie mit Schütteln fertig waren, hielt sie seine Hand fest.

»Ich weiß, wer Sie sind.« Sie ließ den Blick über den Hof schweifen, dann zog sie den Mann rasch über die Schwelle.

Noch lange nachdem die Tür sich geschlossen hatte, starrte ich die Hütte an. Noch mehr Lügen. Noch mehr Tricks. Noch mehr Täuschungen. Meine Mutter kannte diesen Mann. Er kam sie besuchen, wenn mein Vater nicht zu

Hause war. Ich wusste nicht, was der Mann und meine Mutter in unserer Hütte machten, aber ich wusste, dass es falsch war. Ich steckte mein Messer in die Scheide und kletterte von dem Holzstoß herunter. Das Schneemobil hockte in unserem Hof wie ein großer Schwarzbär. Ich hätte ihm am liebsten einen Klaps auf den Hintern gegeben und es davongejagt. Oder meinen Vater gerufen, damit er mit seinem Gewehr kam und es abschoss. Ich schlich auf Zehenspitzen hinüber zu unserer hinteren Veranda und lugte durch einen Spalt in den Vorhängen. Meine Mutter und der Mann standen mitten in unserer Küche. Meine Mutter redete gestikulierend auf ihn ein. Ich konnte nicht hören, was sie sagte. Sie wirkte ängstlich und aufgeregt. Immer wieder sah sie zur Tür, als ob sie fürchtete, mein Vater könnte jeden Moment hereinkommen. Wenn er nur käme, dachte ich.

Der Mann sah einfach nur aus, als ob er Angst hätte. Meine Mutter redete und gestikulierte weiter, bis er endlich nickte. Zögerlich, als ob er nicht tun wollte, was meine Mutter von ihm verlangte, aber keine Wahl hätte, so wie ich, als mein Vater von mir verlangte, dass ich meiner Mutter beim Geleemachen helfen sollte. Meine Mutter lachte. Sie stellte sich auf die Zehenspitzen, schlang dem Mann die Arme um den Hals und küsste ihn auf die Wange. Die Wangen des Mannes färbten sich rot. Meine Mutter legte den Kopf an seine Schulter. Ihre Schultern zitterten. Ich konnte nicht erkennen, ob sie lachte oder weinte. Nach einer Weile nahm der Mann meine Mutter in den Arm, klopfte ihr auf den Rücken und drückte sie an sich.

Ich sank im Schnee auf die Fersen. Meine Wangen glühten auch. Ich wusste, was ein Kuss bedeutete. Ein Kuss bedeutete, dass man den Menschen liebte, den man küsste. Deswegen küsste meine Mutter nie meinen Vater. Ich konnte nicht glauben, dass meine Mutter diesen Mann küsste, diesen Fremden, nachdem sie ihn in unsere Hütte gebracht hatte, während mein Vater nicht da war. Ich wusste sehr wohl, was mein Vater mit ihnen machen würde, wenn er hier wäre. Ich zog mein Messer, schlich lautlos über die Veranda und riss die Tür auf.

»Helena!«, rief meine Mutter. Der Mann und meine Mutter lösten sich aus der Umarmung, während kalte Luft in die Hütte strömte. Sie lief rot an. »Ich dachte, du wärst … Ist ja auch egal. Schnell, mach die Tür zu.«

Ich ließ die Tür offen. »Sie müssen gehen«, forderte ich den Mann auf, so barsch, wie ich nur konnte. »Sofort.« Ich wedelte mit dem Messer, um ihn wissen zu lassen, dass ich es ernst meinte. Wenn es sein müsste, würde ich es benutzen.

Der Mann wich zurück und hob die Hände. »He, immer mit der Ruhe. Nimm das Messer weg. Es ist okay, ich tu dir schon nichts.« Er redete mit mir, als ob ich mein Hund wäre.

Ich machte mein Gesicht so hart wie das meines Vaters und trat einen Schritt näher. »Sie müssen gehen. *Jetzt.* Bevor mein Vater zurückkommt.«

Meine Mutter wurde ganz weiß im Gesicht, als ich meinen Vater erwähnte, und das sollte sie auch. Ich wusste nicht, was sie sich dabei gedacht hatte, als sie diesen Mann in unsere Hütte gelassen hatte, und wie sie sich vorstellte, dass das hier enden sollte.

Sie ließ sich auf einen Stuhl sinken. »Helena, bitte. Du verstehst nicht. Dieser Mann ist unser Freund.«

»Unser Freund‹? *Unser* Freund? Ich habe gesehen, wie du ihn geküsst hast. *Ich habe euch gesehen.*«

»Du hast uns ... Ach, Helena. Nein, nein – ich habe John nur gedankt, weil er uns von hier wegbringen wird. Leg dein Messer weg. Wir müssen uns beeilen.«

Ich sah meine Mutter an – aufgeregt, voller Hoffnung, glückstrahlend, als ob dies der beste Tag unseres Lebens wäre, weil dieser Mann auf unserer Anhöhe aufgetaucht war. Ich konnte mir nur vorstellen, dass sie den Verstand verloren hatte. Ich wusste, dass sie nicht gerne im Moor lebte, aber glaubte sie ernsthaft, sie könnte jetzt gehen, in der Kälte und Dunkelheit? Hinter diesem Fremden auf das Schneemobil steigen und sich von ihm mitnehmen lassen, ohne Erlaubnis meines Vaters? Ich konnte mir nicht vorstellen, wie sie auch nur eine Sekunde lang denken konnte, dass ich mit diesem Plan einverstanden wäre.

»Bitte, Helena. Ich weiß, dass du Angst hast ...«

Die hatte ich ganz bestimmt nicht.

»... und dass das alles sehr verwirrend ist.«

Ich war nicht im Geringsten verwirrt.

»Aber du musst mir vertrauen.«

Ihr vertrauen? Die Zeitschrift in meiner Gesäßtasche brannte wie glühende Kohle. Nach dieser Sache würde ich meiner Mutter nie wieder vertrauen.

»Helena, bitte. Ich erkläre dir alles, das verspreche ich. Aber wir müssen uns be...«

Sie brach ab, als die schweren Schritte meines Vaters auf der Veranda zu hören waren.

»Was geht hier vor?«, brüllte er, als er ins Zimmer platzte. Er erfasste die Situation augenblicklich und schwenkte das

Gewehr zwischen dem Mann und meiner Mutter hin und her, als ob er sich nicht entscheiden könnte, wen von beiden er zuerst erschießen sollte.

Der Mann hob die Hände. »Bitte. Ich will keinen Ärger …«

»Maul halten! Hinsetzen!«

Der Mann ließ sich auf einen unserer Küchenstühle fallen, als ob ihn jemand geschubst hätte. »Hören Sie mal, Sie müssen doch nicht gleich mit dem Gewehr auf mich losgehen. Ich wollte nur Ihr Telefon benutzen. Ich habe mich verirrt. Ihre … äh, Frau hat mich reingelassen, und …«

»*Maul halten*, hab ich gesagt.« Mein Vater wirbelte auf dem Absatz herum und rammte dem Mann den Gewehrkolben in den Unterleib. Der Mann stieß einen erstickten Schrei aus, kippte vom Stuhl und hielt sich den Bauch, während er sich stöhnend am Boden wälzte.

»Nein!«, schrie meine Mutter und schlug sich die Hände vors Gesicht.

Mein Vater gab mir das Gewehr. »Wenn er sich bewegt, erschieß ihn.« Er baute sich vor meiner Mutter auf und holte mit der Faust aus. Der Mann rappelte sich auf die Knie hoch, kroch auf meinen Vater zu und packte seinen Knöchel. Ich wusste, dass ich schießen sollte. Ich wollte nicht abdrücken.

»Lassen Sie sie in Ruhe!«, rief der Mann. »Ich weiß, wer Sie sind. *Ich weiß, was Sie getan haben.*«

Mein Vater erstarrte, dann fuhr er herum. In einer der *Geographics* war ein Artikel, in dem das Gesicht einer Person als »schwarz vor Rage« beschrieben wurde. So sah mein Vater in diesem Moment aus. Wütend genug, um uns alle umzubringen.

Er brüllte wie ein verwundeter Schwarzbär, ging auf den Mann los und trat ihm in die Nieren. Der Mann schrie auf und fiel mit dem Gesicht voran auf den Boden. Mein Vater packte sein linkes Handgelenk und stellte den Fuß auf den Ellbogen des Mannes, dann bog er ihm den Arm hinter dem Rücken höher und höher, bis der Knochen brach. Der Schrei des Mannes erfüllte die Hütte und mischte sich mit dem meiner Mutter und meinem eigenen.

Mein Vater fasste den Mann an seinem gebrochenen Arm und riss ihn hoch auf die Füße. Der Mann schrie erneut. »Bitte! Nein! O Gott – nein! Hören Sie auf! Bitte!«, brüllte er, als mein Vater ihn über den Hof zum Holzschuppen trieb. Meine Mutter schluchzte. Meine Hände zitterten. Ich sah nach unten und merkte, dass ich immer noch das Gewehr hielt. Der Lauf zielte auf meine Mutter. Sie sah mich an, als ob sie glaubte, ich würde sie erschießen. Ich sagte ihr nicht, dass die Waffe gesichert war.

Mein Vater kam in die Hütte zurück. Seine Jacke war blutbefleckt, seine Knöchel rot verfärbt. Er nahm mir das Gewehr aus den zitternden Händen und schloss es im Vorratsraum ein. Ich wartete mit meiner Mutter in der Küche. Ich war mir nicht sicher, was er von mir erwartete.

Als er wiederkam, war sein Gesichtsausdruck ruhig, als ob nichts passiert wäre, als ob es ein ganz normaler Tag wäre und er nicht gerade dem ersten Menschen, der auf unserer Anhöhe aufgetaucht war, den Arm gebrochen hätte. Das konnte zweierlei bedeuten: Entweder war sein Zorn verraucht, oder es ging gerade erst los.

»Geh auf dein Zimmer, Helena.«

Ich lief die Treppe hinauf. Hinter mir hörte ich ein Klatschen wie von einer Faust, die auf Fleisch traf. Meine Mutter schrie. Ich machte die Tür zu.

Noch lange nachdem es in der Hütte still geworden war, lag ich auf meinem Bett, die Hände hinter dem Kopf, und starrte an die Decke. Erinnerungen verdrängten meine Träume.

Mein Vater und ich schwammen im Biberteich. Er brachte mir bei, wie man toter Mann spielt. Die Sonne war warm und das Wasser kalt. Ich lag auf dem Rücken im Wasser, die Arme seitlich ausgestreckt. Mein Vater stand neben mir. Das Wasser reichte ihm bis zur Taille. Die Hände meines Vater waren unter meinem Rücken und hielten mich über Wasser, obwohl ich sie kaum spüren konnte. »Beine hoch«, sagte er, als meine Füße abzusinken begannen. »Bauch raus. Bieg den Rücken durch.« Ich schob den Bauch vor und bog die Schultern nach hinten, so weit es ging. Mein Gesicht tauchte unter. Ich prustete, begann zu sinken. Mein Vater fing mich auf und hob mich hoch. Ich versuchte es noch einmal. Später, nachdem ich gelernt hatte, toter Mann zu spielen, war es so leicht, dass es mir schwerfiel, mich an eine Zeit zu erinnern, als ich es noch nicht gekonnt hatte.

Mein Vater half mir, den Köder an meinem Angelhaken zu befestigen. Der Haken war sehr spitz. Das erste Mal, als ich einen Haken aus dem Angelkasten meines Vaters nahm, blieb er in meinem Daumen stecken. Es tat weh, aber nicht so sehr wie in dem Moment, als mein Vater ihn herauszog. Von da an achtete ich immer darauf, den Haken nur an der Schlaufe am oberen Ende zu halten. Unsere Köderdose war voller Würmer. Wir gruben die Würmer aus der feuchten

Erde am Fuß unserer Anhöhe aus. Ich wühlte in dem Matsch in der Dose und fischte einen Wurm heraus. Er war glitschig und nass. Mein Vater zeigte mir, wie man den Haken durch die Mitte des Wurms bohrt und den Wurm dann um den Haken schlingt, um ihn noch einmal am Kopf und am Schwanz aufzuspießen. »Es tut ihm nicht weh«, sagte er, als ich fragte, wie es dem Wurm dabei ginge. »Würmer spüren keinen Schmerz.« Wenn das stimmte, fragte ich nach, wieso drehte und wand sich der Wurm dann so? Mein Vater lächelte. Er sagte, es sei gut, dass ich lernte, selbstständig zu denken, und tätschelte mir den Kopf.

Mein Vater und ich saßen in der Schwitzhütte. Er erzählte wieder einmal die Geschichte, wie er in die Bärenhöhle gefallen war. Diesmal fiel mir auf, dass mein Vater jedes Mal, wenn er die Geschichte erzählte, ein paar Details veränderte, um es spannender zu machen. Das Loch war tiefer, mein Vater fiel weiter hinunter, es war schwieriger, hinauszuklettern, die Bärin wachte auf, als mein Vater auf ihrem Rücken landete, die Wirbelsäule des Jungen war gebrochen. Ich erkannte, dass es zwar einerseits wichtig war, immer die Wahrheit zu sagen, aber dass es in Ordnung war, die Fakten zu bearbeiten, wenn man eine Geschichte erzählte, um sie interessanter zu machen. Ich hoffte, ein ebenso guter Geschichtenerzähler zu werden wie er, wenn ich einmal groß war.

Ich stand auf, trat ans Fenster und blickte über den mondbeschienenen Hof hinweg. Rambo lief im Geräteschuppen hin und her. Das Schneemobil war unter mir. Der Mann im Holzschuppen war still.

Ich hatte meinen Vater geliebt, als ich klein war. Ich liebte ihn noch. Cousteau und Calypso sagten, mein Vater sei böse. Ich wusste, dass sie mich gernhatten, aber ich konnte nicht glauben, dass das stimmte.

Am nächsten Morgen machte mein Vater das Frühstück, während meine Mutter im Bett blieb. Der Haferschleim, den er kochte, war fad und schmeckte nach nichts. Es war schwer zu glauben, dass meine größte Sorge gestern noch gewesen war, dass wir kein Salz hatten. Jetzt konnte ich an nichts anderes mehr denken als an den Verrat meiner Mutter. Nicht nur, dass sie gelogen hatte, was die *Geographics* anging, sie hatte auch meinen Vater betrogen. Ich wusste, dass er sie geschlagen hatte, weil sie den Mann in unsere Hütte gelassen hatte, und dass sie deswegen noch im Bett war. Ich mochte es nicht, wenn mein Vater meine Mutter schlug, aber es gab Situationen wie diese, wo sie es verdient hatte. Mein Vater sagte, weil meine Mutter allein mit einem anderen Mann in unserer Hütte gewesen sei, habe meine Mutter etwas begangen, was Ehebruch genannt wurde, und wenn eine Ojibwe-Frau Ehebruch beging, hatte ihr Mann das Recht, sie nach Gutdünken zu verstümmeln oder gar zu töten. Meine Mutter war keine Indianerin, aber weil sie die Frau meines Vaters war, musste sie nach seinen Regeln leben. Ich wusste, dass sie die Strafe verdient hatte, aber ich war dennoch froh, dass ich meinem Vater nicht gesagt hatte, dass ich gesehen hatte, wie sie den Mann küsste.

Ich schrubbte unsere Frühstücksschalen und den Kochtopf mit kaltem Wasser und einer Handvoll Sand, bevor ich dem Mann im Holzschuppen einen Becher Zichorienkaffee brachte, wie mein Vater es mir aufgetragen hatte. Es war ein strahlend sonniger Morgen. Das Schneemobil wirkte bei Tageslicht größer, schwarz glänzend und funkelnd wie frisch gefallener Schnee, mit seiner Windschutzscheibe von der Farbe von Holzrauch und diesem außergewöhnlichen grünen Streifen. Es hatte nichts gemein mit den Bildern in den *Geographic*-Heften. Ich stellte den Becher auf die Verandastufe und hob den Helm hoch. Er war schwerer, als ich dachte, und er hatte vorne ein gebogenes Stück dunkles Glas, das wie ein Schild geformt war. Innen war er dick und weich gepolstert. Ich stülpte mir den Helm auf den Kopf, schwang mich rittlings auf den Sitz, wie ich es bei dem Mann gesehen hatte, und tat so, als ob ich führe. Ich hatte mir schon immer gewünscht, dass wir ein Schneemobil hätten. Dann hätten wir unsere Eisangeln in der Hälfte der Zeit abfahren können, die es brauchte, um auf Schneeschuhen von Loch zu Loch zu gehen. Einmal fragte ich meinen Vater, ob wir nicht ein paar von seinen Fellen gegen ein Schneemobil eintauschen könnten. Daraufhin bekam ich einen langen Vortrag darüber zu hören, dass die Methoden der Indianer stets besser seien als die Erfindungen des wei-ßen Mannes und dass schneller nicht immer besser sei. Aber ich dachte mir, wenn unsere Leute damals Schnee-mobile gehabt hätten, dann hätten sie sie auch benutzt.

Ich stieg wieder ab, nahm den Becher und ging über den Hof zum Holzschuppen. Der Zichorienkaffee dampfte nicht mehr. Der Mann war an den Pfosten in der Ecke ge-bunden. Seine Haare waren blutig, sein Gesicht geschwol-len. Seine Jacke und seine Hose fehlten. Er trug weiße Thermounterwäsche, wie mein Vater und ich sie im Winter trugen, und sonst nichts. Er hatte die Füße in die Holzspäne und das Sägemehl geschoben, um sie warm zu halten, aber seine Zehen schauten heraus. Seine Arme waren über seinem Kopf mit Handschellen gefesselt. Er hatte die Augen geschlossen, und sein Bart ruhte auf seiner Brust. Jetzt hatte er nicht mehr viel Ähnlichkeit mit einem Wikinger.

Ich blieb in der Tür stehen; warum, das wusste ich nicht genau. Das hier war mein Holzschuppen, meine Hütte, meine Anhöhe. Ich hatte jedes Recht, hier zu sein. Dieser Mann war derjenige, der nicht hierhergehörte. Ich glaube, ich hatte Angst, hineinzugehen, weil ich nicht mit diesem Mann allein sein und womöglich Ehebruch begehen wollte. Mein Vater war derjenige, der mir aufgetragen hatte, dem Mann einen Becher Zichorienkaffee zu bringen, aber das mit dem Ehebruch war ein neues Konzept. Ich war mir nicht sicher, wie es funktionierte.

»Haben Sie Durst?« Was für eine Frage – aber ich wusste nicht, was ich sonst sagen sollte.

Der Mann blinzelte mich mit einem Auge an. Das andere war zugeschwollen. Mein Vater hatte mir oft erklärt, wenn ich je in die Lage geriete, jemanden gefangen nehmen zu müssen, sollte ich, egal wie hart ich ihn schlagen müsste, immer darauf achten, dass ein Auge heil blieb, damit der Gefangene mich kommen sah und sich denken konnte, was ich vorhatte. So würde ich immer psychologisch im Vorteil sein. Als der Mann mich in der Tür stehen sah, wich er panisch so weit zurück, wie die Handschellen es zuließen, und daran erkannte ich, dass es stimmte, was mein Vater gesagt hatte.

»Ich habe Ihnen etwas zu trinken gebracht.« Ich kniete

mich in das Sägemehl und hielt ihm den Becher an die Lippen, dann nahm ich den Keks heraus, den ich in meiner Jackentasche versteckt hatte, brach ihn in Stücke und fütterte ihn damit. Ich spürte seinen Schnurrbart auf meinen Fingern und seinen Atem auf meiner Haut, und ein Schauder überlief mich. Noch nie war ich einem Mann, der nicht mein Vater war, so nahe gewesen. Ich dachte wieder an Ehebruch und wischte die Krümel weg, die auf die Brust des Mannes gefallen waren.

Der Mann sah besser aus, als ich fertig war, aber nicht viel besser. Eine Platzwunde über seinem Auge blutete, und die linke Gesichtshälfte, wo mein Vater ihn geschlagen hatte, war geschwollen und lila verfärbt. Der gebrochene Arm, der über seinem Kopf ausgestreckt war, stellte ein Problem dar. Ich hatte schon Tiere an geringeren Verletzungen sterben sehen.

»Geht es deiner Mutter gut?«, fragte er.

»Sie ist okay.« Ich sagte ihm nicht, dass der linke Arm meiner Mutter in ähnlicher Weise gebrochen war. »Das nennt man Partnerlook«, sagte mein Vater an dem Morgen, als er mir erzählte, dass er am Abend zuvor meiner Mutter den Arm hinter den Rücken gedreht hatte, wie er es zuvor bei dem Mann gemacht hatte.

»Dein Vater ist verrückt.« Der Mann reckte das Kinn, eine Geste, die den Holzschuppen, die Handschellen und seine fehlende Kleidung einschloss.

Es gefiel mir nicht, dass er so etwas sagte. Dieser Mann kannte meinen Vater nicht. Er hatte kein Recht, schlecht über ihn zu reden.

»Sie hätten nicht herkommen sollen«, sagte ich kalt. »Sie

hätten uns in Ruhe lassen sollen.« Plötzlich musste ich es wissen. »Wie haben Sie uns gefunden?« Die Frage kam nicht so heraus, wie ich es beabsichtigt hatte. Es klang, als ob ich glaubte, wir hätten uns verirrt.

»Ich habe mit ein paar Kumpels eine Spritztour gemacht und bin irgendwo falsch abgebogen. Wir hatten getrunken«, fügte er hinzu, als ob das irgendetwas erklärte. »Whiskey. Bier. Ist ja auch egal. Ich bin lange gefahren und habe nach einem Wegweiser Ausschau gehalten. Dann sah ich den Rauch von eurer Hütte. Ich wusste nicht, dass diese Hütte … dass deine Mutter …«

»Was ist mit meiner Mutter?« Es war mir egal, wie schwer dieser Mann verletzt war. Wenn er jetzt sagte, dass er gekommen war, weil er in meine Mutter verliebt war, würde ich ihn auf den gebrochenen Arm schlagen.

»Ich habe nicht gewusst, dass deine Mutter die ganze Zeit hier war. Dass sie nach all den Jahren … und dass dein Vater …« Er brach ab und sah mich mit einem seltsamen Ausdruck an. »Mein Gott. Du weißt es nicht.«

»Was weiß ich nicht?«

»Dass deine Mutter … dein Vater …«

»Was ist mit mir?«, wollte mein Vater wissen.

Der Mann schreckte zurück, als der Schatten meines Vaters die Tür ausfüllte. Er schloss sein heiles Auge und begann zu wimmern.

»Geh rein, Helena«, befahl mein Vater. »Deine Mutter braucht dich.«

Ich schnappte den leeren Becher, sprang auf und rannte an meinem Vater vorbei zur Hütte. Dort spülte ich den Becher aus und legte ihn ins Abtrockenbecken. Und dann stand ich lange am Küchenfenster und sah durch die Lattenwand des Holzschuppens zu, wie mein Vater den schreienden und schluchzenden Mann schlug und trat. Ich fragte mich, was der Mann mir hatte sagen wollen.

23

Meine Schulter pocht. Ich habe keine Ahnung, wie schwer ich verletzt bin. Es kann sein, dass die Kugel meine Schulter nur gestreift hat, sodass ein paar Stiche genügen werden, um mich wiederherzustellen. Es ist aber ebenso gut möglich, dass die Verletzung viel schlimmer ist. Wenn die Kugel eine Arterie getroffen hat, werde ich verbluten. Wenn sie einen der wichtigen Nerven getroffen hatte, könnte es sein, dass ich meinen Arm nicht mehr bewegen kann. Vorläufig weiß ich nur, dass es wehtut. Verdammt weh.

Wenn das hier ein typischer Jagdunfall wäre, würde ich jetzt nicht an einen Baum gelehnt auf der Erde sitzen, sondern läge in einem Rettungswagen auf dem Weg ins Krankenhaus, umsorgt von Sanitätern, die alles tun würden, um mich zu stabilisieren. Bei unserer Ankunft würden Türen aufgerissen, Pfleger würden herbeieilen und mich in den OP schieben. Ärzte würden die Wunde behandeln und mir etwas gegen die Schmerzen geben.

Aber das hier war kein Jagdunfall.

Nachdem mein Vater mich angeschossen und mir die Handschellen angelegt hatte, schleifte er mich an den Schultern zu einer großen Rotkiefer, zog mich hoch und lehnte mich dagegen. Ich will gar nicht erst versuchen zu schildern, was das für ein Gefühl war.

Rambo ist verschwunden. Ich glaube zwar, »Heim!« geschrien zu haben, als mein Vater den Hang hinaufstürmte, um mich zu entwaffnen, aber es ist schwer zu sagen, ob ich das Kommando tatsächlich gerufen oder nur gedacht habe. Die ersten Sekunden, nachdem mein Vater auf mich geschossen hatte, nahm ich alles wie durch einen Schleier wahr.

Ich blinzle. Zwinge mich, nicht an die Schmerzen zu denken, versuche mich zu konzentrieren. Wie dumm von mir, zu glauben, mein Vater würde sich ergeben. Ich hätte ihn töten sollen, als ich die Gelegenheit dazu hatte. Das nächste Mal werde ich es tun.

Mein Vater sitzt am Boden, mit dem Rücken an einen Baumstamm gelehnt. In der Hand hält er meine Magnum, mein Messer hängt an meinem Gürtel, den er sich umgeschnallt hat. Mein Handy kann ich auch vergessen – und ich rede nicht von einem leeren Akku. Nachdem mein Vater das iPhone gefunden hatte, das Stephen mir zu unserem letzten Hochzeitstag geschenkt hatte, warf er es in die Luft und schoss es ab.

Mein Vater wirkt vollkommen ruhig und entspannt – und warum auch nicht? Es spricht alles für ihn, für mich spricht nichts.

»Ich wollte dir nicht wehtun«, sagt er. »Du hast mich dazu gezwungen.«

Typisch Narzisst – was auch geschieht, es ist immer die Schuld des anderen.

»Du hättest nicht davonlaufen sollen«, fährt er fort, als ich keine Antwort gebe. »Du hast alles ruiniert.«

Ich würde gerne erwidern, dass ich nicht schuld bin am Auseinanderbrechen unserer Familie. Wenn mein Vater auch nur ansatzweise zu logischem Denken fähig wäre, würde ich ihm erklären, dass das Leben, das er sich vorgestellt hatte, von Anfang an auf einer Illusion gegründet war, dass seine Wahnvorstellung, er könnte sich ein Leben im Moor ganz nach seinen Wünschen und Vorlieben einrichten, in dem Augenblick zum Scheitern verurteilt war, als ich gezeugt wurde. Ich war seine offene Flanke, seine Achillesferse. Mein Vater zog mich groß und formte mich zu einer weiblichen Ausgabe seiner selbst, aber indem er das tat, legte er den Keim zu seinem eigenen Niedergang. Mit meiner Mutter konnte er machen, was er wollte. Mich hatte er nie ganz unter Kontrolle.

»Sie ist tot«, sage ich. »Mutter ist tot.«

Ich weiß nicht, warum ich ihm das erzähle. Ich weiß nicht einmal genau, wie meine Mutter gestorben ist. Ich weiß nur, was ich in der Zeitung gelesen habe: dass sie unerwartet in ihrem Haus verstorben sei. Es schien irgendwie passend, dass ihr Leben dort endete. Als ich bei meinen Großeltern wohnte, empfand ich diese vier rosa Wände meines Zimmers mit den ganzen Schmetterlingen und Regenbogen und Einhörnern als ungeheuer bedrückend. Immer wenn mir der Lärm und der Trubel der Welt außerhalb des Moors zu viel wurde, musste ich hinaus ins Freie. Solange ich nach oben schauen und sehen konnte, wie die Baumwipfel sich wiegten, ging es mir gut. Meine Mutter war das genaue Gegenteil. Im Rückblick denke ich, dass sie deshalb nach unserer Rettung aus dem Moor so viel Zeit in ihrem Zimmer verbrachte, weil es der letzte Ort war, an dem sie sich sicher fühlte.

Mein Vater schnaubt verächtlich. »Deine Mutter war eine

Enttäuschung. Ich hab mir oft gewünscht, ich hätte die andere genommen.«

Die andere? Das andere Mädchen, mit dem sie an jenem Tag gespielt hatte? Es trifft mich ins Mark, ihn so leidenschaftslos von der Entführung meiner Mutter reden zu hören. Ich denke an den Tag, an dem er sie gekidnappt hat, wie sie auf seine Geschichte mit dem Hund hereinfiel, welche Ängste sie ausgestanden haben muss, als ihr klar wurde, dass mein Vater ihr etwas antun wollte. Es muss einen Moment gegeben haben, während sie ihm bei der Suche nach seinem imaginären Hund half, als ihr bewusst wurde, dass er nicht die Wahrheit sagte. *Ich sollte jetzt nach Hause gehen*, wird sie gesagt haben. Vermutlich mehr als einmal. *Meine Eltern suchen mich sicher schon.* Zögerlich, als ob sie um Erlaubnis bitten müsste, denn damals wurden kleine Mädchen nicht zu selbstbewusstem Auftreten erzogen, wie es heute der Fall ist. Vielleicht versprach mein Vater, ihr ein Eis zu kaufen, wenn sie ihm noch etwas länger bei der Suche helfen würde. Vielleicht lockte er sie mit einer Fahrt in seinem Kanu. Mein Vater kann sehr überzeugend sein, wenn es seinem Zweck dient.

Was immer meine Mutter dachte oder empfand – in dem Moment, als sie in sein Kanu stieg, war sie verloren. Die ersten Meilen östlich von Newberry fließt der Tahquamenon durch Laubwälder und ist relativ schmal. Vielleicht spielte meine Mutter mit dem Gedanken, über Bord zu springen und ans Ufer zu schwimmen, als sie merkte, dass sie in Gefahr war. Vielleicht hielt sie jedes Mal die Luft an, wenn sie um eine Biegung fuhren, weil sie hoffte, sie würden an einem Angler oder einer Familie vorbeikommen, und sie könnte um Hilfe schreien. Aber sobald der Fluss breiter wurde und der Wald der Sumpflandschaft wich, muss sie gewusst haben, dass es vorbei war. Ich finde das Moor wunderschön, aber in den Augen meiner Mutter muss das endlose wogende Grasland öde wie eine Mondlandschaft gewirkt haben. War ihr jetzt klar, dass es keinen Hund *gab*? Dass mein Vater sie hinters Licht geführt hatte? Dass sie ihre Freundin, ihr Haus, ihr Zimmer, ihre Kleider, ihre Spielsachen, Bücher und Filme, ihre Eltern nie wiedersehen würde? Hat sie geweint? Geschrien? Sich gewehrt? Oder ist sie in diesen Zustand der Realitätsverweigerung verfallen, der für die nächsten vierzehn Jahre ihre Zuflucht war? Meine Mutter hat mir nie irgendwelche Einzelheiten über diesen Tag anvertraut, deshalb kann ich nur raten.

»Du hast das von Anfang an geplant«, sage ich, als mir die Erkenntnis dämmert. »Du hast die Wachmänner an der *Seney Stretch* angegriffen, weil du wusstest, dass ich mich auf die Suche nach dir machen würde, wenn du in der Nähe meines Hauses flüchten würdest. Du hast mich als Geisel genommen, weil du willst, dass ich dich nach Kanada fahre und dich dort rauslasse.« Da ist natürlich die Sache mit den vier platten Reifen meines Pick-ups, aber ich bin sicher, dass mein Vater sich auch für dieses Problem eine Lösung überlegt hat.

Er lächelt. Es ist das gleiche Lächeln, das er mir damals zeigte, als er mir das Fährtenlesen beibrachte. Und zwar nicht, wenn ich es richtig gemacht hatte. Sondern wenn ich danebenlag.

»Fast. Du lässt mich nicht an der Grenze raus, *Bangii-*

Agawaateyaa. Du kommst mit mir. Wir werden eine Familie sein. Du. Ich. Deine Mädchen.«

Die Zeit scheint stillzustehen, während ich zu erfassen suche, was er da gerade gesagt hat. Mein Vater muss wissen, dass ich niemals freiwillig meine Mädchen holen und mit ihm weggehen werde, obwohl ich physisch nicht in der Lage bin, die Worte und Sätze zu formulieren, um es ihm zu sagen. Eher würde ich freiwillig in den Tod gehen. Ich kann nicht glauben, dass ich ihn wiedersehen wollte. Dass ich diesen Mann je geliebt habe. Einen Mann, für den Töten so selbstverständlich ist wie Atmen. Der glaubt, dass er alles haben kann, nur weil er es will. Meine Mutter. Unsere Hütte. *Meine Mädchen.*

»Ja, deine Mädchen«, sagt er, als ob er direkt in meinen Kopf schauen könnte. »Du hast doch wohl nicht geglaubt, wir würden ohne sie aufbrechen?«

Wir? Aber es gibt kein Wir. Hier geht es allein um ihn. Es ging immer nur um ihn. Ich denke daran, wie meine Mutter und ich uns immer nach seinen Vorstellungen gerichtet haben, ohne uns dessen bewusst zu sein – wir aßen, was er uns zu essen erlaubte, wir trugen, was er uns zu tragen befahl, standen auf und gingen zu Bett zu den von ihm verordneten Zeiten. Nie werde ich Mari und Iris einem solchen Regime unterwerfen. Und was ist mit Stephen? Was glaubt mein Vater, wo mein Mann bei alldem bleiben soll? Stephen würde bis ans Ende der Welt gehen, um seine Töchter zu finden. Wie jeder normale Vater. Das kann kein gutes Ende nehmen.

Und dann ist da die Tatsache, dass mein Vater weiß, dass ich zwei Töchter habe. Er saß dreizehn Jahre im Gefängnis, und wir hatten in dieser Zeit keinen Kontakt. Ich gehöre nicht zu den Eltern, die im Internet über das Leben ihrer Kinder Buch führen, und selbst wenn es so wäre: Strafgefangene haben keinen Zugang zum Internet. Ich führe ein unauffälliges Leben, ich tue nichts, was die Aufmerksamkeit der Öffentlichkeit auf mich lenken könnte, aus Gründen, die jedem klar sein dürften, der mit meiner Vorgeschichte vertraut ist. Herrgott noch mal, ich verdiene mein Geld mit dem Verkauf von selbst gemachten Marmeladen und Gelees! Und doch hat mein Vater irgendwie von meiner Familie erfahren.

Aber hat er das wirklich?

»Wie kommst du darauf, dass ich Kinder habe?«

Mein Vater greift in die Jacke des toten Mannes und zieht eine zerfledderte Ausgabe der Lokalzeitschrift *Traverse* hervor. Ich erkenne das Titelbild wieder, und mir wird bang ums Herz. Er wirft mir das Heft vor die Füße. Es bleibt aufgeschlagen liegen, und ich erblickte das Foto von mir, Stephen und den Mädchen, wie wir vor dem alten, vom Blitzeinschlag geschwärzten Ahorn neben unserer Zufahrt stehen. Der Baum ist markant – zumal, wenn er neben der Zufahrt zu dem Haus steht, in dem man aufgewachsen ist. Der Artikel nennt nicht die Namen meiner Mädchen, aber das ist auch nicht nötig. Das Bild hat meinem Vater alles verraten, was er wissen musste.

Stephen war so stolz, als der Artikel erschien. Er hatte das Interview vor zwei Jahren arrangiert, nachdem infolge der Wirtschaftskrise der Benzinpreis in die Höhe geschossen war und die Touristenzahlen ebenso zurückgingen wie der Absatz meiner Marmeladen. Meinen Namen und mein

Bild in einer Zeitschrift zu sehen war so ziemlich das Letzte, was ich gewollt hatte, aber ich wusste nicht, wie ich Stephen das beibringen sollte, ohne ihm die Wahrheit zu sagen. Er meinte, die Publicity würde meine Onlineverkäufe ankurbeln, und in dem Punkt behielt er recht – nach dem Erscheinen des Artikels bekam ich plötzlich Bestellungen von Exil-Michiganders aus so weit entfernten Staaten wie Florida und Kalifornien.

Ich hatte wirklich geglaubt, meine Spuren so sorgfältig verwischt zu haben, dass der Artikel kein Problem darstellen würde. Das mag naiv klingen, aber auf der Upper Peninsula ist es leichter, sich neu zu erfinden, als Sie vielleicht glauben. Die Städte mögen nur dreißig oder fünfzig Meilen voneinander entfernt sein, aber jede einzelne ist wie eine Welt für sich. Die Menschen bleiben unter sich – nicht nur, weil die Bewohner der U.P. von Natur aus unabhängig und autark sind, sondern weil sie es sein müssen. Wenn man fünfzig Meilen fahren muss, um in einem Kmart einzukaufen oder einen Film zu sehen, lernt man, sich mit dem zufriedenzugeben, was in der Nähe ist.

Jeder wusste Bescheid über den Moorkönig und seine Tochter. Aber als ich von Newberry nach Grand Marais zog, hatte ich keinerlei Ähnlichkeit mehr mit dem zwölfjährigen Naturkind aus den Zeitungsbildern. Ich war erwachsen geworden, hatte mir die Haare schneiden und blond färben lassen und meinen Nachnamen geändert. Ich trug sogar Make-up, wenn ich aus dem Haus ging, um meine Tätowierungen zu verbergen. Für die anderen war ich nur die Frau, die das alte Holbrook-Anwesen gekauft hatte, und das war mir ganz recht.

Wenn ich geahnt hätte, dass ein Exemplar der Zeitschrift eines Tages den Weg in die Gefängnisbibliothek und in die Zelle meines Vaters finden würde, hätte ich nie in die Homestory eingewilligt. Auf dem Foto sind die Gesichter meiner Mädchen mit Fingerabdrücken verschmiert. Wie oft hat mein Vater mit den Fingern über ihre Bilder gestrichen, während er seine Pläne schmiedete und träumte? Der Gedanke, dass er bei meinen Töchtern den lieben Opa geben könnte … mit ihnen spielen, sie kitzeln, ihnen Geschichten erzählen … Ich kann und will es mir nicht vorstellen.

»Sag mal, helfen deine Mädchen dir, Marmelade und Gelee zu machen?« Er beugt sich tief herab und drückt mir die Magnum auf die Brust. Im Atem meines Vaters rieche ich den Speck, den der alte Mann sich zum Frühstück gebraten hat. »Hast du geglaubt, du könntest sie vor mir verstecken? Deinen Namen ändern? Verleugnen, dass ich dein Vater bin? Du lebst auf *meinem* Land, Helena. Hast du wirklich geglaubt, ich würde dich nicht finden?«

»Tu ihnen nichts. Ich tu alles, was du willst, solange du meine Familie aus dem Spiel lässt.«

»Du bist wohl kaum in der Position, Forderungen zu stellen, Kleiner Schatten.«

Es liegt keine Wärme in seiner Stimme, als er meinen Kosenamen sagt, kein Zwinkern in seinen Augen. Vielleicht haben die Jahre im Gefängnis den Charme erstickt, den ich von meiner Kindheit in Erinnerung habe. Vielleicht hat er aber auch nie existiert. Erinnerungen können trügerisch sein, ganz besonders Kindheitserinnerungen. Iris kann voller Überzeugung Geschichten über Dinge erzählen, von denen sie glaubt, dass sie wirklich passiert sind, auch wenn ich genau weiß, dass es nicht stimmt. Vielleicht hat es den Mann, an den ich mich erinnere, nie gegeben. Vielleicht haben die Ereignisse, die ich für real gehalten habe, nie stattgefunden.

»Damit wirst du nicht durchkommen«, sage ich, ehe ich mir auf die Zunge beißen kann.

Er lacht, und es klingt hässlich. »Man kann mit allem durchkommen. Gerade du müsstest das eigentlich wissen.«

Ich muss an meinen letzten Tag im Moor denken, und ich fürchte, er hat recht.

Er schwenkt die Magnum in die Richtung meines Hauses und steht auf. »Wird Zeit, dass wir gehen.«

Ich stütze mich an dem Baum ab und hieve mich hoch. Setze mich in Bewegung. Vater und Tochter, wieder vereint.

24

Die Hütte

*D*och es gab eines, was Helga bändigte, das war die Abenddämmerung. In dieser Stunde wurde sie still und nachdenklich, ließ sich
raten und führen, und dann schien auch ein verborgenes Gefühl sie zur
Mutter hinzuziehen.

*Die Wikingerfrau nahm sie auf den Schoß, sie vergaß die hässliche
Gestalt, wenn sie in die betrübten Augen blickte. »Ich möchte fast wünschen, du wärest immer mein stummes Froschkind, du bist zu schrecklich,
wenn du in äußere Schönheit gekleidet bist! Nie habe ich gegenüber meinem Herrn und Gatten auch nur ein Wort darüber verloren, was ich
durch dich zu leiden habe, mein Herz ist voll Kummer um dich.«*

*Da erzitterte die jämmerliche Gestalt, es war, als hätten diese Worte
ein unsichtbares Band zwischen Leib und Seele berührt, denn dicke Tränen standen ihr in den Augen.*

Hans Christian Andersen, *Die Tochter des Moorkönigs*

Den Rest jenes Tages dachte ich unentwegt über den Mann
im Holzschuppen nach. Ich fragte mich, was er mir über
meinen Vater und meine Mutter hatte sagen wollen, was ich
noch nicht wusste. Es musste etwas Wichtiges sein, weil
mein Vater den Mann dafür, dass er es fast gesagt hatte,
geschlagen hatte. Mehrmals wollte ich mich zum Holz-

schuppen hinausschleichen und den Mann fragen, aber mein Vater blieb die ganze Zeit in der Nähe der Hütte, holte Wasser, hackte Brennholz und schliff seine Kettensäge, sodass ich meinen Plan nicht umsetzen konnte.

Ich verbrachte den ganzen Tag im Haus. Es war ohne Zweifel der längste, ödeste, uninteressanteste und langweiligste Tag meines Lebens. Schlimmer als der Tag, an dem mein Vater mich gezwungen hatte, meiner Mutter beim Geleemachen zu helfen. Ich hatte keine Lust, meine Mutter zu pflegen, auch wenn es mir leidtat, dass sie den Arm gebrochen hatte. Ich wollte die Fallenstrecke abgehen, unsere Eisangeln prüfen, meinen Vater begleiten, wenn er unseren Frühjahrshirsch schießen ging, obwohl ich immer noch wütend auf ihn war, weil er meiner Mutter den Arm gebrochen hatte – alles, nur um nicht in der Hütte hocken zu müssen. Es fühlte sich an wie eine Strafe, dabei hatte ich doch nichts Falsches getan.

Dennoch tat ich alles, was mein Vater und meine Mutter von mir verlangten, und ich tat es eifrig und ohne Klagen, in der Hoffnung, dass dann alle wieder glücklich wären und alles wieder so wäre wie vorher. Ich spülte das Geschirr, wischte die Böden, hackte ein gefrorenes Stück Wildbret mit dem Beil in Stücke und stellte es zum Kochen auf den Ofen, wie meine Mutter es mir erklärt hatte. Ich brachte ihr einen Becher Schafgarbentee, wann immer sie danach verlangte, und zum Mittagessen brachte ich ihr eine Schüssel übrig gebliebene Kaninchensuppe. Ich half ihr, sich aufzusetzen, um zu trinken und zu essen, und ich holte einen Topf aus der Küche, damit sie hineinpinkeln konnte, und als sie fertig war, leerte ich den Topf im Häuschen aus.

Mein Vater sagte, der Schafgarbentee würde die Blutung stillen, aber das schien nicht zu funktionieren. Die Schlinge für ihren gebrochenen Arm, die er aus einem unserer Küchentücher gemacht hatte, war blutig und verkrustet, genau wie die Bettlaken. Wenn ich gekonnt hätte, hätte ich sie gewaschen.

Ich hatte ehrlich nicht gewusst, wie viel sie arbeitete, bis ich alles selbst machen musste. Ich stand auf einem Trittschemel über den Holzofen gebeugt und versuchte zu erkennen, ob man das Wild, das ich fürs Abendessen kochte, schon essen konnte (»Stich mit einer Gabel in das Fleisch und denk dir, die Gabel wäre eine Verlängerung deiner Zähne«, hatte meine Mutter gesagt, als ich sie gefragt hatte, woher ich wissen sollte, ob das Fleisch gar war), als mein Vater die Hintertür aufmachte und den Kopf hereinsteckte.

»Komm«, sagte er.

Ich schob den Topf auf dem Ofen nach hinten und zog freudig meine Wintersachen an. Es war fast schon dunkel. Es war ein strahlend sonniger Tag gewesen, aber jetzt schoben sich die Wolken heran, die Temperatur sank, und der Wind frischte auf, als ob es bald schneien würde. Ich atmete die frostige Luft tief ein. Ich kam mir vor wie eine Gefangene, die aus der Haft entlassen wird, oder ein Zootier, das nach einem Leben im Käfig in der freien Wildbahn ausgesetzt wird. Während ich meinem Vater über den Hof folgte, musste ich mich beherrschen, um keine Luftsprünge zu machen.

Mein Vater hatte sein Lieblingsmesser in der Hand, ein Sieben-Zoll-KA-BAR mit einer Klinge aus unlegiertem Stahl und lederumwickeltem Griff, wie es die US-Marines im Zweiten Weltkrieg benutzt hatten. Seins hatte er allerdings bekommen, als er in der Army war. Das KA-BAR ist ein hervorragendes Kampfmesser, nützlich als Dosenöffner, zum Ausheben von Schützengräben und zum Schneiden von Holz, Draht oder Kabeln, aber auch für den Nahkampf. Ich zog dennoch mein Bowiemesser vor.

Dann sah ich, dass wir zum Holzschuppen gingen. Die Narben an meinem Unterarm kribbelten. Ich wusste nicht, was mein Vater mit dem Mann vorhatte, aber ich konnte es mir denken.

Als wir eintraten, wich der Mann ängstlich zurück, so weit die Handschellen es gestatteten. Mein Vater ging vor dem Mann in die Hocke und warf das Messer von einer Hand in die andere, ließ ihn einen langen, ausgiebigen Blick darauf werfen und lächelte dabei, als ob er wüsste, was er tun würde, aber sich nicht entscheiden könnte, wo er anfangen sollte. Er starrte dem Mann lange ins Gesicht, dann ließ er seinen Blick langsam über den Rumpf des Manns bis zu seinem Schritt hinunterwandern. Der Mann sah aus, als müsste er sich erbrechen. Sogar mir wurde dabei übel.

Plötzlich packte mein Vater das Unterhemd des Mannes und stach mit seinem Messer durch den Stoff. Er schlitzte das Hemd vom Hals bis zur Taille des Mannes auf, dann setzte er ihm die Messerspitze auf die Brust. Der Mann quiekte vor Angst. Mein Vater drückte fester, das Messer durchbohrte die Haut. Der Mann stieß einen schrillen Schrei aus. Als mein Vater anfing, ihm Buchstaben in die Brust zu ritzen, brüllte der Mann wie am Spieß.

Mein Vater arbeitete lange an den Tätowierungen des

Mannes. So nannte mein Vater sie, obwohl in meinen Augen die Worte, die er dem Mann in die Brust ritzte, nicht wie Tätowierungen aussahen.

Mein Vater hörte auf, als der Mann das Bewusstsein verlor. Er stand auf, ging hinaus und wusch seine Hände und das Messer im Schnee. Als wir zur Hütte zurückgingen, war mir schwindlig, und meine Knie zitterten.

Als ich meiner Mutter von den Tätowierungen des Mannes erzählte, zog sie ihr Hemd hoch und zeigte mir die Worte, die mein Vater auf sie geschrieben hatte: *Schlampe. Hure.* Ich wusste nicht, was die Worte bedeuteten, aber sie sagte, es seien schlimme Worte.

Am nächsten Morgen ging mein Vater ins Moor, um unseren Frühjahrshirsch zu schießen, ohne vorher den Mann im Holzschuppen gefoltert zu haben. Er sagte, wir würden das Fleisch mehr denn je brauchen, da wir jetzt ein hungriges Maul mehr zu stopfen hätten. Aber mein Vater gab ihm gar nichts zu essen. Außerdem würden unsere Gemüsevorräte im Keller zusammen mit den Dosen und übrigen Lebensmittelvorräten noch reichen, bis die Enten und Gänse zurückkehrten.

Ich vermutete, dass mein Vater nur vorgab, auf die Jagd zu gehen, und sich in Wirklichkeit irgendwo in der Nähe versteckte, um mich im Auge zu behalten und zu sehen, ob ich mich auch an seine Anweisungen halten würde, wenn er nicht da war. Ich war während seiner Abwesenheit für den Mann verantwortlich. Ich sollte ihm morgens und abends je einen Becher heißen Zichorienkaffee geben und sonst nichts. Mir war nicht klar, wie er überleben sollte, wenn er nichts als Zichorienkaffee zu sich nahm. Mein Vater meinte, darum ginge es ja gerade.

Mein Vater nannte den Mann den »Jäger«, obwohl ich wusste, dass er eigentlich John hieß. Meine Mutter hatte mir gesagt, der Nachname des Jägers würde geschrieben, wie man ihn sprach, *Lauk-ka-nen*, mit der Hauptbetonung auf der ersten Silbe. Ich musste ihn zweimal sagen, ehe ich es richtig hinbekam. Sie sagte, finnische Nachnamen sähen vielleicht so aus, als ob sie schwer auszusprechen wären, wegen der vielen Doppelkonsonanten und -vokale, aber eigentlich sei es ganz einfach. Anders als im Englischen, wo manche Buchstaben stumm sind, wie das B in *dumb* oder das W in *sword*, wird Finnisch fast genauso geschrieben, wie es gesprochen wird.

Meine Mutter erzählte mir, sie und der Jäger seien in der gleichen Stadt aufgewachsen, in einem Ort namens Newberry, und sie sei mit seinem jüngsten Bruder zur Schule gegangen, bevor mein Vater sie ins Moor holte. Sie sagte, sie sei in den jüngsten Bruder des Jägers verknallt gewesen, habe es ihm aber nie gesagt. Ich dachte an den Jungen in dem *Teen*-Heft mit den drei Namen, Neil Patrick Harris, in den meine Mutter auch verknallt war. Merkwürdiges Wort – für mich klang das irgendwie ziemlich schmerzhaft.

Meine Mutter erzählte mir, ihr eigener Nachname sei Harju, was auch ein finnischer Name sei. Das hatte ich nicht gewusst. Sie sagte, ihre Großeltern seien bald nach ihrer Heirat von Finnland nach Michigan ausgewandert, um in den Kupferminen zu arbeiten. Von den Landkarten in den *Geographics* wusste ich, dass Finnland manchmal zusammen mit Dänemark, Schweden und Norwegen zu

Skandinavien gezählt wurde und dass die Skandinavier von den Wikingern abstammten. Das bedeutete, dass meine Mutter eine Wikingerfrau war und ich auch, und das machte mich sehr glücklich.

Ich konnte mich nicht erinnern, wann meine Mutter zuletzt so viel geredet hatte. Ich kannte jetzt ihren Nachnamen, allerdings wurde mir plötzlich klar, dass ich meinen eigenen gar nicht wusste. Vielleicht hatte ich gar keinen, und ich beschloss, dass ich in dem Fall gerne »Helena die Tapfere« heißen wollte. Ich kannte den Namen der Stadt, in der meine Mutter aufgewachsen war. Ich wusste, dass meine Mutter eine Wikingerin war und dass auch ich eine Wikingerin war. Ich hätte gerne noch mehr erfahren, aber meine Mutter sagte, sie sei müde vom vielen Reden, und sie machte die Augen zu.

Ich zog meine Jacke an und ging hinaus zum Holzschuppen. Ich hoffte, der Jäger würde mir mehr über die Stadt erzählen, in der er und meine Mutter aufgewachsen waren. Ich fragte mich, ob dort Wikinger lebten. Ich fragte mich auch, was das für eine Sache über meine Mutter und meinen Vater war, die ich nicht wusste.

Im Holzschuppen roch es sehr schlecht. Die Schnittwunden in der Brust des Jägers waren rot und geschwollen. Seine Brust war mit etwas Braunem beschmiert, als ob mein Vater die Tätowierungen des Jägers mit Exkrementen ausgefüllt hätte anstatt mit Ruß.

»Hilf mir«, flüsterte der Jäger. Zuerst dachte ich, dass er flüsterte, weil er Angst hatte, mein Vater könnte ihn hören. Dann sah ich den dunklen Bluterguss an seiner Kehle. Jetzt verstand ich, warum der Jäger letzte Nacht plötzlich aufgehört hatte zu schreien. »Bitte. Ich muss hier raus. Hol den Schlüssel für die Handschellen. Hilf mir.«

Ich schüttelte den Kopf. Es gefiel mir nicht, was mein Vater mit dem Jäger machte, aber ich wusste auch, was er mit mir machen würde, wenn ich dem Jäger zur Flucht verhelfen würde. »Ich kann nicht. Mein Vater hat den Schlüssel. Er trägt ihn immer an seinem Schlüsselring bei sich.«

»Dann hack den Ring aus dem Pfosten heraus. Schneide den Pfosten mit der Kettensäge deines Vaters durch. Es muss doch irgendetwas geben, was du tun kannst. *Bitte.* Du musst mir helfen. Ich habe Frau und Kinder.«

Ich schüttelte abermals den Kopf. Der Jäger hatte keine Ahnung, was er von mir verlangte. Ich konnte den Ring nicht heraushacken, selbst wenn ich es gewollt hätte. Der Eisenring und der Pfosten, an dem er befestigt war, waren sehr stabil. Mein Vater sagte, die Leute, die unsere Hütte gebaut hatten, hätten den Pfosten mit dem Ring darin so gemacht, damit sie ihren Bullen im Holzschuppen anbinden konnten, und damals wäre der Holzschuppen wohl nicht mit Holz, sondern mit Stroh gefüllt gewesen. Als ich ihn fragte, ob das bedeute, dass unser Holzschuppen damals ein Bullenschuppen oder ein Strohschuppen war, lachte er. Und ich hatte zwar schon oft zugesehen, wenn mein Vater mit seiner Kettensäge gearbeitet hatte, aber selbst hatte ich sie nie benutzt.

»Helena, dein Vater ist böse. Er gehört ins Gefängnis für das, was er getan hat.«

»Was hat er getan?«

Der Jäger schielte zur Tür und zitterte, als ob er Angst hätte, mein Vater könnte ihn hören, was aber lächerlich war, denn es waren große Zwischenräume zwischen den Latten, und wenn mein Vater draußen gehockt und gelauscht hätte, hätten wir ihn gesehen. Der Jäger sah mich lange Zeit an.

»Als deine Mutter ein Mädchen war«, begann er schließlich, »ungefähr so alt wie du jetzt, da hat dein Vater sie ihrer Familie weggenommen und sie hierhergebracht, gegen ihren Willen. Er hat sie entführt. Weißt du, was ›entführen‹ bedeutet?«

Ich nickte. Die Yanomami entführten oft Mädchen und Frauen von anderen Stämmen, um sie zur Frau zu nehmen.

»Die Leute haben überall nach ihr gesucht. Sie suchen immer noch. Deine Mutter möchte zurück zu ihrer Familie. Und dein Vater gehört ins Gefängnis für das, was er getan hat. Bitte. Du musst mir helfen zu fliehen. Wenn du mir hilfst, verspreche ich, dass ich dich und deine Mutter auf dem Schneemobil mitnehme.«

Ich wusste nicht, was ich sagen sollte. Es gefiel mir nicht, dass der Jäger sagte, mein Vater gehöre ins Gefängnis, also so etwas wie Alcatraz oder die Bastille oder Devil's Island oder der Tower von London. Ich verstand auch nicht, warum er offenbar glaubte, jemanden zu entführen sei unrecht. Wie sollte ein Mann sonst an eine Frau kommen?

»Frag deine Mutter, wenn du mir nicht glaubst«, rief er heiser, als ich mich erhob und zur Hütte zurückging. »Sie wird dir sagen, dass ich die Wahrheit sage.«

Ich machte meiner Mutter eine Tasse Schafgarbentee und brachte sie ihr aufs Zimmer. Während sie trank, erzählte ich ihr alles, was der Jäger gesagt hatte. Nachdem ich geendet hatte, war sie so lange still, dass ich schon dachte, sie sei eingeschlafen. Endlich nickte sie.

»Es ist wahr. Dein Vater hat mich entführt, als ich ein Mädchen war. Ich spielte gerade mit meiner Freundin in dem leeren Stationsvorsteherhaus an den Bahngleisen, als dein Vater uns fand. Er sagte, er hätte seinen Hund verloren, und fragte, ob wir einen kleinen braunen Cockapoo hätten herumlaufen sehen. Als wir verneinten, fragte er uns, ob wir ihm bei der Suche helfen würden. Aber das war ein Trick. Dein Vater führte mich zum Fluss. Er setzte mich in sein Kanu, brachte mich zur Hütte und kettete mich im Holzschuppen an. Als ich weinte, schlug er mich. Als ich ihn anflehte, mich gehen zu lassen, gab er mir nichts mehr zu essen. Je mehr ich mich wehrte, desto schlimmer wurde es, und so tat ich nach einer Weile alles, was er sagte. Ich wusste mir nicht anders zu helfen.«

Sie zog einen Zipfel ihrer Decke hoch und wischte sich die Augen trocken. »Dein Vater ist böse, Helena. Er hat versucht, mich zu ertränken. Er hat dich in den Brunnenschacht gesetzt. Er hat John und mir den Arm gebrochen. Er hat mich *entführt*.«

»Aber die Yanomami holen sich auch Frauen von anderen Stämmen, um sie zu heiraten. Ich verstehe nicht, was daran falsch sein soll.«

»Wie würde es dir gefallen, wenn jemand in unsere Hütte käme und dich mitnehmen würde, ohne zu fragen, ob du mit ihm gehen willst? Wenn das bedeuten würde, dass du nie wieder jagen und fischen oder im Moor wandern kannst? Wenn jemand das mit dir machen würde, was würdest du tun?«

»Ich würde ihn umbringen«, antwortete ich ohne Zögern. Und ich verstand.

Als mein Vater an diesem Nachmittag aus dem Moor zurückkam, sorgte ich dafür, dass ich in der Küche beschäftigt war, damit ich nicht zuschauen musste, wie er den Jäger schlug und folterte. Aber die Schreie des Mannes konnte ich dennoch hören.

»Er wird mich umbringen«, sagte der Jäger viel später, als ich ihm seinen abendlichen Zichorienkaffee brachte. Sein Gesicht war so grün und blau geschlagen und angeschwollen, dass er kaum sprechen konnte. »Nimm das Schneemobil. Morgen, sobald dein Vater weg ist. Nimm deine Mutter mit und schick jemanden zu mir raus.«

»Das geht nicht. Mein Vater hat den Schlüssel vom Schneemobil.«

»Es gibt noch einen Ersatzschlüssel hinten in einem Fach, in einem Metallkasten, der obendrauf montiert ist. Das Schneemobil ist nicht schwer zu fahren. Ich bring's dir bei. Bitte. Hol Hilfe, ehe es zu spät ist.«

»Okay«, sagte ich. Nicht, weil der Jäger mich darum bat oder weil ich glaubte, dass mein Vater böse sei und ins Gefängnis gehörte, wie meine Mutter und der Jäger gesagt hatten. Sondern weil der Jäger sterben würde, wenn ich es nicht täte.

Ich hockte mich im Schneidersitz ins Sägemehl und hörte aufmerksam zu, während er mir alles erklärte, was ich wissen musste. Es dauerte lange. Der Jäger hatte starke Schmerzen. Ich glaube, mein Vater hatte ihm den Kiefer gebrochen.

Die nächsten zwei Tage verliefen nach dem gleichen Muster. Ich machte Frühstück für mich und meinen Vater, dann verbrachte ich den Rest des Tages mit Wasserholen, Feuerschüren, Kochen und Putzen, während mein Vater im Moor unterwegs war. Ich redete mir ein, dass alles so war, wie es sein sollte. Dass meine Mutter und der Jäger nicht sterben würden, dass mein Vater nicht böse war. Ich versuchte mich auf das Gute und Schöne zu konzentrieren, an das ich mich erinnerte: Wie mein Vater mir die Bretter und Nägel gab, die ich zum Bau meines Entenstalls brauchte, obwohl er gewusst haben muss, dass man Wildenten nicht in Gefangenschaft halten kann wie Hühner. Wie er mich Helga die Furchtlose nannte, weil ich mir das wünschte, nachdem ich den Artikel über die Wikinger gelesen hatte. Wie er mich auf seinen Schultern trug, als ich noch klein war und wir durchs Moor streiften.

Am dritten Tag beriefen Cousteau und Calypso ein Powwow ein. Meine Mutter war in ihrem Zimmer. Der Jäger war im Holzschuppen. Rambo war im Geräteschuppen. Mein Vater war im Moor. Wir drei saßen nach Indianerart auf dem Bärenfellteppich im Wohnzimmer.

»Du musst hier weg«, sagte Cousteau.

»Jetzt gleich«, fügte Calypso hinzu. »Bevor dein Vater zurückkommt.«

Ich war mir nicht so sicher. Wenn ich ohne Erlaubnis meines Vaters wegginge, könnte ich nie wieder zurückkehren.

»Was ist mit meiner Mutter?« Ich dachte an ihren gebrochenen Arm und daran, dass ich ihr beim Aufsetzen und Essen und Trinken helfen musste. »Sie kann nicht auf dem Schneemobil mitfahren. Sie kann sich ja nicht festhalten.«

»Deine Mutter kann vor dir sitzen«, entgegnete Calypso. »Du kannst um sie herumgreifen und sie halten, während du lenkst.«

»Und der Jäger?«

Cousteau und Calypso schüttelten den Kopf.

»Er ist zu schwach, um hinter dir zu sitzen«, sagte Cousteau.

»Sein Arm ist gebrochen«, fügte Calypso hinzu.

»Ich will ihn nicht zurücklassen. Ihr wisst, was mein Vater tun wird, wenn er zurückkommt und sieht, dass der Jäger noch hier ist und meine Mutter und ich verschwunden sind.«

»Der Jäger will, dass du fortgehst«, wandte Calypso ein. »Das hat er selbst gesagt. Wenn er nicht wollte, dass du gehst, hätte er dir nicht erklärt, wie man das Schneemobil fährt.«

»Und Rambo?«

»Rambo kann hinterherlaufen. Aber du musst hier weg. Jetzt. Heute. Bevor dein Vater zurückkommt.«

Ich biss mir auf die Lippe. Ich konnte nicht verstehen, warum mir die Entscheidung so schwerfiel. Mir war klar, dass meine Mutter und der Jäger so nicht viel länger durchhalten würden. Ich hatte genug Tiere sterben sehen, und ich kannte die Anzeichen. Wenn meine Mutter und ich nicht heute noch aufbrächen, würde sie das Moor höchstwahrscheinlich nicht lebend verlassen.

Cousteau und Calypso sagten, sie wüssten eine Geschichte, die mir helfen würde, mich zu entscheiden. Sie sagten, meine Mutter habe mir diese Geschichte erzählt, als ich noch ganz klein war. Es war ein Märchen, was bedeutete, dass die Geschichte zwar nicht wirklich passiert war, aber dennoch eine Lehre enthielt, so wie die Legenden meines Vaters. Sie sagten, meine Mutter habe als kleines Mädchen Märchen geliebt. Sie hatte ein Buch mit Geschichten, die von einem Mann namens Hans Christian Andersen geschrieben worden waren, und noch eines von zwei Männern, die sich die Brüder Grimm nannten. Sie sagten, meine Mutter habe mir diese Märchen erzählt, als ich ein Baby war. Ihr Lieblingsmärchen war eines, das »Die Tochter des Moorkönigs« hieß, denn es erinnerte sie an sich selbst.

Das Märchen handelte von einer schönen ägyptischen Prinzessin und einem schrecklichen Ungeheuer, dem Moorkönig, und von der Tochter der beiden, die Helga genannt wurde – das war ich. Als Helga ein Baby war, fand ein Storch sie schlafend auf einem Seerosenblatt und trug sie davon zur Wikingerburg, denn die Frau des Wikingers hatte keine Kinder, und sie hatte sich immer schon ein Baby gewünscht. Die Wikingerfrau liebte die kleine Helga, obwohl sie bei Tag ein wildes und schwieriges Kind war. Helga liebte ihren Stiefvater, und sie liebte das Wikingerleben. Sie konnte mit Pfeil und Bogen schießen und reiten, und mit dem Messer war sie so geschickt wie nur irgendein Mann.

»Wie ich.«

»Wie du.«

Während des Tages war Helga schön wie ihre Mutter, aber von bösartigem, wildem Wesen wie ihr leiblicher Vater. Doch bei Nacht war sie lieblich und sanft wie ihre Mutter, obwohl ihr Körper die Gestalt eines hässlichen Froschs annahm.

»Ich finde Frösche gar nicht hässlich«, sagte ich.

»Darum geht es nicht«, sagte Cousteau. »Hör einfach zu.«

Sie erzählten mir, wie die Tochter des Moorkönigs mit ihrer Doppelnatur kämpfte und dass sie manchmal das Richtige tun wollte, dann aber wieder nicht.

»Aber woher weiß sie, was ihre wahre Natur ist?«, fragte ich. »Woher weiß sie, ob ihr Herz gut ist oder schlecht?«

»Ihr Herz ist gut«, erwiderte Calypso voller Überzeugung. »Das beweist sie, als sie den Priester rettet, den ihr Vater gefangengenommen hat.«

»Wie macht sie das?«

»Hör einfach zu.« Calypso schloss die Augen.

Das bedeutete, dass sie eine lange Geschichte erzählen würde. Mein Vater machte es genauso. Er sagte, das Schließen der Augen helfe ihm, sich an die Worte zu erinnern, weil er die Geschichte vor seinem inneren Auge sehen könne.

»Eines Tages kam der Wiking von einer langen Fahrt mit einem Gefangenen nach Hause, einem christlichen Priester«, begann Calypso. »Er warf den Priester ins Verlies, denn er sollte am nächsten Tag im Wald den Wikingergöttern geopfert werden. In jener Nacht hockte der zusammengeschrumpfte Frosch allein in der Ecke. Ringsum herrschte Totenstille. Nur ab und zu war tief aus seinem Innern ein halb unterdrückter Seufzer zu vernehmen – aus Helgas Seele. Sie schien Schmerzen zu leiden, als ob ein neues Leben in ihrem Herzen erwachte.

Sie rückte einen Schritt vor und lauschte, dann tat sie noch einen Schritt und packte mit unbeholfenen Froschhänden die schwere Stange, die vor die Tür gelegt war. Vorsichtig und mit viel Mühe schob sie den Riegel zurück und schlich zu dem schlafenden Gefangenen hinein. Sie berührte ihn mit ihrer kalten, klammen Hand, und als der Gefangene erwachte und die hässliche Gestalt erblickte, schauderte es ihn wie vor einer bösen Erscheinung. Sie zog ihr Messer, zerschnitt die Fesseln an seinen Händen und Füßen und bedeutete ihm, er möge ihr folgen.«

Die Geschichte kam mir bekannt vor. Die beiden erklärten mir, ich hätte das Märchen früher gekannt. Wenn es so war, hatte ich es vergessen.

»Du kannst dich wirklich nicht erinnern?«, fragte Calypso.

Ich schüttelte den Kopf. Ich verstand nicht, wieso sie sich an die Geschichte meiner Mutter erinnerten, ich selbst aber nicht.

»Die verschrumpelte Froschgestalt führte ihn durch einen langen, mit Decken verhängten Gang zum Stall und wies dort auf ein Pferd. Der Priester schwang sich darauf, und sie setzte sich vor ihn und hielt sich an der Mähne des Tiers fest. Sie ritten aus dem dichten Wald heraus, überquerten die Heide und kamen erneut in einen weglosen Wald. Der Gefangene vergaß ihre hässliche Gestalt, denn er wusste, dass die Barmherzigkeit Gottes durch die Geister der Dunkelheit wirkte. Er betete und stimmte heilige Gesänge an, und sie erzitterte. Sie richtete sich auf und wollte vom Pferd abspringen, doch der christliche Priester hielt sie mit aller Kraft fest und sang laut einen Choral, als vermöge der den Zauber zu brechen, der sie in die hässliche Froschgestalt bannte.«

Calypso hatte recht. Ich hatte diese Geschichte tatsächlich schon einmal gehört. Erinnerungen, von denen ich nicht wusste, dass ich sie hatte, kräuselten sich wie Wellen auf einem Teich an den Rändern meines Bewusstseins und wurden nach und nach immer klarer. Wie meine Mutter mir vorsang, als ich ein Baby war, wie sie mir ins Ohr flüsterte, mich in ihren Armen wiegte. Wie sich mich küsste und herzte und mir Geschichten erzählte.

»Lass mich den nächsten Teil erzählen«, bat Cousteau. »Der gefällt mir am allerbesten.«

Calypso nickte.

Es gefiel mir, dass Cousteau und Calypso sich immer einig waren.

»Das Pferd jagte noch wilder dahin als zuvor«, begann Cousteau, wobei er voller Eifer mit den Armen ruderte, um anzudeuten, wie das Pferd gerannt war. Seine Augen funkelten und tanzten. Er hatte braune Augen wie ich selbst, aber strohblondes Haar wie meine Mutter, während Calypsos Haare braun waren und ihre Augen blau.

»Der Himmel rötete sich, der erste Sonnenstrahl drang durch die Wolken, und in der hellen Lichtflut verwandelte sich der Frosch wieder in die junge, schöne Helga, jedoch mit ihrem dämonisch bösen Gemüt. Der Priester hielt jetzt eine wunderschöne junge Frau in den Armen, und der Anblick entsetzte ihn.

Er brachte das Pferd zum Stehen und sprang ab, weil er glaubte, es mit irgendeinem neuen Zauber zu tun zu haben. Aber Helga war ebenfalls mit einem Sprung auf der Erde. Das kurze Kinderkleid ging ihr nur bis zu den Knien. Sie riss das scharfe Messer aus ihrem Gürtel und stürzte sich wie der Blitz auf den verblüfften Priester.

›Wenn ich dich nur erst habe!‹, rief sie. ›Wenn ich dich erst habe – das Messer werde ich in dich hineinstoßen! Du bist ja bleich wie Asche, du bartloser Sklave!‹ Sie drang auf ihn ein, sie fochten einen schweren Ringkampf aus, aber es war, als verliehe eine unsichtbare Macht dem christlichen Mann Kraft.

Er ließ nicht nach, und die alte Eiche, unter der sie standen, schien ihm zu helfen, denn die Füße des Mädchens verhedderten sich in ihren halb aus dem Erdreich ragenden Wurzeln, die sie fest umschlangen. Da sprach er in sanften Worten von dem Liebeswerk, das sie in dieser Nacht an ihm vollbracht hatte, als sie in der hässlichen Froschgestalt zu ihm gekommen war, um seine Fesseln zu lösen und ihn zu Licht und Leben hinauszuführen. Und er sagte ihr, dass sie mit noch schwereren Banden gefesselt sei, als er es war, und dass auch sie zu Licht und Leben gelangen könne, und zwar durch ihn. Sie ließ die Arme sinken und sah ihn an, die Wangen bleich, Verwunderung in ihrem Blick.«

Ich war auch verwundert. Diese Geschichte war ganz anders als die Geschichten, die mein Vater immer erzählte.

»Helga und der Priester ritten aus dem dichten Wald hinaus, über die Heide und wiederum in einen unwegsamen Wald hinein«, fuhr Cousteau fort. »Hier stießen sie gegen Abend auf Räuber. ›Wo hast du das hübsche Kind gestohlen?‹, riefen sie, hielten das Pferd am Zaumzeug fest und zerrten die beiden Reiter herab. Der Priester hatte keine andere Waffe als das Messer, das er Helga abgenommen hatte, und mit diesem stieß er links und rechts um sich. Einer der Räuber schwang seine Axt gegen ihn, aber der junge Priester sprang zur Seite und wich dem Hieb aus, der mit voller

Wucht den Hals des Pferdes traf. Das Blut strömte hervor, und das Tier stürzte zu Boden.

Da schien Helga plötzlich aus ihrer langen, tiefen Träumerei zu erwachen, und sie warf sich geschwind auf das sterbende Tier.

Der Priester stellte sich vor sie hin, um sie zu verteidigen und zu schützen, aber einer der Räuber schwang seine schwere eiserne Axt gegen die Stirn des Christen, sodass sie zerschmettert wurde und Blut und Hirn weit umherspritzten. Tot stürzte er zu Boden.

Da packten die Räuber die schöne Helga an ihren weißen Armen und ihrer schlanken Taille, doch in diesem Augenblick ging die Sonne unter, und als ihr letzter Strahl verlosch, verwandelte sie sich wieder in einen Frosch. Das grünlich weiße Maul zog sich über das halbe Gesicht, die Arme wurden dünn und glitschig, eine breite Hand mit Schwimmhäuten entfaltete sich fächerförmig. Da ließen die Räuber voller Entsetzen von ihr ab, und sie stand als hässliches Ungeheuer mitten unter ihnen.«

»Frösche sind nicht ...«

Calypso legte einen Finger an die Lippen.

»Der Vollmond war schon aufgegangen«, fuhr Cousteau fort, »und verbreitete Glanz und Licht über die Erde, als in der Gestalt eines Frosches die arme Helga aus dem Dickicht kroch. An der Leiche des christlichen Priesters und ihrem toten Pferd blieb sie still stehen. Sie sah sie mit Augen an, die zu weinen schienen, und der Froschkopf stieß ein Quaken aus, das klang, wie wenn ein Kind in Tränen ausbricht.«

»Du siehst also, ihre böse Natur ist stark«, sagte Calypso, »aber ihre gute Natur ist stärker. Das ist es, was diese

Geschichte lehrt. Bist du bereit, deine gute Natur siegen zu lassen? Wirst du deine Mutter wegbringen?«

Ich nickte. Meine Beine waren steif vom langen Sitzen. Wir standen auf und streckten uns, dann gingen wir in die Küche, um die Winterjacke meiner Mutter vom Haken neben der Tür zu nehmen, dazu ihre Stiefel, ihre Mütze und ihre Handschuhe.

»Gehen wir weg?«, fragte meine Mutter, als wir ihre Wintersachen auf dem Bett ausbreiteten.

»Ja«, antwortete ich. Calypso legte ihren Arm um die Schultern meiner Mutter und half ihr, sich aufzusetzen. Cousteau hob ihre Beine über die Bettkante. Ich kniete mich auf den Boden und zog ihr die Stiefel an, dann half ich ihr, den unverletzten Arm durch den Ärmel der Jacke zu stecken, und zog den Reißverschluss über ihrer Schlinge zu.

»Kannst du aufstehen?«

»Ich werd's versuchen.« Sie legte die rechte Hand aufs Bett und drückte. Nichts passierte. Ich schlang ihren Arm um meinen Hals, legte meinen Arm um ihre Taille und zog sie hoch. Sie wankte ein wenig, doch sie blieb stehen.

»Wir müssen uns beeilen«, sagte ich.

Wenn mein Vater heute keinen Hirsch geschossen hatte, würde er erst in einigen Stunden zurückkommen. Wenn doch, würde er viel eher zurück sein.

Ich half meiner Mutter in die Küche. Sie war so schwach, dass ich nicht wusste, wie wir sie auf das Schneemobil bekommen sollten, aber das sagte ich ihr nicht.

»Es tut mir leid, Helena«, sagte sie schwer atmend. Ihr Gesicht war weiß. »Ich muss mich hinsetzen. Nur eine Minute.«

Ich wollte ihr eigentlich sagen, dass sie sich ausruhen könnte, wenn sie einmal auf dem Schneemobil säße, weil mein Vater vielleicht in diesem Moment schon auf dem Heimweg war und jede Minute Verzögerung fatal sein könnte, aber ich wollte ihr keine Angst machen. Ich zog einen Stuhl heraus. »Warte hier, ich bin gleich wieder da.« Als ob sie ohne uns irgendwohin gehen würde.

Cousteau, Calypso und ich standen auf der Veranda und blickten über den Hof. Von meinem Vater war nichts zu sehen.

»Verstehst du?«, fragte Cousteau, als wir die Verandastufen hinunterstiegen und über den Hof zum Holzschuppen gingen. »Weißt du, was du zu tun hast? Der Priester hat sich selbst geopfert, damit Helga gerettet werden konnte.«

»Du musst dich und deine Mutter retten«, sagte Calypso. »Das würde der Jäger dir sagen, wenn er könnte.«

Wir blieben in der Tür stehen. Im Holzschuppen roch es so scheußlich wie der Atem eines *wendigo*. Urin und Fäkalien, Tod und Verwesung. Der Arm des Jägers war geschwollen und schwarz. Sein Hemd war aufgerissen, seine Brust so mit Blut und Eiter verkrustet, dass ich die Worte, die mein Vater geschrieben hatte, nicht mehr lesen konnte. Sein Kopf hing zur Seite, seine Augen waren geschlossen, er atmete flach und stoßweise.

Ich ging hinein. Ich wollte dem Jäger danken für das, was er für meine Mutter und mich getan hatte. Dafür, dass er uns das Schneemobil gebracht hatte, mit dem wir das Moor verlassen konnten; für die Chance, meine Mutter ihren Eltern zurückzubringen, und dafür, dass er mir die Wahrheit über meine Mutter und meinen Vater gesagt hatte.

Ich sprach seinen Namen. Nicht den Namen, den mein Vater ihm gegeben hatte, sondern seinen richtigen Namen.

Er antwortete nicht.

Ich blickte mich zur Tür um. Cousteau und Calypso nickten. Calypso hatte Tränen in den Augen.

Ich dachte wieder an all das, was mein Vater dem Jäger antun würde, wenn er zurückkäme und entdeckte, dass meine Mutter und ich verschwunden waren. Ich zog mein Messer aus der Scheide.

Diesmal vergaß ich nicht, zur Seite zu treten.

25

Es hat aufgehört zu regnen. Ich überlege angestrengt, ob mir das irgendwie nutzen könnte. Mir ist bewusst, wie verzweifelt sich das anhört, aber das liegt daran, dass ich es tatsächlich bin. Mein Vater hat binnen vierundzwanzig Stunden vier Männer getötet. Wenn mir nicht bald etwas einfällt, wie ich ihn stoppen kann, wird mein Mann der fünfte sein.

Wir sind keine Meile mehr von meinem Haus entfernt. Direkt vor uns ist der Biberteich, dahinter die Feuchtwiese, die an unser Grundstück grenzt, und der Maschendrahtzaun um unseren Hinterhof, der meine Familie schützen und Räuber abhalten sollte.

Ich gehe voran. Mein Vater ist direkt hinter mir und hält die Magnum auf mich gerichtet. Die Pistolen, die er den toten Wachmännern abgenommen hat, stecken im Bund seiner Jeans. Ich gehe so langsam, wie ich nur kann, aber es ist noch längst nicht langsam genug. Ich bin alle Möglichkeiten ein Dutzend Mal durchgegangen, was recht schnell ging, weil es nicht viele gibt. Ich kann meinen Vater nicht täuschen, indem ich ihn von meinem Haus wegführe, weil er den Weg genau kennt. Ich kann ihn nicht überwältigen und ihm eine der drei Waffen abnehmen, weil ich mit Handschellen gefesselt und an der Schulter verletzt bin.

Es gibt nur eine Methode, mit der ich eine realistische

Chance habe. Der Wildpfad, dem wir folgen, verläuft dicht an der Kante eines hohen Steilhangs. Am Fuß des Hangs fließt der kleine Fluss, der den Biberteich entwässert. Sobald wir an eine Stelle kommen, die relativ frei von Bäumen ist, werde ich mich hinunterstürzen. Es muss eine Stelle sein, wo der Hang so steil ist, dass ich bis ganz nach unten rolle, sodass mein Vater, wenn er mich regungslos unten im Wasser liegen sieht, zu dem Schluss kommt, dass ich entweder tot bin oder zu schwer verletzt, um hinaufzuklettern, und seinen Weg ohne mich fortsetzt.

Mich mit einer verletzten Schulter kopfüber von einer Felskante zu stürzen und einen Steilhang hinunterzurollen wird wehtun, verdammt weh. Aber wenn ich meinen Vater täuschen will, muss der Sturz echt aussehen. Es muss etwas Großes, Dramatisches sein, etwas, das mit einem echten Risiko verbunden ist. Ein Sturz, bei dem ich tatsächlich sterben könnte. Mein Vater wird nie auf die Idee kommen, dass es ein Trick ist, weil er sich nicht vorstellen kann, dass irgendjemand bereit sein könnte, sich für seine Familie zu opfern.

Die Idee, dass mein Vater seinen Weg zu meinem Haus fortsetzt, während ich mich am Fuß eines Steilhangs totstelle, klingt vielleicht nicht gerade einleuchtend, aber mir fällt keine andere Möglichkeit ein, wie ich ihn abschütteln könnte. Der Wildpfad, dem wir folgen, führt auf einem Umweg um die Feuchtwiese hinter meinem Haus herum. Sobald mein Vater außer Sichtweite ist, werde ich den Fluss überqueren, auf der anderen Seite hinaufsteigen, das Sumpfland unterhalb des Biberteichs durchqueren, einen Bogen zurück zu dem Pfad schlagen, meinem Vater auflauern und tun, was ich tun muss. Ich will meinem Vater nicht wehtun, aber er hat sich das selbst eingebrockt. Er hat die Regeln unseres Spiels verändert, als er auf mich geschossen hat. Jetzt gibt es keine Regeln mehr.

Wenn mein Vater nicht weiter zu meinem Haus geht und stattdessen beschließt, mir den Hang hinunter nachzusteigen und mich aus dem Wasser zu ziehen, um mich wieder hinaufzuschleifen und zu zwingen, den Marsch als seine Gefangene fortzusetzen, dann werde ich vorbereitet sein. Ich werde seinen Hals mit den Armen umklammern und ihn mit den Handschellen würgen, und dann werde ich ihn zu mir ins Wasser ziehen und zusammen mit ihm ertrinken, wenn das die einzige Möglichkeit ist, ihn aufzuhalten.

Aber ich wette, dass es dazu nicht kommen wird. Ich weiß, wie mein Vater tickt. Sein Narzissmus wird mir in die Hände spielen. Ein Narzisst kann seinen Plan ändern, wenn die Umstände ihn dazu zwingen, aber das Ziel, nach dem er strebt, wird immer das Gleiche bleiben. Mein Vater will meine Mädchen besitzen, sie sind ihm noch wichtiger als ich. Indem ich das Moor verließ, habe ich meine Mutter ihm vorgezogen. Indem ich mich für sie entschied, habe ich ihn enttäuscht. Wenn er meine Töchter entführt, gibt ihm das eine neue Chance. Er kann sie formen, kann erzwingen, dass sie zu neuen, verbesserten Versionen der Tochter heranwachsen, die ihn verraten hat. Und all dies bedeutet, dass mein Vater alles daransetzen wird, meine Töchter in seine Gewalt zu bringen, ob mit mir oder ohne mich.

Das hoffe ich jedenfalls.

Ich strauchle einmal, um mein Manöver vorzubereiten. Ich falle auf die Knie und strecke die Arme aus, um mich abzufangen, obwohl ich Handschellen trage, weil jemand, der nicht klar denken kann, genau das tun würde. Der Schmerz, der durch meine Schulter schießt, als meine Hände auf dem Boden aufschlagen, verschlägt mir den Atem. Ich schreie auf, krümme mich zusammen und bleibe regungslos liegen. Ich hätte den Schrei, wenn nötig, auch unterdrücken können – was das Aushalten von Schmerzen betrifft, bin ich bei meinem Vater durch eine harte Schule gegangen –, aber ich will, dass er glaubt, ich hätte die Grenze meiner Belastbarkeit erreicht und stünde kurz vor dem Zusammenbruch.

Er tritt mir in die Rippen und rollt mich auf den Rücken. »Steh auf.«

Ich rühre mich nicht.

»Steh auf.« Er packt mich an den Handschellen und zieht mich hoch. Ich schreie wieder auf. Diesmal ist der Schrei echt. Ich erinnere mich an alle seine Grausamkeiten: wie er mir den Daumen zerquetscht hat, um mich zu lehren, vorsichtiger zu sein; wie er den Jäger gefoltert hat, aus dem einzigen Grund, weil er es konnte; wie er mich als kleines Kind im Holzschuppen angekettet hat, weil er es satthatte, dass ich ihm überallhin nachlief und ihn mit Fragen nervte. Es kommt nicht infrage, dass ich diesen Mann jemals in die Nähe meines Mannes oder meiner Töchter lasse.

»Jetzt geh.«

Ich gehe und suche den Weg vor mir nach der besten Stelle für mein Manöver ab. Jeder Baum, jeder Felsen ruft eine Erinnerung wach. Die sumpfige Stelle, wo Iris einen Frühlingsstrauß aus Waldlilien und Schattenblümchen gepflückt hat. Die Stelle, wo Mari einen Stein umgedreht und einen Salamander mit rotem Bauch entdeckt hat. Die Felsformation, wo Stephen und ich an unserem ersten Hochzeitstag bei einer Flasche Wein den Sonnenuntergang über dem Biberteich bewundert haben.

Ich stolpere über eine Baumwurzel. Zwei Mal ist genug, um ein Muster zu etablieren. Noch einmal mehr, und mein Vater würde Verdacht schöpfen.

Wir kommen zu einer Lücke zwischen den Bäumen, die mir vielversprechend erscheint. Der Hang ist steiler, als mir lieb ist – es geht dreißig Meter in die Tiefe, mit knapp sechzig Grad Gefälle –, aber er ist nur mit Adlerfarn und nicht mit Strauchkiefern bewachsen. Ich bezweifle, dass ich noch etwas Besseres finden werde.

Ich stolpere über nichts, dann taumele ich über die Kante, als ob ich versuchte, das Gleichgewicht zu halten, und stürze mich in die Tiefe. Kopfüber – denn welcher normale Mensch würde so etwas tun?

Meine verletzte Schulter schlägt hart auf der Erde auf. Ich beiße mir auf die Lippe. Lasse Arme und Beine locker, während ich tiefer und tiefer rolle.

Es dauert länger, als ich erwartet habe, bis ich unten ankomme. Endlich bleibe ich mit einem Ruck an einem Gewirr von Ästen hängen, die die Strömung zusammengeschoben hat, mein Gesicht nur Zentimeter vom Wasser entfernt, und rühre mich nicht mehr. Ich versuche nicht darüber nachzudenken, wie weh alles tut, und lausche stattdessen auf Geräusche meines Vaters. Und erinnere mich daran, dass ich das hier für meine Familie tue.

Alles bleibt still. Als mein Bauchgefühl mir sagt, dass ich lange genug gewartet habe, hebe ich den Kopf, um die obere Hangkante abzusuchen.

Mein Plan ist aufgegangen. Mein Vater ist verschwunden.

Ich setze mich auf. Die Schmerzen in der Schulter rauben mir den Atem. Ich lasse mich wieder fallen, schließe die Augen, versuche zu atmen, setze mich wieder auf, langsamer diesmal. Ich ziehe den Reißverschluss meiner Jacke auf und streife sie von meiner verletzten Schulter. Die gute Nachricht ist, dass die Kugel meines Vaters anscheinend nur die Haut geritzt hat. Die schlechte Nachricht ist, dass ich eine *Menge* Blut verloren habe.

»Geht es dir gut?«

Calypso sitzt am Bachufer neben ihrem Bruder. Sie sehen genauso aus, wie ich sie in Erinnerung habe. Cousteau trägt immer noch seine rote Strickmütze. Calypsos Augen sind blau wie ein Sommertag. Sie tragen Arbeitsstiefel, Latzhosen und Flanellhemden, weil das, wie mir jetzt klar wird, die einzige Art von Kleidung war, die ich kannte, als ich die beiden erfand. Ich erinnere mich, wie ich mir früher immer Geschichten über unsere Abenteuer ausdachte.

Cousteau steht auf und hält mir seine Hand hin. »Komm. Du musst dich beeilen, sonst entkommt dein Vater.«

»Du schaffst das«, versichert Calypso mir. »Wir helfen dir.«

Ich hieve mich hoch und sehe mich prüfend um. Der Fluss ist nicht breit, nur fünf bis sechs Meter, aber nach der Neigung der Ufer auf beiden Seiten zu urteilen könnte er in der Mitte ziemlich tief sein, vielleicht bis über meinen Kopf. Ohne die Handschellen könnte ich mühelos auf die andere Seite schwimmen, aber so kann ich nicht einmal die Arme ausstrecken, um das Gleichgewicht zu halten. *Helena ertrinkt, weil sie mit Handschellen nicht schwimmen kann* ist keine Geschichte, die ich gerne erzählen möchte.

»Hier entlang.« Cousteau führt mich flussabwärts zu einer umgestürzten Thuja, die das Flussbett überbrückt. Es ist eine gute Idee. Ich trete flussaufwärts von dem Stamm ins Wasser und halte mich an ihm fest, um nicht von der Strömung fortgeschwemmt zu werden. Das Flussbett ist mit abgebrochenen Ästen und Laub übersät. Die Äste sind glitschig. Ich lasse mir Zeit, setze vorsichtig einen Fuß vor den anderen. Der Stamm wackelt, als ich mich mit meinem ganzen Gewicht dagegenlehne. Ich versuche nicht daran zu denken, was passiert, wenn er sich löst.

Eine Erinnerung blitzt auf: Mein Vater und ich in seinem Kanu. Ich bin noch sehr klein, vielleicht zwei oder drei. Als wir um eine Biegung des Flusses kommen, lehne ich mich hinaus, um nach einem Ast oder einem Zweig zu greifen oder was immer es ist, das meine Neugier geweckt hat, und falle über Bord. Ich mache den Mund auf, um zu schreien, und er ist sofort voll Wasser. Ich weiß noch, wie ich nach oben geschaut und das vom Wasser gebrochene Sonnenlicht über mir gesehen habe. Instinktiv strampelte ich mit den Beinen und hielt den Mund geschlossen, obwohl ich in kürzester Zeit das Gefühl hatte, meine Lunge müsse platzen.

Dann packte mein Vater meine Jacke. Er hob mich heraus und zog mich ins Kanu, um dann schnell zu einer Sandbank zu paddeln. Er ließ das Kanu aufsetzen, sprang hinaus und zog es ans Ufer. Dann befreite er mich von meinen nassen Kleidern, zog sein Hemd aus und rubbelte mich damit ab, um mich aufzuwärmen. Als meine Zähne endlich nicht mehr klapperten, wrang er meine Kleider aus, breitete sie auf dem Sand aus, nahm mich auf den Schoß und erzählte mir Geschichten, bis meine Kleider trocken waren.

Diesmal bin ich auf mich allein gestellt.

Ich gehe weiter, ein vorsichtiger Schritt nach dem anderen, bis ich endlich am anderen Ufer ankomme. Als ich die Uferböschung erklimme und nach oben schaue, erscheint mir der Steilhang, der sich vor mir erhebt, so gewaltig und einschüchternd wie der Everest. Ich mache mich an den Anstieg, arbeite mich schräg auf dem Kalkstein des Geröllhangs in die Höhe, hänge die Handschellen an einem Baumstumpf oder einem Ast ein, wenn ich mich ausruhen muss, kämpfe gegen die Erschöpfung und den Schmerz an, zwinge meinen Körper, unabhängig von meinem Gehirn zu funktionieren, versuche in jenen Trancezustand zu kommen, den sich Langstreckenläufer zunutze machen, um weiter durchhalten zu können, wenn ihr Körper sie längst anschreit, stehen zu bleiben.

Die ganze Zeit klettern Cousteau und Calypso voran wie Äffchen. »Du schaffst es«, feuern sie mich an, immer wenn ich glaube, es geht nicht mehr.

Endlich bin ich oben. Ich schwinge ein Bein über die Kante und rolle mich keuchend auf den Rücken. Schöpfe Atem und stehe auf. Ich blicke mich um in der Erwartung, dass Cousteau und Calypso mir zu meiner übermenschlichen Leistung gratulieren werden, doch ich bin allein.

26

Die Hütte

Helga kniete vor dem Leichnam des christlichen Priesters und dem toten Pferd nieder. Sie dachte an die Frau des Wikings im wilden Moorland, an die sanften Augen ihrer Stiefmutter, und an die Tränen, die sie über das arme Froschkind vergossen hatte.

Sie sah zu den funkelnden Sternen auf und dachte an den Glanz, der von der Stirn des toten Mannes ausgegangen war, als sie mit ihm durch Wälder und Moore floh.

Der stete Tropfen, sagt man, höhlt den härtesten Stein; die Meereswogen schleifen mit der Zeit die Kanten der Felsen glatt; und so fiel der Tau der Gnade auf Helga herab, machte das Harte weich und glättete, was an ihrem Wesen rau und grob war.

Zwar war es nicht zu erkennen, es war ihr selber nicht bewusst – wie auch das Samenkorn im Erdreich, wenn der Tau es erfrischt und die Sonnenstrahlen es wärmen, nicht weiß, dass es in sich die Kraft birgt, zu wachsen und zu erblühen.

Hans Christian Andersen, *Die Tochter des Moorkönigs*

Ich trat aus dem Holzschuppen und ging auf die Hütte zu. Meine Hände zitterten. Ich wollte den Jäger nicht dort an den Handschellen hängen lassen. Einen Leichnam musste man waschen und kämmen, ihm schöne Kleider anziehen und ihn in Birkenrinde hüllen, bevor man ihn im Wald begrub. Ein Priester oder ein Medizinmann musste zu dem Toten sprechen, um ihm den Übergang von dieser Welt ins Jenseits zu erleichtern, und den Geistern Tabak opfern. Ich hoffte, dass mein Vater den Jäger nach indianischem Brauch beisetzen und seine Leiche nicht einfach in unsere Abfallgrube werfen würde.

»Benzin«, sagte Cousteau. »Du musst das Schneemobil auftanken, sonst kommst du nicht weit.«

»Er hat recht«, pflichtete Calypso ihm bei. »Du weißt nicht, wie lange der Jäger schon gefahren ist, bevor er hier ankam. Der Tank ist womöglich fast leer.«

Darauf hätte ich auch selbst kommen können, dachte ich, aber es ging alles so schnell, dass mir der Kopf schwirrte und ich nicht wusste, was alles zu tun war. Ich war froh, dass Cousteau und Calypso da waren und mir helfen konnten. Ich schob das Schneemobil zu unserem Benzintank. Mein Vater kontrollierte unseren Benzinvorrat, indem er einen langen Stab durch ein Loch oben im Tank steckte und außen einen Strich anzeichnete, an dem man ablesen konnte, wie viel Benzin noch drin war. Er würde nicht begeistert sein, wenn er merkte, dass ich ohne zu fragen davon genommen hatte.

»Ob das auch die richtige Sorte ist?« Ich wünschte, ich hätte den Jäger danach gefragt, als es noch möglich war.

»Das Schneemobil hört sich an wie eine Kettensäge«, sagte Cousteau. »Benutz die Kettensägenmischung.«

Mein Vater mischte dem Benzin für Kettensäge ein Pint Öl auf zwei Gallonen bei, also goss ich das Öl in unsere großen roten Metallkanister und füllte ihn mit Benzin aus dem Zapfventil auf, dann goss ich die Mischung in den Tank des Schneemobils, bis nichts mehr hineinging.

»Füll den Kanister noch einmal«, sagte Calypso, »und binde ihn hinten auf dem Schneemobil fest, als Reserve für alle Fälle. Man kann nie wissen.«

Ich lief zum Geräteschuppen, um ein Seil zu holen, lief zurück, band den Benzinkanister fest und schob das Schneemobil so dicht an die hinteren Verandastufen, wie es nur ging. Cousteau und Calypso warteten auf der Veranda, während ich hineinging. Meine Mutter saß immer noch am Tisch. Sie hatte den Kopf auf ihren Arm gelegt und die Augen geschlossen. Ihre Haare waren strähnig und feucht. Zuerst dachte ich, sie sei tot. Dann hob sie den Kopf. Ihre Stirn war vor Schmerzen in Falten gezogen, und ihr Gesicht war weiß. Sie wollte aufstehen, schwankte und setzte sich wieder hin. Sie zum Schneemobil zu schaffen würde schwieriger sein, als ich gedacht hatte.

Ich legte ihren heilen Arm über meine Schulter und hielt ihr Handgelenk fest, dann schob ich meinen linken Arm um ihre Taille und zog sie hoch. Nach dem Stand der Sonne zu urteilen, war es fast Mittag. Um diese Jahreszeit war es bereits völlig dunkel, wenn wir mit dem Abendessen fertig waren. Ich hoffte, dass sechs Stunden reichen würden.

Ein letztes Mal sah ich mich in unserer Küche um: unser Tisch, der Holzofen, darüber die Leine mit der Unterwäsche meines Vaters, der Brotschrank, in dem wir unser Geschirr aufbewahrten, weil meine Mutter nie Brot backte, die Regale mit den Reihen von Gelee- und Marmeladengläsern. Ich überlegte, einen Rucksack mit Proviant zu packen, aber Cousteau und Calypso schüttelten den Kopf.

Wir begannen die Stufen hinunterzusteigen. Ich hatte Angst, meine Mutter würde stürzen und ich könnte sie dann nicht mehr hochheben, deshalb stellten Cousteau und Calypso sich links und rechts von ihr auf, um sie aufzufangen, falls sie das Gleichgewicht verlieren sollte. Es dauerte lange, sie auf das Schneemobil zu bugsieren. Sobald sie saß, lief ich herum zur anderen Seite und hob ihr Bein herüber.

»Meint ihr, ich sollte sie festbinden?« Meine Mutter war so schwach, dass sie kaum sitzen konnte.

»Es kann nicht schaden«, meinte Calypso.

»Aber beeil dich«, mahnte Cousteau.

Als ob ich nicht schon so schnell arbeitete, wie ich konnte.

Ich lief zum Geräteschuppen, um noch ein Seil zu holen, lief zurück, schlang es meiner Mutter um die Taille und band die Enden an der Lenkstange fest. Dann setzte ich den Helm des Jägers auf. Er war sehr schwer, und das Glas war so dunkel, dass ich kaum etwas sehen konnte. Ich nahm den Helm wieder ab und setzte ihn stattdessen meiner Mutter auf, dann ging ich zum Heck des Schneemobils, öffnete das Gepäckfach und fand den Ersatzschlüssel. Der Jäger hatte gesagt, das Schneemobil habe einen sogenannten elektrischen Anlasser, und ich müsse lediglich den Schlüssel umdrehen. Er sagte, wenn der Motor nicht gleich anspringen sollte, was vielleicht passieren würde, weil das Schneemobil mehrere Tage gestanden hatte und die Nächte sehr kalt gewesen waren, sollte ich den Schlüssel gleich wieder loslassen, damit der Anlasser nicht durchbrannte, und es immer wieder versuchen, bis der Motor ansprang. Ich hoffte, es wäre nicht so kompliziert, wie es sich anhörte.

Ich zwängte mich zwischen meine Mutter und den Benzinkanister und griff um sie herum nach dem Lenker. Nach dem zweiten Versuch erwachte der Motor röhrend zum Leben. Ich lehnte mich zur Seite, um an meiner Mutter vorbeisehen zu können, ging von der Bremse und gab Gas. Die Maschine machte einen Satz nach vorne. Ich nahm etwas Gas weg, und das Schneemobil wurde langsamer, wie der Jäger es gesagt hatte. Ich gab wieder mehr Gas, und wieder machte das Schneemobil einen Satz nach vorne. Ich fuhr einmal langsam um den Hof herum, um ein Gefühl für die Maschine zu bekommen, dann nahm ich das Gas weg und folgte der Spur, die der Jäger an der Flanke unserer Anhöhe hinterlassen hatte.

»Bist du okay?«, rief ich, als wir aufs Moor hinausfuhren. Meine Mutter gab keine Antwort. Ich wusste nicht, ob sie mich wegen des Helms nicht hören konnte oder ob der Motor zu laut war. Es gab noch eine dritte Möglichkeit, warum meine Mutter nicht antwortete, aber darüber mochte ich nicht nachdenken.

Ich drehte den Gashebel bis zum Anschlag auf. Der Wind brannte auf meinen Wangen und verwirbelte meine Haare. Das Tempo war so irre, dass ich laut schreien wollte. Ich warf einen Blick über meine Schulter. Rambo lief hinter uns her, er schien locker mitzuhalten. Die Anzeige, an der man laut der Erklärung des Jägers ablesen konnte, wie schnell man war, zeigte auf die Zahl Zwölf. Ich hatte nicht gewusst, dass Rambo so schnell laufen konnte.

Ich dachte über meine Großeltern nach, während ich fuhr. Ich fragte mich, wie sie wohl wären. Der Jäger hatte mir erzählt, sie hätten nie aufgehört, nach meiner Mutter zu suchen, und sie würden sich wahnsinnig freuen, sie wiederzusehen. Ich fragte mich, ob ich sie mögen würde und was sie von mir halten würden. Ob sie ein Auto hätten, und wie es wohl wäre, damit zu fahren. Ob ich eines Tages mit ihnen eine Reise mit dem Zug oder mit einem Bus oder mit dem Flugzeug machen würde. Ich hatte schon immer einmal die Yanomami in Brasilien besuchen wollen.

Da zischte etwas an meinem Kopf vorbei. Im gleichen Augenblick hallte ein scharfer Knall über das Moor.

»Helena!«, rief mein Vater. Seine Stimme war so wütend und so streng, dass ich ihn trotz des Dröhnens der Maschine deutlich hören konnte. »Komm sofort zurück!«

Ich bremste ab. Heute ist mir klar, dass es das einzig Richtige gewesen wäre, Vollgas zu geben und mich nicht mehr umzuschauen, aber ich war es nicht gewohnt, meinem Vater den Gehorsam zu verweigern.

»Fahr weiter«, rief meine Mutter, plötzlich hellwach. »Schnell! Nicht anhalten!«

Ich hielt an und sah mich um. Die Silhouette meines Vaters erhob sich über dem Grat unserer Anhöhe, die Beine gespreizt wie ein Koloss, das Gewehr im Anschlag. Seine langen schwarzen Haare flatterten um seinen Kopf wie die Schlangen der Medusa. Das Gewehr zielte auf mich.

Er gab einen zweiten Schuss ab. Wieder ein Warnschuss, denn wenn mein Vater mich hätte erschießen wollen, dann hätte er es getan. In diesem Moment wurde mir klar, dass es ein Fehler gewesen war, anzuhalten. Aber ich konnte nicht umkehren. Wenn ich das täte, würde mein Vater ganz sicher meine Mutter töten und vielleicht auch mich. Aber wenn ich ihm nicht gehorchte und davonfuhr, würde eine Kugel durch meinen Rücken uns beide töten.

Mein Vater schoss ein drittes Mal. Rambo jaulte auf. Ich sprang vom Schneemobil und rannte zurück zu der Stelle, wo Rambo sich winselnd im Schnee wälzte. Ich strich mit den Händen über seinen Kopf, seine Flanken, seine Brust. Und sah, dass mein Vater meinem prächtigen Hund in den Fuß geschossen hatte.

Wieder knallte ein Schuss. Meine Mutter schrie und fiel über den Lenker, ein Einschussloch in der Schulter.

Das Remington fasste vier Patronen, plus eine in der Kammer. Mein Vater hatte noch einen Schuss, ehe er nachladen musste.

Ich stand auf. Tränen strömten mir übers Gesicht. Mein Vater hasste es, mich weinen zu sehen, aber das war mir egal.

Aber anstatt mich wegen meiner Tränen zu verhöhnen, wie ich es erwartet hatte, lächelte mein Vater. Bis heute sehe ich seinen Gesichtsausdruck vor mir. Selbstgefällig. Kalt. Gefühllos. So siegessicher. Er richtete das Gewehr auf mich, dann auf Rambo, dann wieder auf mich und erneut auf Rambo. Er spielte mit mir, wie er mit meiner Mutter und dem Jäger gespielt hatte, und mir wurde klar, dass es keine Rolle spielte, wen von uns er zuerst erschoss. So oder so, mein Vater würde uns alle töten.

Ich ließ mich auf die Knie fallen. Schlang die Arme um Rambo, vergrub mein Gesicht in seinem Fell und wartete auf die Kugel, die mein Leben beenden würde.

Rambo zitterte, knurrte und löste sich von mir. Er rappelte sich auf seine verbliebenen drei Beine auf und begann auf meinen Vater zuzuhumpeln. Ich pfiff ihn zurück. Rambo lief weiter. Mein Vater lachte.

Ich sprang auf und breitete die Arme aus. »Du Bastard!«, schrie ich. Ich wusste nicht, was das Wort bedeutete, aber mein Vater hatte es in die Brust des Jägers geschnitten, daher wusste ich, dass es ein schlimmes Wort war. »Du Arschloch! Du Hurensohn!« Ich spie alle Worte hinaus, die mir einfielen. »Worauf wartest du noch? *Erschieß mich!*«

Mein Vater lachte wieder. Er richtete das Remington auf meinen Hund, der sich durch den Schnee zu ihm vorkämpfte. Rambo fletschte die Zähne und knurrte. Er hoppelte immer schneller, bis er fast in vollem Lauf auf meinen Vater zurannte und dabei bellte, als ob er sich auf einen Bären oder einen Wolf stürzen wollte.

Ich begriff. Rambo lenkte meinen Vater ab, damit ich entkommen konnte. Er würde mich beschützen oder bei dem Versuch sterben.

Ich rannte auf das Schneemobil zu, sprang auf, griff um meine Mutter herum und drehte den Gashebel voll auf. Ich wusste nicht, ob meine Mutter noch lebte, ob wir davonkommen würden, ob mein Vater sie und mich erschießen würde. Aber wie Rambo musste ich es wenigstens versuchen.

Als wir über das zugefrorene Moor dahinflogen, trocknete der Wind meine Tränen. Hinter mir ertönte ein weiterer Schuss.

Rambo jaulte einmal auf und verstummte.

Der Schuss hallte in meinem Kopf noch nach, als das Echo selbst schon längst verklungen war. Ich fuhr so schnell, wie ich es nur wagte, blind vor Tränen, meine Kehle so zugeschnürt, dass ich kaum Luft bekam. Ich konnte nur immer meinen Hund sehen, wie er zu Füßen meines Vaters im Schnee lag. Cousteau und Calypso und der Jäger und meine Mutter hatten recht. Mein Vater war ein schlechter Mensch. Er hatte keinen Grund gehabt, meinen Hund zu erschießen. Ich wünschte, er hätte mich erschossen. Ich wünschte, ich hätte länger gewartet, nachdem er ins Moor gegangen war, ehe ich das Schneemobil startete; ich wünschte, ich wäre schneller gefahren, hätte nicht angehalten, als er mich dazu aufforderte. Wenn ich irgendetwas davon getan hätte, wäre mein Hund noch am Leben, und mein Vater hätte nicht auf meine Mutter geschossen.

Meine Mutter hatte nicht gesprochen oder sich bewegt, seit die Kugel meines Vaters sie getroffen hatte. Ich wusste, dass sie lebte, weil ich die Arme um sie geschlungen hatte und ihr Körper sich warm anfühlte, aber ich wusste nicht, wie lange noch. Ich konnte nur fahren – hinaus aus dem Moor, weg von meinem Vater.

Wohin, das wusste ich nicht.

Ich folgte dem Weg, von dem der Jäger abgebogen war, weil er es mir so gesagt hatte. Aber eigentlich wollte ich Cousteau und Calypso finden. Der echte Cousteau und die echte Calypso, nicht die, die ich erfunden hatte, nachdem ich diese Familie gesehen hatte. Ich wusste, dass sie in der Nähe wohnten, und ich war mir sicher, dass ihre Eltern uns helfen würden.

Ich hatte das Moor längst hinter mir gelassen und fuhr jetzt durch einen Wald – denselben Wald, den ich immer schon hatte erkunden wollen, wenn ich sehnsüchtig zu den Bäumen am Horizont hinausschaute. Es war sehr dunkel. Ich wünschte, der Jäger hätte mir erklärt, wie man den

Scheinwerfer des Schneemobils einschaltet. Oder vielleicht hatte er es mir erklärt, und ich hatte es vergessen. Es gab so vieles, was ich mir merken musste: *Lass den Gashebel aufgedreht, wenn du durch tiefen Pulverschnee fährst. Wenn das Schneemobil nach rechts zieht, verlagere dein Gewicht nach links. Wenn es nach links zieht, verlagere dein Gewicht nach rechts. Wenn du einen Hang hinauffährst, lehn dich nach vorne und verlagere dein Gewicht auf dem Sitz nach hinten, damit das Schneemobil nicht umkippt. Du kannst auch mit einem Knie auf dem Sitz und dem anderen Fuß auf dem Seitenholm fahren. Lehn dich nach hinten, wenn du bergab fährst. Verlagere dein Gewicht und leg dich in die Kurven.* Und so weiter und so fort.

Das Schneemobil war sehr schwer, und das Fahren war schwieriger, als der Jäger es dargestellt hatte. Er hatte erzählt, dort, wo er herkam, würden sogar Kinder mit dem Schneemobil fahren, aber wenn das stimmte, mussten die finnischen Kinder sehr stark sein. Einmal kam ich vom Weg ab und blieb stecken. Zweimal wären wir fast umgekippt.

Ich hatte große Angst. Nicht vor dem Wald oder vor der Dunkelheit. An all das war ich gewöhnt. Es war die Angst vor dem Unbekannten, vor all den schlimmen Dingen, die passieren könnten. Ich hatte Angst, dass uns das Benzin ausgehen würde und meine Mutter und ich die Nacht im Wald verbringen müssten, ohne Essen und ohne ein Dach über dem Kopf. Ich hatte Angst, gegen einen Baum zu fahren und den Motor zu ruinieren. Ich hatte Angst, wir könnten uns verirren und am Ende so hilflos und verzweifelt dastehen wie der Jäger.

Ich hatte Angst, dass meine Mutter sterben könnte.

Ich fuhr sehr lange. Endlich war der Weg zu Ende. Ich steuerte das Schneemobil einen steilen Hang hinunter bis in die Mitte einer langen, schmalen Lichtung und hielt an. Ich blickte nach links und nach rechts. Nichts. Keine Menschen, keine Stadt namens Newberry, keine Großeltern, die nach meiner Mutter suchten, wie der Jäger es versprochen hatte.

Vier Spuren verliefen in Längsrichtung über die Lichtung, zwei auf der einen Seite und zwei auf der anderen. Ich konnte nicht erkennen, welche davon die des Jägers war, und ich machte mir Sorgen, was passieren würde, wenn ich in die falsche Richtung fuhr. Ich dachte an das Ratespiel, das mein Vater immer mit mir gespielt hatte, und bei dem es zwei Wahlmöglichkeiten gab. Vielleicht spielte es keine Rolle, in welche Richtung ich fuhr. Vielleicht aber doch.

Ich blickte zum Himmel auf. *Bitte. Hilf mir. Ich habe mich verirrt. Ich weiß nicht, was ich tun soll.*

Ich schloss die Augen und betete, wie ich noch nie zuvor gebetet hatte. Als ich die Augen aufschlug, war da ein kleines gelbes Licht in der Ferne. Das Licht war dicht über dem Boden und sehr hell. Ein Schneemobil.

»Danke«, flüsterte ich. Es gab Zeiten, da hatte ich mich gefragt, ob es die Götter wirklich gab, zum Beispiel, als mein Vater mich in den Brunnenschacht steckte und sie stumm blieben oder als er meine Mutter und den Jäger schlug und die Götter nicht eingriffen, aber jetzt kannte ich die Wahrheit. Ich versprach, nie wieder zu zweifeln.

Als das Schneemobil näherkam, wurden aus dem einen Licht zwei. Plötzlich ertönte ein furchtbar lauter Trompetenton, wie von einer Gans, aber noch lauter – eher wie ein ganzer Schwarm wütender Gänse.

Ich schloss die Augen und hielt mir die Ohren zu, bis der Trompetenton endlich verstummte. Ich hörte, wie eine Tür geöffnet und zugeschlagen wurde, und dann Stimmen.

»Ich hab sie nicht gesehen!«, rief ein Mann. »Wenn ich's doch sage! Die stehen da ohne Licht mitten auf der Straße!«

»Du hättest sie fast totgefahren!«, schrie eine Frau.

»Ich sag's dir doch, ich hab sie nicht gesehen! Was tust du da?«, schrie er mich an. »Warum bist du stehen geblieben?«

Ich schlug die Augen auf und grinste. Ein Mann und eine Frau. Cousteaus und Calypsos Eltern. Ich hatte sie gefunden.

Als die Polizei meine Spuren zurückverfolgte, um den Jäger zu bergen, war mein Vater bereits verschwunden. Der Jäger hing immer noch an den Handschellen im Holzschuppen. Alle gingen davon aus, dass mein Vater ihn getötet hatte, und warum auch nicht? Niemand hätte auch nur eine Sekunde lang in Erwägung gezogen, dass ein zwölfjähriges Kind so etwas getan haben könnte. Schon gar nicht, wenn es einen Entführer und Vergewaltiger gab, dem man den Mord anhängen konnte.

Nachdem es einmal als ausgemacht galt, dass mein Vater den Jäger getötet hatte, konnte ich das auch so stehen lassen. Ich mochte noch nicht allzu viel Erfahrung mit der Welt dort draußen haben, aber ich begriff genug, um zu wissen, dass es nichts ändern würde, wenn ich mich zu dem Mord an dem Jäger bekannte, außer dass es mein Leben ruinieren würde. Mein Vater war ein böser Mensch. Er würde für sehr lange Zeit ins Gefängnis wandern, das sagten alle. Ich hatte mein ganzes Leben noch vor mir. Mein Vater hatte seines verwirkt.

Trotz alledem kann ich garantieren, dass ich für mein Verbrechen bezahlt habe. Einen Menschen zu töten verändert einen. Da spielt es keine Rolle, wie viele Tiere man schon geschossen, in Schlingen und Fallen gefangen, gehäutet, ausgenommen und gegessen hat. Einen Menschen zu töten ist etwas anderes. Wer einmal einem anderen Menschen das Leben genommen hat, ist danach nicht mehr derselbe. Der Jäger war lebendig, und dann war er es nicht mehr, und es sind meine Hände, die das getan haben. Ich denke jedes Mal daran, wenn ich Iris die Haare kämme, wenn ich Mari in ihrem Kindersitz anschnalle, wenn ich einen Topf Gelee auf dem Herd umrühre oder mit den Händen über die Brust meines Mannes streiche – dann sehe ich meinen Händen zu, wie sie diese normalen, alltäglichen Dinge tun, und ich denke: *Das sind die Hände, die es getan haben. Diese Hände haben einem anderen Menschen das Leben genommen.* Ich hasse meinen Vater dafür, dass er mich in eine Situation gebracht hat, in der ich diese Entscheidung treffen musste.

Ich kann immer noch nicht verstehen, wie mein Vater so leichtfertig und ohne Reue töten kann. Ich denke jeden Tag an den Jäger. Er hatte eine Frau und drei Kinder. Wann immer ich meine Mädchen anschaue, denke ich darüber nach, wie es für sie wäre, wenn sie ohne Vater aufwachsen müssten. Nachdem wir das Moor verlassen hatten, wollte ich der Witwe des Jägers sagen, wie leid es mir tat, was mit ihrem Mann passiert war. Dass ich das Opfer zu schätzen wüsste, das er für meine Mutter und mich gebracht hatte. Ich dachte, ich könnte es ihr sagen, als ich sie im Gericht sah, an dem Tag, an dem mein Vater verurteilt wurde, aber zu der Zeit hatte sie schon eine Klage gegen meine Großeltern eingereicht, um ihren Anteil an dem Geld zu erstreiten, das wir von der Boulevardpresse für unsere Geschichte kassierten, und deshalb erlaubten meine Großeltern es nicht. Am Ende bekam sie eine beträchtliche Summe zugesprochen, und das beruhigte mich. Obwohl, wie mein Großvater mürrisch bemerkte, alles Geld der Welt ihren Mann nicht wieder lebendig machen würde.

Oder meinen Hund. Manchmal muss ich weinen – was ich, wie Sie inzwischen wissen dürften, nur selten tue –, und zwar immer dann, wenn ich an Rambo denke. Ich werde es meinem Vater nie verzeihen, dass er ihn erschossen hat. Ich bin die Ereignisse, die diesem Tag vorausgingen, so oft durchgegangen, dass ich es nicht mehr zählen kann, und habe immer wieder zu erkennen versucht, an welchen Stellen ich irgendetwas hätte anders machen können, wenn ich gewusst hätte, wie das alles ausgehen würde. Am offensichtlichsten ist der Moment, als der Jäger mich bat, ihm zu helfen, an dem Morgen, nachdem mein Vater ihn im Holzschuppen angebunden hatte. Wenn ich getan hätte, wozu er mich drängte, bevor mein Vater ihn so lange schlug und folterte, bis er zu schwach war, um zu fliehen, dann wäre er höchstwahrscheinlich heute noch am Leben.

Aber ich war nicht schuld am Tod des Jägers. Er war zur falschen Zeit am falschen Ort, so wie jeder Mensch, der bei einem Verkehrsunfall, bei einem Amoklauf oder einem Selbstmordattentat ums Leben kommt. Es war der Jäger, der beschlossen hatte, in betrunkenem Zustand eine Tour mit dem Schneemobil zu machen, nicht ich. Er war derjenige, der sich verirrte und dann eine Reihe von Entscheidungen traf, die ihn letztendlich zu unserer Anhöhe führten: indem er hier links abbog und nicht rechts, indem er um diese Baumgruppe herumfuhr und nicht um die andere dort, indem er auf unseren Hof fuhr, um meine Mutter um Hilfe zu bitten, nachdem er den Rauch aus unserer Hütte gesehen hatte. Ganz bestimmt konnte er, als er sich zu der Spritztour entschloss, nachdem er mit seinen Kumpels getrunken hatte, nicht ahnen, dass er für diese Entscheidung mit dem Leben bezahlen würde. Und doch war es seine Entscheidung.

Und das Gleiche gilt für meine Mutter, als sie und ihre Freundin beschlossen, das leerstehende Haus an den Bahngleisen zu erkunden. Als sie mit ihrer Freundin in den leeren Zimmern umherlief, ahnte sie sicherlich nicht, dass sie ihre Familie erst in vierzehn Jahren wiedersehen würde. Natürlich hätten sie sich einen anderen Ort zum Spielen ausgesucht, wenn sie das gewusst hätten. Aber sie wussten es nicht.

Und ich bezweifle auch, dass mein Vater, als er mich zu den Tahquamenon-Fällen mitnahm, sich hätte vorstellen können, dass er damit eine Kette von Ereignissen in Gang setzte, durch die er letzten Endes seine Familie verlieren würde. Genauso wenig war mir, als ich mich zur Flucht aus dem Moor entschloss, bewusst, welche fatalen Folgen das für meine Mutter und mich haben würde. Ich glaubte wirklich, es sei nichts weiter dabei, ich müsste mich nur auf das Schneemobil setzen und losfahren. Ich sah nicht voraus, dass mein Vater auf meine Mutter und meinen Hund schießen würde. Dass das Letzte, was ich sehen würde, bevor ich in meine ungewisse Zukunft aufbrach, Rambos regloser Körper sein würde, der zu Füßen meines Vaters im Schnee lag.

Wenn ich all dies vorher gewusst hätte, hätte ich dann anders gehandelt? Selbstverständlich. Aber man muss die Verantwortung für seine Entscheidungen übernehmen, selbst wenn es nicht so läuft, wie man es sich vorgestellt hat.

Schlimme Dinge passieren. Flugzeuge stürzen ab, Züge entgleisen, Menschen sterben bei Überschwemmungen, Erdbeben und Tornados. Schneemobile verirren sich. Hunde werden erschossen. Und junge Mädchen werden entführt.

27

Ich laufe los. Der feste Boden weicht einer Feuchtwiese, die Feuchtwiese weicht Moorland. Ich schirme meine Augen gegen den Regen ab und lasse den Blick über die gegenüberliegende Seite des Teichs wandern. Von meinem Vater ist nichts zu sehen. Unmöglich zu sagen, ob es mir gelungen ist, ihn zu überholen, oder ob er schon in meinem Haus ist.

Im Moor wende ich mich nach links und steuere eine Gruppe von Haselerlen an, nahe dem Ende des Wegs, wo die Hirsche sich oft versammeln. Ich verschärfe das Tempo, springe von einem grasbewachsenen Buckel zum nächsten und halte mich an die Bereiche mit trockenem Torfboden, die fest genug sind, um mein Gewicht zu tragen. Jemand, der sich nicht so gut im Moor auskennt wie ich, könnte die Gefahren gar nicht erkennen, die für mich so offensichtlich wie Warnschilder sind: Stellen, die aus feinem Schluff bestehen und aussehen, als seien sie fest genug, um darauf zu gehen, in Wirklichkeit aber wie Treibsand wirken; tiefe Wasserlöcher, die einen Menschen auf einen Schlag verschlingen können. *Große schwarze Blasen stiegen aus dem Schlick, und die Prinzessin verschwand spurlos*, wie es in dem Märchen meiner Mutter heißt.

Als ich an dem Erlendickicht ankomme, lasse ich mich auf den Bauch fallen und krieche den Rest der Strecke auf den Knien und einem Ellbogen. Der Boden ist nass, der

Schlamm mit zahlreichen Spuren überzogen, allesamt schon älter, keine von einem Menschen. Es ist denkbar, dass mein Vater den Weg verlassen hat, als es zu matschig wurde, und querfeldein weitergegangen ist. Es ist denkbar, dass er bereits in meinem Haus ist. Er könnte sich durch die Hintertür hineinschleichen, weil das Haus nie verschlossen ist, lautlos den Flur entlanggehen und Stephen zwingen, ihm die Schlüssel für den Cherokee herauszugeben. Und ihn erschießen, wenn mein Mann sich weigert, ihm zu sagen, wo sie sind.

Ich schaudere. Dann verdränge ich die Bilder und lege mich auf die schlammigste Stelle, die ich finden kann. Ich wälze mich am Boden, bis jeder Quadratzentimeter meines Körpers mit Schlamm bedeckt ist. Anschließend wate ich durch das knietiefe Wasser parallel zum Weg, um keine Fußspuren zu hinterlassen, während ich nach der besten Stelle für meinen Angriff aus dem Hinterhalt suche.

Ein moosbewachsener Stamm, der quer über dem Weg liegt, sieht aus, als wäre er groß genug, um sich dahinter zu verstecken. Er hängt in der Mitte durch, was mir verrät, dass er größtenteils verrottet ist. Mein Vater wird sich hüten, darauf zu treten. Er wird über ihn hinwegsteigen müssen, und wenn er das tut, werde ich zuschlagen.

Ich breche einen Ast von einer Kiefer ab und lege mich hinter dem Stamm lang hin, das Ohr am Boden, meinen provisorischer Speer griffbereit neben mir. Ich spüre die Schritte meines Vaters, bevor ich sie höre: schwache Vibrationen in der wassergesättigten Erde unter dem Weg. Die Erschütterungen sind so leicht, dass jemand anders sie vielleicht für seinen eigenen Herzschlag halten würde, wenn er sie überhaupt wahrnähme. Ich schmiege mich enger an den Stamm und packe den Ast fester.

Die Schritte verstummen. Ich warte. Wenn mein Vater einen Hinterhalt vermutet, wird er entweder umkehren und mich im Matsch liegen lassen, oder er wird sich über den Stamm beugen und mich erschießen. Ich halte den Atem an, bis die Schritte wieder zu hören sind. Ich kann nicht feststellen, ob sie sich auf mich zubewegen oder von mir weg.

Dann tritt ein Stiefel mit voller Wucht auf meine Schulter. Ich rolle mich darunter weg und springe auf, werfe mich auf meinen Vater und ramme ihm meinen Speer mit aller Kraft in den Bauch.

Der Speer bricht ab.

Mein Vater reißt mir das verbliebene Stück meiner nutzlosen Waffe aus der Hand und wirft es weg. Er hebt den Arm und zielt mit meiner Magnum auf mich. Ich hechte nach seinen Beinen. Er wankt und streckt die Arme aus, um das Gleichgewicht zu halten, dabei fällt ihm die Magnum aus der Hand. Ich schnappe danach, doch mein Vater kickt die Waffe in den Tümpel neben dem Weg und stellt seinen Stiefel auf meine mit Handschellen gefesselten Hände. Kein Zögern – ich packe diesen Stiefel und hebe seinen Fuß vom Boden hoch. Mein Vater schlägt schwer neben mir auf. Wir wälzen uns und ringen miteinander, es gelingt mir, seinen Kopf zwischen meine Arme zu bekommen. Die Handschellenkette drückt auf seine Kehle. Ich ziehe sie mit aller Kraft auf mich zu. Er ringt nach Luft, zieht mein Messer aus der Scheide an seinem Gürtel und sticht blind nach hinten auf alles ein, was er erwischt – meine Arme und Beine, meine Nieren, mein Gesicht.

Ich ziehe noch fester. Die Glocks, die hinten in der Jeans meines Vaters stecken, drücken gegen meinen Bauch. Wenn ich eine davon zu fassen bekäme, könnte ich dem Ganzen augenblicklich ein Ende machen, doch mit den gefesselten Händen um seinen Hals ist mir das unmöglich. Aber genauso wenig kann er eine Glock ziehen und mich erschießen, solange ich mich von hinten fest an ihn presse und ihn mit den Handschellen würge. Wir sitzen in der Klemme wie zwei Elchbullen, die sich mit ihren Schaufeln ineinander verhakt haben. Ich male mir aus, wie meine Familie nach Tagen oder Wochen diesen Weg entlanggeht und unsere verwesenden Leichen findet, erstarrt in einer letzten Umarmung. Ich ziehe noch fester.

Da bellt ein Hund. Rambo kommt aus der Richtung meines Hauses auf uns zugerannt, in vollem Lauf und mit flatternden Ohren.

»Fass!«, schreie ich.

Rambo springt herbei und verbeißt sich im Bein meines Vaters, zerrt knurrend daran. Mein Vater brüllt und sticht mit dem Messer nach Rambo.

Rambo beißt noch fester zu, er reißt und zerrt und fetzt. Mein Vater schreit und wälzt sich am Boden, ich rolle mit. In dem Moment, als er auf dem Bauch liegt, hebe ich meine Arme von seinem Kopf herunter, packe eine der Glocks und stoße sie meinem Vater in den Rücken.

»Halt!«, befehle ich Rambo.

Rambo erstarrt. Er hält das Bein meines Vaters weiter zwischen den Zähnen, aber sein Verhalten ändert sich. Er ist nicht mehr ein Tier, das seine Beute zerfleischt, er ist jetzt ein Diener, der seiner Herrin gehorcht. Es braucht eine ganz besondere Rasse und viel Training, damit ein Hund im Eifer des Gefechts so auf den Punkt gehorcht. Ich habe weniger gut trainierte Hunde erlebt, die so vom Blutdurst überwältigt waren, wenn sie einen Wapiti oder einen Bären attackierten, dass sie das Fell komplett ruinierten.

Mein Vater rührt sich nicht, als ich auf ihm knie. Er hütet sich, auch nur zu zucken.

»Das Messer«, sage ich.

Er wirft mein Messer in den Tümpel neben dem Weg.

Ich richte mich auf. »Aufstehen«, kommandiere ich.

Mein Vater steht auf, hebt die Hände über den Kopf und dreht sich zu mir um.

»Hinsetzen.« Ich deute auf den Baumstamm.

Mein Vater gehorcht. Der resignierte Ausdruck in seinem Gesicht ist fast die ganzen Strapazen wert, die ich durchgemacht habe. Ich mache keinen Hehl aus meinem Abscheu.

»Hast du wirklich geglaubt, ich würde mit dir weggehen? Dass ich dich auch nur in die Nähe meiner Mädchen lassen würde?«

Mein Vater antwortet nicht.

»Der Handschellenschlüssel. Wirf ihn her.«

Er greift in seine Jackentasche und wirft den Schlüssel meinem Messer hinterher in den Tümpel. Eine nutzlose Trotzhandlung. Ob mit Handschellen oder ohne, schießen kann ich allemal.

»Wir hatten ein gutes Leben, *Bangii-Agawaateyaa*«, sagt er. »Der Tag, als wir zu den Fällen rausgefahren sind. Die Nacht, als wir den Vielfraß gesehen haben. Du erinnerst dich, *Bangii-Agawaateyaa*.«

Ich will, dass er aufhört, meinen Kosenamen zu sagen.

Ich weiß, dass er es nur tut, um die Situation zu beherrschen, wie er es immer tut, obwohl er wissen muss, dass er verloren hat. Nur ... jetzt, da er die Erinnerung in mir wachgerufen hat, sehe ich die Szene natürlich vor mir, ob ich will oder nicht. Es war einige Zeit, nachdem ich meinen ersten Hirsch geschossen hatte, aber bevor Rambo uns zulief, also muss ich ungefähr sieben oder acht gewesen sein. Ich war mit pochendem Herzen aus dem Tiefschlaf aufgewacht. Ich hatte draußen ein Geräusch gehört. Es klang wie das Weinen eines Babys – oder wie ich mir das Weinen eines Babys vorstellte –, nur lauter. Eher wie ein Schrei. Es glich keinem Geräusch, das ich je gehört hatte. Ich hatte keine Ahnung, was es war. Tiere können fürchterliche Töne von sich geben, besonders während der Paarungszeit, aber wenn das hier ein Tier war, konnte ich nicht sagen, wie es hieß.

Dann tauchte mein Vater in der Tür auf. Er kam an mein Bett, legte mir eine Decke um die Schultern und führte mich ans Fenster. Unten im Hof erblickte ich eine Silhouette, die sich gegen das Mondlicht abzeichnete.

»Was ist das?«, flüsterte ich.

»*Gwiingwa'aage.*«

Der Vielfraß.

Ich hüllte mich enger in die Decke. Vielfraße sind extrem angriffslustig, hatte mein Vater oft erklärt, und sie fressen tatsächlich alles Mögliche: Eichhörnchen, Biber, Stachelschweine, kranke oder verletzte Hirsche und Elche. Vielleicht auch kleine Mädchen.

Gwiingwa'aage pirschte sich heran. Seien Haare waren lang und zottelig und schwarz. Ich wich zurück. *Gwiing-*

wa'aage hob den Kopf, blickte zu meinem Fenster auf und schrie.

Ich kreischte auf und rannte zu meinem Bett. Mein Vater hob meine Decke auf und breitete sie über mich, dann legte er sich neben mir auf die Bettdecke und hielt mich in seinen Armen, während er mir eine lustige Geschichte von Vielfraß und seinem älteren Bruder Bär erzählte. Danach machte mir der Schrei des Vielfraßes keine Angst mehr.

Heute weiß ich, dass Sichtungen von Vielfraßen in Michigan äußerst selten sind. Manche behaupten, die Tiere hätten noch nie in diesem Staat gelebt, seinem Spitznamen »Wolverine State« – »Vielfraß-Staat« – zum Trotz. Aber bei Erinnerungen geht es nicht immer um Fakten. Manchmal geht es auch um Gefühle. Mein Vater hatte meiner Angst einen Namen gegeben, und ich fürchtete mich nicht mehr.

Ich sehe auf meinen Vater hinab. Mir ist bewusst, dass er furchtbare Dinge getan hat. Er könnte hundertmal lebenslänglich im Gefängnis absitzen, und die Waage der Gerechtigkeit wäre immer noch nicht ausgeglichen. Aber in jener Nacht war er einfach nur ein Daddy, und er war mein Daddy.

»Okay«, sagt er. »Du hast gewonnen. Es ist vorbei. Ich werde jetzt gehen. Ich verspreche, dass ich mich von dir und deiner Familie fernhalten werde.«

Er streckt die Hände aus, mit den Handflächen nach oben, und steht auf. Ich halte die Glock auf seine Brust gerichtet. Ich könnte ihn gehen lassen. Der Himmel weiß, dass ich ihm nicht wehtun will. Ich liebe ihn, trotz allem, was er getan hat. Als ich mich heute Morgen auf die Suche nach ihm machte, dachte ich, dass ich ihn wieder ins Gefängnis bringen wollte, und das will ich auch. Aber mir wird jetzt auch klar, dass meine Verbindung zu meinem Vater tiefer geht, als ich es mir je habe vorstellen können. Vielleicht ist der wahre Grund, weshalb ich mich auf die Suche nach ihm gemacht habe, der, dass ich ihn noch einmal sehen wollte, bevor er verschwinden würde. Jetzt habe ich ihn gesehen, und vielleicht ist das genug. Er hat versprochen, dass er weggehen wird. Er sagt, es ist vorbei. Vielleicht ist es das.

Nur dass seine Versprechungen nichts wert sind. Ich erinnere mich daran, dass ein *wendigo* niemals zufrieden ist, nachdem er getötet hat, und immer weiter nach neuen Opfern sucht. Dass er jedes Mal, wenn er ein Opfer auffrisst, noch größer wird, sodass er niemals satt sein kann. Und dass er das ganze Dorf vernichtet hätte, wenn die Leute ihn nicht getötet hätten.

Ich nehme den Finger vom Abzug.

Mein Vater lacht. »Du wirst mich nicht erschießen, *Bangii-Agawaateyaa.*« Er lächelt, geht einen Schritt auf mich zu.

Bangii-Agawaateyaa. Kleiner Schatten. Er erinnert mich daran, wie ich ihm auf Schritt und Tritt gefolgt bin. Dass ich zu ihm gehörte wie sein eigener Schatten. Dass ich ohne ihn nicht existiere.

Er dreht sich um und geht davon. Greift hinter sich und zieht die zweite Glock aus seinem Hosenbund, um sie vorne wieder hineinzustecken. Sein Gang wird breitbeinig, selbstbewusst. Als ob er wirklich glaubt, ich würde ihn gehen lassen.

Ich pfeife zwei tiefe Töne. Rambo blickt auf, spannt sich an. Er wartet nur auf mein Kommando.

Ich mache eine schnelle Handbewegung.

Rambo rennt bellend hinter meinem Vater her. Mein Vater wirbelt herum, zieht die Glock, schießt. Der Schuss geht daneben. Rambo springt und verbeißt sich im Handgelenk meines Vaters. Die Glock fällt.

Mein Vater schlägt Rambo die Faust in die Flanke. Rambo lässt ein wenig locker. Mein Vater schlägt ihn wieder und stürmt auf mich zu. Ich bleibe stehen. Im letzten Moment, bevor er in mich hineinrennt, hebe ich die Arme über den Kopf. Ich ziehe die Handschellen über seinen Kopf und hinunter bis zu seiner Hüfte, sodass seine Arme am Rumpf gefesselt sind, während wir gemeinsam zu Boden gehen. Ich drehe die Glock herum und wende sie in meine Richtung, dann setze ich ihm den Lauf auf den Rücken, in einem solchen Winkel, dass die Kugel, die ich abfeuere, hoffentlich nur ihn töten wird und nicht mich.

Plötzlich wird sein Körper schlaff. Er weiß, dass es vorbei ist und dass es nur auf eine Art enden kann.

»*Manajiwin*«, flüstert er mir ins Ohr.

Respekt. Das zweite Mal in meinem Leben, dass er dieses Wort gesagt hat. Ein Gefühl des Friedens überkommt mich. Ich bin nicht länger der Schatten meines Vaters. Ich bin ihm ebenbürtig. Ich bin frei.

»Du musst es tun«, sagt Cousteau.

»Es ist in Ordnung«, sagt Calypso. »Wir verstehen es.«

Ich nicke. Es ist richtig, dass ich meinen Vater töte. Es ist das Einzige, was ich tun kann. Ich muss ihn töten, für meine Familie, für meine Mutter. Weil ich die Tochter des Moorkönigs bin.

»Ich liebe dich auch«, flüstere ich und drücke ab.

28

Die Kugel, die meinen Vater tötete, durchschlug bei mir dieselbe Schulter, die er zuvor getroffen hatte – was angesichts der Alternativen eigentlich eine gute Sache ist. Die vergangenen Monate wären wesentlich schlimmer für mich gewesen, wenn beide Arme betroffen wären. Dennoch war meine Genesung kein Zuckerschlecken. Operation, Physiotherapie, noch eine OP, wieder Physio. Offenbar ist die Schulter eine besonders ungünstige Stelle für eine Schussverletzung. Die Ärzte sagen, es spräche nichts dagegen, dass ich meinen Arm irgendwann wieder uneingeschränkt bewegen kann. Inzwischen haben sich Stephen und die Mädchen schon an meine »halben« Umarmungen gewöhnt.

Wir sitzen im Kreis um das Grab meiner Mutter. Es ist ein schöner Frühlingstag. Die Sonne scheint, Wolken huschen vorüber, die Vögel singen. Auf dem bescheidenen Stein über dem Kopf meiner Mutter steht ein Kübel mit Sumpfdotterblumen und schillernden Schwertlilien. Die Enkeltöchter, die ich nach ihren beiden Lieblingsblumen Marigold und Iris genannt habe, sitzen zu ihren Füßen.

Das mit den Blumen war meine Idee, hierherzukommen die von Stephen. Er sagt, es sei an der Zeit, dass die Mädchen mehr über ihre Großmutter erführen und dass es einen stärkeren Eindruck hinterlassen würde, wenn ich ihnen Geschichten von ihr erzählte, während wir an ihrem Grab sitzen. Ich bin mir da nicht so sicher. Aber die Eheberaterin, zu der wir gehen, meinte, damit eine Ehe funktioniert, müssten beide Partner Kompromisse eingehen, und deshalb sind wir nun hier.

Stephen greift über das Grab meiner Mutter hinweg nach meiner Hand und drückt sie. »Bist du so weit?«

Ich nicke. Es fällt mir schwer zu entscheiden, wo ich anfangen soll. Ich denke daran, wie es für meine Mutter war, als ich ein Kind war. An all die Dinge, die sie für mich getan hat und die ich damals nicht zu schätzen wusste. Wie sie versucht hat, meinen fünften Geburtstag zu einem besonderen Tag für mich zu machen. Wie sie mich aufgewärmt hat, nachdem mein Vater mich in den Brunnenschacht gesteckt hatte. Wie schwer muss es für sie gewesen sein, ein Kind großzuziehen, das ein Abbild des Mannes war, der sie entführt hatte. Ein Kind, vor dem sie tatsächlich instinktiv Angst hatte.

Ich könnte meinen Töchtern von dem Tag erzählen, als ich meinen ersten Hirsch schoss, oder von dem Tag, an dem mein Vater mich zu den Wasserfällen mitnahm, oder von der Begegnung mit dem Wolf, aber das sind eher Geschichten über meinen Vater als über meine Mutter. Und als ich in die unschuldigen, erwartungsvollen Gesichter meiner Töchter blicke, wird mir bewusst, dass jede Geschichte aus meiner Kindheit, die ich ihnen erzählen könnte, auch eine dunkle Seite hat.

Stephen nickt aufmunternd.

»Als ich fünf war«, beginne ich, »hat meine Mutter mir einen Kuchen gebacken. Irgendwo zwischen den Stapeln von Dosen und Tüten mit Reis und Mehl im Vorratsraum hatte sie eine Schachtel fertige Kuchenmischung gefunden. Schokolade mit Regenbogenstreuseln.«

»Mein Lieblingskuchen!«, ruft Iris.

»Liebkuchen«, echot Mari.

Ich erzähle ihnen von dem Entenei und dem Bärenfett, und von der Puppe, die meine Mutter für mich gebastelt hatte, und lasse die Geschichte so enden. Ich erzähle ihnen nicht, was ich mit der Puppe gemacht habe. Wie sehr meine gefühllose Reaktion auf das außergewöhnliche Geschenk meiner Mutter sie verletzt haben muss.

»Erzähl ihnen den Rest der Geschichte«, fordert Cousteau mich auf. »Das mit dem Messer und dem Kaninchen.« Er und seine Schwester sitzen still hinter meinen Töchtern. Seit dem Tod meines Vaters tauchen sie immer öfter auf.

Ich schüttle den Kopf und lächle, als ich mich an den Rest jenes Tages erinnere und wie er damit endete, dass mein Vater mir zum ersten Mal *manajiwin* zollte – Respekt.

Iris erwidert mein Grinsen. Sie glaubt, dass ich ihr zulächle.

»Weiter!«, rufen sie und Mari im Chor.

Ich schüttle den Kopf und stehe auf. Eines Tages werde ich meinen Töchtern alles über meine Kindheit erzählen, aber nicht heute.

Wir raffen unsere Decken zusammen und gehen zum Auto. Mari und Iris flitzen voraus, Stephen eilt hinterher. Seit der Flucht meines Vaters lässt er die Mädchen kaum noch aus den Augen.

Ich folge in einigem Abstand. Cousteau und Calypso gehen neben mir. Calypso nimmt meine Hand.

»Helga begriff jetzt alles«, flüstert sie, ihr Atem weich

wie Rohrkolbenflaum an meinem Ohr. »Sie wurde durch ein Meer aus Klang und Gedanken über die Erde emporgehoben, und um sie herum und in ihr war Licht und Gesang, jenseits all dessen, was Worte ausdrücken können. Die Sonne brach hervor in all ihrem Glanz, und wie in alten Zeiten verschwand die Froschgestalt unter ihren Strahlen, und die wunderschöne Jungfrau stand da in all ihrem Liebreiz. Der Froschleib zerfiel zu Staub, und eine verblasste Lotusblüte lag dort, wo Helga gestanden hatte.«

Die letzten Worte des Märchens meiner Mutter. Ich denke darüber nach, wie dieses Märchen mir eingegeben hat, was ich zu tun hatte. Wie die Geschichte meiner Mutter letztlich uns beide gerettet hat. Und dass ich zwar meinem Vater meine Existenz verdanken mag, aber meiner Mutter, dass ich am Leben bin.

Ich denke über meinen Vater nach. Als der Rechtsmediziner fragte, was ich mit dem Leichnam meines Vaters tun wolle, war mein erster Gedanke, mich zu fragen, was er wohl gewollt hätte. Dann dachte ich daran, dass doch sein ganzes Leben von seinen eigenen Wünschen und Bedürfnissen bestimmt war, und dass ich vielleicht genau das Gegenteil dessen machen würde, was er gewollt hätte. Schließlich entschied ich mich für die praktischste und preiswerteste Lösung. Mehr will ich dazu nicht sagen. Es gibt eine Fanpage, die den »Heldentaten« meines Vaters gewidmet ist; sie wurde nicht lange nach seinem Tod eingerichtet. Ich kann mir vorstellen, was die »Marshies«, wie sie sich nennen, tun würden, wenn sie wüssten, wo mein Vater begraben ist. Ich habe mehrere Versuche unternommen, die Website abschalten zu lassen, aber das FBI sagt, solange die

Fans meines Vaters keine Gesetze brechen, könne man da nichts machen.

Stephen verfrachtet die Mädchen ins Auto und wartet auf mich.

»Danke, dass du das mitgemacht hast«, sagt er und nimmt meine Hand. »Ich weiß, es ist nicht leicht für dich.«

»Kein Problem«, lüge ich.

Ich denke an eine andere Bemerkung der Eheberaterin: Eine gute Ehe müsse auf einem Fundament von Ehrlichkeit und Vertrauen aufbauen. Ich arbeite daran.

Wir erreichen die Kuppe einer kleinen Anhöhe. Unten parkt ein Auto direkt vor unserem Cherokee. Ein Übertragungswagen hält dicht dahinter, und eine Reporterin und ein Kameramann warten neben den Fahrzeugen.

Stephen sieht mich an und seufzt. Ich zucke mit den Schultern. Seit sich die Nachricht verbreitet hat, dass die Tochter des Moorkönigs ihren Vater getötet hat, lässt die Presse einfach nicht locker. Wir haben kein einziges Interview gegeben und den Mädchen eingeschärft, kein Wort zu irgendjemandem mit einem Notizblock oder einem Mikrofon zu sagen, aber das hindert die Leute nicht daran, Fotos zu machen.

Ich schüttle den Kopf, als wir zur Straße hinuntergehen und die Reporterin einen Stift aus ihrer Tasche zieht und einen Schritt auf mich zugeht. Sie weiß es nicht, aber ich habe bereits alles, was ich von meiner Kindheit in Erinnerung habe, in einem Tagebuch aufgeschrieben, das ich unter unserem Ehebett verstecke. Ich nenne meine Geschichte »Die Hütte« und widme die Aufzeichnungen auf der ersten Seite meinen Töchtern, wie bei einem richtigen Buch. Eines

Tages werde ich sie es lesen lassen. Sie müssen ihre Geschichte kennen. Wissen, wo sie herkommen, wer sie sind. Eines Tages werde ich es auch Stephen lesen lassen.

Ich könnte die Aufzeichnungen für viel Geld verkaufen. *People*, der *National Enquirer* und die *New York Times* haben mir oft angeboten, meine Geschichte zu kaufen. Alle sagen, da meine Eltern tot seien und außer mir niemand mehr wisse, was wirklich passiert ist, sei ich es meiner Mutter und meinem Vater schuldig, ihre Geschichte zu erzählen.

Aber ich werde sie nie verkaufen. Denn dies ist nicht ihre Geschichte. Es ist unsere.

Danksagung

Eine Schriftstellerin hat eine Idee. Die Idee wächst zu einer Geschichte heran, und irgendwann wird aus der Geschichte ein Buch – dank der Hilfe der folgenden kreativen, talentierten, ungeheuer scharfsinnigen und unglaublich fleißigen Menschen:

Ivan Held und Sally Kim, mein Verleger und meine Programmleiterin bei Putnam. Ihr habt es möglich gemacht. Dafür meinen tief empfundenen Dank.

Mark Tavani, mein Lektor. Es hat mir großen Spaß gemacht, mit dir zu arbeiten, und dein scharfes Auge und dein unglaublicher Tiefblick haben alle meine Erwartungen übertroffen.

Dann das Team von Putnam: Alexis Welby, Ashley McClay, Helen Richard, das Produktionsteam, das Layout-Team und alle Mitarbeiter in Vertrieb und Marketing. Danke, dass ihr so ein wunderbares Buch daraus gemacht habt!

Jeff Kleinman, mein fantastischer Agent. Ich kann kaum in Worte fassen, was die vergangenen siebzehn Jahre für mich und meine berufliche Entwicklung bedeutet haben. Du hast mich zu der Autorin gemacht, die ich heute bin.

Molly Jaffa, meine talentierte und unermüdliche Agentin für Rechte und Lizenzen.

Kelly Mustian, Sandra Kring und Todd Allen, meine

Erstleser. Ihr habt applaudiert, wenn das, was ich geschrieben hatte, funktionierte, und wenn nicht, habt ihr euch die Nase zugehalten. Ihr wart für mich unverzichtbar.

David Morrell: Dein unbestechliches Auge und dein großes Herz waren ganz entscheidend für den Erfolg.

Christopher und Shar Graham, Katie und John Masters, Lynette Ecklund, Steve Lehto, Kelly und Robert Meister, Linda und Gary Ciochetto, Kathleen Bostick und Leith Gallaher (verstorben, aber nicht vergessen), Dan Johnson, Rebecca Cantrell, Elizabeth Letts, Joe Clinch, Sachin Waikar, Tina Wald, Tim und Adele Woskobojnik und Christy, Darcy Chan, Keith Cronin, Jessica Keener, Renee Rosen, Julie Kramer, Carla Buckley, Mark Bastable, Tasha Alexander, Lauren Baratz-Logsted, Rachel Elizabeth Cole, Lynn Sinclair, Danielle Younge-Ullmann, Dorothy McIntosh, Helen Dowdell, Melanie Benjamin, Sara Gruen, Harry Hunsicker, J. H. Bográn, Maggie Dana, Rebecca Drake, Mary Kennedy, Bryan Smith, Joe Moore, Susan Henderson und noch so viele wunderbare Freunde mehr, die mir den Rücken stärken und mich anfeuern. Es ist mir eine Ehre, euch zu kennen.

Meiner Familie danke ich für ihre Liebe und ihre Unterstützung, und ein ganz großes, von Herzen kommendes Dankeschön an meinen Mann Roger. Dein unerschütterlicher Glaube an meine Fähigkeit, dieses Buch zu schreiben, bedeutet mir mehr, als ich sagen kann.

Liebe Leserin, lieber Leser,

Bücher haben mir schon immer unendlich viel bedeutet, und so ist es mir eine besondere Freude, Ihnen meinen Roman Die Moortochter *vorzustellen und Ihnen die Vorgeschichte meines Buchs ein wenig nahezubringen.*

Als mein Mann und ich vor vierzig Jahren auf der Suche nach einem Leben im Einklang mit der Natur mit unserer sechs Wochen alten Tochter von Detroit in die Wildnis der Upper Peninsula zogen – der Oberen Halbinsel von Michigan –, hatten wir nicht die leiseste Ahnung vom autarken Leben auf dem Land. Die Ratgeber, die wir im Gepäck hatten – Eliot Wiggintons Foxfire-Serie *und Euell Gibbons'* Stalking the Wild Asparagus – *waren unsere Bibeln.*

Während wir in einem Zelt lebten und unsere winzige Hütte bauten, brachte Gibbons uns bei, welche Pflanzen man bedenkenlos essen kann und wie man sie zubereitet. Aus den Foxfire-*Büchern lernten wir, Dachschindeln aus Thujenholz für unsere Hütte zu fertigen, eine Hirschhaut zu gerben und auf einem Holzofen zu kochen. Ich kochte Holzapfelgelee über einem Lagerfeuer (und musste es gegen hungrige Waschbären verteidigen), und ich wusch die Windeln meiner Tochter in einem Eimer – und glauben Sie mir, das ist genauso eklig, wie es sich anhört. Unter solchen Umständen für ein kleines Kind zu sorgen, war natürlich nicht gerade einfach. Als wir endlich in unsere Hütte einziehen konnten, lagen die Nachttemperaturen nur knapp über dem Gefrierpunkt. Wenn ich morgens meine Tochter auszog, um ihre Windel zu wechseln, dampfte ihr kleiner Po regelrecht! Aber das Leben in der freien Natur tat ihr offensichtlich* gut, denn sie war nie krank, und erst mit vier Jahren war sie zum ersten Mal erkältet.

Oft entdeckten wir Spuren von Bären: eine leere Getränkedose mit Bisslöchern, durch die ich meinen Finger stecken konnte; einen Kothaufen auf dem Weg zum Obstgarten hinter unserer Hütte, so frisch, dass er fast noch dampfte. An diesem Tag beschloss ich, die Apfelernte noch einmal zu verschieben, denn ich konnte mir nicht recht vorstellen, wie ich mit meiner Tochter auf dem Rücken vor einem Bären davonlaufen und auf einen Baum klettern sollte!

Abends lasen wir beim Schein einer Petroleumlampe Jack London und Hemingway. Damals ahnte ich noch nicht, dass ich eines Tages auf meine Erlebnisse im Moor zurückgreifen würde, um meinen eigenen Roman zu schreiben. Helena Pelletier, die Ich-Erzählerin und Protagonistin von Die Moortochter, lebt mit ihrer Mutter und ihrem Vater in völliger Isolation im Moorland der Upper Peninsula. Kein elektrischer Strom, keine Heizung, kein fließendes Wasser, kein Mensch weit und breit außer den dreien. Helena liebt ihr Leben in der Wildnis, und sie liebt ihren Vater – bis sie erfährt, dass er ihre Mutter entführt hat, als diese ein Teenager war, und dass sie selbst das Produkt dieser Entführung ist.

Ich liebe die Upper Peninsula fast so sehr, wie ich Bücher liebe, und ich wollte immer schon einen Roman schreiben, der in der wilden und wunderschönen Landschaft spielt, in der ich mit meiner Familie gelebt habe.

Ich hoffe sehr, dass Ihnen mein Roman gefällt!